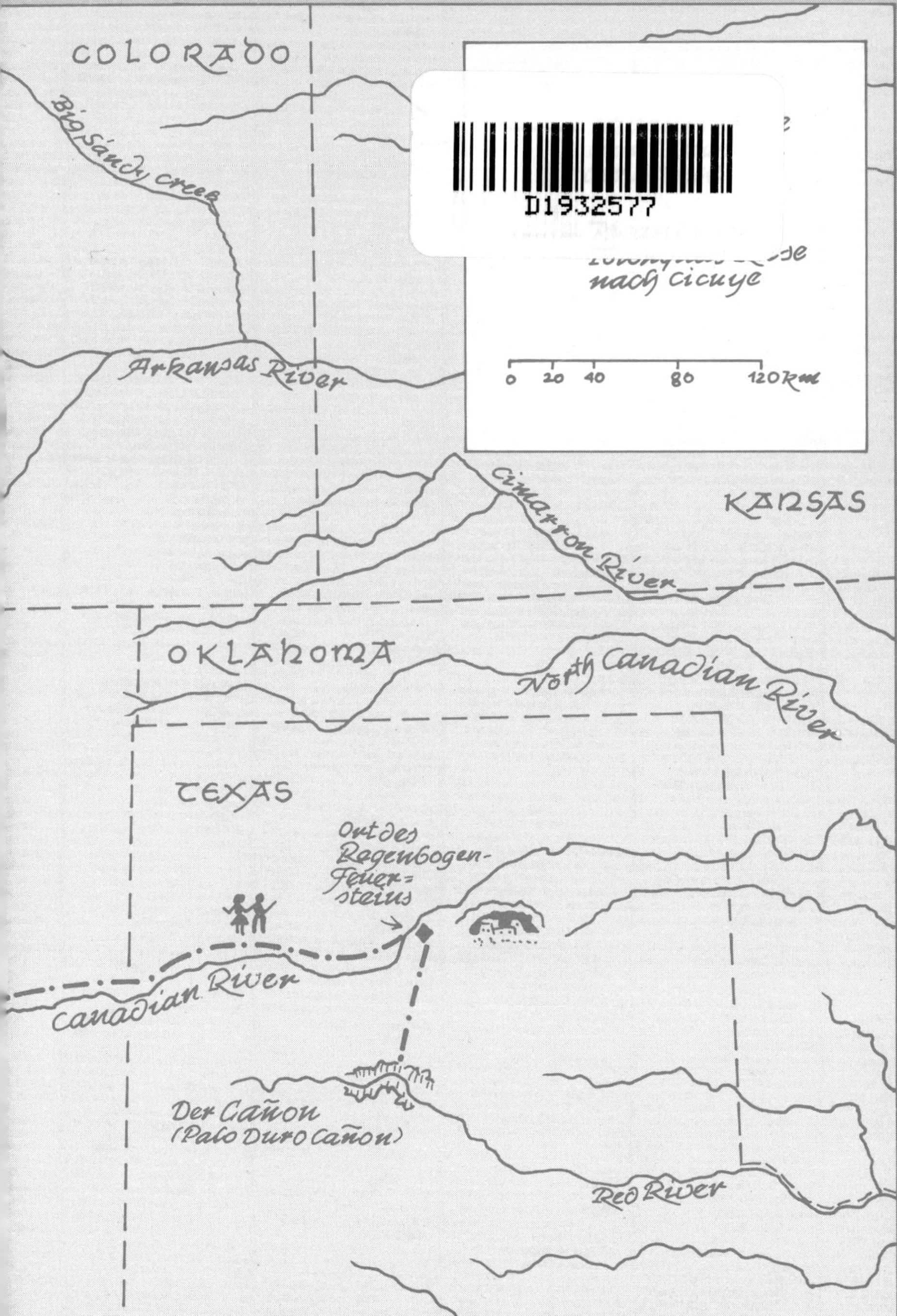
nach Cicuye
0 20 40 80 120 km
COLORADO
Big Sandy Creek
Arkansas River
Cimarron River
KANSAS
OKLAHOMA
North Canadian River
TEXAS
Ort des Regenbogen-Feuer=steins
Canadian River
Der Cañon (Palo Duro Cañon)
Red River

Tochter der Sonne

Linda Lay Shuler

Tochter der Sonne

Roman aus Amerikas Frühzeit

Scherz

Erste Auflage 1993
Einzig berechtigte Übersetzung aus dem Amerikanischen
von Monika Curths.
Die Originalausgabe erschien unter dem Titel
«Voice of the Eagle» bei William Morrow, New York.

Inhalt

Personen des Romans

Acoya: Kwanis Sohn
Adlerauge: Tolonquas Nachfolger als Jagdhäuptling
Aka-ti: Frau von *Zwei Hirsche*
Anitzal: Tolonquas ältere Schwester
Antilope: Kwanis und Tolonquas Tochter, Chomocs Gefährtin
Chomoc: Tiopis Sohn
Gelber Vogel: Großmutter von *Zwei Hirsche*
Häherflügel: Towa-Junge
Hirschgeweih: Pawnee-Junge
Huzipat: Clanhäuptling der Anasazi
Kleine Krähe: Clanhäuptling des Rabenclans der Towa
Kokopelli: toltekischer Zauberer und Frauenbetörer, Kwanis erster Gefährte und Chomocs leiblicher Vater
Kwani *(Die Sich Erinnert)*: blauäugige Anasazi-Frau, als Hexe von ihrem Volk verstoßen
Lapu: Towa-Junge
Lumu: Tolonquas jüngere Schwester
Micho: Towa-Läufer
Okalake: Acoyas verstorbener Vater
Owa: Tolonquas Sklave, ein Transvestit
Schneller Läufer: Medizinhäuptling des Rabenclans der Towa
Sikawa: Towa-Läufer
Stehender Bär: Häuptling der Pawnee
Talasi: Towa-Krieger, Owas Liebhaber
Tiopi: Yatoshas Gefährtin
Toho: Towa-Junge
Tolonqua: Jagd- und späterer Bauhäuptling der Towa, Kwanis zweiter Gefährte
Weiße Wolke: Acoyas Gefährtin
Yatosha: Jagdhäuptling der Anasazi
Zashue: Medizinhäuptling der Anasazi
Zwei Hirsche: Clanhäuptling der Towa

«Es ist wahr, Iquehuac. Wenn dir Gefahr droht, hör auf die Ahnen in deinem Blut. Höre die Stimme des Adlers.»

Zaviar Ramón Corte,
Tenochtitlán

Prolog

Das Licht in der Kiva des Häuptlings war trüb; nur von den Rändern der gewebten Yuccamatte, die über der Einstiegsluke lag, drang Tageslicht herein. Die Glut in der Feuergrube warf einen schwachen Schein auf die ernsten Gesichter der Häuptlinge und Ältesten, die sich zu einer Beratung versammelt hatten. Sie saßen im Halbkreis um die Feuergrube und dem Altar zugewandt, auf dem sich Gebetsstäbe, eine kleine Schale mit Maispollen – der heiligste Gegenstand ihrer Verehrung – und andere Dinge mit mächtiger Medizin befanden.

In diesem kreisförmigen, in das Reich der Erdmutter gegrabenen Zeremonienraum verkehrten gewählte Männer des Clans mit den Göttern. Hier flehten sie die Geister an und berieten sich untereinander. Über ihnen erhob sich, terrassenförmig angelegt, ihre stolze Stadt aus Stein, die schönste der großen Höhlenstädte, die je in den steil aus dem Cañon aufsteigenden Felsen gebaut wurden und deren unbezwingbare Höhe sie nur mit den Adlern teilte. Doch die Menschen, die ebenso stolz waren wie ihre Stadt, standen vor einer Katastrophe.

Huzipat, der bejahrte Häuptling des Adlerclans und der Ältesten, saß tief in Gedanken versunken und kommunizierte mit den Geistern der heiligen Gegenstände. Er suchte nach Worten für das, was er zu sagen hatte. Gedämpft drangen die Geräusche der Stadt in die Kiva – Rufe, Gelächter, Töne eines Lieds, das schrille Pfeifen der Knochenflöte. Sie standen in krassem Gegensatz zu der bedrückten Stimmung, die im Raum hing wie unsichtbarer Rauch. Der alte Häuptling faltete die Hände auf den überkreuzten Beinen und senkte das Kinn auf die Brust. Unter seinen buschigen Brauen warf er einen Blick auf die anderen, die ebenso mit überkreuzten Beinen dasaßen und den Blick gesenkt hielten – ausgenommen Zashue.

Der junge Medizinhäuptling, der wegen einer schartigen, vom Ohr zum Mund verlaufenden Narbe ständig zu grinsen schien, saß aufrecht, starrte geradeaus und sann auf Rache.

Huzipat kannte seine Gedanken. Seit Kwani – *Die Sich Erinnert*, wie sie sich nannte – sein Gesicht mit ihrem Speer entstellt hatte und ungestraft mit dem heiligen Halsschmuck entkommen war, lebte Zashue nur noch für seine Rache.

Huzipat seufzte. Etliche Monde waren vergangen, seit Kwani mit Kokopelli fortgegangen war, mit dem Mann des heiligen Samens und des wundervollen Zaubers, der auf der Flöte spielte und den Tieren befahl. Huzipat blickte auf seine gefalteten Hände, um nicht den Haß in Zashues Gesicht zu sehen, der nicht aufhörte, an ihm zu nagen und sein innerstes Wesen zerstörte. Wie konnte Zashue ein guter Medizinhäuptling sein, der Menschen heilte und mit den Göttern verkehrte, wenn der Haß seinen Geist zerfraß?

Schließlich hob Huzipat die Hand, um anzudeuten, daß er sprechen wollte. «Wir haben gefastet», begann er mit ruhiger Stimme, «wir haben Visionen gesucht. Wir haben gebetet und geopfert, doch die Strafen wurden nicht von uns gewendet. Die Götter sind nicht besänftigt.» Seine Stimme stockte. «Wir müssen diesen Ort verlassen.»

«Nein!» schrien alle verzweifelt. Nur Zashue schwieg, und sein Grinsen weitete sich, als er sagte:

«Ja! Wir gehen und suchen die Hexe, die uns Tod und Verderben gebracht und das Wolkenvolk vertrieben hat, so daß kein Regen fällt!»

Der alte Häuptling richtete sich auf. «Vier Monde sind vergangen, seit Kokopelli Kwani mitgenommen hat. Wir werden unsere Wanderung so fortsetzen, wie es Masau'u unseren Großvätern aufgetragen hat. Um unseren Schöpfer zu ehren. Das wißt ihr, ihr alle. Vielleicht bestrafen uns die Götter, weil wir hier zu lange verweilt haben. Es ist Zeit, höchste Zeit, daß wir gehen.»

Die Köpfe senkten sich, ergeben und gramgebeugt. Nur Zashue hob den Kopf noch höher. «Die Hexe hat den heiligen Halsschmuck gestohlen. Doch er gehört uns, unserem Clan.» Seine Stimme bebte vor Empörung. «Wir werden gehen, und wir werden sie finden.»

Huzipat durchbohrte ihn mit einem Blick. «Nein! Wir haben

erfahren, daß sie und Kokopelli nach Osten gegangen sind. Wir müssen nach Süden, wie andere vor uns, zu den Pueblos am Fluß. Wir werden wieder reichlich Wasser haben und gute Ernten. Wir gehen nach Süden. Ich habe gesprochen.»

Zashue antwortete nicht. Er starrte finster vor sich hin und strich mit der Hand über sein vernarbtes Gesicht.

Eine Mondreise weit im Osten, im Towa-Dorf Cicuye, war ebenfalls ein Kiva-Feuer bis auf die letzte Glut heruntergebrannt. Häuptlinge und Älteste hatten bis tief in die Nacht miteinander gesprochen. Nun starrten sie schweigend auf die glimmenden Reste des Feuers, während *Zwei Hirsche*, der Häuptling der Towa, erneut zu sprechen begann.

«Warum murrt ihr gegen mich, weil ich unserem Jagdhäuptling erlaubt habe, Kokopelli und seine Gefährtin auf ihrer Reise nach Osten über die Ebene zu führen? Es war meine Pflicht.»

«Aber er ist schon viel zu lange fort!» sagte ein Ältester. «Er sollte längst wieder zurück sein.»

«Aye.» Der Medizinhäuptling wirkte sehr ernst. «Ich fürchte, Tolonqua ist etwas zugestoßen.»

Eine Weile herrschte beklommenes Schweigen, während die Häuptlinge und Ältesten über diese Möglichkeit nachdachten. Gespenstische Schatten huschten über die Wände der Kiva. Wölfe heulten in der Ferne.

Schließlich räusperte sich ein junger Häuptling und erkundigte sich zaghaft: «Hattest du eine Vision?»

«Einen Traum. Ich sah unseren Jagdhäuptling in großer Gefahr – einen Kampf und Blut, sehr viel Blut. Und Feinde...»

«Was war mit Kokopellis Gefährtin?»

Er schüttelte den Kopf. «Gefahr – mehr kann ich nicht sagen.»

«Vielleicht ist Tolonqua Kokopelli bis in seine Heimat jenseits des Großen Flusses im Süden gefolgt. Vielleicht –»

«Nein!» sagte der Ruferhäuptling. «Tolonqua würde sein Volk nicht verlassen.»

Sie nickten. Tolonqua war der beste Jagdhäuptling, den die Towa je hatten, und er war treu. Er würde sein Volk niemals im Stich lassen.

«Aber ich hatte eine Vision», sagte der Sonnenhäuptling leise. «Ich sah unser Dorf verlassen, verlassen von uns allen...»

Bestürztes Gemurmel folgte seinen Worten.

«Warum?»

«Die Götter sind nicht zufrieden mit uns. Deshalb ist unserem Jagdhäuptling etwas zugestoßen. Wir werden bestraft.»

Ein greiser Ältester tadelte *Zwei Hirsche* mit dürrem Zeigefinger. «Sie sind nur deshalb nicht zufrieden, weil du Tolonqua erlaubt hast, für den Tolteken Kokopelli und die Anasazi *Die Sich Erinnert* den Führer und Beschützer zu machen. Wir sind Towa und Beschützer unseres eigenen Volkes.»

Wieder schwiegen alle. Seit Kokopelli, der Händler und Zauberer, mit Kwani, der blauäugigen Anasazi-Frau, nach Cicuye gekommen war, hatte Tolonqua ungebührliches Interesse an Kokopellis Gefährtin gezeigt. Die Frau war, obwohl im achten Monat schwanger, sehr schön, und Tolonqua war nicht der einzige Mann in Cicuye, der sie begehrt hatte. Zwei Monde waren vergangen, seit sie mit Tolonqua aufgebrochen waren, der sie nur so weit führen sollte, bis Kokopelli ein Boot erwerben und mit seiner Gefährtin in sein fernes Heimatland reisen würde.

Tolonquas Schwäche für *Die Sich Erinnert* war offensichtlich gewesen. War er ihnen gefolgt?

War er getötet worden?

Die Häuptlinge und Ältesten starrten düster auf ihre gefalteten Hände.

Was war mit ihrem Jagdhäuptling geschehen?

Wo war er?

Teil I
Cicuye 1272

1

Vorsichtig folgte Tolonqua der Flußbiegung, ohne auf die Fußabdrücke zu achten, die seine Büffelhautmokassins auf dem Sand hinterließen.

Doch was er so verzweifelt suchte, war nicht da.

Der Cañon war eng, vielfach gewunden und überwuchert von dichtem Gebüsch. Zu beiden Seiten ragten – rot, grün, grau und braun – zerklüftete, wulstig geformte Sandsteinfelsen in den erwachenden Himmel. Ein kleiner Fluß, kaum mehr als ein Bach, floß gurgelnd und plätschernd über Steine und um Felsbrocken herum. Seine Stimme war das einzige Geräusch an diesem abgelegenen Ort.

Oder doch nicht?

Tolonqua blieb stehen und lauschte. Er beobachtete die Schatten zwischen den Felsen, den Büschen, den Bäumen. Aber nichts regte sich, und nichts war zu hören außer dem Wind und dem Wasser.

Langsam ging er weiter und suchte das Ufer ab. Dreiundzwanzig Winter hatten seinen Körper gestählt, und die Sommer hatten das Rotbraun seiner Haut zu Bronze gebräunt. Sein Gesicht mit den hohen Jochbögen und der Adlernase trug den Ausdruck eines Mannes, der es gewohnt war, Autorität auszuüben. In einem kunstvoll aus Baumwolle gewebten Stirnband steckte am Hinterkopf eine Adlerfeder, deren eingeschnittenes Zackenmuster den Träger als Jagdhäuptling der Towa auswies. Seine Augen, schwarz und glänzend wie Obsidian, blickten gespannt nach vorn zu der Stelle, wo der Fluß erneut eine Biegung machte. Vielleicht fand er das, was er suchte, ein Stück weiter flußabwärts. Er untersuchte jedes Schlammloch und jede noch so kleine Bucht. Es war nicht da.

Seine frischen Fußabdrücke unterschieden sich deutlich von denen des Querecho, den er vor neun Tagen getötet hatte. Warteten seine Stammesangehörigen in einem Hinterhalt, um Rache zu nehmen?

Tolonqua blieb erneut stehen, horchte und achtete darauf, ob ein Vogel plötzlich aufflog oder ein anderes Anzeichen einen versteckten Feind verriet. Die Querechos, diese unerbittlichen Mörder, konnten sich überall versteckt halten, hinter Felsvorsprüngen, zwischen Bäumen und Büschen oder hinter den Felsbrocken an den Ufern. Neun Tage lang hatte Tolonqua diese Ufer und diesen Fluß abgesucht, doch was er suchte und unbedingt finden mußte, war wie vom Erdboden verschwunden.

Unsicher sah er sich um. Sein Nachteil war, daß er hier fremd war, ein Towa aus dem eine Mondreise entfernten Cicuye.

War da ein Geräusch? Er blieb stehen und lauschte.

Diese Cañon-Querechos kannten jeden Stein, jeden Baum, jedes Versteck. Der eine, der ihn angegriffen hatte, mußte längere Zeit auf der Lauer gelegen und gewußt haben, daß Kwani in einer Höhle neben dem Flußufer ihr Kind bekam. Sein Angriff erfolgte ganz plötzlich, leise und brutal.

Eine Bewegung zwischen den Bäumen? Der Schreck ließ ihn erstarren. Vielleicht wußten andere Querechos, daß er einen der ihren getötet hatte. Vielleicht wußten sie, daß er Kwani und das Neugeborene allein und schutzlos zurückgelassen hatte.

Bei dem Gedanken, daß sie dort hinten in der Höhle hilflos jedem Angriff ausgesetzt war, machte sein Herz einen Satz. Die Leiche des Mannes, den er getötet hatte, lag in einem Versteck, aber wenn die Querechos gefunden hatten, wonach er suchte, würden sie wissen, daß ein Fremder in ihr Gebiet eingedrungen war. Sie würden ihn verfolgen und sich fürchterlich rächen.

Der Cañon lag im Schatten des frühen Morgens. Friedlich plätscherte das Flüßchen zu Tal. Trügerisch friedlich. Alle Jäger auf diesen südwestlichen Ebenen wußten, daß es zu einem reißenden Gewässer werden konnte, das an den Ufern zerrte und sich tiefer und tiefer grub. Tolonqua blickte zum Himmel, wo sich dunkle Wolken zusammenzogen. Bei einem Gewitter würde der Fluß steigen und seine Fußabdrücke fortspülen.

Die ersten Tropfen fielen. Wenn der Fluß anschwoll, könnte das Wasser bis zu der Höhle steigen, in der Kwani und das Kind auf ihn warteten. Er mußte umkehren.

Der Wind wurde kühl. Tiefhängende schwarze Wolken

schoben sich über den Cañon. Die Farben der Felswände verblaßten. Ein Falke stieß auf das Wasser herab. Tolonqua lief schneller. Er mußte die Höhle erreichen, bevor das Wasser stieg.

Plötzlich blieb er stehen. Vor ihm neigte sich eine große Pappel über den Fluß. Es war ein heiliger Ort, denn hier war etwas Wundersames geschehen. Er verneigte sich und näherte sich mit gesenktem Haupt. Ein dunkler Fleck auf dem steinigen Boden unter dem Baum kennzeichnete die Stelle. Tolonqua betrachtete sie ehrfürchtig. Dann hob er den Blick zu den belaubten Zweigen. Dieser Baum hatte das Blut des Weißen Büffels getrunken, des Häuptlings aller Büffel, eines göttlichen Wesens.

Als Junge war Tolonqua in die Wildnis gegangen, um eine Vision zu suchen, die ihn zum Mann machen und ihm seinen Talisman und Schutzgeist enthüllen würde. Ihm war der Weiße Büffel erschienen, und er hatte versprochen, daß sie sich wiederbegegnen würden. Tolonqua wuchs zum Mann heran, voller Vertrauen darauf, daß das Fell des Weißen Büffels eines Tages ihm gehören würde, wenn er sich dessen würdig erwies. Der Besitz eines solchen Fells würde ihm, seinem Clan, seinen Söhnen und Enkeln Glück und großes Ansehen verleihen, das sich mit dem heiligen Fell von Generation zu Generation vererbte.

Jahre vergingen. Schließlich wurde das Versprechen wahr.

Vor neun Tagen war Tolonqua hier, unter diesem Baum, dem Weißen Büffel begegnet. Er stand im gesprenkelten Schatten der Pappel, und während Tolonqua vor Ehrfurcht erstarrte, hatte das große, stolze Wesen den Kopf gesenkt und war langsam, in seiner ganzen majestätischen Pracht auf ihn zugegangen. Der Weiße Büffel hatte Tolonqua aus rötlichen Augen fest angesehen, und es war ihm, als hätte das göttliche Wesen zu ihm gesprochen: «Ich erwarte den Pfeil.»

Demütig und verzückt zugleich hatte Tolonqua seinen Bogen gehoben und den Pfeil geschossen.

Als er jetzt auf die dunkle Stelle unter dem Baum blickte, floß sein Herz über vor Dankbarkeit. Leise sprach er ein Lob- und

Dankgebet. Dann nahm er aus einem Beutel an seiner Hüfte eine kleine Handvoll Maismehl und streute sie auf den dunklen Fleck. Die Geister des Baums und des Weißen Büffels waren jetzt vereint. Er blickte noch einmal hinauf zu den belaubten Zweigen. Die Blätter zitterten im Wind. Er hob die Hand zum Zeichen des Danks und eilte weiter zu der Höhle, wo Kwani und das Kind, allein mit dem heiligen Fell und dem Fleisch des göttlichen Wesens, auf ihn warteten.

Das Fell des Weißen Büffels lag ausgebreitet und straff gespannt zwischen Pflöcken auf dem Boden. Kwani kniete daneben und entfernte mit einem Schaber aus Feuerstein das Fett von der Haut. Sie arbeitete sorgfältig. Ihre blauen Augen, die sie von den anderen, braunäugigen Menschen unterschieden, blickten konzentriert. Ihr langes dunkles Haar und ihr Halsschmuck mit dem Muschelanhänger pendelten im Rhythmus ihrer Bewegung. Hin und wieder hob sie den Kopf, horchte, und ihre Augen suchten den Cañon ab nach einem Anzeichen, ob jemand oder etwas herannahte.

Wo blieb nur Tolonqua? Er war gegangen, ohne etwas zu sagen.

Neben ihr, auf einem Wiegenbrett, lag ihr neugeborener Sohn Acoya, der sie mit seinen runden dunklen Augen zu beobachten schien. Sein schwarzes Haar, so weich wie Adlerdaunen, streichelte der Wind. Kwani fand, er war ein wunderschönes Kind. Und er war auch auf wunderbare Weise auserwählt.

Vor neun Tagen, noch vor Acoyas Geburt und bevor Tolonqua dem Weißen Büffel begegnete, war das göttliche Wesen zu ihr in den Fluß gekommen. Es erschien plötzlich am gegenüberliegenden Ufer und watete, den Blick auf Kwani gerichtet, in den Fluß.

Es war, als hätte es ihr wortlos mitgeteilt, daß sie einen Sohn gebären würde und daß er, der Weiße Büffel, der Schutzgeist des Jungen sein würde. Den Beweis dafür – die Umrisse eines Büffelkopfs – trug Acoya auf der Sohle seines winzigen rechten Fußes.

Kwani legte die Hände auf das Fell und murmelte ein Dankgebet. Aber sie wünschte, sie fühlte sich weniger traurig. Seit Acoyas Geburt sang sie nicht mehr.

Wenn sie nur nicht den langen Weg bis nach Cicuye zurückgehen müßte! Wenn sie nur wüßte, ob man sie dort als Tolonquas Gattin willkommen heißen würde! Sie war als Kokopellis Gefährtin nach Cicuye gekommen. Würde man sie, eine Anasazi und einstige Gefährtin von Kokopelli, als Gattin eines Towa-Jagdhäuptlings akzeptieren?

Zeit ihres Lebens hatte sich Kwani nach einem Zuhause und einem eigenen Volk gesehnt. Doch weil sie anders war, weil sie blaue Augen hatte, gehörte sie nirgends dazu.

Kwani seufzte. Sie wünschte, sie hätte der Tätigkeit ihrer Mutter mehr Aufmerksamkeit geschenkt, die Geburtshelferin war und sicher gewußt hätte, wie sich die Frauen nach einer Geburt fühlten. Jetzt war sie in Sipapu, wo die Ahnen wohnten, aber manchmal besuchte sie Kwani im Traum.

Kwani warf einen Blick über die Schulter zu der Höhle, wo sie Acoya geboren hatte. Als ihre Zeit gekommen war, hatte Tolonqua sie hierhergebracht. Kokopelli hatte ihr mit seinen Heilkünsten geholfen wie immer. Doch als sie aufgewacht war, hatte er sie bereits verlassen – weil sie eine Anasazi, eine Puebloindianerin, war und er ein vornehmer Tolteke und weil er begriffen hatte, daß sie ihren Sohn nicht als Tolteken an einem fernen Ort aufwachsen lassen wollte.

Er hatte Geschenke zurückgelassen. Und Erinnerungen.

Der Wind roch nach Regen. Kwani sah die dunklen Wolken heraufziehen. Wo war Tolonqua?

Kwani hatte immer gewußt, daß Tolonqua sie liebte. Jetzt war er ihr Gefährte, doch sie liebte ihn anders als Kokopelli. Kokopelli hatte etwas von einem Zauberer an sich; er war beinahe wie ein Gott. Tolonqua war faßbar, ein Puebloindianer wie sie. Ihre Geister berührten sich.

In der Ferne grollte der Donner. Tolonqua würde bestimmt bald zurückkommen. Er war nicht auf die Jagd gegangen, denn sie hatten bereits mehr Fleisch, als sie tragen konnten; nicht einmal auf dem Travois, das Tolonqua gemacht hatte, konnten sie alles mitnehmen. Er hatte dazu zwei gleich lange Stangen nebeneinander gelegt und sie an einem Ende mit drei über Kreuz befestigten Hölzern verbunden, die eine Tragfläche bildeten. Kwani fragte sich nur, wie Tolonqua den schweren Schleppschlitten, ein Stangenende in jeder Hand, über das unebene Gelände und die Steilufer des Cañons ziehen wollte. Aber er mußte es schaffen. Das Fell des Weißen Büffels war unendlich kostbar. Sie durften es nicht zurücklassen.

Auch Kokopellis Geschenke waren sehr wertvoll – die schönen Decken, Körbe, Schüsseln, Becher, Muscheln aus fernen Meeren, Feuersteinmesser, Knochennadeln, das Salz und viele Längen des kräftigen Yuccazwirns, dazu Kokopellis schwerer goldener Halsschmuck, den Acoya tragen sollte, wenn er erwachsen war. Sie waren reich. Sie bräuchten Hunde, um dies alles zu transportieren.

Der Wind ließ den nahenden Herbst ahnen. Kwani stopfte die Decke fester um Acoya und wickelte sich enger in ihr baumwollenes, perlenbesticktes Kleid, das über der rechten Schulter geknotet war und die andere Schulter freiließ. Sie schob ihr Haar mit den Händen zurück. Gewöhnlich trug sie es seitlich hochgekämmt und über den Ohren zu einer Rolle gedreht; es war die herkömmliche Kürbisblütenhaartracht. Doch das Bürsten und Feststecken kostete viel Zeit, die sie jetzt nicht erübrigen konnte, denn das kostbare Büffelfell mußte sofort und gründlich bearbeitet werden. Das Fleisch trocknete bereits in Streifen geschnitten an langen Stöcken, die sie quer über gegabelte Äste gelegt hatte. Dörrfleisch verdarb nicht und war leichter zu tragen.

Besorgt blickte sie zum Himmel, der sich immer mehr verdüsterte. Das Fleisch mußte in die Höhle geschafft werden. Was sie nicht mitnehmen konnten, mußte hierbleiben, bis sie zurückkamen, um es zu holen.

Auf dem gegenüberliegenden Flußufer erhob sich krächzend ein Krähenschwarm. Was hatte die Vögel aufgescheucht? Tolonqua? Sie schlitterte zum Ufer hinunter und blickte flußaufwärts. Vielleicht waren es Querechos, die wußten, daß sie allein war.

Mit Entsetzen erinnerte sie sich an den Überfall, den Kokopelli und Tolonqua abgewehrt hatten, während sie in der Höhle, schreiend vor Schmerz und Angst, ihr Kind zur Welt brachte.

Sie lief zurück in die Höhle, schob die Babytrage in eine Ecke und warf eine Schlafdecke darüber. Das Kind wimmerte.

«Sei still und schlafe!» flüsterte sie.

In panischer Angst suchte sie in Tolonquas Bündel nach dem Jagdmesser, einer scharfen Feuersteinklinge mit einem Knochenschaft. Sie packte es mit beiden Händen und schlich sich zum Höhleneingang. Vorsichtig spähte sie hinaus.

Es war ein Kojote! Ein Kojote, der am Fluß trank.

Erleichtert ließ sie das Messer sinken. «Ho, Bruder Kojote!» rief sie ihm zu. Er hob die Schnauze und trollte sich.

Lachend ließ Kwani das Messer fallen. Sie nahm die Decke von dem weinenden Kind, löste die Wildlederriemen, mit denen es auf dem Wiegenbrett festgebunden war, und nahm es auf den Arm.

«Du hast Hunger, nicht wahr?»

Sie setzte sich und legte das zappelnde Kind an die Brust. Während es trank, summte sie leise vor sich hin. Sie hatte ein schönes Kind und nicht den geringsten Grund, traurig zu sein.

Plötzlich hörte sie Schritte. Sie unterdrückte einen Schrei.

Tolonqua betrat die Höhle und beugte sich lächelnd über sie.

«Ich grüße dich», sagte er, wie es bei den Anasazi Brauch war und er es von Kwani übernommen hatte.

«Mein Herz freut sich!» Es war die übliche Antwort, aber sie hätte nicht zutreffender sein können. «Warum bist du fortgegangen? Wir haben genug Fleisch...»

Er setzte sich neben sie. «Ich habe es dir noch nicht gesagt, aber als Kokopelli und ich mit dem Querecho kämpften, habe ich das hier mit Kokopellis Messer gemacht.» Er fuhr mit dem Finger quer über seinen Hals. «Der Kopf des Querecho rollte hinunter in den Fluß.»

«Der Kopf?» stieß Kwani hervor.

Tolonqua nickte. Er mußte immer wieder an das verzerrte Gesicht und den blutigen Halsstumpf denken, als der Kopf den Abhang hinunterrollte, während der kopflose Rumpf hingestreckt neben der Höhle lag.

«Ich habe den Kopf gesucht, um ihn zu vergraben, damit sie ihn nicht finden würden. Aber er ist weg.»

Ängstlich blickte sie zum Höhleneingang. «Was ist, wenn...»

Einen, dem der Kopf abgeschlagen wurde, nicht zu beerdigen, war schrecklich, selbst wenn es sich um einen Feind handelte. Sein Geist würde rastlos umherwandern auf der Suche nach dem Kopf, damit er durch die Öffnung an der Schädeldecke nach Sipapu fliehen konnte.

«Hab keine Angst», sagte Tolonqua. «Wir werden aufbrechen, bevor es regnet. Bald sind wir aus dem Cañon heraus und auf der Ebene.»

Auf der Ebene, die wenig Verstecke bot, waren Feinde leicht auszumachen, wogegen sich hier im Cañon ein ganzer Clan in den Windungen und Rinnen verbergen konnte. Kwani blickte in das hagere, junge Gesicht ihres Gefährten, in seine schwarzen Augen, die aufleuchteten, als sich ihre Blicke begegneten, und sie fühlte sich getröstet.

Der Donner kam näher.

Kwani steckte Acoya wieder in die Wiege und eilte mit Tolonqua vor die Höhle. Er hob die Stangen mit dem Büffelfleisch aus den Gestellen, und Kwani löste Arme voll Dörrfleischstreifen ab.

Tolonqua hockte sich auf die Fersen und dachte nach. Es würde nicht leicht sein, ein großes Bündel auf dem Rücken zu tragen und das Travois zu ziehen. Das Büffelfell war durch das Schaben leichter geworden, aber es war noch immer viel zu schwer, um es zu tragen. Dazu kamen das Dörrfleisch, Kokopellis Geschenke sowie Kwanis und seine persönliche Habe. Und das Kind.

Sie mußten ihre Bündel leichter machen. Er ging wieder in die Höhle und leerte den Inhalt beider Bündel auf den Boden.

«Was tust du da?» rief Kwani.

«Wir müssen einiges hierlassen und es später holen.»

«Ich muß meinen Medizinpfeil bei mir haben. Der Medizinhäuptling schoß seinen Hexentöterpfeil auf mich ab, aber der Pfeil wollte mich nicht treffen. Er beschützt mich! Und ich brauche Windelzeug. Und meine Haarbürste...»

Tolonqua seufzte. Wir müssen so schnell wie möglich aus dieser Schlucht raus, und sie braucht ihre Haarbürste. Aber er sagte: «Gut. Doch als erstes müssen wir die Büffelhaut auf das Travois packen.»

Sie legten das Travois auf den Boden und breiteten die Büffelhaut mit der Fellseite nach oben darüber.

«Jetzt das Fleisch.»

Sie stapelten Dörrfleisch auf das Fell, und dann faltete Tolonqua die vier überstehenden Fellseiten darüber und schnürte das Ganze zu einem Bündel, das er mit Yuccastricken an den Stangen des Travois befestigte. Eine kleinere Menge Dörrfleisch für die Mahlzeiten unterwegs wickelte er in ein altes, zerrissenes Kleidungsstück, schnürte es zu einem leicht zu öffnenden Bündel und befestigte es ebenfalls auf dem Travois.

Kwani besah sich die Ladung. «Wirst du das durch den Cañon ziehen können?» fragte sie zweifelnd.

«Ich muß es können.»

Kwani nickte. Das Fell des Weißen Büffels war ein unbezahlbarer Schatz. Und das Fleisch würde jedem, der davon aß, göttliche Kräfte verleihen.

Sie blickten auf all die anderen Schätze, die auf dem Boden verstreut lagen. «Nimm nur, was du mit dem Kind tragen kannst», sagte Tolonqua. «Ich übernehme den Rest.» Er begann, sein Bündel zu packen.

Nachdem Kwani ihre Wahl getroffen hatte, betrachtete sie den Rest. Tolonquas Bündel war ein dicker Packen, vollgestopft mit Kokopellis Kostbarkeiten, den Türkisen und dem goldenen Halsschmuck.

Tolonqua trat aus der Höhle. Der Fluß stieg bereits. «Wir müssen uns beeilen!» Er hob ihr Bündel auf und wog es in der Hand. «Du hast viel zu viel hineingepackt. Es ist zu schwer.»

Warum glaubte er, sie könnte kein schweres Bündel tragen, obwohl sie genau das getan hatte, seit sie Cicuye verlassen hatten? War sie jetzt, wo sie zurückkehrten, plötzlich ein kleines Mädchen, das keine Frauenlast tragen konnte? Ha!

«Laß es mich versuchen.»

Er hob ihr das Bündel auf den Rücken, und sie rückte sich den

Tragriemen über der Stirn zurecht. Es war tatsächlich viel zu schwer, aber sie würde es niemals zugeben.

«Ich werde es tragen. Und Acoya. Was ist mit dem restlichen Fleisch?»

«Wir müssen es zurücklassen.» Tolonqua bemühte sich, seine Ungeduld zu zügeln. Sie mußten hier weg!

«Nein!» rief Kwani. «Es ist nicht für Raben oder Wölfe oder irgendwelche Tiere, die hier vorbeikommen. Es ist das Fleisch des Weißen Büffels!»

«Wir dürfen uns hier nicht länger aufhalten. Es ist gefährlich!» Wie konnte sie nur so unvernünftig sein! «Wir müssen hier weg. Jetzt gleich!»

Kwani schämte sich, als ihr plötzlich Tränen in die Augen schossen. «Bring es wenigstens in die Höhle, damit es nicht naß wird», bat sie leise.

Er blickte in ihre blauen Augen und sein Herz schmolz. Wortlos ging er zu den Trockengestellen, entfernte den Rest der Fleischstreifen und brachte sie in die Höhle.

«Ich habe das Fleisch auf ein Felssims gelegt, damit die Tiere nicht herankommen», sagte Tolonqua, als er zurückkam.

Kwani lächelte. «Ich danke dir.»

Ihrem Lächeln zu widerstehen war schwer. Er hievte sich sein schweres Bündel auf den Rücken und stieg zwischen die Stangen des Travois. Dann packte er mit jeder Hand eine Stange und zog die darauf festgezurrte Last über den Boden. Kwani sah, wie seine Arm- und Rückenmuskeln hervortraten. Sie folgte ihm, gebeugt unter dem Gewicht ihres Bündels und mit Acoya in der Trage auf dem Arm. Das Wiegenbrett drückte auf die Kammmuschel an ihrem Halsschmuck. Es war der Halsschmuck von *Die Sich Erinnert*, der Talisman all jener, die vor ihr *Die Sich Erinnert* waren, und sie fühlte sich beruhigt.

Das ist es, was ich bin, dachte sie. Sie war eins mit den Vorfahrinnen, mit allen, die vor ihr *Die Sich Erinnert* waren.

Ihre Last schien mit einem Mal leichter zu sein, und ihre Stimmung hob sich. Sie befand sich auf dem Weg nach Cicuye, der Heimat von Tolonqua, die nun auch die ihre war. Seit sie von ihrem Volk verstoßen worden war, um allein zu sterben, hatte sie kein eigenes Zuhause mehr gehabt. Nun würden ihre sehnsüchtigen Träume in Erfüllung gehen.

Sie folgte Tolonqua über das felsige Gelände. Da sie beide Arme benötigte, um das Kind zu tragen, konnte sie sich der tiefhängenden Zweige und Dornenranken, die nach ihr griffen, nicht erwehren.

Als sie kurz rasteten, rauschte der kleine Fluß lauter als sonst in seinem felsigen Bett. Doch außer ihm und dem Wind war nichts zu hören.

Mühevoll zog Tolonqua das Travois ein Stück weiter oben am Ufer entlang. Kwani folgte ihm keuchend. Der Tragriemen ihres Bündels schnitt in ihre Stirn, und das schlafende Kind auf dem Wiegenbrett wurde immer schwerer.

Es donnerte und blitzte. Acoya begann zu weinen. Und plötzlich begann es zu regnen, als schüttete der Himmel eine riesige Schüssel voll Wasser in den Cañon. Naß bis auf die Haut stolperte Kwani weiter mit dem Kind auf dem Arm und dem Bündel auf dem Rücken.

«Dort hinauf!»

Tolonqua deutete zu einem überhängenden Felsvorsprung. Er versuchte, das Travois den mit Geröll übersäten Hang hinaufzuziehen, doch der Schlitten blieb immer wieder stecken.

«Ich helfe dir», rief Kwani. Sie faßte eine der Stangen, grub die Füße in den lehmigen Boden, und zu zweit zogen sie das Travois unter den schützenden Felsvorsprung, während der Regen auf sie niederprasselte.

Sie kauerten sich unter den Felsen. Der Wind wehte etwas Regen zu ihnen hinein, aber vor dem großen Guß waren sie geschützt.

Das Kind weinte lauter. Kwani wiegte es leise summend in den Armen. Immer wieder krachte der Donner, und Blitze tauchten den Cañon in ein unheimliches Licht.

«Wir müssen den Pfad erreichen, der auf die Ebene führt!» Tolonqua nahm eine Decke aus seinem Bündel. «Wickle das Kind darin ein», sagte er. «Ich nehme das Wiegenbrett.»

Kwani hüllte Acoya in die schützende Decke, und Tolonqua band das Wiegenbrett mit Yuccaschnur an sein Bündel.

«Gehen wir.» Er schulterte sein Bündel, packte die Stangen des Travois und trat, gebückt und schwer atmend unter seiner Last, auf den Hang hinaus. Kwani folgte ihm.

Der Fluß stieg rasch. Kwani erschrak, als sie sah, wie das Wasser an der Stelle, wo sich der Cañon verengte, brodelte und schäumte.

Als sie versuchten, höher zu klettern, grub sich das schwer beladene Travois in den Boden und rutschte unkontrollierbar vor und zurück. Tolonqua fluchte. Vom Regen gelockerte Steine stürzten herab. Kwani wich einem heranrollenden Stein aus, glitt aus und fiel, das Kind mit beiden Armen umklammernd.

«Tolonqua!»

Er drehte sich um, ließ das Travois fahren und schlitterte, die Fersen in den Boden stemmend und an Büschen Halt suchend, zu ihr hinunter. «Nicht bewegen!» schrie er. «Ich komme!»

Kwani versuchte stillzuhalten, aber sie spürte, wie Steine sich ihr in den Rücken bohrten, dorniges Gestrüpp ihre Beine zerkratzte und der rutschende Schlamm sie tiefer und tiefer schob.

War das die Rache des toten Querecho? Sie und das Kind in dem tobenden Fluß zu ertränken?

Kwani griff verzweifelt nach einem Busch. Der Fluß toste in ihren Ohren. Hilflos hieb sie die Fersen in das Erdreich. Das Kind schrie, und sie drückte es noch fester an sich. Sie sah Tolonqua zu ihr herunterkommen mit dem wild schlingernden Travois hinter ihm.

Verzweifelt betete sie zu den Vorfahrinnen. «Helft uns!»

Tolonqua verlor den Halt und rutschte den Hang hinunter. Das Travois torkelte an ihm vorbei und kippte am Uferrand. Das kleine Dörrfleischbündel fiel heraus und verschwand im Fluß.

Als Kwanis Kochtopf, zwei Becher und eine Schüssel dicht neben ihr zum Wasser rollten, streckte sie den Arm aus, um sie aufzuhalten.

«Nicht!» Tolonqua packte den Zweig eines kleinen Wacholderstrauchs, fand Halt und stieg vorsichtig das letzte Stück bis zu Kwani hinunter. Er ergriff ihren Arm und zog sie hoch.

«Hol das Travois», stieß sie hervor, während sie mühsam auf die Beine kam.

Er zerrte das Travois vom Ufer weg zu der Stelle, wo Kwani im strömenden Regen, schlammverschmiert und den schreienden Säugling an die Brust gedrückt, in die Fluten starrte, in denen ihr Geschirr verschwand. Welche Götter verwandelten einen friedlichen kleinen Fluß in ein wildes Raubtier? Sie schauderte.

«Gehen wir zurück unter den Felsvorsprung», sagte sie. Sie durfte das Kind nicht länger dem prasselnden Regen aussetzen.

«Nein. Der Pfad ist vor uns, dort oben. Wir müssen ihn erreichen. Dann sind wir in Sicherheit.»

Gemeinsam schleppten sie das Travois den tückischen Hang hinauf. Nur hin und wieder, wo sie sich gegen die Wurzeln des Gestrüpps stemmen konnten, legten sie eine Pause ein. Über ihnen ragten die zerklüfteten Felsen. Unten schoß der angeschwollene und die Ufer verwüstende Fluß durch die gewundene Engstelle des Cañons. Der Pfad, der aus der Schlucht hinaus auf die Ebene führte, lag vor ihnen. Sie hatten ihn so gut wie erreicht.

Tolonqua warf einen kurzen Blick auf Kwani, die sich unter ihrer schweren Last mühte. Frauen waren es gewohnt, Lasten zu tragen, aber vielleicht war es ein Fehler, daß er ihr erlaubt hatte, soviel zu tragen.

Er schaute noch einmal zu ihr hin. Sie ging, weit vornübergebeugt, durch den strömenden Regen. Der Tragriemen drückte sich tief in ihre Stirn. Ihr Gesicht war vor Anstrengung verzerrt, ihr sonst so weicher Mund fest zusammengepreßt. Zärtlichkeit und Mitleid wallten in ihm auf. Sobald sie die Ebene erreicht hatten und sich außer Gefahr befanden, würde er ein Lager aufschlagen. Dann konnte sie sich ausruhen.

«Ich kann das Travois jetzt allein ziehen. Gib mir die Stange.»

Kwani nickte erleichtert und stapfte hinter ihm her.

Die Götter schleuderten ihre blitzenden Speere mit schrecklicher Gewalt und brüllten furchterregend. Ihre Stimmen hallten von den Wänden des Cañons wider, und es schien, als bebte nicht nur die Erde, sondern auch die Luft.

Kwani kämpfte sich Schritt für Schritt hinter Tolonqua voran, die tropfnasse Decke tief über den Kopf gezogen, um den Regen wenigstens etwas abzuhalten. Acoya wimmerte wie ein Welpe.

«Sei tapfer, Acoya!» flüsterte Kwani, aber es war mehr eine Aufforderung an sie selbst. Sie erinnerte sich, was die Große Alte gesagt hatte, die einst vor ihr *Die Sich Erinnert* war: «Wir, die wir *Die Sich Erinnert* sind, gehören keinem Clan an, keinem einzelnen Volk. Wir sind vom Frauenvolk und müssen viel ertragen. Sich anstrengen macht stark und wissend, es schärft den Geist und öffnet das Auge des Verstands.»

Mit neugewonnener Kraft richtete sie sich auf und ließ den Regen über ihr Gesicht strömen. Sie blickte hinunter zum Fluß. Ihre Angst war verflogen.

«Tolonqua!» rief sie und lächelte ihm zu. «Wir haben es fast geschafft!»

Ihre lebhafte Stimme, ihr Lächeln und die Art, wie sie dastand, wärmten sein Herz. Sein Bündel erschien ihm plötzlich leichter, das Travois weniger schwer. «Ja!» rief er zurück. «Nur noch um diese Biegung!»

Der Regen hörte ebenso unvermittelt auf, wie er begonnen hatte. Kwani befreite sich und Acoya von der nassen Decke. «Siehst du?» sagte sie zu Acoya. «Der Regen hat aufgehört.»

Tolonqua wies mit dem Kopf voraus. «Dort ist der Pfad!»

Der Cañon vor ihnen weitete sich, und ein von zahllosen Büffeln ausgetretener Pfad wand sich zur Ebene empor. Das Gelände war hier weniger schwierig, und so hatten sie ihn bald erreicht. Während sie höher stiegen, blickten sie zurück. Von hier oben konnten sie über die letzte Windung des Cañons hinausschauen.

Tolonqua blieb stehen. In der Schlucht unten hatte sich etwas bewegt.

«Was ist?» fragte Kwani.

«Ich weiß es nicht genau.»

Wortlos wandte er sich um und ging weiter. Aber Kwani hatte die zwei Männer gesehen.

Der abgeschlagene Kopf trieb flußabwärts. Die offenen, starren Augen schienen etwas zu suchen. Das schwarze Haar schlängelte sich im Wasser, kein Laut drang aus dem aufgerissenen Mund. Kleine Fische folgten ihm, während er über Steine scharrte oder in einem Strudel kreiselte, während er auf und nieder hüpfend aus dem Fluß auftauchte und wieder verschwand.

2

Kwani folgte Tolonqua nur mühsam, während er das schwer beladene Travois über das unebene Gelände zog. Es war der zweite Tag, seit sie den Cañon verlassen hatten. Gras und Boden waren im heißen Atem des Sonnenvaters verdorrt. Präriehunde stießen ihre schrillen Warnrufe aus und flitzten in ihre Erdlöcher. Tolonqua versuchte, ihnen aus dem Weg zu gehen. Manchmal waren ihre Kolonien so ausgedehnt, daß sie einen größeren Umweg machen mußten. Hin und wieder stieß das Travois gegen unsichtbare Felsen unter dem braunschwarzen Gras; einmal drohte es dabei sogar umzukippen.

Tolonqua hielt an und wischte sich den Schweiß vom Gesicht. «Ich brauche Hunde, um diese Last zu ziehen.»

Kwani nahm den Tragriemen von der Stirn und ließ ihr Bündel fallen. Sie setzte sich darauf und blickte zu Tolonqua auf. «Laß uns ein wenig rasten.»

Er streckte die Arme nach dem Kind aus. «Gib mir den Jungen. Ich halte ihn, während du dich ausruhst.»

Dankbar gab sie ihm Acoya. Dann setzte sie sich auf den Boden und lehnte sich mit dem Rücken gegen ihr Bündel. Ringsum erstreckten sich, endlos und leer, die Ebenen. Kwani war zeit ihres Lebens von Bergen und schützenden Felsen umgeben gewesen. Hier gab es nichts, woran sich das Auge festhalten konnte, nichts, das Schutz bot. Sie fühlte sich ausgesetzt und verletzlich und sehnte sich nach den Schluchten und steilen Felsmauern, die sie kannte. Doch von dort hatte man sie vertrieben. Sie mußte der Gegenwart ins Gesicht sehen und Vergangenes vergessen.

«Wo könnten wir Hunde bekommen?»

«Am Ort des Regenbogen-Feuersteins, wenn wir nicht schon vorher Jägern mit Hunden begegnen.» Er hielt die Hand über die Augen und spähte in die Ferne.

Kwani blickte zu dem leeren Horizont. «Glaubst du, daß hier Jäger vorbeikommen werden?»

Er zuckte die Achseln. «Vielleicht.»

Sie sah sich unbehaglich um. Aus dem Cañon war ihnen niemand gefolgt, dessen war sie ganz sicher. Warum also diese dumpfen Vorahnungen?

Sie dachte an den Kopf im Fluß und an die Männer, die sie im Cañon gesehen hatte. Gehörten sie zu dem Querecho-Clan, dessen Männer sie überfallen hatten, als Acoya geboren wurde? Ein kalter Finger schien sich in ihren Rücken zu bohren.

«Wenn wir von Jägern Hunde eintauschen können, gehen wir dann auf direktem Weg nach Cicuye? Ich bin so müde.»

«Wir können am Ort des Regenbogen-Feuersteins ausruhen. Das Dorf dort –»

«Ich will aber in unserem Heim ausruhen.»

Er setzte sich auf die Fersen und sah sie stirnrunzelnd an. Keine Towa-Frau würde so halsstarrig sein. Er wollte den wertvollen Feuerstein haben, um ihn gegen Hunde zu tauschen. Aber Kwani war eine Anasazi; das durfte er nicht vergessen.

«Vielleicht treffen wir ja keine Jäger. Weder mit noch ohne Hunde.» Er gab ihr Acoya zurück und stand auf. «Wir müssen weiter.» Er hob ihr Bündel hoch und war beschämt; selbst ohne den Kochtopf und die anderen Dinge, die sie am Fluß verloren hatte, war es noch viel zu schwer. Er legte es wieder auf den Boden, öffnete es und begann, verschiedene Dinge herauszunehmen.

«Nein!» rief Kwani. «Was tust du da?»

Er wandte sich ab, um seine Gefühle nicht zu zeigen. Ein Towa schämte sich nicht. «Du vergißt, daß ich dein Gefährte bin und ein Towa. Du wirst tun, was ich dir sage.»

«Und ich bin weder deine Sklavin noch ein Hund, noch ein Kind, das man herumkommandiert», sagte sie aufgebracht. «Ich bin deine Gefährtin, und möchte als solche behandelt werden.»

Ihre Stimme zitterte.

Er fuhr jedoch, scheinbar ungerührt, fort, Dinge aus ihrem Bündel zu nehmen und auf die Erde zu werfen. Als er ihren Medizinpfeil herausnahm, riß sie ihn an sich.

«Das ist der Pfeil, mit dem mich der Medizinhäuptling töten wollte. Er schützt mich! Ich –»

Sie verstummte, als sie sah, daß er einiges von ihren Sachen in sein Bündel stopfte. Es war nicht ganz einfach, aber nachdem er Kwanis Federdecke über das Travois gelegt hatte, konnte er alles übrige in seinem Bündel verstauen.

«Jetzt ist dein Bündel leichter», stellte er nüchtern fest. «Den Medizinpfeil kannst du behalten.»

Sie sah ihn dankbar an.

Verwundert erwiderte er ihren Blick. Er war nicht unerfahren im Umgang mit Frauen, aber diese hier erstaunte ihn immer wieder. Eben noch sprühte sie vor Zorn, und dann schenkte sie ihm diesen Blick.

Am späten Nachmittag hatte Tolonqua haltgemacht, um ein Lager aufzuschlagen. Sie hatten weder Menschen gesehen noch Rauch von einem Feuer. Kwani saß im Gras und stillte das Kind. Sie strich über das flaumige Köpfchen und blickte bewundernd auf ihr schönes Kind. Ihr Sohn mit dem Muttermal auf der Sohle des rechten Fußes, dem Kopf des Weißen Büffels, war ein Auserwählter und würde eines Tages ein großer Häuptling sein.

Glücklich tastete sie nach dem Halsschmuck mit dem Muschelanhänger. Er war mit Türkisen verziert, die ein geheimnisvolles Muster bildeten, und wurde seit Generationen nur von *Die Sich Erinnert*-Frauen getragen. Einen Moment lang dachte sie an den Clan, dem er gehörte. Sie hatte den Schmuck bekommen, bevor man sie vertrieben hatte. Es war ihre Pflicht, ihn zu behalten, bis sie eine Nachfolgerin erwählt hatte.

Tolonqua blickte auf, während er dem Kochfeuer Luft zufächelte. «Bist du glücklich?»

«Ja.»

Er kniete sich neben sie. Seine obsidianschwarzen Augen schienen zu glühen. «Heute abend werde ich dir zeigen, wie glücklich ich bin.»

Er beugte sich vor, um sie zu liebkosen, hielt jedoch plötzlich inne. Er hob den Kopf und lauschte.

Kwani reckte sich ebenfalls. Weit und breit war nichts zu sehen und nichts zu hören. Nur ein leiser Wind strich über das Gras.

Tolonqua schüttelte den Kopf, legte getrockneten Büffelmist auf die Flammen und entfernte das Gras rings um die Feuerstelle. Er fühlte sich unbehaglich. Was er gehört hatte, war kein gewöhnliches Geräusch. Es klang wie ein Ruf aus der Unterwelt, wie ein Geisterruf. Was bedeutete das? Er blickte zu Kwani, die das Kind stillte, und sein Herz zog sich zusammen. Sie war die Frau, auf die er sein Leben lang gewartet hatte. Er hatte sie dem unbesiegbaren Tolteken abgewonnen. Sann Kokopelli jetzt auf Rache?

Kwani wechselte die Unterlage im Wiegenbrett, die aus saugfähiger, zerfaserter Zedernrinde bestand, und legte das schlafende Kind hinein. Sie verschnürte die weiche Wildlederhülle, die schön bestickt war mit bunten Muschelstücken und Türkisperlen und dazu bemalt in fröhlichen Farben. Es war das schönste Wiegenbrett, das sie je gesehen hatte – ein Geschenk von Tolonqua.

Da sie nun keinen Kochtopf mehr besaßen, scharrte Kwani eine kleine Grube in die Erde, legte sie mit einem Stück zäher Tierhaut aus und füllte Wasser hinein. Mit zwei gegabelten Kochstöcken nahm sie die Steine, die sie im Feuer erhitzt hatte, und legte sie in das Wasser. Jedesmal, wenn sie einen Stein hineingleiten ließ, zischte und dampfte das Wasser. Als das Wasser kochte, gab Kwani getrocknetes Büffelfleisch dazu, das gekocht zur dreifachen Menge aufquoll und eine herzhafte und köstliche Mahlzeit ergab.

Als Kwani und Tolonqua gegessen hatten, saßen sie in der Stille der heraufziehenden Dämmerung neben dem Feuer, blickten in die Glut, und Kwani begann leise zu singen. Tolonqua begleitete sie mit seiner vollen Stimme. Kwani liebte es, wenn er mit ihr sang. Es war eine andere Art, sich zu lieben.

Die Dunkelheit hüllte sie ein wie eine weiche Decke, während die Sterne, die fernen Lagerfeuer der Ahnen, hell am Nachthimmel brannten.

Ein weiterer Tag war vergangen.

Tolonqua saß auf den Unterschenkeln und schaute zu, wie sich der Himmel verfärbte, türkisblau, golden und purpur. Ein leichter Wind strich über das Gras der Ebene und hob eine Strähne von Kwanis Haar, die sich über das Kochfeuer beugte. Die natürliche Anmut, mit der sie sich bewegte, erregte ihn. Als er in der vergangenen Nacht mit ihr schlafen wollte, hatte sie nicht so reagiert wie sonst. Sie war zärtlich gewesen, aber passiv. Doch er wollte die leidenschaftliche Kwani, die sie vor der Geburt gewesen war. Vielleicht war es noch zu früh. Er würde warten.

Er blickte in den purpurfarbenen Himmel. Die Geier, die noch am Tag zuvor über ihnen kreisten, waren verschwunden, zweifellos entmutigt, weil die, auf die sie es abgesehen hatten, nicht starben. Tolonqua wußte, daß er gehen müßte, wenn Sipapu ihn rief, aber das durfte erst dann geschehen, wenn die neue Stadt auf dem Berg gebaut war. Die Sicherheit seines Clans, seines Volkes hing davon ab. Doch er mußte seinen Plan durchsetzen, ohne den Eindruck zu erwecken, er erhebe sich als Führer über die anderen. Bei den Towas galt, daß sich keiner Führerschaft anmaßen sollte, und wem sie angetragen wurde, sollte sie ablehnen. Er war ein Mitglied des Clans, des Stamms, ein Teil des Ganzen. Er mußte mit den anderen zusammenarbeiten wie Hände, Füße, Kopf und Arme am Körper eines Menschen.

Cicuye stand am oberen Ende eines Passes, an einem strategischen Punkt. Es war das letzte Pueblodorf vor den sich nach Osten ausbreitenden Ebenen. Nach Cicuye kamen Stämme aus den Ebenen und aus den Pueblos im Westen, um Waren einzutauschen, die sie sonst nirgends bekamen. Die Stadt wuchs ständig und ebenso ihr Wohlstand. Und sie konnte jederzeit angegriffen werden. Könnten die Krieger von Cicuye einen entschlossen geführten Überfall einer dieser Banden abwehren, die sich wie hungrige Wölfe überall in den Ebenen, Gebirgen und Cañons herumtrieben?

Wie könnte er sein Volk überzeugen, daß es unbedingt notwendig war, eine neue Stadt zu bauen, die ihnen mehr Sicherheit bot?

Am Horizont erschien eine schwankende Linie. Büffel. Morgen würden ihnen Jäger folgen, die vielleicht ein paar Hunde abgeben konnten. Er warf einen Blick auf die prall gefüllten Bündel. Sie besaßen viel, um zu tauschen – Kokopellis Geschenke, Medizinpfeifen, schöne Becher und Schalen, Knochenschaber, Pfeilausrichter, Kaninchenfelldecken, Werkzeug aus Knochen und Feuerstein, Salz, Yuccaschnüre, Baumwolltuch, Türkise, Pinienkerne, Wacholderbeeren sowie die kostbaren Krallen eines großen Grizzlybären. Er würde weder die Türkise noch den Acoya zugedachten goldenen Halsschmuck zum Tauschen verwenden. Auch ihren wertvollsten Besitz, die Büffelhaut, mußten sie um jeden Preis behalten. Wie hoch dieser Preis sein konnte, wußte Tolonqua sehr wohl. Ein Mann und eine Frau mit einem Säugling konnten leicht überwältigt und ihre Leiber den Aasfressern überlassen werden.

Inzwischen war es dunkel geworden. Nur das Licht der Sterne leuchtete auf die Ebene herab. Kwani band Acoya auf das Wiegenbrett. «Sollen wir das Feuer brennen lassen?»

«Nein. Ich werde Wache halten.»

Sie rückten eng zusammen, um sich in der Einsamkeit unter dieser gewaltigen Himmelskuppel gegenseitig Trost zu spenden.

Kwani schlief ein und wurde plötzlich aus dem Schlaf gerissen. Es war noch vor der Morgendämmerung, aber sie hatte etwas gehört – ein seltsames Heulen in weiter Ferne, und es kam wieder.

Kwani zog sich die Decke enger um die Schultern. «Was ist das?»

Tolonqua durchforschte die Dunkelheit. «Ich weiß es nicht. Aber ich habe es schon einmal gehört.»

Kwani schauderte. «Es klingt wie ein Schmerzensschrei.» Sie

hatte Angst; trotzdem sagte sie ruhig: «Es ist weit weg. Wir wollen essen und uns dann auf den Weg machen.» Vielleicht konnten sie entkommen – was es auch war, das dort in der Ferne drohte.

Kwani stillte Acoya, während sie und Tolonqua Fleisch vom Weißen Büffel aßen. Sie hoffte, es würde ihnen übermenschliche Kräfte verleihen.

Der Nachthimmel verblaßte, als sie das Lager verließen. Das merkwürdige Geheul wiederholte sich nicht; trotzdem war Tolonqua auf der Hut.

Als der Sonnenvater von seiner nächtlichen Reise zurückkehrte und prächtig am Himmel emporstieg, hielt Tolonqua an, um sein Morgenlied zu singen. Kwani hörte ihn jeden Morgen dieses an die Sonne gerichtete Lied singen. Er stand, eine Schale in der Hand, mit dem Gesicht nach Osten, und während er sang, verstreute er eine Handvoll Maismehl. Kwani stimmte in sein Lied mit ein.

Wie als Antwort darauf tauchte im Osten eine Gruppe von Jägern auf.

«Wer sind sie?» fragte Kwani.

Tolonqua schirmte die Augen mit der Hand gegen das Licht ab und spähte starr in die Ferne.

«Wer?» fragte Kwani ungeduldig.

Er steckte die Schale in sein Bündel. «Ich weiß es nicht genau. Als meine Jäger und ich hier in der Gegend waren, haben wir die jedenfalls nicht gesehen.»

«Sind sie freundlich?»

«Wer weiß? Vielleicht werden sie mit uns handeln.» Er blickte in ihre sorgenvollen Augen. «Hab keine Angst. Ich werde dich beschützen.»

Als Kwani ihn so vor sich stehen sah, groß, aufrecht und voller Entschlossenheit, wußte sie, daß er es tun würde. Er und ihre gemeinsamen Schutzgeister würden sie beschützen. Sie faßte wieder Mut und begann, mit ihrer klaren Stimme zu singen – ein Lied ohne Worte, das der Wind über die Ebene trug. Mit hoch erhobenem Kopf schritt sie neben Tolonqua den Jägern entgegen und sang.

Das war die Kwani, die Tolonqua kannte. Sie zündete eine Flamme in ihm. Nun begann auch er zu singen, und das Gewicht des Travois erschien ihm leichter. Sieben Männer kamen ihnen entgegen und zwölf struppige Hunde mit Travois. Einige der Schlitten waren leer.

Kwani und Tolonqua verstummten und blieben stehen. Als die Männer näher kamen, sah Kwani, daß sie klein und gedrungen waren. Ihr schwarzes, in der Mitte gescheiteltes Haar glänzte von Bärenfett. Sie trugen es zu drei dicken Zöpfen geflochten, die mit rot gefärbten Wildlederbändern zusammengehalten wurden. Einer der Männer trug mitten über der Stirn einen kurzen, mit einem Türkis geschmückten Zopf, der beim Gehen von einem Auge zum anderen pendelte. Alle trugen Ohrgehänge aus Türkisen, und ihre Gesichter und Arme waren rot, gelb und schwarz bemalt. In jedem Nasenflügel steckte ein dünner Knochensplitter; ein weiterer durchbohrte die Unterlippe und reichte bis zur Unterkante des Kinns. Unter schwarzen Brauen starrten tiefliegende, dunkle Augen ausdruckslos auf Tolonqua und Kwani.

Tolonqua verzichtete darauf, seinen Bogen zu spannen, obwohl einige der Männer die ihren hoben. Er stand ruhig und würdevoll vor ihnen und machte das Zeichen für «Freund» und «Towa».

Der Mann mit dem baumelnden Zopf auf der Stirn trat vor. Aus einer Tasche, die er um die Hüfte trug, holte er eine riesige Muschel hervor.

Er hob das spitze Ende an den Mund und blies einen langgezogenen, heulenden Ton, der in der Luft waberte und das Blut in den Adern erstarren ließ. Sein Nachklang hielt an, während der Mann mit den Jägern und den knurrenden Hunden näher kam.

Die Muschel rief aus den Tiefen von Sipapu. Kwani wollte umkehren und rennen, doch sie blieb stehen und hoffte, ihr Zittern würde nicht verraten, wie sehr sie sich fürchtete.

Die Muschel verstummte und wurde wieder in die Tasche gesteckt. Die Männer befahlen den Hunden zurückzubleiben. Dann traten sie vor, den Bogen in der Hand; doch die Pfeile blieben in den Köchern. Tolonqua machte erneut das Zeichen für

«Towa» und «Freund» und deutete an, daß er mit ihnen handeln wollte.

Die Jäger sahen sich grinsend an, und ihre kleinen schwarzen Augen funkelten beim Anblick von Tolonquas Travois. Der Anführer mit dem Zopf zwischen den Augen trat heran, riß die Decke herunter und blickte auf ein gewöhnliches Bündel Dörrfleisch. Er lachte schallend und warf die Decke den Jägern zu.

«Meine Federdecke!» rief Kwani.

Sie wurde nicht beachtet.

Der Führer sagte in Zeichensprache: «Glaubt ihr, wir haben es nötig, Dörrfleisch einzutauschen? Wir, die besten Jäger der Ebenen?» Er wies auf mehrere, mit Häuten hochbepackte Travois und warf sich in die Brust. «Das ist eine Beleidigung!» Er hob seinen Bogen mit einem Pfeil. «Zeig uns, was in den Bündeln ist.»

Tolonqua sah ihm ungerührt in die Augen. «Ich werde die Decke tauschen gegen Hunde», gab er mit Zeichensprache zu verstehen.

«Nein!» rief Kwani. Wie konnte er ihre kostbare Federdecke, die den Geist ihrer toten Mutter barg, zum Tausch anbieten? «Sie gehört mir!»

Tolonqua ließ den Jäger, der mit gespanntem Bogen vor ihm stand, nicht aus den Augen. «Deinen Medizinpfeil!» flüsterte er. «Jetzt!»

Rasch nahm Kwani den bemalten Pfeil aus seiner Hülle. Er hatte ihr das Leben gerettet. Und schon früher einmal, in einem Augenblick tödlicher Gefahr, hatte ihre Kehle, gespeist aus einer geheimnisvollen inneren Quelle, einen Laut hervorgebracht, der kein Schrei war und kein gesungener Ton, sondern eine gespenstische Kombination von beidem. Nun kam dieser Laut wieder. Schrill und wild durchbohrte er die Luft; und dabei hielt sie den Jägern mit beiden Händen den Pfeil entgegen, den Pfeil, der Hexen tötete.

Die Jäger starrten verblüfft auf die zarte Frau, in deren seltsamen Augen blaues Feuer brannte und deren Stimme die Vorfahren im Blut herbeirief. Der Pfeil in ihrer Hand mußte übernatürliche Kräfte besitzen. Der Anführer zögerte. Dann senkte er langsam den Bogen, und die anderen folgten seinem Beispiel.

Tolonqua signalisierte wieder: «Ich tausche die Decke gegen Hunde.»

Der Anführer betrachtete Kwani. Vielleicht war diese Frau eine Hexe. Die Männer steckten die Köpfe zusammen und besprachen sich in einer fremden Sprache, heftig gestikulierend und immer wieder zu Kwani und Tolonqua blickend.

Dann untersuchten sie die Decke. Sie bestand aus feinen Truthahnfedern, die auf ein dichtes Gewebe aus Yuccafasern genäht waren. Eine solche Decke hatten sie noch nie gesehen. Sie würde ihrem Besitzer beträchtliches Ansehen verleihen.

Der Anführer nahm seinen Halsschmuck ab und bot ihn zum Tausch. Er war aus zersägten und zu kleinen Perlen geschliffenen Vogelknochen gemacht. In der Mitte waren Bärenklauen aufgereiht.

Tolonqua ging ein paar Schritte auf ihn zu und deutete fordernd auf die Tasche mit dem Muschelhorn.

«Nein!» Die Jäger machten finstere Gesichter. Der Anführer hob seinen Bogen mit aufgelegtem Pfeil.

Da trat Kwani wieder mit ihrem Medizinpfeil vor und hielt ihn auf den Anführer gerichtet. Sie warf den Kopf in den Nakken, und wieder drang der wilde, singende Schrei aus ihrer Kehle. Sie stand da wie ein göttliches Wesen und hielt die Augen geschlossen, während der schreckliche Ton die Unsichtbaren rief.

Wie als Antwort darauf stieß eine Schar Raben herab und kreiste laut rufend über ihren Köpfen.

Die Männer gafften, ergriffen von abergläubischer Ehrfurcht. Langsam nahm der Anführer das Muschelhorn aus der Tasche und reichte es Tolonqua. Erst jetzt endete Kwanis Schrei, und die Raben flogen davon.

Tolonqua nahm die Muschel, Kwani senkte den Pfeil, und die Jäger zogen mit der Federdecke ab. Aber sie sahen sich immer wieder nach Kwani um.

Tolonqua blickte Kwani an. Noch nie hatte er einen Ton gehört wie den, mit dem sie die Jäger eingeschüchtert hatte. Er war noch zwingender als der Ton des Muschelhorns!

Kwani erwiderte seinen Blick. «Meine Decke...» sagte sie mit zitternder Stimme. «Der Geist meiner Mutter...»

«Vielleicht hat *sie* die Raben herbeigerufen.»

Könnte ihre Mutter die Gestalt eines Raben angenommen haben? Hatte sie die Schar versammelt, um sie zu beschützen? Kwani blickte suchend in die Ferne, aber die Raben waren verschwunden.

3

Huzipat, der betagte Häuptling des Adlerclans, stand mit seinem Volk auf dem Tafelberg und blickte über die breite Schlucht bei der Felsenstadt, die sie jetzt für immer verließen. Die große, in Stein gehauene Siedlung blickte zurück wie ein brechendes Auge. Mit einer schroffen Bewegung wandte sich der Häuptling ab.

Neben ihm stand der junge Zashue. Seine entstellten Lippen verzerrten sich grimmig.

«Schuld ist die Hexe. Wenn sie nicht wäre, könnten wir bleiben.»

Der Häuptling ersparte sich eine Antwort. Er hatte es aufgegeben, Zashue zu erklären, daß er selbst und andere das Unheil herbeigeführt hatten. Kokopelli hatte sie gewarnt. Er hatte ihnen prophezeit, daß Unheil über sie kommen werde, wenn sie seine Gefährtin Kwani nicht beschützten. Statt dessen hatten sie sie der Hexerei beschuldigt und sie vertrieben. Und seitdem waren sie vom Unglück verfolgt. Ihr geliebter Sonnenhäuptling war tot, zusammen mit seiner Gefährtin und Okalake, ihrem gemeinsamen Sohn. Die Große Alte, die *Die Sich Erinnert* gewesen war und Kwani zu ihrer Nachfolgerin ernannte hatte, war ebenfalls in Sipapu. Zashues eigener Vater war auf schreckliche Weise gestorben, zerrissen von den Krallen eines Pumas. Und der Regen war wieder ausgeblieben. Die Erdmutter wollte nicht gebären. Es gab keine Bäume mehr auf der Mesa. Zu viele waren gefällt worden für Bau- und Brennholz. Der Wolfclan und andere Clane des Tafellands drohten mit Überfällen, denn auch sie hungerten.

Es war Zeit, diesen Ort zu verlassen und die Wanderung fortzusetzen, wie es die Götter befohlen hatten. Der alte Häuptling neigte sein Haupt. Sorgen und Alter lasteten schwer auf ihm.

Auf ein Zeichen von ihm kehrte sein Volk der Felsenstadt den Rücken und trat die Reise nach Süden an zu den Ufern des Großen Flusses, wo bereits andere Pueblostämme siedelten. Die Frauen weinten. Der Ort des Adlerclans war die schönste der Städte, von den Vätern errichtet und seit Generationen gepflegt und ausgebaut. Hier lebten Erinnerungen; hier war ihr Zuhause.

Yatosha, der Jagdhäuptling, führte sie, denn er und seine Jäger kannten den Weg. Zweihundertfünfzig Menschen folgten ihnen. Sogar die Kinder mußten ein Bündel tragen. Die Frauen trugen ihre Säuglinge auf Wiegenbrettern, Kleinkinder wurden von älteren Geschwistern oder Tanten getragen. Ein alter Mann schlug eine kleine Trommel, um die Menschen aufzumuntern, und bald schallten zwischen den Tafelbergen die Lieder, in denen Masau'u und Motsni, sein göttlicher Vogel, um eine gute Reise gebeten wurden.

Tiopi, Yatoshas Gefährtin, führte die Frauengruppe. Sie war nicht nur die Frau des Jagdhäuptlings, sondern hatte sich auch, seit Kwanis Flucht, zur *Die Sich Erinnert* ernannt. Kwani, die Hexe, hatte den Halsschmuck mitgenommen, der dem Adlerclan seit Urzeiten heilig war. Als Tiopi sich Kwani mit dem Halsschmuck vorstellte, der jetzt eigentlich ihr gehörte, wallte ihr ganzer Haß auf Kwani wieder auf. Sie berührte die Muschelarmbänder, die ihr Kokopelli bei ihrem letzten Zusammensein geschenkt hatte. Sie gehörten zu einem Halsschmuck aus gebrannten und polierten Wacholderbeeren, ein sehr schönes

Geschmeide, aber weit weniger kostbar als der Halsschmuck von *Die Sich Erinnert.*

Sie rückte das Wiegenbrett auf ihrem Rücken zurecht. Wenigstens hatte sie Kokopellis Sohn, das Ergebnis ihres letzten Beisammenseins. Damit besaß sie mehr als Kwani, obwohl Kokopelli Kwani als Gefährtin gewählt hatte. Eines Tages würde Chomoc, ihr Junge, ein starker und mächtiger Mann sein wie sein Vater. Er würde Kwani, die Hexe, finden und vernichten, sofern sich bis dahin noch kein Rächer gefunden hatte.

4

Kwani beobachtete Tolonqua, der das Travois einen kleinen Hügel hinaufzog. «Warum hast du statt des Muschelhorns keine Hunde genommen?»

«Wir können Hunde bei den Steinbrüchen bekommen. Die Muschel hat Kräfte, die kein Hund besitzt.»

Sie rasteten auf dem Hügel und betrachteten aufmerksam die Landschaft, die sich mit sanften Erhebungen und durchsetzt von Wasserläufen vor ihnen ausbreitete. Tolonqua wies in die Richtung, wo ein Pfad eben zwischen zwei Hügeln verlief. «Dort werden wir leichter vorankommen.»

Locker und entspannt stand er neben Kwani, einen Fuß auf dem Travois, den Arm auf das angewinkelte Knie gestützt. Kwani sah ihn voller Bewunderung an. Der Halsschmuck mit dem geschnitzten Knochentalisman eines Towa-Jagdhäuptlings pendelte vor seiner Brust. Das bestickte Stirnband, das seine schulterlangen Haare zusammenhielt, betonte die markanten Züge seines hageren Gesichts mit den hohen Wangenknochen und der schmalen Adlernase. Er trug die gekerbte Häuptlingsfeder. Rote Federn hingen an seinen Ohren. Eine tätowierte Bärentatze schmückte seine rechte Schulter. Was für ein gutaussehender Mann! dachte Kwani. Ihre Müdigkeit war verschwunden, und ein Gefühl regte sich in ihr, das sie nach Acoyas Geburt verloren geglaubt hatte.

Tolonqua spürte ihren Blick und sah sie an. «Woran denkst du?»

Sie fühlte, wie sie errötete. «Ich möchte bei dir liegen.»

«Jetzt und hier?»

«Ja.»

Er lachte. «Warum nicht?»

Er nahm Acoya und legte ihn auf seiner Babydecke in das weiche Gras neben dem Pfad. Er zog Kwani das staubige Kleid über den Kopf und betrachtete sie einen Moment, als sie nackt vor ihm stand. Sie streckte beide Arme nach ihm aus, und er sank in ihre zärtliche Umarmung, stöhnend vor Lust und Wonne.

Danach lag sie an seine Brust geschmiegt und lauschte auf das Klopfen seines Herzens. «Es stimmt, was du gesagt hast», sagte sie.

«Was habe ich gesagt?»

«Daß du mich lehren würdest, wie ein Towa liebt.»

Er stützte sich auf einen Ellbogen, um sie ansehen zu können. «Mache ich es anders?» Er wollte sagen: «...anders als Kokopelli, der vielgerühmte Liebhaber?»

Kwani lächelte. «Du liebst mit dem Herzen und mit dem Körper.»

«Ich zeige es dir gleich noch einmal.» Lachend zog er sie an sich, und sie hielt ihn fest.

Vögel kreisten über ihnen und schauten zu, weiße Wolken zogen vorüber, aber es war, als hätten Zeit und Gestirne aufgehört zu sein.

Endlich sahen sie in der Ferne das Dorf, und Kwani staunte. So viele Behausungen! Und sie waren ganz anders als die, die sie früher gesehen hatte. Sie waren aus Stein und Lehm, hatten zwei Stockwerke und ein Dach aus Grassoden. Leitern, aus einem einzigen Pfahl bestehend, lehnten an den Mauern, und die Eingänge befanden sich auf den Dächern. Und erst die vielen Menschen! Als sich Tolonqua und Kwani näherten, tauchten überall aus den Einstiegen Köpfe auf, als spähte eine Kolonie Erdhörnchen nach ihnen aus.

Zelte von anderen Stämmen standen in Gruppen am Rand des Dorfes. Es gab Felder mit Mais, Kürbissen und Bohnen, auf denen Frauen tief gebückt arbeiteten. Kinder liefen umher und kläffende Hunde. Der Wind trug ihnen den Lärm aus dem Dorf entgegen.

Kwani schluckte nervös. Sie und Tolonqua waren staubig und erschöpft von der Reise. Sie wollte gut aussehen, wenn sie das Dorf erreichten, wo sich bereits eine neugierige Menge versammelte.

«Wer sind diese Leute?» fragte sie.

«Das Feuersteinvolk.»

«Glaubst du, sie sind freundlich?»

«Wir werden sehen. Aber wir zeigen ihnen nicht, was wir haben.»

Er nahm seine Decke von seinem Bündel und breitete sie über das Travois. Dann setzte er das Muschelhorn an die Lippen und blies, doch es gab nur ein unheimliches Stöhnen von sich. Er versuchte es noch einmal, und diesmal schallte ein gewaltiger Heulton über die Ebene.

Seine Wirkung zeigte sich sofort. Noch mehr Dorfbewohner kamen herbeigeeilt, Männer, Frauen und viele Kinder. Sie kamen aus den Zelten und von den Feldern und gesellten sich, aufgeregt gestikulierend, zu den anderen.

Kwani lachte. «Sieh sie dir an. Sie haben es gehört!»

Tolonqua nickte und verstaute das Muschelhorn in seiner Tasche. «Jetzt warten wir.» Er legte sein Bündel ab. «Wir müssen Geschenke bereithalten.» Er nahm einen Halsschmuck aus Muscheln und Türkisen aus seinem Bündel, eines von Kokopellis Geschenken, und hängte ihn sich um den Hals. Der Schmuck funkelte in der Sonne.

Kwani seufzte. «Er ist wunderschön. Jeder Mann wird ihn haben wollen. Und ebenso jede Frau.»

Vor der Stadt schien sich eine Prozession zu bilden. Einige Männer setzten sich in Zweierreihe hinter einem Anführer in Bewegung, begleitet von einem großen, kräftigen Mann mit einer schweren Trommel.

Kwani sah Tolonqua erschrocken an. «Ist das nicht eine Kriegstrommel?»

«Ja.»

«Werden sie uns angreifen?»

«Nein. Es sind Händler. Um uns zu besiegen, bräuchten sie nicht so viele Krieger. Die Trommel ist ihre Antwort auf mein Horn.»

Doch als sie näher kamen, war sich Kwani dessen keineswegs sicher. Diese Fremden trugen ihr Haar auf der linken Seite über dem Ohr unregelmäßig gestutzt, auf der rechten Seite hing es lang herab. Einige hatten das lange Haar zu einem Knäuel gedreht und festgebunden, aber bei ihrem Anführer hing es offen und mit Federn und Muscheln besteckt bis zu den Knien. Die freien linken Ohren der Männer waren an vielen Stellen durchstochen und mit weißen Muschelringen geschmückt. Bekleidet waren sie mit kurzen Schürzen aus Büffelhaut, und ihre Schuhe aus Büffelhaut reichten bis über die Knöchel. Sie trugen Halsketten aus polierten Knochen und kleinen Tierklauen. Der Anführer trug außerdem Armbänder und Fußreifen aus Bärenklauen. Quer über sein Gesicht und über beide Augen zog sich ein breiter roter Streifen, so daß die Augen wie aus einer roten Maske hervorblickten, was ihnen einen unheimlichen, tierhaften Ausdruck verlieh.

Kurz vor den Neuankömmlingen machte der Zug halt. Der Anführer trat vor. Er hielt einen langen, mit Falken- und Adlerfedern verzierten Stab in der Hand und fragte in Zeichensprache: «Wer bist du?»

«Towa.»

Die Augen des Mannes richteten sich abweisend auf Kwani, und der rote Streifen schien zu glühen. «Wer ist sie?»

«Meine Gefährtin. *Die Sich Erinnert.*»

Der Mann hob drohend seinen Stab. «Verlaßt diesen Ort!»

Ein anderer Mann trat mit einem heftigen Ausruf vor und

redete mit dem Anführer. Andere kamen dazu, und sie stritten in ihrer merkwürdig gutturalen Sprache. Hin und wieder wandten sie sich um und blickten auf Tolonqua und die kleine Frau mit den blauen Augen.

«Was sagen sie?»

«Ich weiß es nicht.»

Plötzlich endete die Diskussion, und der Anführer ging auf Kwani zu, betrachtete sie von oben bis unten und grunzte. Dann wandte er sich an Tolonqua und signalisierte. «Mein Jagdhäuptling sagt, er kennt dich. Du jagst den Büffel mit Männern von den Ebenen.»

Tolonqua nickte mit ausdruckslosem Gesicht.

«Diese Frau» – seine Augen wiesen auf Kwani – «soll eine Hexe sein.»

Tolonquas schwarze Augen blitzten. «Eine Lüge, die sich ein Feind ausgedacht hat, der ihre Kräfte leugnen will.»

«Welche Kräfte?»

«Sie ist eine Ruferin», gab Tolonqua durch Zeichen zu verstehen. «Ihre Stimme ruft das Wild herbei. Sie ist eine Geschichtenerzählerin. Sie ist *Die Sich Erinnert.*»

Der Anführer sprach erneut mit seinen Männern. Schließlich wandte er sich an Tolonqua.

«Kann sie auch Büffel rufen?»

«Sicher.»

Er schwenkte den Stab, daß die Federn flatterten, und musterte Tolonqua mit einem eiskalten Blick, den Tolonqua erwiderte. «Hast du einen Beweis dafür?»

Tolonqua riß die Decke von dem Stapel Dörrfleisch auf dem Travois und bedeutete: «Das Fleisch des Weißen Büffels!»

Der Anführer nahm sich ein Stück, roch und leckte daran, biß davon ab und spuckte aus. Den Rest warf er den Hunden vor.

«Das könnte das Fleisch von jedem Büffel sein. Zeig mir das Fell.»

Tolonqua maß den Mann mit verächtlichem Blick. «Ich entweihe einen heiligen Gegenstand nicht. Er wird vor denen ausgebreitet, die seines Anblicks würdig sind. Und nur in einer Kiva.»

Er legte die Decke wieder auf das Travois, während die Umstehenden jede seiner Bewegungen beobachteten. Dann zog Tolonqua noch einmal das Muschelhorn hervor und blies hinein.

Die große Trommel antwortete mit einem Ton, der Kwani erschauern ließ, und der Anführer signalisierte: «Was willst du?»

«Feuersteine und Hunde.» Tolonqua nahm den Halsschmuck ab und bot ihn dem Anführer an, indem er zu verstehen gab: «Ein Zeichen meines Respekts.»

Der Anführer nahm den Halsschmuck ungerührt entgegen, hängte ihn über sein Handgelenk und gestattete seinen Männern, den Schmuck zu begutachten. Der Türkis des Anhängers war von leuchtendem Blau.

«Was bietest du zum Tausch?»

Tolonqua zögerte. Es wäre gefährlich, seine Reichtümer an dieser Stelle zu offenbaren. Also sagte er in Zeichensprache: «Ich biete meine Jagdkenntnisse an. Und die Kräfte meiner Gefährtin *Die Sich Erinnert*, der Ruferin.»

Kwani versuchte, dem Gespräch zu folgen, aber die Zeichen kamen so schnell, daß sie nicht alles verstand. Versuchte Tolonqua tatsächlich, ihre Fähigkeiten als Ruferin zu verschachern?

Wieder steckten die Männer die Köpfe zusammen. Als sie sich geeinigt hatten, wandte sich der Anführer an Tolonqua. «Deine Gefährtin wird die Büffel rufen, und du gehst mit uns auf die Jagd.» Er schwang seinen Stab. «Kommt!»

Er drehte sich um, und Kwani und Tolonqua folgten ihm mit den Männern, die im Takt der Trommelschläge marschierten.

Kwani legte die Hand auf Tolonquas Arm. «Mir gefällt das hier nicht. Wohin gehen wir? Diese Leute sind nicht freundlich.»

«Vergiß nicht, daß wir wenige und sie viele sind. Aber hab keine Angst. Sie werden deine Kräfte fürchten und achten.»

Sie blieb ruckartig stehen und starrte ihn an. Die ganze Prozession kam zum Stillstand. «Meine Kräfte sind eine Gabe, die mir meine Vorfahrinnen verliehen haben. Sie sind heilig und keine Tauschware.»

Tolonqua wollte, daß sie weiterging und nahm ihren Arm. Aber sie rührte sich nicht vom Fleck.

«Du hast meine Federdecke mit dem Geist meiner Mutter verhökert. Du wirst dich nicht erdreisten, dasselbe mit meinen Kräften zu tun!»

Die Männer grinsten über ihr ungehöriges Benehmen und Tolonquas Verlegenheit.

Seine sonst so freundlichen Augen maßen sie mit einem kalten Blick. «Ich habe deine Decke hergegeben, um unser Leben zu retten. Ich biete meine Jagderfahrung und deine Kräfte an, um unser Leben zu retten, deines, meines und das von Acoya. Oder wäre es dir lieber, wir vergessen den Handel und werden Sklaven?»

Kwani kannte das Schicksal von Sklaven. Weibliche Sklaven töteten ihre neugeborenen Mädchen lieber, als sie einem ähnlichen Schicksal auszusetzen. Sie blickte auf die herandrängenden Männer, die sie aus ihren rot umrandeten, tiefliegenden Augen anglotzten, und sie erschrak. Sie griff nach ihrem Halsschmuck. Die Vorfahrinnen würden sie beschützen.

Ein gewaltiger Trommelschlag und der rasche Marschrhythmus zwangen sie weiterzugehen. Kwani mußte sich beeilen, um mit Tolonqua Schritt zu halten, der mit gleichmütigem Gesicht das schwere Travois zog. Das Wiegenbrett, das auf seinem schweren Bündel festgezurrt war, wippte bei jedem Schritt. Beim Anblick der schönen Trage, die er ihr geschenkt hatte, schämte sie sich, daß sie ihn in Verlegenheit gebracht hatte. Er war ihr Gefährte, und sie liebte ihn.

Sie berührte seinen Arm. «Es tut mir leid. Ich werde die Büffel rufen.»

Er schüttelte lächelnd den Kopf. «Es wird nicht nötig sein. Ich habe einen Plan.»

Der Trommelrhythmus wurde schneller. Kwani folgte Tolonqua im Laufschritt, und die Männer beobachteten heimlich, wie an Tolonquas schweißglänzendem Körper die Muskeln hervortraten. Aber dieser hielt das Tempo und ließ keinen einzigen Trommelschlag aus.

5

Tolonqua stand in der Zeremonienhütte und blickte auf die Männer, die sich im Halbkreis vor ihm niedergelassen hatten. Ein kleines Feuer in der Feuergrube war die einzige Lichtquelle und warf geisterhafte Schatten an die Wände. Die Gesichter der Männer wirkten wie Masken. Draußen herrschte finstere Nacht. Hunde heulten, und irgendwo schrie ein Kind.

Die Zeremonienpfeife war herumgegangen, einleitende Worte waren gesprochen, und nun blickten die Männer erwartungsvoll auf Tolonqua. Das Fell des Weißen Büffels lag, mit der Hautseite nach außen, fest zusammengerollt neben ihm. Er würde es zum richtigen Zeitpunkt ausrollen. Aber vorher wollte er ihnen vom Weißen Büffel erzählen.

«Vor langer Zeit», berichtete er in Zeichensprache, «als ich meine Mannbarkeitsvision suchte, kam der Weiße Büffel zu mir und sagte, daß ich ihm eines Tages begegnen würde und daß sein Fell dann mir gehörte. Das göttliche Wesen erschien im Traum auch meiner Gefährtin *Die Sich Erinnert* und sagte, daß ihr Kind ein Junge sein würde und er, der Weiße Büffel, sein Schutzgeist.»

Ein alter Schamane erhob sich. «Beweise es.»

«Gut. Holt das Kind.»

Der Schamane gab Zeichen und setzte sich wieder. Ein Mann verließ den Raum. Tolonqua erzählte, wie er dem Weißen Büffel unter der Pappel am Fluß begegnet war. Dann öffnete er die Schnüre, die um das Fell gewickelt waren, und rollte es mit einer schwungvollen Geste aus.

Einige Männer streckten die Hände danach aus, aber Tolonqua riß das Fell an sich und bedeutete: «Nur ich, mein Clan und meine Familie dürfen es berühren.»

Der alte Schamane erhob sich auf seinen Stock gestützt. «Es ist das Fell des Weißen Büffels», sagte er in Zeichensprache. «Aber du könntest es gestohlen haben. Womit kannst du beweisen, daß deine Geschichte wahr ist?»

Sie hörten das schreiende Baby, noch bevor der Mann, der den zappelnden und brüllenden Acoya brachte, die Zeremonienhütte betrat. Tolonqua nahm das Kind, hob ein Füßchen hoch und zeigte den Männern die Umrisse des Büffelkopfes auf der kleinen Fußsohle. «Der Weiße Büffel hat ihn gekennzeichnet.»

Die Männer staunten mit offenen Mündern und redeten aufgeregt durcheinander. Der Schamane stand noch einmal auf und bedeutete: «Dein Sohn ist ein Auserwählter. Wir erkennen an, daß du der Besitzer des Fells des Weißen Büffels bist. Dein Besuch ehrt uns.»

Der Kriegerhäuptling, jener Anführer, der Tolonqua und Kwani ins Dorf gebracht hatte, ergriff das Wort. «Du sagst, du bietest deine Jagdkenntnisse und die Fähigkeiten deiner Gefährtin an. Von uns willst du Feuersteine und Hunde. Wir gehen darauf ein. Deine Gefährtin sagt uns, wo Büffel sind, und du wirst mit uns jagen. Haben wir uns verstanden?»

Tolonqua nickte.

Der Kriegerhäuptling fuhr fort: «Sag deiner Gefährtin, die Rufzeremonie wird heute nacht auf dem Tanzplatz stattfinden.»

«Nein. *Die Sich Erinnert* spricht lieber allein mit den Geistern der Büffel. Sie wird es in der Behausung tun, die ihr uns zugewiesen habt.» Er wandte sich zum Gehen.

Der Schamane schwenkte aufgeregt seinen Stock. «Ich muß bei der Zeremonie dabeisein!»

«Das ist leider nicht möglich.»

«Ich bestehe darauf!»

«Man kann den Geistern nichts befehlen», bedeutete Tolonqua respektvoll. «Es ist ihr Wunsch, daß *Die Sich Erinnert* in einer geheimen Zeremonie mit ihnen spricht.» Er legte sich das schwere Büffelfell über die Schulter. «Wenn die Jagd erfolgreich sein soll, müssen wir den Geistern gehorchen.» Dann nahm er Acoya auf den Arm und verließ die Zeremonienhütte.

Kwani kauerte in dem kleinen Raum und blickte zu der einzigen Tür, einer Luke im Dach, die über eine Leiter aus einem Pfahl mit ungleichmäßig eingesetzten Sprossen zu erreichen war. Ein Krieger war über diese Leiter heruntergekommen, hatte ihr das

Kind aus den Armen gerissen und war mit ihm fortgegangen. Sie war ihm schreiend gefolgt und mußte hilflos zusehen, wie er mit Acoya in der Zeremonienhütte verschwand.

Was hatten sie mit ihrem Kind vor?

Sie schlang die Arme um ihren Oberkörper und wiegte sich auf den Knien vor und zurück, um ihre schreckliche Angst zu bändigen. Vielleicht sollte sie sich mit etwas beschäftigen. Sie entdeckte einen Riß in Tolonquas Decke, die sie schützend über die geöffneten Bündel gebreitet hatte. Ohne die Luke aus den Augen zu lassen, an der immer wieder ein fremdes Gesicht erschien, hob sie einen Zipfel der Decke und suchte nach dem Päckchen mit den Knochennadeln und dem Yuccazwirn. Sie fädelte ein und begann, den Riß zu flicken.

Die Näharbeit half, aber ihre Gedanken gingen eigene Wege. Was tun sie mit meinem Sohn? Tolonqua sollte längst zurücksein. Verspricht er ihnen, daß ich die Büffel rufen werde? Kwani hatte einmal einen Hirsch gerufen, aber noch nie einen Büffel...

Endlich erschien Tolonqua an der Luke und kletterte mit Acoya und dem Büffelfell die Leiter herunter. «Ich grüße dich!»

«Mein Herz freut sich!» sagte Kwani aus tiefster Seele und drückte Acoya an sich, überglücklich, daß ihm nichts geschehen war. «Warum hat dieser Krieger mein Kind geholt?» fragte sie.

Tolonqua sah sie an. Das lange schwarze Haar fiel offen auf ihre Schultern, die weichen Lippen waren zusammengepreßt, um ihr Zittern zu verbergen. Sie wurde von Tag zu Tag schöner. Er sagte: «Wir werden hier eine Rufzeremonie abhalten, und dann werde ich mit den Jägern auf Büffeljagd gehen.» Er lächelte. «Das Mal des Weißen Büffels hat sie überzeugt.»

«Hat er Acoya deshalb geholt? Um das Muttermal zu sehen?»

«Ja. Sie wissen, daß er ein Auserwählter ist.»

«Das ist er.» Sie schwieg und überlegte, wie sie ihm ihre Bedenken erklären könnte. «Aber ich bin *Die Sich Erinnert*, und deshalb kann ich keinem erlauben, die Kräfte, die mir die Vorfahrinnen verliehen haben, für einen Tauschhandel zu benützen. Ich muß mich weigern, die Büffel zu rufen. Ich –»

«Ich verstehe dich. Du brauchst es nicht zu tun. Wir werden ihnen nur eine überzeugende Vorstellung geben. Jetzt gleich, denn sie warten.» Er stieg die Leiter hinauf und schloß die Luke. «Du mußt nur laut singen. Ich werde das Horn blasen, und gemeinsam werden wir sie gehörig beeindrucken.» Er lachte leise.

«Aber was ist mit den Büffeln?»

«Weißt du nicht mehr, daß wir gestern Büffel gesehen haben?»

«Doch, schon –»

«Ich habe gesehen, in welche Richtung sie ziehen, und ich glaube, ich weiß, wo sie morgen sein werden. Ich werde den Jägern sagen, du hättest mir den Ort genannt, natürlich erst, nachdem du mit den Geistern der Büffel gesprochen hast.»

«Und wenn keine Büffel dort sind?«

«Dann werde ich sagen, sie sind weitergezogen, nachdem die Geister mit dir gesprochen haben.»

«Und du meinst, sie werden dir glauben?»

«Das Risiko müssen wir eingehen», sagte er achselzuckend. «Laß uns mit der Zeremonie anfangen.»

Kwani legte Acoya auf das Wiegenbrett und begann, in dem kleinen Raum umherzugehen. Um eine überzeugende Wirkung zu erzielen, mußte sie das Gefühl haben, als riefe sie wirklich die Büffel. Leise begann sie zu singen:

«Ihr an den fernen Orten,
ihr in der Prärie,
ihr auf den fernen Hügeln,
kommt näher, kommt hierher!»

Tolonqua nahm das Muschelhorn und blies einen langgezogenen, klagenden Ton.

«Kommt näher! Kommt herbei!
Sagt uns, wo ihr seid!
Der Weiße Büffel,
der Häuptling aller Büffel,
befiehlt es euch.»

Das Muschelhorn brüllte, daß die Luft erzitterte. Die Menschen, die sich draußen versammelt hatten, duckten sich und hielten sich die Ohren zu. Ängstlich sahen sie sich an, während das unheimliche Echo verhallte.

Kwani sang ihr Lied mehrere Stunden lang, bis sie so heiser war, daß sie keinen Ton mehr hervorbrachte. Das Horn brüllte wieder und wieder und schwieg schließlich still.

Kwani flüsterte: «Ich weiß, wo die Büffel sind.»

«Im Südwesten?»

«Ja. In einem tiefen, engen Tal mit zwei Bergen auf jeder Seite.»

«Woher weißt du das?»

«Sie haben es mir gesagt.»

Er blickte sie verwundert an. «Du meinst, du hast wirklich mit ihnen gesprochen?»

«Sie hörten mir zu und haben es mir gesagt.» Sie strich sich mit beiden Händen das Haar aus dem Gesicht und setzte sich. «Ich bin müde. Ich brauche ein wenig Schlaf.»

Acoya hatte sich während der Zeremonie kein einziges Mal gerührt. Es schien, als hätte er verstanden, was geschah – als hätten die Büffel auch zu ihm gesprochen. Jetzt weinte er, weil er hungrig war. Kwani nahm ihn auf den Arm und stillte ihn, während Tolonqua, immer noch staunend, zusah.

«Ich werde es den Jägern sagen», sagte er und stieg zur Luke hinauf.

Der Jagdhäuptling trat vor. Er war jung, untersetzt, mit breiten Schultern und einem Rumpf wie ein Faß. An seinen dürren Beinen klapperten Bärenklauen. Grinsend und mit glitzernden Augen erklärte er: «Wir jagen morgen!»

Tolonqua nickte. Dann bedeutete er, daß *Die Sich Erinnert* jetzt Ruhe brauchte und die Leute sich zurückziehen möchten. Tolonqua schaute ihnen nach, wie sie sich zögernd und sich immer wieder umsehend zerstreuten, und versuchte, das unbehagliche Gefühl, das ihn beschlich, zu ignorieren.

Jeder Stamm hatte seine eigene Art zu jagen, und mit diesen Leuten hatte er noch nie gejagt. Sie waren Händler und Krieger; sie beschafften sich, was sie brauchten, durch Handel und Raub.

Ihre Jagdkünste waren nicht die eines Towa. Wie würden sie mit einer großen Büffelherde umgehen?

Und was würde geschehen, wenn die Jagd nicht erfolgreich verlief?

Er und Kwani hätten sich unglaubwürdig gemacht. Sie säßen gefangen in einer tödlichen Falle.

6

Kwani saß auf dem Dach und beobachtete im fahlen Licht des Morgengrauens die Vorbereitungen der Jäger. Sie hatten auf die sonst üblichen, vier Tage währenden Zeremonien zur Jagdvorbereitung verzichtet, denn *Die Sich Erinnert* hatte bereits mit den Geistern der Büffel gesprochen. Der Medizinhäuptling und die Mitglieder der Medizinmännergesellschaft fühlten sich übergangen und prophezeiten schreckliche Dinge, aber die Jäger ließen sich nicht mehr aufhalten.

Im Dorf herrschte Festtagsstimmung. Die Männer mußten ihre Stimmen heben, um den Lärm der Kinder zu übertönen, die überall aufgeregt umherliefen und die Hunde neckten, die wiederum von den Frauen gescholten wurden, weil sie beim Anschirren an die Travois, auf denen sie das erbeutete Fleisch nach Hause transportieren würden, nicht stillhielten. Einige Hunde bekamen Sättel umgeschnallt mit Lebensmitteln und anderen Dingen, die der Jagdhäuptling für nötig erachtete.

Schließlich waren die Hunde beladen, und die Jäger, angeführt von Tolonqua und dem Jagdhäuptling, setzten sich in Bewegung.

Kwani schaute ihnen nach, bis Tolonqua hinter den Bergen verschwunden war. Die Dorfbewohner verliefen sich, während

Kwani noch eine Weile auf dem Dach blieb, um sich umzusehen. Da und dort entdeckte sie in der Ferne Dörfer mit ähnlich dicht beieinander stehenden Behausungen und viele Zelte von Besuchern, die hier Handel treiben wollten. Doch wo die Steinbrüche lagen, konnte Kwani auch von hier oben aus nicht erkennen.

Während sie auf dem Dach stand, kam eine alte Frau zu ihr, hinter ihr mehrere schwatzende und gaffende Weiber. «Ich möchte dich sprechen», bedeutete sie.

Kwani lächelte. «Sprich.»

«Sie wollen Fleisch vom Weißen Büffel eintauschen, weil es göttliche Kräfte verleiht.» Sie nahm Kwanis Arm. «Komm.»

«Nicht jetzt», sagte Kwani in Zeichensprache. «Wenn die Jäger zurück sind, werden wir Fleisch des Weißen Büffels gegen Hunde eintauschen.»

Die Alte trat an den Rand des Dachs und rief zu den Frauen hinunter, die sich erst der Reihe nach ansahen und dann etwas zurückriefen. Die Alte erklärte Kwani, was sie sagten: «Sie wollen jetzt tauschen. Sie haben Salz und Türkise und andere wertvolle Dinge.»

Kwani schüttelte den Kopf. «Mein Gefährte ist der Jagdhäuptling der Towa. Der Weiße Büffel ist zu ihm gekommen. Deshalb wird er mit dem Fleisch Handel treiben. Wir müssen warten, bis er zurück ist.»

Wieder rief die Alte zu den Frauen hinunter, die mit unfreundlichem Murren antworteten.

Kwani mußte etwas tun. Sie bedeutete: «Es wäre mir eine Ehre, jeder von euch eine Kostprobe von dem Fleisch zu geben, das göttliche Kräfte spendet. Bitte wartet.»

Aufgeregte Rufe folgten ihr, als sie die Leiter zu ihrer Behausung hinunterstieg und die Luke schloß. Sie brauchte ihr Feuersteinmesser, das sich in Tolonquas Bündel befand, und wollte es unbeobachtet herausnehmen. Dann schnitt sie ein großes Stück Fleisch in mundgerechte Portionen, füllte die Fleischhäppchen in einen Korb und trug ihn auf dem Kopf balancierend nach oben.

Inzwischen drängten und stießen sich die Frauen auf dem Dach. Gierig stierten sie auf den Korb. Eine versuchte gar, ihn an sich zu reißen. Kwani hielt den Korb mit beiden Händen fest, bevor sie erkannte, daß sie eine Hand für die Zeichensprache brauchte. «Ich fühle mich geehrt, daß ihr gekommen seid. Aber hier haben wir nicht genug Platz. Laßt uns auf den Marktplatz gehen.»

Zögernd willigten die Frauen ein. «Erlaubt mir, vorher mein Kind zu holen», bedeutete Kwani. Sie wußte, wenn sie als erste die Leiter hinabstiege, würden die von oben nachfolgenden Frauen in den Korb greifen, und es bliebe nicht genug, um damit herumzugehen.

Die Frauen sahen sich an und nickten. Als sie das Dach verlassen hatten, kehrte Kwani in ihren Raum zurück und legte sich die Tragriemen des Wiegenbretts mit dem schlafenden Acoya über die Schultern. Dann hob sie den Korb auf den Kopf und begab sich zum Marktplatz.

Als die Frauen Kwani kommen sahen, liefen sie ihr entgegen, allen voran die Alte, die mit den Armen fuchtelte und schrie. Eine Schar aufgeregt schnatternder Kinder folgte ihnen.

Kwani fragte sich, wie sie mit dieser Situation fertig werden sollte. Sie war eine Fremde, ihr Gefährte und Beschützer irgendwo auf der Jagd. Diese Frauen konnten im Handumdrehen feindselig werden. Sie faßte nach der Muschel ihres Halsschmucks und flehte um Weisheit.

Als die alte Frau vor ihr stand, holt Kwani tief Luft, hob wie die Alte die Arme und begann, laut zu singen. Die Alte verstummte und trat zurück, während die anderen mit ausdruckslosen Gesichtern gafften.

Kwani hörte zu singen auf, senkte die Arme und bat die alte Frau, das Fleisch auszuteilen. Bald kauten alle, und einige riefen, sie fühlten bereits die göttlichen Kräfte. Die Alte wandte sich fragend an Kwani. «Wer soll den Rest bekommen?»

Kwani überlegte einen Moment. «Der Medizinhäuptling.»

Die Frauen nickten. Es war eine weise Entscheidung. Als Kwani sich zum Gehen wandte, ergriff eine Frau ihren Arm. «Wir wollen dich willkommen heißen. Komm mit.»

Sie führten Kwani durch das Dorf. Die Kinder liefen voraus und riefen: «Die Büffelruferin kommt!», woraufhin die Frauen der durchziehenden Stämme aus ihren Zelten gelaufen kamen und die Frauen auf den Feldern ihre Hacken aus Büffelknochen und ihre Rechen aus Geweihsprossen fallen ließen und herbeieilten.

Acoya wurde aus seinem Tragegestell genommen und viel bewundert von einer Frau zur anderen gereicht; alle betrachteten ehrfürchtig das Muttermal an seinem Fuß.

Bei einem Haus, wo zwei Männer und eine Frau einen Anbau errichteten, blieb Kwani stehen, um zuzuschauen. Der neue Raum hatte eine Grundmauer aus großen Steinplatten, die aufrecht in Zweierreihen aufgestellt waren. Den Hohlraum zwischen den Reihen füllte eine Frau mit Schutt und Lehm. Als sie damit fertig war, schichteten die Männer unbehauene, nebeneinander angeordnete Steine darauf und verbanden sie mit Adobemörtel. Vier große Dachpfosten standen bereits, die später ein Balkengerüst tragen würden mit einer Decke aus Gestrüpp und festgestampftem Lehm.

Kwani fand diese Art zu bauen sehr ungewöhnlich. Sie hatte auf ihren Reisen viele Dörfer gesehen, aber noch keinen Bau wie diesen. Mindestens ebenso interessant fand sie die beiden Männer, die hier arbeiteten. Sie schienen nicht verwandt zu sein. Der ältere ähnelte den Menschen dieses Orts, aber der jüngere war größer, hatte scharfe Gesichtszüge, und sein Haar war an beiden Seiten des Kopfes geschoren. Nur ein aufrechtstehender, von der Stirn bis zum Nacken reichender Haarstreifen war stehengeblieben. Offensichtlich gehörte er zu einem anderen Stamm.

«Wer ist das?» erkundigte sich Kwani mit Zeichensprache.

«Ein Sklave aus dem Osten.» Die Frau reckte stolz das Kinn. «Wir sind wohlhabend.»

Kwani wußte, daß Sklaven wertvoll waren und der Sklavenhandel weitverbreitet war, aber sie wußte auch, was es bedeutete, gefangen zu sein. Sie wandte sich ab. «Laßt uns weitergehen.»

Eigentlich wollte sie die Steinbrüche sehen; statt dessen wurde sie von Haus zu Haus geführt und in jedes eingeladen. Meistens kletterten sie über eine Leiter auf das Dach und betraten das Haus durch eine Luke. Manchmal jedoch bestand der Eingang in einem niedrigen Tunnel, einer Art Luftschacht in

Bodenhöhe, durch den man auf Händen und Knien kriechen mußte. Die Räume glichen im großen und ganzen dem, den sie mit Tolonqua bewohnte. Wände und Böden bestanden aus glattem Adobe. Angrenzende Lagerräume erreichte man durch niedrige Tunnel, und zusätzliche Räume wurden, je nach Bedarf, angebaut.

Kwani saß vor den Frauen, die sie neugierig und erwartungsvoll betrachteten. Ihre runden Gesichter waren nicht bemalt, aber einige hatten hübsche Tätowierungen auf Stirn und Kinn. Das Haar trugen sie in zwei Zöpfe geflochten und geschmückt mit bunten Bändern aus Wildleder. Zwischen ihren nackten Brüsten baumelten Ketten aus Knochen, Samen und Muschelschalen. Ihre knielangen Röcke aus Büffelhaut waren bestickt und bemalt.

Schließlich bedeutete eine Frau: «Wir wollen dich singen hören.»

«Ah.» Aber was sollte sie singen? Dann erinnerte sie sich an ein Lied aus ihrer Kindheit. Die Menschen sangen es im Frühling, damit alles wachsen und gedeihen sollte. Sie erklärte die Worte des Lieds mit Zeichen, während sie sang.

Die Frauen lauschten begeistert. Als das Lied zu Ende war, wollten sie es noch einmal hören. Kwani sang und wußte, daß sie sich jetzt mit ihrem Sohn und Gefährten in Sicherheit befand – vorausgesetzt, die Büffeljäger waren erfolgreich.

Am nächsten Morgen, als Kwani von einem hungrigen Acoya geweckt wurde, war das Dorf bereits auf den Beinen.

«Heute werden wir den Regenbogen-Feuerstein ausfindig machen», sagte sie zu Acoya, als sie ihn, gestillt und gewaschen, in die Trage zurücklegte.

Als Kwani die Leiter außen am Haus hinunterstieg, hörte sie Kindergeschrei und das Geräusch der Reibsteine, mit denen die Frauen Maismehl für den Frühstücksbrei mahlten. Ein leichter Wind wehte ihr den Duft von verdorrendem Gras und der unberührten Weite der Ebenen entgegen, den sie begierig einatmete. Der Sonnenvater erhob sich hinter den Bergen, und ein Steinadler stieg majestätisch in den strahlendblauen Himmel.

Während Kwani zum Fluß hinunterspazierte, wurde sie von Männern überholt, die sie verwundert ansahen. Sie schienen verschiedenen Stämmen anzugehören. Waren es Sklaven, die in den Steinbrüchen arbeiteten?

Neugierig ging Kwani ihnen nach. Ein schmaler, steiniger Weg führte auf einen mit dichtem Gebüsch bestandenen Hügel. Das Geräusch von Männerstimmen und lauten Hammerschlägen lockte sie weiter. Bald darauf stand sie auf dem schrundigen Gipfel. Überall arbeiteten Männer; einige in Gräben, die so tief waren, daß nur ihre Arme zu sehen waren, die die Körbe mit den Steinen heraufreichten, andere spalteten Gesteinsbrocken von Felsen ab, die aus der Tiefe des Erdreichs herausragten. Fasziniert beobachtete Kwani, wie zwei Männer mit einer langen Stange versuchten, einen Gesteinsbrocken von einem Felsen abzusprengen. Die Stange steckte in einer Spalte im Felsen, und die Männer stemmten und drückten, bis schließlich ein Steinbrocken absprang. Als er auf die Seite rollte, sah Kwani, daß die Innenseite vielfarbig geädert war: rot, weiß, braun, grau und grün.

Kwani sah eine große, muskulöse Frau mit kleinen Brüsten und wehendem Rock, die sich einen mit Steinen gefüllten Korb auf den Kopf stemmte und ihn auf kräftigen Beinen forttrug.

Plötzlich berührte jemand Kwanis Schulter. Sie drehte sich erschrocken um. Es war die alte Frau, die Anführerin der Frauengruppe. «Du darfst nicht hier sein», bedeutete sie und zog Kwani am Arm.

«Warum nicht?»

«Zum Ort des Regenbogen-Feuersteins kommen nur Männer.»

Kwani sah, daß etliche Männer finster zu ihnen heraufsahen. Die Alte zog wieder an ihrem Arm. «Wir müssen gehen. Sofort.»

Kwani nickte und folgte ihr den Hügel hinunter.

«Ich habe aber eine Frau hier gesehen. Eine große Frau mit kleinen Brüsten –»

«Ein Berdache. Ein Mann, der wie eine Frau lebt. Er ist sehr stark und kann schwer tragen. Er ist ein Sklave.»

«Aber –»

«Er hat keine Geschlechtsteile mehr. Man hat sie ihm abgeschnitten. Er ist hier ganz flach.» Sie zeigte auf sich.

Kwani war entsetzt. Eine Welle des Mitleids durchflutete sie. «Verachten ihn die Männer sehr?»

Die Alte blieb stehen und sah Kwani geringschätzig an. «Nein. Sie benutzen ihn als Frau. Manchmal prügeln sie sich sogar um ihn.»

«Aber...» Kwani runzelte verwirrt die Stirn. «Wie –»

«Sie benutzen ihn hier.» Wieder machte sie eine unmißverständliche Geste.

Kwani schüttelte den Kopf. «Wie kann ihm das gefallen?»

«Er will ihnen gefallen. Er ist ein Sklave.»

Schweigend legten sie den Rest des Wegs zurück.

Es war der dritte Tag, seit Tolonqua und die Jäger aufgebrochen waren. Niemand hatte bis jetzt von ihnen gehört. Wenn die Büffel dort waren, wo Kwani gesagt hatte, müßten sich die Jäger inzwischen auf dem Heimweg befinden. Morgen könnten sie zurücksein.

Kwani beugte sich über das Fell des Weißen Büffels, das sie zum Gerben auf dem Boden des Dachs ausgebreitet und zwischen Pflöcke gespannt hatte. Frauen und Kinder hatten sich versammelt, um ihr bei der Areit zuzusehen. Einige hatten ihre Hilfe angeboten, aber Kwani hatte ihnen erklärt, nur sie und Tolonqua dürften das Fell berühren, und eines Tages, wenn er alt genug wäre, auch Acoya und andere Kinder, die sie vielleicht noch bekommen würde.

Ein Junge schlug einen fröhlichen Rhythmus auf einer kleinen Pappelholztrommel, und Kwani rieb im Takt dazu mit einem glatten, ovalen Reibstein die Gerblösung in die Hautseite des Büffelfells. Die Fleisch- und Fettreste, die nach dem Abhäuten noch daran hafteten, hatte sie bereits entfernt. Nun rieb sie die Haut mit einer Paste aus Fett, gekochtem Hirn und Leber ein, die sie von einer der Frauen bekommen hatte. Dann mußte die Haut in der Sonne trocknen, und danach würde Kwani sie mit warmem Wasser durchtränkt zu einem Bündel zusammenrollen und über Nacht weichen lassen als Vorbereitung für das Abstreifen der Haare und das spätere Körnen und Geschmeidigmachen des Leders.

Acoya lag neben ihr auf seinem Wiegenbrett. Er war noch keinen Monat alt, aber es schien, als wären ihr Geist und der seine eins. Sie lächelte ihm zu. Es war ein schöner, klarer Tag. Sie war umgeben von Menschen, die sie achteten und bewunderten, und sie arbeitete an der Haut des sagenumwobenen Weißen Büffels, die ihrem Gefährten gehörte und ihrem Sohn und künftigen Söhnen. Sie war glücklich.

Sie unterbrach ihre Arbeit und legte beide Hände auf die Büffelhaut, um zu dem Geist des göttlichen Wesens, der darin wohnte, zu sprechen.

«Ich danke dir», flüsterte sie. «Ich werde dich mein Leben lang in Ehren halten.»

Als die Umstehenden sahen, daß sie betete, verstummten sie ehrfürchtig. Dann begannen einige zu singen, andere stimmten mit ein. Die Trommel, die zunächst nur leise zu hören war, wurde lauter und schneller. Die Menschen wiegten sich, schwenkten die Arme und sangen immer hingebungsvoller zu Ehren des Weißen Büffels. Plötzlich brach der Gesang abrupt ab.

Ein junger Krieger von einem anderen Stamm näherte sich wankend und keuchend. Ein bemaltes Wildlederband über seinem rechten Ellbogen kennzeichnete ihn als Läufer. Der Schweiß glänzte auf seinem bronzefarbenen Körper. Er strich sich mit dem Handrücken über die Stirn, und dann sprach er sehr schnell in einer Sprache, die Kwani nicht verstand.

«Was ist passiert?» fragte sie mit Handzeichen.

Doch niemand antwortete ihr.

7

Drei weitere Tage vergingen, ohne daß die Jäger zurückkehrten. Wenn sie keine Büffel gefunden hatten – es war nicht auszudenken, was dann passieren würde. Mißtrauen und Groll schlugen Kwani entgegen. Man übersah sie, doch sie tat, als wäre sie froh, ungestört an der Büffelhaut arbeiten zu können.

Sie wrang die eingeweichte Haut aus und spannte sie auf einen Rahmen, den sie im Vorratsraum ihrer Behausung gefunden hatte. Dann zog sie einen glatten, flachen Knochen unter kräftigem Druck von oben nach unten über die Haut, und nach jedem Strich lief am unteren Ende ein kleiner Wasserschwall ab. Als sie so viel Feuchtigkeit wie möglich abgezogen hatte, ließ sie die Haut auf dem Rahmen, wo sie trocknen und bleichen konnte, bis sie reif sein würde zum Körnen.

Ein weiterer Tag verging ohne eine Nachricht von den Jägern. Der Medizinhäuptling und die Medizinmännergesellschaft erinnerten lautstark daran, daß die vorgeschriebenen Jagdvorbereitungen vernachlässigt worden waren. Sie hatten vor einer Katastrophe gewarnt. Ihrer Meinung nach war nichts anderes zu erwarten gewesen.

Wieder flüchtete sich Kwani in die Arbeit, um nicht auf die feindlichen Blicke und die spöttischen Bemerkungen reagieren zu müssen.

Mit einem scharfen, kugelförmigen Knochenstück, von dem eine Scheibe abgeschnitten war, so daß das poröse Innere die Grundfläche bildete, rieb sie die restlichen Fasern von der Büffelhaut. Als sie glatt und gleichmäßig geschliffen war, trug sie sie hinunter zum Fluß an eine Stelle, wo Weiden und Pappeln wuchsen. Sie spannte ein Stück von Tolonquas Seilen aus Yuccafasern zwischen zwei Weiden und hängte die Haut darüber. Dann ergriff sie mit jeder Hand ein Ende und zog die Haut in ständigem Auf und Ab über das Seil, damit sie in der durch die Reibung entstehenden Hitze noch trockener und gleichzeitig geschmeidig wurde. Sie war jetzt so weich, daß sie zu einem

Gewand für Tolonqua, zum heiligen Mantel des Weißen Büffels, verarbeitet werden konnte.

Wo war Tolonqua?

Ein weiterer Tag verging. Kwani blieb in ihrem Raum, ernährte sich nur vom Fleisch des Weißen Büffels und von Wasser aus dem Fluß, das sie heimlich holte.

Einmal begegnete sie dabei dem Berdache, der ihr einen kurzen Blick zuwarf, als er mit einem großen Korb voll Feuersteine auf dem Kopf an ihr vorüberging. Sie wäre ihm gern gefolgt, um den Männern im Steinbruch bei der Arbeit zuzusehen, aber sie wagte es nicht.

Am zehnten Tag der schier unerträglichen Wartezeit erwachte Kwani sehr früh am Morgen durch einen fernen Ton. Ruckartig richtete sie sich auf ihrer Schlafmatte auf. Konnte es sein? Sie lauschte, und sie hörte es wieder, schwach und aus weiter Ferne.

Es war das Muschelhorn.

Mit einem Freudenschrei kletterte Kwani auf das Dach. Andere hatten das Horn ebenfalls gehört und versammelten sich auf den Dächern und auf dem Marktplatz. Wieder ertönte der langgezogene Heulton. Kwani spähte angestrengt in die Morgendämmerung. Schließlich tauchten die Jäger auf. Sie gingen langsam und unter schweren Traglasten gebeugt. Die Hunde neben ihnen schleppten hochbeladene Travois.

«Sie kommen! Sie kommen!» schallte es aus aller Munde.

Die Männer liefen ihnen entgegen. Die Frauen beeilten sich, alles für das Festmahl vorzubereiten. Kwani blieb auf dem Dach. Sie hatte das Gefühl, mit jeder Pore ihres Körpers Ausschau nach Tolonqua zu halten. Endlich entdeckte sie ihn. Seite an Seite mit dem Jagdhäuptling führte er den Zug an.

Die Leute jubelten und schrien, als Jäger und Hunde, beladen mit Büffelfleisch, ins Dorf zogen. Offensichtlich hätten sie doppelt so viele Hunde gebrauchen können. Die Lasten, die sie schleppten, waren enorm. Die Hunde ließen sich erschöpft fallen, als die Frauen herbeieilten, um die Travois zu entladen, und die Jäger waren froh, ihre Traglasten den Männern und Jungen zu übergeben. Große Töpfe hingen bereits über den

Feuerstellen oder standen direkt auf der Glut. Die Frauen drängten sich staunend um die riesigen Fellbündel.

In all dem Trubel stand Tolonqua, gleichgültig gegenüber den Glückwünschen und anerkennenden Worten, und suchte Kwani. Er sah sie auf dem Dach stehen, abseits von allem, wie eine Göttin auf einem heiligen Berg im Schein der Morgenröte. Er bahnte sich einen Weg durch die Menge, stieg zu ihr hinauf, und schon lag sie in seinen Armen.

«Komm!» flüsterte sie. Er folgte ihr die Leiter hinunter, zog ihr das Kleid aus und legte sie auf die Schlafmatte. Er beugte sich über sie, liebkoste ihre Brüste, ihre Schenkel.

Sie zog ihn an sich, und sie versanken im Taumel der Sinne. Danach lag sie friedlich neben ihm und lauschte seinem Herzschlag und seiner Stimme. Wie sehr hatte sie ihn vermißt!

Schließlich fragte sie: «Erzähl mir, was passiert ist. Der Läufer –»

«Er hatte sich geirrt. Die Büffel waren genau an der Stelle, die du vorausgesehen hast. Eine riesige Herde. Der Jagdhäuptling wollte so viele Büffel wie möglich – mehr als wir mit unseren Pfeilen erlegen konnten. Die Büffel zogen nach Westen auf einem über steile Felswände abfallenden Plateau. Also folgten wir ihnen, bis sie nah genug an den Klippen waren –»

«Um sie über den Rand zu treiben?»

«Ja. Doch dann schwenkten sie in eine andere Richtung, und wir mußten sie wieder auf den richtigen Weg bringen.»

«Wie?»

Er hob den Kopf und lächelte auf sie hinab. «Rate.»

«Nein. Sag es mir.»

«Mit dem Muschelhorn. Die Jäger postierten sich so, daß sie die Herde zu den Klippen abdrängen konnten. Dann blies ich das Horn. Und die Büffel rannten! Schnurstracks über den Rand des Plateaus! Sehr viel mehr Männer und Hunde werden nötig sein, um auch nur einen Teil von dem, was übrig ist, zu holen.»

Sie sah ihn fragend an. «Wirst du noch einmal mit ihnen gehen?»

«Nein. Wir besorgen uns Hunde und Feuersteine, und dann kehren wir heim nach Cicuye.»

«Gut.» Sie küßte ihn und hörte sein Herz laut schlagen, als er sie noch einmal an sich zog.

Als am Abend die Feuer brannten und das Festmahl in vollem Gange war, saßen Kwani und Tolonqua auf einem Ehrenplatz neben dem Jagdhäuptling, der, im hellen Schein des Feuers stehend, erzählte, wie er die Büffelherde über die Klippen gejagt und damit seinem Volk zu diesem und vielen anderen Festen, die noch folgen würden, verholfen habe; ganz zu schweigen von den Fellen, Knochen, Sehnen, Schädeln und all den anderen Teilen der Büffel, die er mitgebracht hatte und von denen noch viel, viel mehr am Grund der Klippen auf sie wartete.

Sklaven eilten umher mit Körben voll Büffelmist für die Feuer, mit Wasserkrügen, um die Kochkessel aufzufüllen, und mit großen Fleischstücken, die zusammen mit Mais und köstlichen Samen oder mit Knollengewächsen gebraten oder gekocht werden sollten. In diese Eintopfgerichte wurden mit Kräutern gewürzte Kuchen aus getrockneten und gemahlenen Bohnen getunkt. Während man aß, schmatzte man anerkennend. Danach wurde höflich gerülpst.

Der Berdache, gekleidet und herausgeputzt wie eine Frau und mit Ketten, Armreifen und Ohrringen behangen, tat seine Arbeit schwungvoll und irgendwie elegant und blickte dabei immer wieder zu Tolonqua.

«Weißt du, wer das ist?» flüsterte Kwani.

«Ein Berdache.»

«Ja. Er beobachtet dich.» Sie bemühte sich um einen nüchternen Ton.

«Er beobachtet uns. Und warum auch nicht? Wir sind Ehrengäste.»

Kwani hätte gern mehr gesagt, aber sie schwieg. Das Fest nahm seinen Lauf. Kwani sah sich um, sah die Männer mit ihren rot bemalten Augen, die Frauen, die in der Zeit der Ungewißheit und des Wartens auf die Jäger auf sie herabgesehen hatten. Sie wollte fort von hier.

Als das Fest vorbei war und sie wieder in ihre Behausung zurückkehrten, fragte sie: «Wann können wir aufbrechen?»

«Morgen. Nach den Tauschgeschäften.»

Kwani mußte an den Sklaven denken, der sich während des Festessens ständig in ihrer Nähe herumgetrieben und Tolonqua immer häufiger intime Blicke zugeworfen hatte.

«Ich mag den Berdache nicht.»

«Warum nicht?»

«Er sieht dich an, als ob...»

«Ja. Er weiß, daß ich an ihm interessiert bin.»

Kwani schwieg schockiert.

«Ich will ihn kaufen», fuhr Tolonqua fort. «Er ist stark. Er wird uns auf dem Weg nach Cicuye nützlich sein.»

«Aber ich mag ihn nicht!»

Tolonqua zuckte die Schultern. «Es spielt keine Rolle, ob du ihn magst oder nicht. Er wird dich und Acoya beschützen. Er ist stark und ein guter Arbeiter. Er wird sich um die Hunde und die Travois kümmern und selbst eine beträchtliche Last tragen. Und wenn wir angegriffen werden...» Er hielt inne und zuckte noch einmal die Schultern. «Es wird nicht dazu kommen, aber wenn doch, wird er uns eine Hilfe sein. Angeblich ist er ein guter Bogenschütze.»

Was sollte Kwani darauf sagen? Sie erinnerte sich nur an das schmale Gesicht mit den ausgezupften Brauen, an den spöttischen Zug um die schmalen Lippen und die glitzernden Augen unter den halbgeschlossenen Lidern. Instinktiv wußte sie, daß ihr in ihm ein Rivale erwuchs. Möglicherweise sogar ein Feind.

8

Der Tauschhandel war in vollem Gang. Menschen von nah und fern kamen wegen des begehrten Feuersteins, und so hatte sich das Dorf zu einem Handelsplatz entwickelt. Die Waren wurden auf einem einigermaßen ebenen Gelände zwischen Dorf und Fluß auf dem Boden oder auf Decken ausgebreitet ausgestellt. Inmitten eines Wirrwarrs farbenprächtiger Kleider, bemalter Gesichter, bemalter Körper, von Geschrei und Gesang wurde mit Worten und Gesten geredet und gefeilscht. Köstliche Gerüche aus dampfenden Kesseln, ein angenehm frischer Wind und der warme Sonnenschein mehrten das Vergnügen an einem guten Geschäft.

Die Menschen schlenderten von einem Warenangebot zum anderen und hockten sich nieder, um die Ware zu prüfen. Es gab schöne Pelze von Bergschafen, Bibern, Hirschen, Pumas und Büffeln. Es gab lebende Adler in Käfigen, Talg, Dörrfleisch, Muscheln, Mais, Salz, Farbstoffe, Körbe, Töpfe, Becher, kunstvoll geschnitzte Pfeifen aus Stein und Knochen, glatte Tonpfeifen und andere, aus Bein und Holz gefertigte zeremonielle Gegenstände, Flöten und Trommeln, Rasseln und Pfeifen, Pfeile und Bogen, Decken, Spielsteine, Schmuck – kurz, alles, was das Herz begehrte, und natürlich auch den wertvollsten Handelsartikel: Sklaven.

Kwani atmete erleichtert auf, als sie sah, daß sich der Berdache nicht unter der Gruppe von Männern, Frauen und etlichen Kindern befand, die von einem Ältesten der Kriegergesellschaft bewacht wurde. Interessierte Käufer befühlten die Muskeln der erwachsenen Sklaven, hoben die Kinder hoch, um ihr Gewicht zu prüfen, und untersuchten ihre Zähne.

Kwani saß neben Tolonqua, der den Umhang aus dem gegerbten Fell des Weißen Büffels trug. Vor ihnen ausgebreitet lagen der Rest des Büffelfleischs – den größten Teil hatten sie für sechs kräftige Hunde und das dazu gehörende Geschirr sowie für eine Auswahl bester Feuersteine hergegeben – und etliche schöne und schwere Anasazi-Schüsseln, die sehr begehrt waren. Außerdem enthielt Tolonquas prall gefülltes Bündel noch eine Menge anderer Handelsobjekte sowie Türkise und Wertgegenstände, die er bereits eingetauscht hatte. Lebhaft gestikulierende Interessenten hatten sich bei Kwani und Tolonqua niedergelassen. Tolonqua verhandelte erst mit einem von ihnen, dann mit einem anderen, und bald bot der eine gegen den anderen.

Kwani beobachtete Tolonqua, der mit gekreuzten Beinen, den neuen Mantel über den Schultern, neben ihr saß und konzentriert und aufmerksam verhandelte, wobei sich seine Hände so rasch bewegten, daß sie die Worte nicht immer erraten konnte. Sobald er sich mit einem Partner einig war, wechselte die Ware den Besitzer, und Tolonqua reichte Kwani einen weiteren wertvollen Gegenstand, den sie im Bündel verstaute.

«Wir sind unglaublich wohlhabend», dachte sie, aber noch lag die gefährliche, einen ganzen Mond dauernde Reise nach Cicuye vor ihnen. Vieles konnte geschehen...

Plötzlich ertönte ein Trommelschlag. Der Kriegerhäuptling trat mit erhobener Hand neben die Gruppe der Sklaven und forderte Ruhe. Dann trat der Clanhäuptling vor. Er war größer als die meisten und prächtig gekleidet mit einem wildledernen Lendenschurz, der bestickt war mit den gefärbten Borsten des Stachelschweins aus dem Osten, mit Muschelperlen aus dem Meer des Sonnenuntergangs und mit Türkisen aus den Bergen im Westen. Dazu trug er einen Kopfschmuck aus Büffelhörnern und Adlerfedern. Schwarze Linien von den Augen zum Kinn betonten die rot bemalte Stirn- und Augenpartie, und bei jeder Bewegung flatterten die purpurroten Federn an seinen Ohren. Bewunderndes Gemurmel erhob sich aus der Menge. Dann folgte ein weiterer Trommelschlag, und der Clanhäuptling begann zu sprechen. Gleichzeitig übersetzte er seine Worte in Zeichensprache.

«Ihr habt diese Sklaven gesehen, untersucht und ihren Wert geschätzt. Jetzt könnt ihr bieten und kaufen.»

Von allen Seiten kamen Handzeichen. Ein Sklave nach dem anderen verließ die Gruppe, Wertgegenstände wechselten den Besitzer.

Tolonqua stand auf und sagte zu Kwani: «Bleib du bei unseren Sachen und paß gut auf sie auf.»

«Wo gehst du hin?»

Statt zu antworten, nahm er zwei Bärentatzen mit langen Klauen aus seinem Bündel und steuerte auf den Clanhäuptling zu, der in einer Gruppe mit anderen Häuptlingen stand. Tolonqua grüßte die Häuptlinge, die seinen Gruß erwiderten. Kwani konnte ihre Handzeichen nicht sehen, aber die Reaktion des Clanhäuptlings, als ihm Tolonqua die Bärentatzen überreichte.

Kurz darauf kam Tolonqua zurück, um sein Bündel zu holen. «Ich werde jetzt mit den Häuptlingen feilschen.»

«Um was?» fragte sie. Er schwieg, aber sie kannte die Antwort. Er wollte den Berdache.

Tolonqua saß in würdevoller Haltung in der Hütte des Clanhäuptlings, die Beine gekreuzt, die Hände auf den Knien. Der weiße Umhang über seinen Schultern schimmerte fahl im Licht der Feuergrube und der offenen Luke über ihren Köpfen. Die Zeremonienpfeife war zweimal herumgegangen und wieder beim Clanhäuptling angelangt, der paffte, hustete, noch einmal paffte und dann die verzierte Tonpfeife auf den Altar zu den übrigen heiligen Gegenständen legte.

Nachdem sie alle eine angemessene Weile geschwiegen hatten, forderte der Clanhäuptling Tolonqua auf, sein Anliegen vorzubringen.

Tolonqua erklärte, daß er für seine Reise nach Cicuye einen guten Bogenschützen brauchte, einen Sklaven, der seine Frau und seinen Sohn beschützen würde für den Fall, daß ihm, Tolonqua, etwas zustoßen sollte. «Ich mache euch ein Angebot für den Berdache.»

Eine Weile herrschte entrüstetes Schweigen. Dann bedeutete ein Häuptling: «Der Sklave gehört mir. Ich gebe ihn nicht her.»

Tolonqua nickte respektvoll. «Ich verstehe. Allerdings...» Dabei öffnete er sein Bündel und brachte einen Halsschmuck zum Vorschein, der noch kostbarer war als der, den er dem Kriegerhäuptling bei der Begrüßung geschenkt hatte und der jetzt auf dessen nackter Brust prangte. Er bot den Schmuck dem Besitzer des Sklaven an, der ihn begehrlich betrachtete, aber den Kopf schüttelte. Tolonqua legte den Halsschmuck ausgebreitet vor sich auf den Boden und holte aus seinem Bündel einen aus Hunde- und Menschenhaar gewebten, mit geheimen Symbolen verzierten Gürtel mit langem, verschwenderischem Fransenbesatz. Der Gürtel ging von Hand zu Hand, der Sklavenbesitzer untersuchte ihn sorgfältig, schluckte und schüttelte den Kopf.

Tolonqua legte den Gürtel neben den Halsschmuck und zeigte als nächstes einen kleinen Beutel, hergestellt aus dem Balg eines jungen Kaninchens und mit winzigen Muschelperlen und bunten Federn besetzt. Er öffnete ihn und schüttete den Inhalt auf den Boden. Peyote, die heilige Pflanze! Die Sonnenpflanze für den Verkehr mit den Göttern!

Die Häuptlinge staunten hörbar. Dann sahen sie den Clanhäuptling an. Ein solches Angebot mußte ernsthaft erwogen werden.

Und noch einmal griff Tolonqua in sein Bündel. Es klimperte leise, als er langsam und ohne den Blick von dem Besitzer des Sklaven zu nehmen, einen Ohrschmuck aus glänzendem weißen Perlmutt hervorholte, an dem ein kupfernes Glöckchen hing. Der Schmuck war ein seltenes Stück aus dem fernen Süden. Er hielt ihn in die Höhe und bewegte ihn leicht hin und her. Das Glöckchen klingelte verlockend.

Die Häuptlinge murmelten aufgeregt und streckten die Hände danach aus, aber Tolonqua legte den Ohrschmuck auf den Boden neben den Halsschmuck, den Gürtel und das Peyote.

«Dies alles für den Berdache», bedeutete er.

Auf ein Zeichen des Clanhäuptlings stand ein junger Häuptling auf und verließ die Hütte durch die Luke. Der Besitzer des Sklaven blickte auf seine gefalteten Hände. Sein Mund war zu einem Strich zusammengepreßt, aber bis auf das Zucken in einem Augenwinkel blickte er reglos auf die zum Tausch angebotenen Gegenstände.

Kurz darauf hörten sie Schritte über ihren Köpfen.

Der junge Häuptling stieg die Leiter herunter, hinter ihm folgte der Sklave, der sofort zu wissen schien, was passiert war. Die Augen in seinem schmalen Gesicht glänzten, als er Tolonqua ansah. Der Clanhäuptling sagte etwas, und der Sklave ging zu Tolonqua und kniete mit gesenktem Kopf vor ihm nieder.

Tolonqua tat das Peyote in den Beutel und zog an der Schnur, die den Beutel schloß. Er nahm den Halsschmuck, den Gürtel und den Ohrschmuck mit dem Glöckchen, übergab sie dem Sklaven und bedeutete ihm, wem er die Sachen geben sollte. Der Sklave brachte sie seinem früheren Herrn. Sie wechselten einen

Blick, und dann beugte sich der Häuptling vor und streifte das Ohrgehänge über das Ohr des Sklaven. Dabei sprach er leise zu ihm. Der Sklave berührte mit der Stirn den Boden und flüsterte ein paar Worte. Dann ging er zu Tolonqua und nahm hinter ihm Platz.

Tolonqua bemühte sich, nicht zu zeigen, wie sehr er zufrieden war. Jetzt konnten sie die Heimreise antreten.

Es war am zweiten Tag, nachdem Kwani, Tolonqua und der Sklave den Ort des Regenbogen-Feuersteins verlassen hatten. Kwani trug Acoya in einer Schlinge, die sie in ihre Decke geknüpft hatte. Sie trug kein Bündel und kein Wiegenbrett. Sie hatten ihre ganze Habe den Hunden aufgeladen, die, geführt von dem Sklaven, gehorsam neben ihnen herliefen. Kwani schritt leichtfüßig dahin, ihre Arme schwangen locker und frei. Tolonqua ging neben ihr.

«Ist es nicht besser so? Ohne ein schweres Bündel auf dem Rücken?» fragte er, und sie dachte: «Er will, daß ich sage: Es war richtig, den Sklaven zu kaufen.» Also nickte sie. Der Sklave hatte die Hunde beladen. Er schirrte sie aus, wenn sie haltmachten, fütterte sie und redete mit ihnen, als ob es Menschen wären. Kwani mußte zugeben, daß er nützlich, ja unentbehrlich war. Aber zwischen ihm und Tolonqua bestand ein stummes Einverständnis, das sie ausschloß. Sie dachte: Nun gut, sie sind beide Männer, und Männer gehen nun einmal so miteinander um. Aber es gefiel ihr nicht.

Sie beobachtete den Sklaven, der vor ihnen ging. Er hatte sein glänzendes Haar zu zwei langen Zöpfen geflochten und mit roten Wildlederstreifen zusammengebunden. Er trug einen Frauenrock und mehrere Halsketten, die vorne zwischen seinen dicklichen Brüsten baumelten. Seine Frauenmokassins aus Büffelhaut reichten ihm bis zu den Knöcheln und waren kunstvoll mit buntgefärbten Stachelschweinborsten bestickt. Er trug Armreifen aus Knochen, Muscheln und Türkisen an beiden Handgelenken. An einem Ohr baumelten mehrere Ohrgehänge; am anderen die weiße Muschel mit dem Glöckchen, das bei jedem seiner Schritte mitschwang und bimmelte.

Als hätte er ihren Blick gespürt, drehte er sich um und sah sie an. Sein Gesicht hatte etwas Eigenartiges an sich. Vielleicht waren es die hellbraunen Augen mit den dunklen Pünktchen – Augen, die aus der Enge des schmalen Gesichts zu entfliehen suchten. Die gezupften Brauen gaben seiner Stirn etwas Nacktes, Strenges. Und er hatte eine Art, die Zunge vorzuschnellen, als wollte er die Luft schmecken wie eine Schlange. Genauso züngelte er jetzt, als er sie ansah. Und dann leckte er sich die Lippen und wandte sich an Tolonqua.

«Die Hunde brauchen Wasser», sagte er auf Towa.

Kwani war überrascht gewesen, als sie erfuhr, daß er mehrere Sprachen sprach. Vermutlich war er schon öfter verkauft worden. Sie schaute zu, als er aus einem der Bündel eine Schüssel hervorholte, Wasser aus einem Wassersack hineingoß und sie den Hunden hinstellte.

Kwani setzte sich auf das gelbbraune Gras, um das Kind zu stillen, und Tolonqua ließ sich neben ihr nieder und schaute lächelnd zu, während Acoya gierig trank.

«Hast du auch Durst?» fragte er und reichte ihr seinen Wasserbeutel. Sie trank in tiefen Zügen. Es störte sie nicht, als ihr die Decke von den Schultern rutschte und ihre vollen Brüste und den trinkenden Säugling vor den Augen des Sklaven entblößte. Sollte er ruhig sehen, was er nie haben und nie tun konnte.

Doch der Sklave war mit den Hunden beschäftigt. Er packte die Schüssel weg, nachdem sie leergetrunken war. Nichts an ihm ließ erkennen, ob er etwas gesehen hatte oder nicht.

Tolonqua legte sich ins Gras, verschränkte die Hände hinter dem Kopf und blickte in den türkisblauen Himmel. Keine Wolke, nicht einmal ein Vogel zog darüber hin. Kwani sah, wie sich seine Brust im Atemrhythmus hob und senkte. Sie hätte gerne den Kopf darauf gelegt und seinem Herzschlag gelauscht. Wenn der Sklave nicht gewesen wäre, hätte sie es getan.

Tolonqua wandte das Gesicht dem Sklaven zu. «Wie heißt du?»

Die glänzenden Augen zeigten Überraschung. «Ich bin ein Sklave.»

Tolonqua runzelte die Stirn. «Jeder Mensch hat einen Namen. Sag mir deinen.»

Er zuckte die Achseln. «Nenn mich, wie du willst.»

«Nenn ihn Papu», platzte Kwani heraus und schämte sich im selben Augenblick. Papu hieß die Zedernrinde, die als Windeleinlage und zum Auffangen des Monatsflusses verwendet wurde. Jemanden so zu nennen, war die schlimmste Beleidigung, und die hatte der Sklave nicht verdient. Warum nur hatte sie so heftig reagiert?

«Ich entschuldige mich», sagte sie sofort. «Ich werde dich Owa nennen, weil du stark bist.» Owa bedeutete «Fels».

«Ein guter Name», sagte Tolonqua, doch er sah Kwani verwundert an. Irgend etwas nagte an ihr, aber was?

9

Der Cañon lag noch im Schatten des frühen Morgens, als die fünf Querechos geräuschlos und stets auf der Hut dem Fluß entlang schlichen. Ihr Führer, ein gedrungener und erstaunlich junger Mann für die Verantwortung, die er trug, hob die Hand. Sie blieben stehen und spähten flußaufwärts. Außer dem Rauschen des Flusses war nichts zu hören; nichts regte sich bis auf den Wind.

Der Anführer sprach. «Wir wissen, daß der Weiße Büffel hier war, bevor der Fluß Hochwasser führte. Seitdem haben wir seine Spuren nicht mehr gesehen.» Mit einer großspurigen Geste, die seine Armreifen aus Knochen und Klauen klappern ließ, wandte er sich an seine Begleiter. «Kann es sein, daß das Fleisch, das wir in der Höhle entdeckt haben, das Fleisch des Weißen Büffels war?»

Die Männer sahen sich an. Das könnte erklären, warum

jemand in diesem Cañon, in dem es Büffel im Überfluß gab, Büffelfleisch sorgfältig aufbewahrte, um es später zu holen. Doch nur Barbaren würden den Weißen Büffel töten.

Der Anführer fuhr fort: «Vielleicht hat unser Bruder versucht, es zu verhindern, und sie haben ihn deshalb getötet.»

Die Jäger nickten mit finsteren Gesichtern. Als das Hochwasser zurückging, hatte man den Kopf ihres Häuptlings – oder was davon übrig war – am Ufer gefunden, nicht jedoch seinen Körper. Dies und der Mord am Weißen Büffel, dem Glücksbringer und Verheißer einer guten Jagd, waren schlimmste Schändung und Entweihung.

«Wir werden bereit sein, wenn sie wiederkommen.» Mit einem Kriegsschrei hob der Anführer seinen Bogen. Die anderen stimmten mit ein, bis der Cañon von den Stimmen widerhallte.

Tage vergingen, aber die fremden Jäger kehrten nicht zurück. Einige der Querechos wollten nicht länger auf der Lauer liegen, doch ihr Anführer blieb hartnäckig.

Sie stellten Wachen an den Wegen auf, die in den Cañon führten, und ihre Ausdauer zahlte sich schließlich aus. Drei Männer wurden gesehen. Der Wachposten benachrichtigte sofort den Kriegerhäuptling, der einen Kundschafter aussandte, um Näheres zu erfahren. Als der Späher zurückkehrte, berichtete er:

«Es sind keine Männer von den Ebenen. Sie sind aus dem Westen.»

Der Anführer nickte. «Deshalb brauchten sie so lange, um zurückzukehren. Was hast du noch herausgefunden?»

«Ihre Hinterköpfe sind flach.»

«Ah! Flachköpfe! Es sind Anasazi!»

«Zwei sind Jäger. Der andere hat eine große Narbe.» Er fuhr mit dem Finger vom Ohr zum Mund und zog eine Grimasse. «Vielleicht ist er ein Schamane.»

«Natürlich. Deshalb will er das Fleisch des Weißen Büffels.»

Die Männer nickten, daß ihre Ohrgehänge klimperten. «Wir werden uns den Schamanen schnappen und sehen, ob sein Zauber den Tod, den wir ihm geben werden, verhindern kann!»

«Aye!» riefen die anderen einstimmig.

Zashue, der junge Medizinhäuptling des Adlerclans der Anasazi, und zwei Jäger des Clans bewegten sich vorsichtig auf dem Pfad, der in die Schlucht hinunterführte. Er war steinig und steil, und keiner von ihnen war schon einmal hier gewesen.

«Bist du sicher, daß sie diesen Weg genommen haben?» fragte der junge Soyap. Er war noch nie so weit von seiner heimischen Umgebung fortgewesen und wünschte, er wäre jetzt dort und nicht hier.

«Natürlich!» Zashue fuhr ihn ungeduldig an. «Kokopelli und die Hexe wurden gesehen, als sie hierher unterwegs waren. Sie brauchten Wasser und ein Dach über dem Kopf.» Er warf einen kurzen Blick zu Naua, dem grauhaarigen Spurenleser, der sie bis jetzt geführt hatte. «Zweifelst du an meiner Entscheidung?» Seine Augen funkelten trotzig.

Naua blickte angespannt in die Schlucht. Dann gebot er mit erhobener Hand Ruhe und lauschte. Es war vollkommen still. Er schüttelte den Kopf und strich sich mit der knorrigen Hand über das Kinn.

«Es ist zu still.» Mit einer raschen Bewegung wandte er sich an Zashue, der zornig protestieren wollte. «Sie wollten hierher, du hast recht. Aber –»

«Aber was?» Zashues verzerrtes Gesicht zuckte vor Ungeduld. «Vielleicht sind sie noch hier. Mit dem Halsschmuck – unserem Halsschmuck.» Wenn er den Halsschmuck seinem Clan zurückgeben und Tiopi, die für sich beanspruchte, *Die Sich Erinnert* zu sein, ihn endlich, wie es ihr zustand, tragen konnte, wäre sein Triumph vollkommen. Dann könnte er einen eigenen Clan gründen und würde nicht länger von Huzipat, dem alten Häuptling des Adlerclans, herumkommandiert werden.

Naua versuchte, sich seine wachsende Ungeduld mit diesem jungen Medizinhäuptling nicht anmerken zu lassen, dessen innere Narben tiefer und häßlicher waren als die äußerlich sichtbaren.

«Vielleicht sind jetzt andere hier, die uns genausowenig willkommen heißen werden. Sie könnten uns in diesem Moment aus ihren Verstecken beobachten.»

Die Männer blickten besorgt in den Cañon. Sie schwitzten,

waren durstig, und das kühle Grün sowie das silbern glänzende Wasser sahen verlockend aus. Doch zwischen den Bäumen und Felsen konnte sich wer weiß wer versteckt halten.

«Es ist zu still», wiederholte Naua.

Zashue schnaubte verächtlich. «Natürlich ist es still. Sie sehen uns kommen. Und wir stehen hier wie ängstliche Kaninchen – jetzt, nachdem wir den weiten Weg zurückgelegt haben!»

«Wir täten gut daran, uns zu verstecken», sagte Naua.

«Also gut. Wir werden uns verstecken. Da unten!»

Zashue drängte voran, rutschte und stolperte den steilen Pfad hinunter, ohne sich zu vergewissern, ob ihm die anderen folgten. Wenn es sein mußte, würde er es eben allein tun. Er würde den Halsschmuck bekommen und seinem Volk zurückbringen! Er würde ein Häuptling sein, den man nicht vergißt. Einer, von dem sich Kwani, die Hexe, wünschen würde, ihn nie gekannt zu haben! Er berührte sein vernarbtes Gesicht. Ihr das Gesicht vom Mund bis hinauf zum Ohr aufzuschlitzen, wie sie das seine mit ihrem Speer aufgeschlitzt hatte, nachdem er den Hexentöterpfeil auf sie geschossen hatte, würde Balsam für seine Seele sein. Er tastete nach dem Feuersteinmesser an seiner Hüfte.

Es wurde kühler, je tiefer sie in den Cañon hinabstiegen. Ein leichter Wind mit dem frischen Geruch des Flusses wehte durch die Schlucht. Die Männer erreichten das Ufer und knieten nieder, um mit den Händen klares, kaltes Wasser zu schöpfen und zu trinken.

Plötzlich hörte Zashue einen dumpfen Laut neben sich. Seine Hände erstarrten mitten in der Bewegung, und Soyap fiel mit dem Gesicht nach unten in den Fluß. Aus seinem Rücken ragte ein Pfeil.

«Versteck dich!» zischte Naua und stand auf, um zu den Bäumen zu laufen. Ein Pfeil traf ihn zwischen den Schulterblättern und durchbohrte ihn, daß die Pfeilspitze an der Brust wieder austrat. Er riß die Arme hoch und stürzte zu Boden.

Zashue rannte keuchend vor Angst und Schrecken das Ufer hinauf und zu einem Felsblock zwischen zwei struppigen Wacholderbüschen. Zitternd duckte er sich unter den kleinen Überhang, legte einen Pfeil auf seinen Bogen und wartete.

Er horchte. Nichts. Dann ein leises Scharren. Schritte?

Er hielt den Bogen gespannt und schob sich langsam um die eine Seite des Felsens. Von den Bäumen ringsum schwirrten ihm Pfeile entgegen und prallten von dem Felsen ab. Zashue schnellte zurück. Sein Herz klopfte zum Zerspringen. Er war umstellt!

Wieder hörte er ein Geräusch. Er wandte sich um, bereit, sich zu wehren. Seine schweißnassen Hände klammerten sich um den Bogen.

Er sah den Querecho nicht, der von rechts kam und ihm einen Schlag versetzte, der ihn zu Boden warf. Im nächsten Moment hatte ihn der Mann überwältigt und ihm den Bogen und das Feuersteinmesser am Gürtel entwunden.

Mit lautem Freudengeheul tauchten vier weitere Querechos zwischen den Bäumen auf. Sie zerrten Zashue auf die Beine und rissen ihm brutal den Schmuck aus den Ohren. Sie nahmen ihm seine Halsketten, den schönen Gürtel, den Köcher und die Armreifen.

Zashue wehrte sich vergebens, schließlich rief er verzweifelt: «Ich bin Medizinhäuptling des Adlerclans der Anasazi. Ich komme wegen des Halsschmucks.»

«Welcher Halsschmuck?»

«Der uns gestohlen wurde von der Hexe, die sich *Die Sich Erinnert* nennt. Aber er gehört uns. Ich verlange ihn zurück. Wo ist die Hexe?»

«Du lügst», bedeuteten die Querechos. Sie warfen Zashue auf den Boden. Einer von ihnen setzte sich rittlings auf seine Brust und grinste ihn an.

Zashue versuchte zu schreien, aber es kam kein Schrei, nur das zischende und knirschende Geräusch, als ihm der Querecho den Kopf abtrennte.

Was von den Toten wertvoll war, hatten sie eingesammelt und die Leichen den Aasfressern überlassen. Nun saßen die Querechos in der Höhle, wo das Büffelfleisch lagerte, und hielten Rat.

«Ich möchte wissen, was es mit dem Halsschmuck auf sich hat», sagte einer.

«Das möchte ich auch», sagte ein anderer. «Und was mit der Hexe ist. Seht euch den Kleinkram an, den sie zurückgelassen hat.»

«Kaum etwas wert.»

«Warum würde eine Anasazi hierherkommen. Eine Mondreise weit –»

«Vielleicht auf der Flucht? Eine Hexe...»

Die Männer sahen sich an. Hatte der Schamane am Ende doch die Wahrheit gesagt?

Der Anführer sagte: «Der Halsschmuck hat mächtige Medizin, sonst wären sie nicht so weit gereist, um ihn zurückzubekommen.» Er schwieg und ließ die eben erbeuteten Halsketten durch die Finger gleiten. Dann sah er die Gefährten der Reihe nach an. «Unsere Wachen beobachten die Pfade. Kein Eindringling wird ihnen entgehen. Die Frau war nicht allein. Das wissen wir. Der Regen hat die meisten Spuren verwischt, aber die eine oder andere werden wir finden. Wir werden ihnen folgen und diesen Halsschmuck bekommen.»

«Aye! Und das Fell des Weißen Büffels!»

Voller Tatendrang brachen sie auf.

10

Gelber Vogel, die greise Großmutter von *Zwei Hirsche*, dem Clanhäuptling von Cicuye, lag auf Büffelfelldecken und weichen Matten und konnte nicht schlafen. Von der Kiva her drangen rhythmisches Trommeln und Gesang, aber die Stimme Tolonquas fehlte.

Wo war er? Viel Zeit war vergangen, seit er mit Kokopelli und dieser fremden Frau aufgebrochen war, um sie nach Süden zu begleiten. Insgeheim hatte *Gelber Vogel* gehofft, Kwani wäre tot – aber nein. Läufer hatten gemeldet, daß sie und Tolonqua zurückkamen. Aber niemand wußte, wo Kokopelli war. Es hieß, er sei tot. Hatte Tolonqua den Tolteken getötet, um dessen Gefährtin für sich zu haben?

Unruhig wälzte sich *Gelber Vogel* von einer Seite zur anderen. Ihr Bett schien im Lauf der Jahreszeiten immer unbequemer zu werden. Sie brauchte mehr Büffelfelle, die Tolonqua, der Jagdhäuptling, besorgen müßte. Aber es waren böse Mächte am Werk, zweifellos Hexen. Vielleicht waren es auch Hexen, die ihn auf den Gedanken gebracht hatten, eine neue Stadt oben auf dem Tafelberg zu bauen. *Gelber Vogel* konnte sich nicht vorstellen, ihr schönes Pueblo am Fuß des Berges aufzugeben, das Dorf, in dem sie und ihre Vorfahren viele Jahre gelebt hatten. Sie wollte nicht dort oben auf dem Berg leben, wo man im kalten Wind bis auf die Knochen fror.

Was würde geschehen, wenn alle das alte Cicuye verlassen und in das neue ziehen würden? Sie wäre allein.

Sie setzte sich auf und blickte umher. «Nein!» sagte sie laut. «Nein, ich werde es nicht zulassen. Ich werde die Hexe finden, die dafür verantwortlich ist, und sie wird sterben!»

Sie legte sich wieder hin und fühlte sich etwas besser. Immerhin verfügte sie über einige Autorität, und die würde sie nutzen.

In einem angrenzenden Raum lag *Zwei Hirsche* mit seiner Frau; auch er fand keinen Schlaf. Seit Tolonqua fort war, hatte niemand den Bau einer neuen Stadt auf dem Berg erwähnt. Die Eintracht innerhalb der Gemeinschaft war wiederhergestellt. Tolonqua war eine Gefahr für den Stamm, mochte er ein noch so guter Jäger sein. Das Überleben des Clans hing davon ab, daß alle einmütig zusammenarbeiteten unter einer – seiner – Führung. Der Jagdhäuptling wurde zu eigenwillig. Er erhob sich über die anderen und brachte sie dadurch alle in Gefahr. Es mußte etwas dagegen getan werden, aber was?

Er stand auf und ging hinaus ins Freie, wo er an der Hauswand sein Wasser abschlug. Die Nacht war mondlos. Die Wachen könnten eine feindliche Bewegung nur in allernächster Nähe erkennen. Den Gedanken an die Mauer, die Tolonqua rings um eine neue Stadt auf dem Berg errichten wollte, schob er rasch beiseite. Dieses Dorf hatte all die Jahre überdauert und würde das auch in Zukunft tun.

Ein Kojote heulte, dann noch einer. *Zwei Hirsche* lauschte gespannt. Waren es echte oder von Menschen nachgeahmte Tierlaute? Er blickte zu dem Wachposten auf einem der Nachbardächer, der gegen den nur vom Sternenlicht erhellten Himmel kaum sichtbar war. «Was hast du gehört?»

«Kojoten.»

Kojoten konnten täuschen. Manchmal nahmen Hexen die Gestalt von Kojoten an. «Wenn sie näher kommen, hol den Kriegerhäuptling und den Medizinhäuptling.»

Der Posten antwortete nicht sofort. Dann sagte er respektvoll: «Ich werde sie holen.» Doch als *Zwei Hirsche* ihm den Rücken zuwandte, um auf sein Lager zurückzukehren, kicherte er in sich hinein. Den Kriegerhäuptling und den Medizinhäuptling zu holen wegen ein paar Kojoten! Der Clanhäuptling wurde alt. Wenn nur endlich Tolonqua zurückkäme!

Kwani saß im Schein des Lagerfeuers und beobachtete Tolonqua und Owa, die das Lager für die Nacht vorbereiteten. Sie arbeiteten gut zusammen. Die Hunde waren abgeschirrt, und für Kwani und Tolonqua lag eine Schlafdecke bereit. Owa verzichtete auf eine Decke; er schlief auf dem trockenen Gras.

In einem Topf über der Glut brodelte eine verlockend duftende Suppe aus Dörrfleisch. Kwani hatte Acoya gestillt und band ihn jetzt auf sein Wiegenbrett; doch er wehrte sich. Er krähte und zappelte. «Nun gut, mein Kleiner. Dann darfst du heute nacht auf der Decke schlafen.»

Nachdem sie eine zusätzliche Decke für Acoya ausgebreitet hatte, legte sie sich neben ihn und blickte in den Sternenhimmel.

«Siehst du?» sagte sie flüsternd zu Acoya. «Dort oben ist das Lagerfeuer deines Vaters.»

Okalake, Sohn des Sonnenhäuptlings des Adlerclans. Nein, sie wollte jetzt nicht daran denken. Es war alles schon so lange her, zumindest schien es ihr so. So vieles war inzwischen geschehen – die lange Reise zum Cañon, wo Acoya geboren wurde; und nun die Rückreise, die ihrem Ende entgegenging. Bald würden sie wieder in Cicuye sein bei Tolonquas Stamm. Sie würde endlich ein Heim haben, einen Clan und ein eigenes Volk. Alles wäre endlich gut.

Doch das Unbehagen, das ihr wie ein Stein auf der Brust lag, wollte nicht weichen. Sie war nicht mehr Kokopellis Gefährtin. Würden die Towa sie, eine Anasazi, als Gattin ihres Jagdhäuptlings anerkennen? Würden sie ihr erlauben, *Die Sich Erinnert* zu sein und die jungen Mädchen in den Geheimnissen zu unterrichten, die von einer Frauengeneration zur anderen überliefert wurden? Diese Geheimnisse zu lehren war ihre Bestimmung, ihre heilige Pflicht.

Sie legte die Hand auf die Muschel ihres Halsschmucks, um Trost zu finden. Sie schloß die Augen und stellte sich das Haus der Sonne vor, den heiligen Tempel auf dem Tafelland, wo die Große Alte sie zu ihrer Nachfolgerin erwählt hatte. Sie sah in der Erinnerung den Altarstein im Raum des Erinnerns, wo sie kniete, um die Geheimnisse zu erfahren. Der Geist ihrer Mutter und der Geist der Großen Alten waren gekommen, um sie zu führen und zu trösten.

«Bringt mich wieder dorthin», flehte sie zu den Vorfahrinnen.

Sie war dort – in dem stillen Saal, der offen war für das Auge des Sonnenvaters und die Kuppel des Firmaments. Am Ende des Saals wartete der Altar, ein hüfthoher, von jahrhundertelangem Gebrauch glattgeschliffener Stein. Ehrfürchtig ging Kwani auf den Altar zu und kniete, beide Arme darauf ausstreckend, nieder. Sie legte ihre Wange auf den kühlen Stein und wartete, daß die Kräfte des Steins sie umhüllten und ihr noch einmal Wissen und Weisheit schenkten.

Das Gefühl, zu wissen, kam aus einer geheimnisvollen Tiefe. Wie sie es schon früher erlebt hatte, löste sich eine Bewußtseinsschicht nach der anderen auf, bis das Wissen zutage trat wie ein tiefer, glänzender Teich.

Zeit ist ein großer Kreis. Es gibt keinen Anfang und kein Ende. Alles kehrt wieder, auf ewig.

Kwani fühlte sich von einer friedlichen Macht umhüllt. Sie rief die alte Vergangenheit. Sie erinnerte sich.

Als die Menschen in die Vierte Welt eintraten, in den heiligen Glanz des Sonnenvaters, waren die Frauen schwach. Männer waren größer und stärker als Frauen. Viele Frauen starben, wenn die Jäger so wenig Fleisch fanden, daß es nur für einige wenige reichte. Frauen litten am meisten, wenn sie hochschwanger waren oder kleine Kinder hatten, die sie ernähren und schützen mußten.

Es war, als ob die Große Alte zu ihr spräche und ihr alles noch einmal erzählte.

Die Erdmutter lehrte die Frauen zu überleben. Sie lehrte sie, Pflanzen und Wurzeln und Samen als Nahrung zu erkennen. War die Jagd schlecht, ernährten die Sammlerinnen den Stamm.
Die Frauen wurden stärker und klüger; sie lernten listenreich zu sein. Sie tauschten ihren Frauenkörper und die von ihnen gesammelte Nahrung gegen Schutz für sich und ihre Kinder und gegen Fleisch. Sie entwickelten einen besonderen Instinkt. Unbewußt erinnerten sie sich an ein von den Ahnen ererbtes, von Generationen gesammeltes Wissen, und kein noch so starker Mann übertraf eine Frau, die sich erinnern konnte.
Der große Himmelskreis drehte sich viele Male. Die Frauen vergaßen, wie sie sich erinnern konnten. Das Wissen lag verborgen an einem geheimen Ort und wartete darauf, gerufen zu werden. Die kostbare Gabe lag brach.
Die Erdmutter grämte sich. Sie sagte: «Ich will eine Lehrerin machen.» Sie nahm ein Maiskorn und ließ es mächtig wachsen. Die Ähre wurde ein Kopf, der Bast das Haar, die Blätter wurden Arme, und der Stengel teilte sich am Boden und wurde zu Beinen. Die Beine zogen sich aus der Erde und gingen, und *Die Sich Erinnert* war erschaffen.
Die Erdmutter sagte: «Du mußt eine andere unterweisen und

diese wieder eine und immer so fort. Du mußt ein Symbol tragen, denn du unterscheidest dich von den anderen, du bist eine Erwählte. Dieses Symbol wird dir helfen, dich zu erinnern, deshalb hüte es gut. Du mußt eine Nachfolgerin suchen. Wenn du keine findest, werde ich deinen Leichnam nicht in meine Obhut nehmen. Dein Geist wird umherirren und keinen Zufluchtsort finden. Die Frauen werden vergessen, daß sie sich erinnern können, und die Gaben, die ich verschenke, werden verwehen wie Spreu im Wind.»

«Kwani.»

Sie erwachte aus einem Traum, aber sie wußte, daß es mehr war als ein Traum. Ihre Bitte war erhört worden. Sie hatte eine Vision gehabt.

Tolonqua beugte sich lächelnd über sie. «Du mußt essen, Liebste. Komm, setz dich zu uns ans Feuer.»

Noch ganz unter dem Eindruck der Vision nahm sie am Feuer Platz, wo Owa einen Stapel Maisfladen neben den dampfenden Topf mit der Fleischbrühe aufgeschichtet hatte. Abwechselnd tauchten sie die Fladen in den Topf und schöpften damit das Fleisch heraus.

Tolonqua und Owa wechselten ein paar Worte miteinander, während sie aßen, aber Kwani hörte nicht, was sie sagten. Es war, als befände sie sich an einem anderen Ort, als wäre sie umgeben von jenen, die zwar unsichtbar blieben, deren stille, heitere Anwesenheit jedoch alles zu beherrschen schien. Ihre Erschöpfung von der langen Reise und die Sorge, wie man sie in Cicuye aufnehmen würde, waren verschwunden. Sie hatte das Gefühl, wieder ganz sie selbst zu sein; als hätte ihr Geist zu ihr zurückgefunden.

In der Ferne rief ein Kojote, dann ein zweiter. Die Hunde wurden unruhig.

Im nächsten Moment war Tolonqua auf den Beinen, den gespannten Bogen in der Hand. «Was ist das?» flüsterte er.

«Ich werde nachsehen.» Owa nahm Bogen und Köcher und verschwand in der Nacht.

Kwani kroch zu Acoya, der auf der Decke schlief, und nahm

ihn auf den Arm. Sie hatte keine Angst, aber jeder Nerv war gespannt.

«Ist uns jemand gefolgt?»

«Vielleicht. Das waren keine Kojoten.»

«Woher weißt du das?»

«Ich bin Jäger.» Er löschte das Feuer.

Acoya wimmerte leise. Kwani drückte ihn beruhigend an sich. Sie starrte in die Dunkelheit. Nichts. Keine Bewegung, kein Laut.

Vorsichtig drückte Owa das Gras mit der Fußsohle flach, bevor er auftrat. Er bewegte sich völlig geräuschlos; nur das Glöckchen an seinem Ohr klirrte leise. Er nahm es ab und steckte es in seinen Gürtel.

Der Kojote ließ sich nicht mehr hören. Was immer dort draußen gebellt hatte, konnte inzwischen näher gekommen sein. Owa hielt den Bogen fest in der Hand, was ihm ein Gefühl der Sicherheit gab. Der Bogen war gut, und er, Owa, war ein guter Schütze. Er hatte das Leben von zwei seiner früheren Besitzer gerettet, und er würde dafür sorgen, daß Tolonqua kein Schaden widerfuhr. Kwani war etwas anderes. Er hatte erfahren, was Frauen für Ungeheuer sein konnten, und er hatte jeden Grund, sie zu verachten. Alle Frauen waren böse, aber eine mit den Kräften einer *Die Sich Erinnert* konnte gefährlich sein.

Er blickte zum Lager zurück. Das Feuer war aus, nur Tolonquas Kopf und Schultern hoben sich schwach gegen den Sternenhimmel ab. Owas Fuß ertastete eine Vertiefung im Boden, und er ließ sich hinuntergleiten. Er blieb still liegen und horchte. Obwohl er weder einen Laut noch eine Bewegung wahrnahm, hielt er den Bogen schußbereit.

Schließlich ging der Mond auf. Sein kaltes Licht ergoß sich über die Ebene. Die Büffelsuhle, in der er lag, war nicht die einzige auf diesen Ebenen. Außerdem gab es flache Rinnen, aus denen ein Feind überraschend angreifen konnte. Wer ihnen jetzt auflauerte, würde wahrscheinlich bis zum frühen Morgen warten.

Owa war hundemüde, doch er durfte nicht schlafen. Er rollte

sich auf den Bauch und hob den Kopf nur so weit, daß er den Horizont überblicken konnte. Er sah Tolonqua und Kwani.

Sie liebten sich.

Er stöhnte innerlich; nur ein kleiner, halberstickter Laut entschlüpfte ihm. Manchmal wünschte er, er wäre eine Frau.

Aber nicht im Ernst. Nicht nach dem, was ihm von der gefürchteten Bärfrauengesellschaft der Kiowa widerfahren war. Er wollte nicht daran denken, nicht schon wieder, aber die Erinnerung war übermächtig.

Als kleines Kind war er, ein Pawnee, von den Kiowa verschleppt und später von ihrem Häuptling verführt worden. Er wurde der Sklave des Kiowahäuptlings, der nur noch ihn wollte, was ihm die Feindschaft von dessen Gefährtin eintrug. Die eifersüchtige Frau ging zu der geheimen Bärfrauengesellschaft und verlangte Rache.

Nie würde er vergessen, was damals geschah. Es war am frühen Morgen. Er war hinausgegangen, um sich zu erleichtern. In der Nacht hatte es geregnet, daran erinnerte er sich noch, genauso wie an das unheimliche Geräusch herannahender Schritte. Er drehte sich um, entblößt wie er war, und sah die Bärfrauen auf ihn zustürzen. Sie schrien und schleuderten ihre kurzen Speere nach ihm, von denen ihn die meisten verfehlten, doch einer traf ihn in den Unterleib zwischen den Beinen.

Er krümmte sich vor Schmerzen und schrie, während die Weiber über ihn herfielen und ihn zu Boden zerrten. Sie setzten sich auf ihn und hielten ihn fest, während eine ein Schälmesser aus Feuerstein zückte und seine Genitalien abschnitt. Sein Geist verließ seinen Körper und kehrte erst zurück, als die Bärfrau etwas Bluttriefendes vor seinem Gesicht hin und her schwenkte.

«Hier! Sieh dir an, was du nie wieder gebrauchen wirst!»

Owa legte sich auf die andere Seite, um den Druck auf die Narbe zu verringern, die nie ganz verheilt war und immer noch schmerzte. Sie hatten ihn nicht sterben lassen, denn als Sklave war er zu wertvoll. Er war wieder und wieder verkauft worden und lebte das Leben jener, die er haßte. Er mußte Frauenarbeit leisten, wurde von den Männern benutzt, die keine Frauen hatten. Trotzdem war er ein Mann, ein Pawnee und ein hervorragender Bogenschütze. Er würde Tolonqua zeigen, was das bedeutete!

Vielleicht war er kurz eingenickt, aber ein Geräusch in der Nähe schreckte ihn auf. Vorsichtig hob er den Kopf und spähte durch die Grashalme. In diesem Licht, kurz vor Anbruch der Dämmerung, war die Ebene kaum zu sehen. Es war windstill, aber zwischen seinem Versteck und Tolonquas Lager bewegte sich das Gras.

Ein Tier? Er schob sich an den Rand der Suhle und erhob sich auf ein Knie. Im Lager rührte sich nichts; sie schliefen noch. Dann tauchte ein Kopf aus dem Gras auf, ein zweiter, ein dritter. Querechos! Fünf Querechos, die sich an das Lager heranpirschten.

Rasch hob Owa den Bogen. Die Sehne schwirrte, als sich der Pfeil löste. Ein Querecho brach lautlos zusammen. Sofort erhob sich ein anderer und zielte in Owas Richtung, doch bevor er dessen Versteck ausmachen konnte, schrie er auf und fiel mit einem Pfeil in der Brust vornüber.

Schreiend rannten die drei übrigen Querechos auf ihn zu. Owa wollte schießen, als der eine, auf den er zielte, in der Bewegung stockte, herumwirbelte und mit einem Pfeil im Rücken tot umfiel. Hinter ihm ging Tolonqua im hohen Gras in Deckung.

Die zwei, die noch übrig waren, flohen wie die Hasen, verfolgt von Owas und Tolonquas Pfeilen.

«Du bist wirklich ein guter Schütze, Owa.»

«Du auch.»

Sie grinsten sich an. «Die zwei dort können besser laufen als kämpfen», sagte Tolonqua.

«Sie könnten zurückkommen, mit anderen», gab Owa zu bedenken.

«Morgen sind wir in Cicuye. Dort gibt es gute Krieger. Towas.» Er fing Owas Blick auf und fügte hinzu: «Aber keiner ist ein besserer Bogenschütze als du.»

Owa warf seine Zöpfe nach hinten und lächelte.

Kwani beobachtete, wie die beiden, kameradschaftlich vereint und ihren Triumph genießend, zum Lager zurückkamen. Als

Owa seine Zöpfe mit einer typisch weiblichen Geste über die Schultern warf, wandte sie sich ab. Morgen würden sie in Cicuye sein; dann brauchten sie Owa nicht mehr.

Sie konnte warten.

11

Anitzal, die älteste Schwester Tolonquas, saß auf dem Dach ihres Hauses und ließ die Beine über den Rand baumeln. Trotz eines langen Lebens – sie war über fünfzig Jahre alt – war ihr Gesicht jung geblieben, und die beiden Zöpfe ihres ergrauenden Haars waren mit bunten Wildlederstreifen und ein paar Fetzen roten und gelben Baumwollstoffs durchflochten. Auf dem Schoß balancierte sie das neueste Stück ihrer vielgerühmten Tongefäße, einen großen Vorratskrug, auf den sie mit einem Pinsel aus Yuccafasern in schwarzer Farbe ein Muster malte.

Drüben, dicht am Fuß des Berges, schürten andere Yaya, wie die älteren Mütter von Cicuye genannt wurden, mehrere Feuer, in denen die Gefäße gebrannt werden sollten, die die Frauen, die nicht bei der Erntearbeit gebraucht wurden, hergestellt hatten.

Auf dem Versammlungsplatz und rings um das Dorf saßen jüngere Frauen, umgeben von Bergen goldener Hülsen, und schälten den Mais. Kinder und Hunde balgten sich in den Maishülsen. Die Frauen trugen die Maiskolben in Decken über die Leitern hinauf auf die Dächer, wo sie die vielfarbigen Ähren zum Trocknen ausbreiteten.

«Ho! Anitzal!»

Es war Lumu, Anitzals jüngere Schwester, die ihre Tochter hätte sein können. Nach dem Tod ihrer Mutter hatten Anitzal und ihre Tanten Tolonqua und die kleine Lumu aufgezogen.

Lumu kam die Leiter herauf und schüttete eine Ladung Maiskolben auf das Dach. «Wenn du den Mais ausbreitest, gehe ich noch welchen holen. Eine gute Ernte! Aber schwer zu tragen. Puh!»

Anitzal lächelte über Lumus übersprudelnde Art und fuhr fort, ihren Krug zu bemalen. «Du breitest den Mais aus, während ich den Krug hier fertig bemale. Die Feuer zum Brennen sind schon in Vorbereitung.»

Nach einem kurzen Blick auf den Krug warf Lumu den Kopf in den Nacken. Seit sie einen Gefährten gefunden hatte, einen jungen Mann vom Türkisclan, der in den Steinbrüchen arbeitete, fühlte sie sich ihrer Schwester ebenbürtig, auch wenn Anitzal zu den Yaya gehörte.

«Du machst die Krüge, und ich bringe, was hineingehört», sagte sie. «Was nützt schon ein leerer Krug, nicht wahr?» Sie lachte ihr fröhliches Lachen, das alles heller zu machen schien, und kletterte die Leiter wieder hinunter, um eine weitere Ladung Mais zu holen.

Anitzal blickte der schlanken Gestalt mit den langen, schwingenden Zöpfen nach, und plötzlich wurde ihr bewußt, daß sie länger gelebt hatte als die meisten Frauen ihrer Generation. Sie würde gern auf ihren Rang als Yaya verzichten, um noch einmal jung zu sein. Ihr Gefährte war tot. Er war bei einem Überfall getötet worden. Und ihre beiden Kinder wurden nach Sipapu gerufen, bevor sie laufen konnten. Sie seufzte. Wenn wenigstens ihre Kinder noch lebten...

Anitzal betrachtete prüfend das Muster auf ihrem Krug, als aus dem Einstieg der Behausung nebenan ein Kopf auftauchte.

Eine der Yaya kam mit ihrem neuen Krug auf das Dach geklettert, und nachdem ihn Anitzal ausgiebig bewundert hatte, ohne ihn mit dem ihren zu vergleichen, gingen sie gemeinsam hinunter zu den Brennfeuern. Sie stellten ihre Krüge zwischen das glühende Holz und stocherten in den Flammen, bis dicke Rauchwolken aufstiegen. Später am Nachmittag, als die Krüge gebrannt waren, gesellten sich die beiden zu einer Gruppe Frauen, die auf der schattigen Seite des Dorfes an der Mauer saßen und Maiskolben schälten. Alle schwatzten und tratschten.

Anitzal wollte gerade gehen, als Aka-ti, die Gefährtin von *Zwei Hirsche*, dazukam. Als Frau des Clanhäuptlings war Aka-ti die ranghöchste und am meisten respektierte Yaya von Cicuye – außer *Gelber Vogel* natürlich. Die Frauen grüßten sie ehrerbietig.

«Ich habe Nachricht von Tolonqua», sagte Aka-ti. «Er kommt von dort.» Sie wies nach Osten. «Er und Kwani und eine große Frau. Sie kommen mit Hunden und Travois!»

Krüge, Mais und Kinder waren vergessen. Die Frauen liefen den Berg hinauf, um die Ankömmlinge schon von weitem sehen zu können. Gespannt beobachteten sie, wie Tolonqua etwas aus einem Beutel an seinem Gürtel nahm und vor den Mund hielt. Es folgte ein langer heulender Ton.

Vor Schreck stoben die Frauen auseinander und flüchteten in ihre Behausungen. Das unheimliche Heulen konnte nur bedeuten, daß böse Geister umgingen.

Tolonqua steckte das Muschelhorn wieder in den Beutel und wandte sich an Kwani. «Sie wissen, daß wir kommen.»

Sie nickte. Aber warum kam ihnen niemand entgegen? Kwani unterdrückte ein jähes Unbehagen.

Owa fragte: «Haben sie Sklaven?»

«Du wärst der einzige», sagte Tolonqua lächelnd. «Aber du hast uns sicher nach Haus gebracht. Du bist kein Sklave mehr.»

Owa starrte ihn an. «Aber ich bin ein Berdache.» Er errötete. «Ich will für dich Berdache sein.»

«Tolonqua braucht keinen Berdache», sagte Kwani betont freundlich. «Er hat mich.»

Owa errötete bis über die Ohren. «Ich bin ein guter Bogenschütze –»

«Das bist du wirklich», sagte Kwani und hielt Owas zornfunkelndem Blick stand. «Deshalb wirst du sicher zu deinem Volk zurückkehren wollen.» Sie mußte sich sehr zusammennehmen, damit ihre Stimme nicht zitterte. «Du bist frei. Geh.»

«Nein, noch nicht.» Tolonqua wies auf den Berg. «Erst müssen wir die Hunde und die Travois um diesen Berg herum ins Dorf bringen. Es sind wertvolle Dinge –»

«Natürlich», unterbrach ihn Kwani, äußerlich ruhig. Was war los mit ihr? Es war, als hätte sie eine Krankheit befallen. Dieser Mann, der kein Mann war – fürchtete sie sich vor ihm? War es das, was in ihrem Magen schmerzte und brannte? Sie hatte auch schon früher Angst gehabt, aber nicht so wie jetzt.

Als sie den Berg umrundeten, begannen die Hunde im Dorf zu bellen. Und dann kamen sie ihnen entgegengerannt, mit aufgeregten und laut rufenden Männern und Jungen auf den Fersen. Die Dorfhunde stürzten sich auf Tolonquas Tiere, die Travois kippten und ein Teil ihrer Ladung lag verstreut auf der Erde.

Als die Hunde getrennt und gebändigt waren, starrten alle mit offenen Mündern auf Tolonqua, der einen Mantel aus dem Fell des Weißen Büffels über den Schultern trug, und auf Owa, der die Hunde kommandierte und die auf dem Boden verstreuten Türkise, die Beutel mit Salz, die schönen Werkzeuge und mancherlei andere Schätze aufsammelte. Und sie starrten auf Kwani, die ihre Blicke mit ihren geheimnisvollen blauen Augen erwiderte, und auf ihr Kind.

Tolonqua lachte. «Ho, Freunde! Ist das euer Empfang für einen, der so lange fortgewesen ist? Ich grüße euch!» Er hob das Muschelhorn an die Lippen und blies nach Leibeskräften.

Jäger und Jungen drängten herbei, berührten den Büffelfellmantel und das Muschelhorn, staunten laut über den Inhalt der Travois und blickten neugierig auf Owa, der still neben den Hunden stand. Tolonqua bemerkte die Blicke, die sie auf Owa warfen, und winkte ihn zu sich.

«Das ist Owa, ein ehemaliger Sklave. Ein sehr guter Bogenschütze. Ein Berdache.»

«Ah!» Ein Raunen erhob sich wie ein säuselnder Wind.

Ein Jäger sagte: «*Zwei Hirsche* wartet auf dich, Tolonqua.»

«Gehen wir.»

Sie bildeten eine Prozession: Tolonqua, Kwani und Owa mit den Hunden und den beladenen Travois, dahinter die Männer und die aufgeregt schnatternden Jungen. Hin und wieder warfen die Männer einen nachdenklichen Blick auf Owa. Ihre Neugier und ihr Mißtrauen jedoch galten Kwani.

Wo war Kokopelli?

Kwani stand vor *Gelber Vogel*, die in ihrer Behausung hockte und mit ihren Knopfaugen zu Kwani aufblickte. Kwanis Herz klopfte laut. Sie hatte auf ein herzliches Willkommen gehofft; statt dessen stieß sie auf Mißtrauen, das ihr wie eine schwarze Rauchwolke entgegenwehte und sie zu ersticken drohte.

«Wo ist Kokopelli?» fragte *Gelber Vogel* zum wiederholten Mal.

«Ich habe es dir gesagt.» Kwani bemühte sich, ruhig zu bleiben. «Ich schlief, und als ich erwachte, war Kokopelli fort. Ich glaube, er kehrte in seine Heimat zurück.»

«Warum hat er dich verlassen?«

«Weil er wußte, daß ich dort in der Ferne nicht glücklich sein würde», sagte Kwani mit tränenerstickter Stimme. «Weil ich nicht wollte, daß mein Sohn als Tolteke aufwächst. Vielleicht meinte er auch, ich sei dort keine geeignete Gefährtin für ihn. Aber er hinterließ viele Geschenke –»

Die schwarzen Augen in dem zerfurchten Gesicht blitzten auf. «Das ist kein Beweis. Hier glaubt man, Tolonqua habe Kokopelli getötet, um sich seine Schätze anzueignen und dich zur Gefährtin zu nehmen. Was hast du dazu zu sagen?»

«Ich sage, es ist eine Lüge. Eine bösartige Lüge!»

Kwani kniete vor der Alten nieder und beugte sich vor, damit sie den Halsschmuck sehen konnte.

«Siehst du den Muschelanhänger mit dem geheimen Zeichen? Es ist der Halsschmuck von *Die Sich Erinnert*, all jener Frauen, die vor mir *Die Sich Erinnert* waren. Sie sprechen durch mich. Ich kann und ich will weder sie noch mich durch Lügen beleidigen.» Sie richtete sich auf und stand mit erhobenem Kopf vor der Alten. «Ich bin *Die Sich Erinnert*, die Gefährtin Tolonquas, der nicht lügt, wie du genau weißt. Ich bin die Mutter von Acoya, dem Sohn von Okalake und jetzt von Tolonqua, eurem Jagdhäuptling. Es ist eine Ehre für meinen Sohn und für mich, bei euch zu sein, und wir erwarten, von euch in Ehren gehalten zu werden.»

Für einen Augenblick sah *Gelber Vogel* Kwani ausdruckslos an. Dann sagte sie ungerührt: «Du sprichst sehr kühn für jemand, der in Ehren gehalten werden möchte.» Mit einer knappen Bewegung ihrer hageren Hand beendete sie das Gespräch. «Geh.»

Kwani verzichtete auf eine ehrerbietige Verbeugung. Sie drehte sich um und stieg grußlos die Leiter hinauf.

Zwei Hirsche saß auf seinem Platz vor dem Altar, auf dem eine Schüssel mit Wasser aus der heiligen Quelle und ein Schälchen mit Maispollen aufgestellt waren, außerdem ein wie ein Büffel geformter rötlicher Stein, den die Erdmutter *Zwei Hirsche* geschenkt hatte, als er ein Junge war, und mehrere andere Gegenstände mit mächtiger Medizin. An der einen Seite des Altars lehnten der kunstvoll bemalte und mit Falken- und Adlerfedern geschmückte Büffelhautschild des Häuptlings und ein langer, zylinderförmiger lederner Behälter mit Pfeilen und schön bearbeiteten Bogen. Auf der anderen, der Feuergrube zugekehrten Seite lagen auf einer Schilfmatte mehrere Büffelfelle übereinander; hier war der Schlafplatz von *Zwei Hirsche,* wenn er in der Kiva übernachten wollte. *Zwei Hirsche* lehnte sich gegen die geflochtene Rückenstütze und wartete auf Tolonqua.

Er hörte den Lärm und die aufgeregten Stimmen näher kommen und spürte, wie sich sein Magen zusammenzog. Er wurde alt. Er zählte die Jahreszeiten schon lange nicht mehr; es waren zu viele. Nun stellte ein Jäger, nur halb so alt wie er, seine Autorität in Frage – einer, der das Fell des Weißen Büffels trug. Er hatte es nur aus der Ferne gesehen, aber er wußte, er irrte sich nicht.

Er saß sehr aufrecht auf seinem Platz, als Tolonqua mit mehreren Clanhäuptlingen die Leiter herunterkam. Tolonqua lächelte fröhlich und verneigte sich höflich.

«Ich grüße dich, *Zwei Hirsche.*» Mit einer schwungvollen Geste nahm er seinen Umhang ab und breitete ihn vor dem Häuptling aus. «Das hier bringe ich meinem Clan.» Sein Lächeln erstarb unter dessen eisigem Blick.

«Wo ist Kokopelli?»

«Er ist gegangen.»

«Wohin ist er gegangen?»

«Das weiß ich nicht. Ich habe den Querecho begraben, und als ich zurückkam, war er fort.»

«Welcher Querecho? Wo?»

«In der Schlucht in der Nähe des Ortes des Regenbogen-Feuersteins. Er hat uns überfallen, als Kwani das Kind bekam. Er versuchte, Kokopelli zu töten, und ich machte dies –» Er fuhr mit dem Finger quer über seinen Hals. «Mit Kokopellis Waffe. Der Kopf rollte das steile Ufer hinunter in den Fluß. Ich habe die Leiche zwischen den Felsen begraben, und als ich zurückkam, war Kokopelli fort –»

«Ah!» *Zwei Hirsche* lehnte sich zurück und grinste hämisch. «Es war wohl sein Kopf, der in den Fluß rollte.»

Tolonqua wechselte die Farbe. «Ich lüge nicht.»

«Ich weiß nur, daß Kokopelli verschwunden ist und daß seine Gefährtin jetzt die deine ist.» *Zwei Hirsche* zwinkerte. «Ich nehme an, Kwani hat zugesehen und wird sagen, daß du die Wahrheit sprichst.»

«Nein. Sie brachte in einer Höhle Acoya zur Welt. Sie hat es nicht gesehen.»

«Ich glaube, ich verstehe.» *Zwei Hirsche* amüsierte sich ordentlich. «Wir alle wissen, wie Kokopelli mit Tieren umzugehen verstand. Er erbeutete den Weißen Büffel, und es war sein Mantel, den du an dich nahmst, nachdem du ihn getötet hast.»

Tolonquas Augen schienen den Häuptling zu durchbohren. «Das heilige Wesen erschien mir in einer Vision, als ich ins Mannesalter eintrat. Es sagte, es würde wiederkommen, und so war es auch. Der Weiße Büffel wartete auf mich an der Flußbiegung unter der großen Pappel.»

Er bückte sich, nahm den Umhang auf und hielt ihn *Zwei Hirsche* entgegen. «Ich erlegte den Weißen Büffel, ich bringe dir, meinem Clan, meinem Volk, den heiligen Mantel, und du bezichtigst mich des Betrugs, des Diebstahls.» Seine Stimme bebte vor Zorn. «Der Weiße Büffel gab sich mir hin. Wer von euch kann dasselbe von sich sagen? Nicht einer.» Er schwenkte den Mantel der Reihe nach vor jedem Häuptling. «Sagt dem heiligen Wesen, daß es sich einem Lügner dargeboten hat. Sagt es ihm!»

Zwei Hirsche wandte sich an einen jungen Häuptlingsanwärter. «Hol den Medizinhäuptling.»

Während sie warteten, warf sich Tolonqua den Mantel über die Schultern und blickte verächtlich auf die versammelten Ältesten. «Eines Tages läuft euch vielleicht ein Kaninchen über den Weg, das sich euch anbietet – wenn ihr bis dahin dessen würdig geworden seid.»

Zwei Hirsche erhob sich, rot vor Zorn. «Du wagst es, uns zu beleidigen? Du, der Kokopelli getötet hat, um seine Gefährtin und seine Reichtümer an sich zu nehmen!»

Die Kiva glich einem Tollhaus, bis das Zischen einer Geisterrassel die Ankunft des Medizinhäuptlings ankündigte.

Der alte Häuptling hatte vielleicht fünfzig Winter gesehen, die sein Haar ergrauen ließen und sein Gesicht zerfurchten. An einem seiner Zöpfe trug er in Höhe des Ohrs sein Totem, eine ausgestopfte Goldmeise. Er hatte in seiner Jugend durch einen Pfeil ein Auge verloren. Nun trug er eine Augenklappe aus dünnem, poliertem Holz mit einer Intarsie aus Türkis und Obsidian, die ein Auge darstellte. Mit dem anderen Auge, das klein und dunkel war, überblickte er die Szene.

Die Rassel zischte. «Warum wurde ich gerufen?»

Zwei Hirsche wies auf Tolonqua. «Wiederhole deine Worte.»

«Das werde ich.» Tolonqua nahm den Mantel ab und hielt ihn mit ausgestreckten Armen dem Medizinhäuptling hin. «Das hier ist das Fell des Weißen Büffels!»

Der Häuptling trat erstaunt näher, prüfte das Leder und machte ein segnendes Zeichen. «Es ist das heilige Fell.»

«Ja. Aber diese hier» – Tolonqua wies mit dem Kopf auf die Häuptlinge – «behaupten, ich hätte Kokopelli getötet, seinen Mantel gestohlen, seine Gefährtin und alles, was er besaß. Sie sagen das, weil der Weiße Büffel nie zu einem von ihnen gekommen ist und weil sie nicht glauben wollen, daß er zu mir kam.»

«Er beleidigt uns!» stieß *Zwei Hirsche* wütend hervor.

«Ich bin es, der beleidigt wurde!» rief Tolonqua.

«Genug!» Der Medizinhäuptling trat vor und schwang die gefährlich zischende Rassel über dem Kopf. Sofort schwiegen alle still. Der Medizinhäuptling wandte sich an *Zwei Hirsche*. «Bring die Wahrheitspfeife.»

Diese Pfeife zu rauchen bedeutete, den feierlichsten Eid zu leisten. Wer sich weigerte, gestand ein, daß er log.

Tolonqua maß den Medizinhäuptling und der Reihe nach alle anderen Häuptlinge mit kaltem Blick. Innerlich kochte er vor Zorn.

«Ihr alle kennt mich, seit ich lebe. Ich lüge nicht. Ich bringe euch das Fell des Weißen Büffels, euch, meinem Clan, meinem Volk, den ersten Towa, die so geehrt wurden. Und nun soll die Wahrheitspfeife für mich sprechen?» Wieder warf er sich den Mantel über die Schultern. «Ich werde mir das nicht länger anhören!» Damit stieg er die Leiter hinauf und verschwand.

Das aufwallende Gemurmel verstummte unter der grellen Stimme der Medizinrassel.

«Tolonqua lügt nicht», sagte der Medizinhäuptling. «Oder will jemand das Gegenteil behaupten?»

Zwei Hirsche blickte finster vor sich hin. «Warum wollte er dann nicht die Wahrheitspfeife rauchen? Wo ist Kokopelli? Warum verschwand er und überließ Tolonqua seine Gefährtin und seine Schätze?»

Der Kriegerhäuptling sagte: «Vielleicht entdeckte er, daß seine Gefährtin eine Hexe ist.»

Die Häuptlinge wirkten bestürzt, und einer warf ein: «Hexen bekommen keine Kinder.»

«Sie ist *Die Sich Erinnert*.»

«Aye.»

Aber überzeugt waren sie nicht. Diese blauen Augen...

Und Tolonqua hatte sich geweigert, die Pfeife zu rauchen.

12

Kwani und Tolonqua lagen schlaflos auf ihrer Matte. Die ganze Nacht hatten sie geredet.

«Es sollte kein Beweis nötig sein», sagte Kwani. «Alle wissen, daß du nicht lügst.»

«Warum zweifeln sie dann an meinen Worten? Warum?»

Sie drehte sich zu ihm um. Im Dämmerlicht konnte sie sein Gesicht sehen und die Bitterkeit, die so gar nicht zu ihm paßte.

«Vielleicht ist es meinetwegen. Vielleicht denken sie, ich hätte dich verändert.»

Er richtete sich auf und umschlang seine Knie mit den Armen. Nach einer Weile sagte er: «Ich muß mich entscheiden.»

Das Dorf schlief noch; das einzige Geräusch war der Ruf eines Nachtvogels irgendwo auf dem Berg. Kwani blickte zu den Dekkenbalken empor. Owa schlief auf dem Dach. Oder lauschte er?

Sie setzte sich neben Tolonqua und legte die Hand auf seine Schulter mit der tätowierten Bärentatze, die ihn als erfahrenen Jäger auswies. «Du bist ein von allen geachteter Jagdhäuptling. Hier ist dein Zuhause. Und ich und Acoya, wir gehören jetzt auch hierher...» Ihre Stimme zitterte, aber sie hatte, seit sie in Cicuye waren, keine einzige Träne vergossen, und sie wollte es auch jetzt nicht tun. «Wir sind, wer wir sind. Die Zeit wird die Wahrheit beweisen.»

Der Nachtvogel rief wieder, und Tolonqua hob lauschend den Kopf. Wollte ihm der Vogel etwas sagen?

Kwani blickte in sein kluges Gesicht. Woran dachte er? Sie liebte ihn, aber wußte sie, was in seinem Herzen vorging?

Das Glöckchen von Owas Ohrschmuck klirrte. Er lauschte. Kwani wußte es.

«Owa ist dort oben», sagte sie leise. «Flüstere mir ins Ohr.»

Tolonqua sah sie zärtlich an. Er legte sich neben sie und zog sie zu sich herunter. «Sollen wir ihm etwas zu hören geben?» flüsterte er, das Gesicht in ihrem Haar.

Kwani lachte und schmiegte sich an ihn.

Owa ertrug es nicht länger zu lauschen. Er war schon früher verliebt gewesen, aber noch nie hatte er so heftig empfunden wie für Tolonqua. Als er den Jagdhäuptling in der Kiva gesehen hatte, umhüllt von der Pracht des weißen Büffelmantels, hatte er geglaubt, ihm würde das Herz stehenbleiben.

Nun lag Tolonqua bei Kwani, die so stolz ihre Brüste spazierentrug, die ein Kind hatte und gefährliche Kräfte – die *Die Sich Erinnert* war.

Er ballte die Fäuste.

Kwani stand neben anderen Frauen im Fluß und wusch Kleidungsstücke von sich und Tolonqua. Das Wasser war kalt und prickelte in Armen und Beinen. Anitzal und Lumu, Tolonquas Schwestern, hatten sie freundlich, aber zurückhaltend begrüßt. Daran würde sich nichts ändern, solange die Wahrheit nicht bewiesen war. Sie schlug die Wäschestücke auf einen großen, glatten Stein, wrang sie aus, spülte sie und schlug sie erneut, bis sie sauber waren.

Owa saß, die Unterschenkel über Kreuz, in ihrer Nähe am Ufer. Seine Kleidung war fleckenlos sauber, seine Zöpfe hatte er mit bunten Bändern durchflochten. An den Füßen trug er weiche, mit bunt gefärbten Stachelschweinborsten bestickte Schuhe, mehrere Armreifen zierten die Arme, und seine Halsketten glitzerten in der Sonne. Der Wind spielte mit dem Glöckchen an dem einen Ohr und dem Federschmuck an dem anderen. Er sah sehr gut aus, und er wußte es.

Die Frauen beobachteten ihn heimlich, einige unverhohlen feindlich, aber das war er gewohnt. Er war nur hier, weil Tolonqua wollte, daß er bei Kwani blieb. Und was Tolonqua wollte, das tat er. Er beobachtete Kwani und wünschte, sie würde im Fluß ertrinken.

Kwani breitete einen Teil ihrer Wäsche auf Büschen zum Trocknen aus. Den Rest wollte sie an den vorstehenden Dachbalken ihrer Behausung aufhängen.

Sie summte leise vor sich hin. Es war gar nicht so schwer gewesen, den Leuten gegenüberzutreten. Morgen würde sie Schilf für die Körbe holen.

Später saß Owa auf dem Dach und ließ die Füße über den Rand baumeln. Als Kwani ihn so sitzen sah, hätte sie ihn liebend gern hinuntergestoßen. Was war es nur, was sie so gegen ihn aufbrachte?

«Ho!»

Aus der Luke eines angrenzenden Daches tauchte der Kopf eines Mannes auf. Sein breites Gesicht mit den vorstehenden Backenknochen war von tiefen Furchen durchzogen, obwohl er höchstens dreißig war. Über die linke Wange zog sich eine Narbe, und es fehlten ihm etliche Vorderzähne. Er kaute geräuschvoll an einem Maiskuchen.

«Ho!» sagte er noch einmal, als er das Dach betrat. Er und Owa sahen sich an. «Ich bin Talasi von der Kriegergesellschaft», sagte er und fügte mit einer grüßenden Geste hinzu: «Willkommen!»

Owa erwiderte das Grußzeichen. «Ich danke dir.»

Talasi biß von seinem Maiskuchen ab und bot Owa den Rest an. «Schmeckt gut. Meine Schwester macht sie für mich. Ich habe keine Gefährtin.»

Owa aß mit sichtlichem Genuß, wie es die Höflichkeit verlangte. Talasi deutete auf seine Behausung. «Ich habe noch mehr. Komm mit, und ich werde mit dir teilen.» Und nach einer kleinen Pause sagte er: «Ich bin allein.»

Owa überlegte. Er war kein Sklave mehr. Er konnte es sich leisten, wählerisch zu sein. Mitglieder der Kriegergesellschaft überwachten das Dorf, schlichteten Streitigkeiten und verfügten über beträchtlichen Einfluß. Einer von ihnen könnte sich ihm als nützlich erweisen.

Er nickte, und die beiden Männer kletterten über die Leiter in Talasis Behausung.

Tolonqua schritt rasch durch das enge Tal, wo er als Junge für die Rennen trainiert hatte. Er atmete tief die köstliche morgendliche Brise ein. Unter dem Mantel des Weißen Büffels trug er nur einen Lendenschurz und Mokassins, und keine stolze Adlerfeder steckte an seinem Hinterkopf. Denn den Göttern näherte man sich bescheiden. Vor ihm, auf der linken Talseite, ragte der heilige Berg, dicht bewaldet mit Wacholder, Nadelbäumen und Büschen. Als Tolonqua mit dem Anstieg begann, mußte er an das steile Ufer des tobenden Flusses im Cañon denken. Er dachte besorgt an Kwani und Acoya. Aber sie befanden sich in Sicherheit. Owa war bei ihnen...

Er schüttelte den Kopf. Er durfte jetzt nur an seine Suche denken. Verstand und Geist mußten eins sein mit Masau'u und den Geistern der Felsen und Bäume, der Vögel, Insekten und allem, was Masau'u geschaffen hatte, und mit der Erdmutter, auf deren Leib er dahinschritt.

Er blieb stehen und kniete nieder, legte beide Hände auf die Erde, verneigte sich und berührte die Erde mit der Stirn.

«Nimm mich auf an deinem heiligen Ort», betete er.

Über ihm erhob sich der Berg, wild zerklüftet und majestätisch. Irgendwo dort oben würde er den Ort finden, den er suchte. Tolonqua stieg weiter. Er hatte seit dem vorigen Tag nichts gegessen, und er hatte ein Brechmittel eingenommen, um sich innerlich zu reinigen, aber er war nicht hungrig. Er fühlte sich unglaublich wohl und empfand eine Leichtigkeit, als hätte sich ein Teil seiner körperlichen Natur aufgelöst, damit sein geistiges Ich an die Oberfläche gelangen konnte.

Auf einem hohen Felssims hielt er an und sah sich um. Unter ihm lag das Tal, wundervoll hingebreitet. Über dem gegenüberliegenden Berg, hinter dem sich die Großen Ebenen erstreckten, türmten sich vom Sonnenvater beschienene weiße Wolken. Der Himmel über ihm strahlte in makellosem Blau. Zwei Bussarde kreisten, mit dem Aufwind sinkend und fallend. Und hinter und über Tolonqua erhob sich der Berg, als schwebte er, und hütete seine heiligen Geheimnisse.

Hier war der Ort.

Um sich noch einmal zu reinigen, entfachte er aus Fichtenästen ein kleines Feuer und stellte sich so, daß ihm der Rauch entgegenwehte und ihn einhüllte. Er betete zu Masau'u, dem Großen Geist, er möge ihm eine Vision gewähren.

Das kleine Feuer erlosch. Der Rauch verwehte mit seinem Gebet. Nun mußte er warten.

Drei Tage und drei Nächte vergingen. Er aß nichts und trank

nur ein paar Tropfen aus seinem Wasserbeutel. Nachts lag er auf dem Felsensims und schaute zu den Sternen. Tagsüber ließ er den Blick in die Ferne schweifen; und immer wieder wandte er sich, singend und betend, dem geheimnisvollen Berg zu. Aber er hatte keine Vision.

Ein weiterer Tag verging. In der vierten Nacht, als die Mondfrau genau über ihm stand, begann ihr Licht zu flackern. Tolonqua erhob sich und erstarrte vor Ehrfurcht, als auch die Bäume und Felsen zu flackern begannen und grüne Funken sprühten. Hochwild stürzte vom Berg, als könnte es fliegen.

Vor ihm auf dem Sims erhob sich ein weißer Nebel, wirbelte, leuchtete rot, grün, blau und wieder weiß, änderte seine Gestalt. Es war der Weiße Büffel!

Tolonqua stockte der Atem.

Das heilige Wesen blickte ihn mit Augen aus grünem Feuer an. «Ich bin gekommen», sagte es.

Zitternd fiel Tolonqua auf die Knie. Er versuchte zu sprechen, aber er brachte kein Wort hervor.

Der Weiße Büffel sprach. Seine Stimme klang wie ein Sturmwind. «Du hast dich geweigert, die Wahrheitspfeife zu rauchen. Warum?»

Tolonqua suchte in seiner Seele, aber er fand keine Antwort.

Der Weiße Büffel kam näher, und seine grünen Feueraugen brannten sich in Tolonquas Innerstes. Die Stimme donnerte wie ein gewaltiger Wasserfall.

«Du hast dein Volk gekränkt. Warum?»

«Ich war stolz», rief Tolonqua aus der Tiefe seines Herzens. «Ich war stolz.»

«Ja.» Der Weiße Büffel wandte sich ab.

«Was soll ich tun?» rief Tolonqua, während die Vision verblaßte.

«Die Wahrheit wird sich zeigen.»

Der Weiße Büffel löste sich in Nebel auf und war verschwunden.

Tolonquas Geist verließ seinen Körper und kehrte erst zurück, als der Sonnenvater einen goldenen Mantel über den Horizont breitete.

13

Gelber Vogel stand an der Leiter und blickte durch die Luke in den Nachthimmel. Die Mondfrau würde erst gegen Morgen erscheinen. Wolken verdeckten die Sterne. Heute nacht konnte sie tun, was sie tun mußte.

Vor dem Himmel hob sich dunkel und drohend der mächtige Bergrücken ab – ein Hort der Hexen, davon war sie überzeugt. Niemals würde sie dulden, daß dort oben eine Stadt gebaut würde, gleichgültig, was Tolonqua sagte.

Sie hörte die Menschen singen und reden und wußte, daß sie noch lange um das gemeinsame Feuer versammelt sein würden, denn der Ruferhäuptling hatte eine Ankündigung gemacht, die alle beschäftigte. Viermal hatte er das Dorf umkreist und verkündet, Tolonqua habe die Wahrheitspfeife verlangt.

Die Wahrheitspfeife! Morgen, bei Sonnenuntergang, sollte die Zeremonie stattfinden. *Gelber Vogel* mußte heute nacht handeln. Niemand würde sie bemerken, eine kleine, schwarz gekleidete Gestalt, die mit dem Schatten verschmolz.

Aber sie mußte vorsichtig sein. Auf allen vieren kroch sie zur Außenleiter und stieg, sich nach allen Seiten umsehend, Sprosse für Sprosse hinunter. Geduckt schlurfte sie, so schnell sie ihre alten Beine trugen, zur Kiva des Medizinhäuptlings und kauerte sich in eine dunkle Nische. Niemand hatte sie bemerkt.

Tags darauf versammelten sich alle Häuptlinge und Stammesältesten in der Medizinhütte, einem frei stehenden länglichen Adobebau an der Ostseite des Dorfes. Vierzehn Männer hatten auf den Mauerbänken Platz genommen. Sie inhalierten den Duft des heiligen Fichtenrauchs, von getrockneten Pflanzen, Heilkräutern und Arzneien, als wollten sie sich die Essenz von Weisheit und Heilkraft einverleiben. Sie hatten ihre Mokassins abgelegt, gebetet und Lieder gesungen. Nun saßen sie in schweigender Betrachtung des Altars, der für diesen Anlaß frisch geschmückt worden war.

Tolonqua saß mit gesenktem Kopf und überkreuzten Beinen. Es kostete ihn große Überwindung, seinen Groll zu unterdrükken; doch seine Vision half ihm dabei. Was in einer Vision erschien, wurde zum beschützenden und das Schicksal bestimmenden Totem. Der Weiße Büffel war der mächtigste aller Totems. Die Wahrheit würde sich zeigen – das hatte der Weiße Büffel gesagt.

Der Medizinhäuptling hob die Hand, um anzuzeigen, daß er sprechen wollte.

«Tolonqua, der das Fell des Weißen Büffels besitzt, sagt, das heilige Wesen habe ihn erwartet und sich ihm dargeboten. Er bringt das Fell seiner Familie und uns. Er sagt, er tötete in Notwehr einen Querecho; er habe die Leiche begraben, und als er zurückkehrte, sei Kokopelli verschwunden gewesen. Er habe jedoch viele Geschenke zurückgelassen. Tolonqua verlangt, die Wahrheitspfeife rauchen zu dürfen, um die Wahrheit seiner Worte zu beweisen.»

Das Auge aus Türkis und Obsidian starrte die Männer an, während das sehende von einem zum anderen wanderte, um festzustellen, ob jemand Bedenken anmeldete. Eine ganze Weile ruhte es auf *Zwei Hirsche*, dem Clanhäuptling, der finster dreinblickte, aber nichts sagte.

Der Häuptling nahm die Pfeife vom Altar. Singend wies er mit dem Stiel in die sechs heiligen Richtungen: Norden, Osten, Süden, Westen, oben und unten. Dann bestrich er den Pfeifenstiel bis an die Stelle, wo die Adlerfedern am unteren Ende des Pfeifenkopfs befestigt waren, mit roter Farbe und legte die Pfeife auf den Altar.

Mit erhobenen Händen wandte er sich an die höheren Wesen mit dem Wahrheitspfeifenlied, einem der zahlreichen langen und komplizierten Gesänge, die ein Medizinhäuptling Wort für Wort in dramatischem Tonfall und begleitet von beeindruckenden Gesten wiederzugeben wußte. Ein einziges ausgelassenes Wort oder eine versäumte Geste machten das Gebet wirkungslos; nicht nur die gesamte Zeremonie und alle Gebete müßten wiederholt werden, sondern auch die vorangegangenen viertägigen Fasten- und Reinigungsübungen.

Der Medizinhäuptling beendete sein Gebet. «Möge derjenige, der lügt, tot umfallen, wenn er diese Pfeife raucht. Möge die Wahrheit offenbar werden.»

Er hob die Wahrheitspfeife und wies mit dem Stiel zu den höheren Wesen, zur Erdmutter und zu den vier Winden. Dann wandte er sich an Tolonqua. «Bist du bereit, die Pfeife entgegenzunehmen?»

«Ich bin bereit», antwortete Tolonqua ruhig.

Der Häuptling stopfte die Pfeife und reichte sie Tolonqua, der sie auf die vorgeschriebene Weise, so daß der Pfeifenkopf auf den Häuptling wies, entgegennahm. Begleitet von seinem eigenen rhythmischen Gesang nahm der Häuptling mit einem gegabelten Stock ein Stück Glut aus der Feuergrube und entzündete damit die Pfeife.

«Laß uns die Wahrheit wissen.»

Tolonqua rauchte und blies den heiligen Wohlgeruch zu den höheren Wesen. Die Häuptlinge saßen still und mit ausdruckslosen Gesichtern dabei, wie es der Brauch verlangte.

Die Pfeife lag wundervoll glatt in Tolonquas Hand. Der Rauch wärmte ihm wohltuend Mund und Hals. Und plötzlich, ganz unvermittelt, brach der Pfeifenkopf vom Stiel, fiel auf Tolonquas Schoß und rollte zu Boden.

Ungläubig starrte Tolonqua auf den abgebrochenen Pfeifenkopf, aus dem sich eine dünne Rauchfahne schlängelte.

«Ein Omen!» sagte der Medizinhäuptling heiser.

Zwei Hirsche wies anklagend mit dem Finger auf die Pfeife. «Die Pfeife wollte nicht geraucht werden.»

Die Männer sahen sich unschlüssig an und murmelten.

Langsam hob Tolonqua den Pfeifenkopf auf. Er hielt ihn an den Stiel, wo die Adlerfedern zitterten. «Warum?» fragte er. «Warum?»

Zwei Hirsche wiederholte: «Die Pfeife wollte nicht geraucht werden. Auch ich frage mich, warum.»

Der Medizinhäuptling hob die Hand. «Wir müssen dies ohne dich besprechen», sagte er zu Tolonqua. «Laß uns allein.»

«Warte.» Tolonqua hielt die Pfeife, so daß sie von allen gesehen werden konnte. «Seht her. Der Kopf wurde vom Stiel gesägt bis auf ein kleines Stück, das beide Teile zusammenhielt. Die Schnur, mit der die Federn am Stiel befestigt sind, hat die Bruchstelle verdeckt. Jemand tötete die Wahrheitspfeife, damit die Wahrheit nicht ans Licht komme.» Seine Stimme drohte vor Zorn zu ersticken. «Wer hat das getan?»

Der Medizinhäuptling streckte die Hand nach der Pfeife aus, und Tolonqua reichte ihm die Bruchstücke. Er untersuchte sie mit seinem einen Auge und gab sie an die Häuptlinge weiter.

«Ihr habt mich gebeten zu gehen», sagte Tolonqua. «Gut. Ich gehe.» Damit stand er auf und verließ die Medizinhütte.

In all den Jahren seines Wirkens hatte der Medizinhäuptling noch nie etwas Ähnliches erlebt. Er konnte es sich nicht erklären. Einen heiligen Gegenstand zu entweihen war undenkbar.

Es entwickelte sich eine hitzige Debatte. Einige sagten, Tolonqua habe recht; der Kopf sei abgeschnitten worden. Andere bestanden darauf, die Pfeife habe sich geweigert, Tolonquas Worte zu bestätigen. Der eine oder andere meinte, die Pfeife sei schon sehr alt gewesen und hätte irgendwann einmal brechen müssen; das bedeute nur, daß sie ersetzt werden müßte.

«Laßt uns nicht vergessen, daß unser Jagdhäuptling immer die Wahrheit gesagt hat», sagte der Medizinhäuptling. «Und daß er selbst darum bat, die Wahrheitspfeife zu rauchen.»

Die Männer senkten die Köpfe und schwiegen.

Der Medizinhäuptling fuhr fort: «Ich werde mich mit den höheren Wesen besprechen und ihre Weisheit suchen. Heute abend, am Gemeinschaftsfeuer, werde ich ihre Entscheidung bekanntgeben.»

Die Neuigkeit verbreitete sich schnell und löste unter den Dorfbewohnern laute Diskussionen, heimliche Kritik und gespannte Erwartung aus.

Kwani saß mit Tolonqua in ihrer Behausung. Sie hatten die gewebte Matte über die Einstiegsluke gelegt. Kwani schlang die Arme um die Knie und wiegte sich vor und zurück.

«Was bedeutet das?» fragte sie jammernd. «Ich fürchte –»

Tolonquas Stimme klang hart. «Es bedeutet, ich habe einen Feind.»

«Wen?»

Er zuckte die Achseln. «Das tut nichts zur Sache. Die Wahrheit wird sich zeigen. Der Weiße Büffel hat es gesagt.»

«Sollen wir heute abend auch zum Gemeinschaftsfeuer gehen?»

«Natürlich.» Er sah sie an und seine Stimme klang weicher, als er fortfuhr: «Du und Acoya und ich werden dort sein, und ich werde Acoyas Geburtszeremonie ankündigen.»

Kwani sah ihn einen Augenblick wortlos an. Ihr Herz floß über vor Liebe. «Aber es ist schon so viel Zeit vergangen. Die Feier hätte in den ersten vier Tagen nach seiner Geburt stattfinden müssen.»

«Es wird eine Namengebungsfeier sein, aber auch eine Danksagung für seine Geburt. Er muß dem Sonnenvater anbefohlen werden, damit er im Leben glücklich wird.»

Mit der Ausrichtung der Geburtszeremonie bekannte sich ein Mann offiziell als der Vater des Kindes, auch wenn es von einem anderen gezeugt worden war. Kwani umarmte Tolonqua stürmisch.

«Ich liebe dich, Tolonqua!»

Der wohlriechende Rauch des Abendfeuers wehte über den Dorfplatz, während sich die Menschen wie gewöhnlich versammelten, um Neuigkeiten auszutauschen, zu singen, über das Wetter, die Ernte und die Angelegenheiten des Dorfes zu sprechen. Heute waren alle gespannt, was der Medizinhäuptling über Tolonqua und die Wahrheitspfeife zu sagen hatte.

Kwani und Tolonqua waren unter den ersten, die auf den Platz kamen. Sie trug Acoya auf dem Arm, der sich nur noch widerstrebend auf das Wiegenbrett binden ließ.

Anitzal und Lumu setzten sich neben Kwani. Als Tolonquas Schwestern hielten sie treu zu ihm, was immer die Frauen untereinander auch klatschten.

Endlich erschien der Medizinhäuptling, in einer Hand die Geisterrassel, in der anderen die zerbrochene Wahrheitspfeife. Er schritt auf das Feuer zu und schwang die Kürbisrassel in weitem Bogen über seinem Kopf, daß sie nur so schwirrte und zischte. Die Menge verstummte. Kwani drückte Tolonquas Hand, als müsse sie sich daran festhalten.

Der Häuptling blickte in die Runde. Im Feuerschein wirkte sein Auge aus Türkis und Obsidian wie das Auge eines schrecklichen Gottes. Er hielt die zerbrochene Pfeife in der Hand.

«Die Pfeife hat zu mir gesprochen. Sie sagt, sie war verwundet, bevor Tolonqua sie entgegennahm. Als sie wußte, daß sie sterben müsse, beschloß sie, in der Hand eines ehrlichen Mannes zu sterben.»

«Ah!» seufzten die Zuhörer wie aus einer Brust.

Der Häuptling ging zu Tolonqua. «Ich gebe die Pfeife dir. Tu damit, was du willst.» Dann wandte er sich wieder an die Menge. «Unser Jagdhäuptling sagt die Wahrheit. Der Weiße Büffel kam zu ihm und bot sich ihm dar. Tolonqua ist ein Auserwählter.» Und an *Zwei Hirsche* gewandt, fuhr er fort: «Es ist dein Vorrecht, einen kunstfertigen Mann zu beauftragen, uns eine neue Pfeife zu machen.»

Der Medizinhäuptling schwenkte noch einmal seine Rassel und verschwand in der Kiva. Und dann redeten mit einem Schlag alle durcheinander. Ein Jäger sprang auf und rief: «Unser Jagdhäuptling ist ein Auserwählter, und wir sind ein auserwähltes Volk!»

Die Menschen drängten sich um Tolonqua und wollten die zerbrochene Pfeife sehen.

«Wie wurde die Pfeife verletzt?»

«Das ist kein natürlicher Sprung.»

«Eine Kerbe?»

«Wer würde so etwas tun?»

«Sie war alt. Sehr alt.»

Kwani atmete auf, erleichtert und stolz. Nun würde niemand mehr an ihnen zweifeln. Tolonqua war ein Auserwählter, ebenso Acoya und sie, seine Mutter.

Tolonqua stand auf. Der weiße Büffelmantel leuchtete im Licht des Feuers. Die Teile der zerbrochenen Pfeife lagen auf seinen Handtellern.

«Ich werde diese Pfeife, die in meiner Hand starb, in Ehren halten. Eines Tages werde ich wissen, wer sie verletzt hat – wer mich als einen Lügner brandmarken wollte. Ich werde es wissen, weil es mir die Pfeife sagen wird.»

Er ließ seinen Blick über die Leute schweifen, die sich rings um das Feuer versammelt hatten. Einige tauschten unsichere Blicke, andere senkten die Köpfe, und wieder andere blickten voller Hochachtung zu ihm auf. *Zwei Hirsche* starrte unbewegt auf seine gefalteten Hände, und *Gelber Vogel* zitterte.

Owa sagte laut: «Wir erweisen dir Ehre, Tolonqua!»

«Aye!» riefen die Jäger.

«Ich danke euch.» Tolonqua lächelte den Jägern zu. «Wir müssen eine Jagd vorbereiten, um reichlich Fleisch für das Fest zu haben.» Er wandte sich an den Ruferhäuptling, einen jungen Mann, dessen dröhnende Stimme ihm dieses Amt eingetragen hatte. «Ich werde dich bitten, den Tag der Namengebungsfeier für meinen Sohn bekanntzugeben. Und eine Hochzeitsfeier für Kwani und mich – sobald wir von der Jagd zurück sind.»

Die Leute lächelten und nickten und ließen sich zu einem gemütlichen Abend nieder.

14

Der Sonnenvater erschien, und Acoyas Tag-vor-der-Namengebung begann. Tolonqua und die Jäger waren mit einem großen Hirsch und zwei Weißschwanzhirschen von der Jagd zurückgekehrt, und es roch bereits köstlich nach Braten und dampfenden Suppen.

Kwani saß mit Anitzal und Lumu auf dem Dorfplatz und mahlte bunten Mais für Kuchen, Eintöpfe und Klöße. Acoya strampelte und krähte vergnügt auf seiner Decke. Er war ein kräftiges, gesundes und zufriedenes Kind.

Auch andere Frauen kamen mit ihren Handmühlen und Reibsteinen auf den Platz, um beim Maismahlen Gesellschaft zu haben und um die Vorbereitungen für das Fest zu verfolgen.

Der Ruferhäuptling erschien, gekleidet in seinen schönsten, mit schwarz und rot gefärbten Stachelschweinborsten geschmückten Lendenschurz. Er war ein kleiner, kräftiger Mann mit breiten Schultern und Stelzenbeinen. Wenn er lächelte, was er oft tat, kam in seinem runden, gutmütigen Gesicht eine Zahnlücke wie ein offenes Fenster zum Vorschein. Er trug den Schild des Ruferhäuptlings. Die bunten Federn und Stoffbänder, mit denen er geschmückt war, schwangen bei jedem seiner Schritte eindrucksvoll mit.

Zwei Musikanten gingen dem Ruferhäuptling voran, ein Trommler und ein Junge, der auf dem Röhrenknochen eines Truthahns wie auf einer Flöte blies. Sobald der Ruferhäuptling seine Ankündigung unterbrach, um Luft zu holen, setzte ein kurzer Trommelwirbel ein, und die Flöte antwortete mit einem triumphierenden Triller. Nach der letzten Bekanntmachung hob er den Schild über den Kopf zum Zeichen, daß jetzt Schluß war. Die Leute applaudierten.

Allmählich trafen die Besucher ein. Sie brachten Piki-Brot, papierdünne Fladen, auf einem heißen Stein gebacken, Blaumaiskuchen, gesüßt mit Speichel und mit Asche angemischt, sowie köstliche Blaumaisklößchen, die in kochendem Wasser gegart wurden. Sie kamen mit Flöten, Pfeifen, Rasseln, Trommeln, mit Spielsteinen, Handelswaren, mit Gefährtinnen, Kindern und Hunden. Es gab stürmische Begrüßungen, Zurufe und Gelächter.

Zwei Hirsche rauchte in der Kiva die Gastfreundschaftspfeife mit den zu Besuch weilenden Würdenträgern. Auf dem Dorfplatz erzählte Tolonqua seinen Jägern und denen von anderen Clanen zum wiederholten Mal die Geschichte, wie er den Weißen Büffel erlegt hatte. Junge Männer wetteiferten im Schießen auf bewegliche Ziele und schielten nebenbei zu den Mädchen, die so taten, als bemerkten sie es nicht. Auch die Geschäfte waren bereits in vollem Gang; allenthalben wurde gefeilscht und getauscht.

Frauen drängten sich um Acoya und bestaunten das Büffelzeichen auf seiner kleinen Fußsohle, während er mit Armen und Beinen zappelte und fröhlich krähte.

«Er ist ein Auserwählter!» flüsterten sie.

Immer mehr Besucher strömten im Lauf des Tages herbei. Rings um das Dorf schossen die Zelte wie Pilze aus dem Boden. Kwani sah mit Sorge auch einige Querecho-Tipis. Gehörten sie zu dem freundlichen Stamm aus den Ebenen oder zu dem hinterhältigen Volk aus dem Süden? Die Schilde neben den Zelteingängen wiesen nur auf die Besitzer hin, nicht auf den Clan, dem sie angehörten.

Kwani sah sich nach Tolonqua um. Er war noch bei seinen Jägern, und Owa war bei ihm, wie immer möglichst nah.

Sie biß sich auf die Lippen. Owa mußte gehen!

Anitzal arbeitete noch immer über ihre Handmühle gebeugt und erzählte dabei von ihrem Bruder Tolonqua, vom Weißen Büffel und wie er ihren Neffen Acoya gekennzeichnet hatte. Die Frauen in ihrer Nähe hörten hingerissen zu, als hörten sie die Geschichte zum ersten Mal.

Als Anitzal zu Ende erzählt hatte, deutete Kwani zu den Zelten. «Kannst du mir sagen, woher diese Querechos kommen?»

Anitzal erhob sich und schützte ihre Augen mit der Hand gegen die Sonne. «Ich weiß es nicht genau», sagte sie.

«Ich glaube nicht, daß ich sie schon einmal gesehen habe», meinte eine andere Frau.

«Viele neue Stämme kommen jetzt in die Ebenen. Sie jagen Büffel und wollen Handel treiben.»

Anitzal sagte: «Sie kommen, weil sie gehört haben, daß es etwas zu essen gibt...»

Sie sahen sich an und schüttelten die Köpfe. Anitzal runzelte die Stirn. Daß Besucher zu essen bekamen, war ein unantastbares Gesetz. Aber diesmal waren so viele gekommen, und es reichte vielleicht nicht für jeden. Insofern war es in Ordnung, daß sie darüber redeten.

Anitzal beschloß, mit *Gelber Vogel* zu sprechen.

Diese hörte Anitzal an und schickte nach dem Kriegerhäuptling, denn er und seine Kriegergesellschaft waren für die Sicherheit des Dorfes verantwortlich und wußten stets, wer sich in der Nähe aufhielt und auch, warum. Nach seiner Beratung mit *Gelber Vogel* benachrichtigte er Anitzal, die zu ihrer Handmühle zurückgekehrt war.

«Diese Querechos» – er wies auf ihre Tipis – «sind von den Ebenen, aber es sind nicht dieselben, die schon einmal hier waren. Sie kommen aus einer anderen Gegend und wollen Handel treiben.» Er schickte sich an zu gehen.

«Warte!» rief Kwani. «Aus welcher Gegend kommen sie?»

Der Kriegerhäuptling runzelte die Stirn. Es stand ihr nicht zu, hier zu sprechen. Er antwortete nicht.

«Woher sind sie?» fragte Anitzal in scharfem Ton.

Er machte eine vage Handbewegung und ging.

«Ich glaube, er weiß es nicht», sagte Kwani. «Wenn sie nun...»

Anitzal sah sie verständnisvoll an und lächelte ihr dann aufmunternd zu. «Wir haben viele Freunde hier und viele Krieger. Hab keine Angst. Wir sind hier in Sicherheit.»

Kwani beugte sich wieder über ihre Handmühle, aber sie dachte an jene Nacht, als die Querechos sie und Tolonqua und Owa überfallen hatten.

Wer waren die zwei, die damals entkamen?

Sie schüttelte den Kopf. Heute war ein Feiertag und kein Tag für trübe Gedanken. Sie würde singen, denn wenn sie sang, wurde ihr meistens leichter ums Herz.

15

Als die Erdmutter erwachte und die Vögel die Dämmerung ankündigten, war Tolonqua bereits unten am Fluß, um sich für Acoyas Namengebungsfeier zu reinigen. Das klare, kalte Wasser war eine Wohltat für Körper und Geist.

Der Büffelfellmantel hing am niederen Ast eines Baumes neben dem Fluß. Bald würde der heilige Mantel zu einem Medizinbündel zusammengerollt werden, das nur bei feierlichen Anlässen geöffnet und gezeigt wurde. Bis dahin würde er ihn tragen, um seinen Platz als der, dem der Büffel erschien und sich darbot, zu festigen. Kein anderer in der Vergangenheit seines Clans hatte Vergleichbares erlebt; darauf hinzuweisen war richtig und entsprach den allgemeinen Erwartungen.

Owa saß unter dem Baum und schaute ihm zu. Obwohl er kein Sklave mehr war, bestand er darauf, Tolonquas ständiger Begleiter und Beschützer zu sein, und obwohl Owa bei Talasi wohnte und ihm zweifellos gut diente, zeigte er offen, daß seine Zuneigung einem anderen gehörte. Einen Moment lang kam Tolonqua der Gedanke, daß ihm Owa noch hingebungsvoller dienen würde, wenn er es ihm erlaubte.

«Komm ins Wasser!» rief er, fröhlich spritzend wie ein Junge.

Owa schüttelte den Kopf.

Tolonqua ließ sich von der Strömung flußabwärts treiben. Als er sich einer Flußbiegung näherte und ans Ufer schwamm, überraschte er einen Bären. Tolonqua stieg aus dem Wasser, und der Bär trollte sich.

Ein Bär war ein gutes Omen.

Owa kam ihm entgegen, den Büffelfellmantel in der einen, seinen Bogen in der anderen Hand. Gemeinsam kehrten sie zum Dorf zurück.

Tolonqua erwähnte den Bären nicht. Owa war ein Pawnee und nicht in Towa-Geheimnisse eingeweiht. Die Tätowierung auf der linken Schulter, der Abdruck einer Bärentatze, war ein Symbol für Kraft. Der Medizinhäuptling hatte sie ihm gemacht, nachdem ihm als Junge bei den Aufnahmezeremonien in den Türkisclan der Bär erschienen war.

Im Dorf zog Kwani Acoya ein Kleidchen aus Eichhörnchenfell an. Der Junge war in den zwei Monaten tüchtig gewachsen, und er schien alles zu verstehen, was Kwani zu ihm sagte. Er war ihr so nah und vertraut wie noch kein Mensch zuvor.

Tolonqua erschien in der Einstiegsluke.

«Komm. Es ist Zeit.» Als er Acoya in dem Fellhemdchen sah, krauste er ungeduldig die Stirn. «Er muß unbekleidet sein, damit ihn die Strahlen des Sonnenvaters ganz und gar einhüllen. Zieh ihn aus.»

Sie zog ihn wieder aus und trug ihn zum Dorfplatz, wo die Dorfbewohner bereits warteten. Der Horizont erglühte in Rot und Gold. Gleich würde der Sonnenvater erscheinen.

Tolonqua trat mit einer kleinen, aus Stein gemeißelten Schale neben Anitzal. «Hier ist der heilige Blütenstaub.»

Wie es der Brauch verlangte, rieb Anitzal den Körper des Kindes, das ihrem Bruder gehören sollte, mit den Pollen ein. Der Medizinhäuptling murmelte hastig seine Gesänge, denn der gleißende Rand des Sonnenvaters war schon fast zu sehen. Die Musikanten standen bereit mit Rasseln, Pfeifen und Flöten, um das Geburtslied zu begleiten.

«Jetzt!» sagte Tolonqua.

Anitzal gab ihm den kleinen Acoya, und Tolonqua schritt an den östlichsten Rand des Platzes. Der Sonnenvater war der Lebenspender, deshalb mußte ihm Leben dargebracht werden. Er hob Acoya der Sonne entgegen, als die heiligen Strahlen erschienen, und rezitierte mit seiner klangvollen Stimme das Geburtslied.

Die Menschen stimmten in seinen rhythmischen Sprechgesang mit ein, begleitet von Flöte und Pfeife und dem geheimnisvollen Rasseln des Geistersprechers.

Als Gesang und Musik endeten, herrschte feierliches Schweigen. Tolonqua hielt den Jungen im Arm und sah ihn an.

«Ich nenne dich Acoya.»

Er legte das Kind in Kwanis Arme. «Unser Sohn kommt nach Hause.»

«Der Sohn von Tolonqua kommt in sein Elternhaus!» intonierte der Medizinhäuptling.

«Laßt ihn kommen!» riefen die Leute fröhlich.

Damit war die Zeremonie zu Ende. Die Menschen scharten sich um Kwani und Tolonqua, beschenkten das Kind mit Kleidungsstücken, Schmuck, Decken, Spielzeug und Gegenständen mit heiligen Kräften. Kwani bedankte sich bei allen. Ihr Gesicht glühte, und Tränen der Rührung glänzten in ihren Augen.

Nur einer gab kein Geschenk. Owa.

Das Fest war in vollem Gang. Der Sonnenvater stieg höher und höher auf seinem Himmelspfad, und jenseits des Dorfes ragten immer mehr Zeltpfähle in den türkisblauen Himmel und wiesen wie Finger auf einen Adler, der über ihnen kreiste. Die Besucher, die aus den Ebenen gekommen waren, um Handel zu treiben, und die sich während der Zeremonie im Hintergrund gehalten hatten, versammelten sich jetzt um die Kochtöpfe, tunkten Maiskuchen in köstliche Schmorgerichte aus Fleisch und Gemüse und schnitten sich dicke Scheiben von brutzelnden Bratenstücken von Hirsch und Bär ab.

Kwani saß bei Tolonqua und seinen Verwandten – Schwestern, Vettern und Basen, Großtanten, die auch Großmutter genannt wurden, sowie ein Bruder von Tolonquas Großvater, der Großvater genannt wurde. Die richtigen Großeltern waren bereits in Sipapu. Alles drehte sich um Acoya, der mit den Armen rudernd und mit seinen kräftigen kleinen Beinen strampelnd neben Kwani auf einer Decke lag.

Kwani war überwältigt. Sie wußte nicht, wie sie einer so vielköpfigen Familie begegnen sollte.

Unter den Besuchern hatte sich rasch herumgesprochen, daß Tolonquas Gefährtin *Die Sich Erinnert* war, vom Adlerclan aus dem Westen, diejenige, die am Ort des Regenbogen-Feuersteins die Büffel gerufen hatte, und daß sie auch Geschichtenerzählerin war. Die Leute betrachteten sie respektvoll und mit einem Anflug von ehrfürchtiger Scheu.

Ein kleines Mädchen kam auf Kwani zu und blieb, eine Haarsträhne verlegen um den Finger wickelnd, vor ihr stehen.

«Wie heißt du?» fragte Kwani lächelnd.

«Rennender Vogel.»

«Komm, setz dich zu uns.»

Das Kind schüttelte den Kopf, rührte sich jedoch nicht vom Fleck. Schließlich sagte es: «Erzählst du eine Geschichte?»

Tolonqua fragte: «Wo ist deine Mutter?»

Das Mädchen wies auf eines der Zelte. Ein Querecho-Zelt.

Tolonqua und Kwani sahen sich an. «Geschichten und Rätsel gibt's heute abend. Wir werden uns nach dir umsehen.»

«Dann darfst du neben mir sitzen», sagte Kwani.

Das Mädchen nickte und lief mit wehenden Haaren davon. In das peinliche Schweigen, das daraufhin einsetzte, sagte Anitzal: «Das Kind ist Querecho. Von den Ebenen.»

Kwani nickte. «Ich weiß.»

«Aber du hast sie eingeladen, bei uns zu sitzen», sagte Lumu.

«Bei mir zu sitzen», berichtigte Kwani.

Anitzal schüttelte den Kopf. «Du bist doch jetzt eine von uns», sagte sie. «Oder nicht?»

Das frage ich mich auch, dachte Kwani.

«Sie ist eine von uns», sagte Tolonqua mit Nachdruck. «Und sie ist *Die Sich Erinnert*, die junge Mädchen unterrichtet und ihnen Geschichten erzählt. Es schickt sich, daß sie zu ihr kommen.»

«Aber nicht für Querechos. Weder für die von den Ebenen noch für andere», warf eine der Großmütter ein. «Sie können mit ihren Familien am Abend zu den Feuern kommen, aber sie dürfen sich nicht zu unserer Gruppe setzen. Sie sind Querechos.»

«Kinder sind Kinder», sagte Kwani heftig.

«Und Querechos sind Querechos», erwiderte Anitzal.

«Es sind Freunde.» Tolonqua beendete die Diskussion mit einer Handbewegung. «Ich jage mit ihnen. Sie heißen mich auf ihrem Jagdgebiet und in ihren Zelten willkommen. Und wir empfangen sie hier als unsere Gäste.»

Schwestern, Basen und Großmütter schwiegen beleidigt und erwiderten unmutig die Blicke jener, die in ihrer Nähe saßen und taten, als hätten sie nicht zugehört.

Auf der anderen Seite des Platzes stand Owa und ignorierte die neugierigen Blicke und zaghaften Annäherungsversuche. Die Namengebungszeremonie, das Überreichen der Geschenke, die Lobhudelei um Kwani und ihren Sohn brannten wie glühende Holzkohle in seinem Magen. Aber noch unangenehmer war die Anwesenheit der Querechos, deren Zahl sich ständig zu vermehren schien. Tolonqua hatte gesagt, es wären Querechos von den Ebenen, treue Freunde, aber Owa bemerkte, daß Tolonqua nur wenige von ihnen kannte.

Owa konnte Gefahr riechen und schmecken. Ein unangenehmes Gefühl kroch ihm über den Rücken. Sollte er Tolonqua warnen? Noch hatte er keinen Beweis. Außerdem saß Tolonqua dicht neben Kwani, und sie brauchte nicht zu hören, was er ihm sagte.

Aber er würde Talasi warnen. Die Kriegergesellschaft sollte vorbereitet sein – nur für den Fall.

Es war Abend. Kwani saß mit Tolonqua am Gemeinschaftsfeuer. Die Mondfrau war noch nicht erschienen, nur die Lagerfeuer der Vorfahren brannten am schwarzen Himmel. Viele Besucher aus den Ebenen und aus anderen Dörfern saßen mit den Leuten von Cicuye um das wärmende Feuer und schauten zu, wie die Funken sprangen und verglühten. Die Lieder waren gesungen, die Rätsel erzählt, und die Geschichte, die ein alter Häuptling aus einem anderen Dorf gerade zum besten gab, näherte sich ihrem Ende.

Die Zuhörer seufzten glücklich, denn sie hatten eine schön erzählte Legende gehört. Auch Kwani hatte interessiert zugehört. Trotzdem hatte sie bemerkt, daß Owa und die Mitglieder der Kriegergesellschaft, die am äußeren Rand des Kreises saßen, miteinander flüsterten. Sie fragte sich, warum sie nicht ebenfalls dem Geschichtenerzähler lauschten. Sie nahm Acoya, der in der Trage schlief, auf den Arm und wandte sich zu Tolonqua.

Er saß im Schneidersitz neben ihr, die Arme über der Brust gekreuzt. Sein Gesicht war völlig ausdruckslos. Woran dachte er? In letzter Zeit schien er manchmal in Gedanken weit weg zu sein.

«*Aliksai!*»

Jeder Geschichtenerzähler begann mit diesem Wort. Diesmal war es ein junger Pueblo-Händler.

«Ho! Ich erzähle von einer längst vergangenen Zeit, als die Erdmutter noch sehr jung war und alle Krähen weiß waren, so weiß wie Schnee...»

Die Leute rückten zusammen, um einer ihrer Lieblingsgeschichten zu lauschen. Kwanis Gedanken waren bei Tolonqua. Im Licht des Feuers, umhüllt von dem heiligen weißen Mantel, sah er aus, als hätte das göttliche Wesen Menschengestalt angenommen. Sie betrachtete sein Profil – die stolze Nase, die schön geschwungene Linie von den hohen Wangenknochen zu dem kräftigen Kinn und die breite Stirn mit dem verzierten Band, in dem Adlerfedern steckten. Und ihr Herz flog ihm zu wie immer, wenn sie ihn ansah.

Er spürte ihren Blick. Seine pechschwarzen Augen nahmen einen zärtlichen Ausdruck an. Er neigte sich zu ihr und legte den Arm um sie.

«... und der großen Krähe gelang es, aus dem Feuer zu flüchten. Aber ihre Federn waren versengt, einige sogar verkohlt, und sie war nicht mehr weiß. ‹Krah, krah!› rief sie und flog davon.» Der Erzähler bewegte die Arme, als hätte er Flügel, und die Zuhörer lachten. «... Und die Krähe entkam. Aber seitdem sind alle Krähen schwarz.»

Es war schon spät, doch niemand wollte nach Hause gehen. Die Mondfrau stieg am Himmel empor. Der Nachtwind blies in das Feuer und ließ die Funken tanzen. Am äußeren Rand des Kreises standen einige Krieger auf und verschwanden.

«Wohin gehen sie?» flüsterte Kwani.

«Es sind die Wachen. Sie gehen auf ihre Posten.»

Kwani blickte besorgt zu dem Wald von Tipis außerhalb des Dorfes. Die Zeltwände aus Büffelhaut waren lichtdurchlässig; doch nur wenige Zelte waren von innen erhellt durch ein kleines Feuer, neben dem sich einer der Alten schlafen gelegt hatte.

«Kwani, wir wollen deine Geschichte hören!» sagte der Ruferhäuptling.

Sie zögerte, denn um eine Geschichte zu erzählen, mußte sie

innerlich ruhig sein, und das war sie im Augenblick nicht. Doch Tolonqua sah sie aufmunternd an.

Sie tastete hilfesuchend nach ihrem Halsschmuck, denn es mußte die richtige Geschichte sein, wollte sie dadurch Tolonquas Volk näherkommen.

«*Aliksai!* Ho! Ich erzähle euch von der Erdmutter und von der Zeit, als Menschen und Tiere erschaffen wurden.»

Rennender Vogel, das kleine Querecho-Mädchen, stand auf und ging schüchtern auf Kwani zu. Kwani streckte ihr die Arme entgegen. «Komm und setz dich auf meinen Schoß, während ich erzähle.»

Die Towa-Leute sahen sich an und flüsterten mißbilligend hinter vorgehaltener Hand. Doch Tolonqua sagte: «Komm, kleines Mädchen, setz dich.»

Und Kwani begann ihre Geschichte.

«Einst war die Erde ein Mensch wie wir. Sie war eine Frau. Der Große Geist sagte: ‹Du wirst die Mutter von allen Menschen sein.› Die Erde lebt immer noch, aber sie hat sich verwandelt. Der Boden ist ihr Fleisch, die Felsen sind ihre Knochen, der Wind ist ihr Atem, Bäume und Gras sind ihr Haar. Sie lebt, weithin ausgebreitet, und wir leben auf ihr, und wenn sie sich bewegt, zittert und bebt die Erde.»

Die Leute sahen sich an und nickten. Es stimmte, was Kwani sagte.

«Nachdem der Große Geist die Frau zur Erdmutter gemacht hatte, nahm er ein wenig von ihrem Fleisch» – Kwani nahm eine Handvoll Erde – «und formte Kugeln daraus. Aus diesen Kugeln machte er die ersten Wesen der frühen Welt.»

Kwani ließ die Erde durch ihre Finger rinnen und fuhr fort: «Einige dieser Wesen waren wie Menschen, andere wie Tiere. Manche konnten fliegen wie Vögel, andere schwimmen wie Fische. Alle konnten sprechen und miteinander reden. Nur die Trughirsche, die Weißschwanz- und Maultierhirsche, waren immer Tiere, genau wie heute.»

«Aye», sagte ein alter Jäger. «Genauso ist es.»

«Nach den frühen Wesen schuf der Große Geist echte Menschen – Menschen wie wir. Er nahm die übriggebliebenen

Kugeln aus dem Fleisch der Erdmutter, formte sie und hauchte sie an, damit sie lebten.»

Kwani blickte in die Gesichter ringsum. «Wir alle sind vom Fleisch der Erdmutter. Wir sind eins.»

Alle schwiegen. Das Feuer war niedergebrannt, dafür leuchtete jetzt die Mondfrau.

«Wir sind eins», wiederholte Kwani.

«Aye», sagte ein Mann. «Wir sind eins.»

In der Ferne ertönte ein Ruf, steigend, fallend, verhallend.

Kojoten?

16

Es war spät geworden. Die Mondfrau stand hoch am Himmel. Die Besucher aus den nahe gelegenen Dörfern waren nach Hause gegangen, doch die aus den Ebenen blieben über Nacht und würden erst am Morgen abziehen. Einige Wachen standen, deutlich sichtbar gegen das Mondlicht, auf den Dächern; nur der eine oder andere der Wächter hatte sich reglos niedergekauert. Andere lauerten verborgen auf den Feldern rings um das Dorf.

Es war ungewöhnlich still.

In der Kiva brannte noch ein Feuer, um denen, die dort beisammensaßen, Licht und Wärme zu spenden. Der Kriegerhäuptling, Talasi und die anderen Mitglieder der Kriegergesellschaft, *Zwei Hirsche* und die Ältesten hatten gesprochen. Jetzt hörten sie, was Owa zu sagen hatte.

«Ich bin ein Pawnee, von den Ebenen. Ich kenne die Krieger der Ebenen. Sie stehlen im Schutz der Nacht, aber sie greifen nicht gern in der Dunkelheit an. Und sie nehmen keine Frauen und Kinder auf Raubzüge mit.»

«Worin besteht dann die Gefahr?» fragte *Zwei Hirsche*. Er hatte Bauchschmerzen vom vielen Essen und sehnte sich nach seiner Schlafmatte. Dieser Berdache, den Tolonqua angeschleppt hatte, versetzte die Kriegergesellschaft und alle Towa grundlos in Unruhe.

«Die Gefahr ist der Wohlstand hier», sagte Owa. «Ihr besitzt Dinge, die die Querechos haben wollen. Und sie wollen Frauen und Kinder als Sklaven. Sie gehen jetzt, aber ihre Krieger werden zurückkommen. Heimlich, in der Dunkelheit. Und dann, am frühen Morgen –» Er tat, als würde er einen Pfeil abschießen, einen Speer schleudern, einen Feind erstechen; es wirkte beklemmend echt und in seiner weiblichen Aufmachung um so erschreckender.

«Wir müssen darauf gefaßt sein», sagte der Kriegerhäuptling.

Zwei Hirsche schüttelte den Kopf. «Wir haben seit vielen Monden, seit vielen Jahreszeiten mit den Querechos Handel getrieben. Sie sind Freunde. Wenn sie uns schaden, schaden sie ihrem wichtigsten Handelspartner. Das ergibt keinen Sinn.» Er winkte angewidert ab. «Laßt uns wie Männer denken.»

Tolonqua sagte: «Was schadet es, wenn wir uns bereithalten?»

Der Kriegerhäuptling nickte.

Zwei Hirsche kehrte die Häuptlingswürde heraus. «Ich persönlich bin verantwortlich für das Wohl von Cicuye und die Bewohner dieser Stadt. Ich werde mich mit den höheren Wesen beraten, um ihren Beistand und Schutz zu erlangen.»

«Und wir machen einen Plan», sagte Owa.

Sie redeten bis spät in die Nacht.

Gegen Morgen, die letzten Besucher aus den benachbarten Pueblodörfern waren gegangen, brachen die Frauen der Querechos die Zelte ab. Die kunstvoll bemalten Zeltplanen aus Büffelhaut wurden aufgerollt, die Zeltstangen zu Travois zusammengefügt und mit den mitgeführten und neu erworbenen Habseligkeiten, Lebensmitteln, Wasser und kleinen Kindern beladen. Die Hunde wurden angespannt, Abschiedsgeschenke ausgetauscht, ein paar Worte zum Abschied gewechselt, und schon waren sie fort. Alles geschah merkwürdig leise und geschwind.

Kwani und Tolonqua standen auf dem Dach ihrer Behausung und sahen der dünnen Staubwolke hinter den abziehenden Querechos nach.

«Ich bin froh, daß sie fort sind», sagte Kwani. Sie hatte das Gefühl, als sei eine heimliche Bedrohung von ihnen genommen.

«Ja. Aber ich möchte trotzdem, daß du dich mit Acoya versteckst. Es gibt eine kleine Höhle –»

«Aber warum? Ich will nicht!» rief Kwani.

«Owa sagt, einige der Krieger kommen vielleicht zurück, um uns zu überfallen.»

Kwani starrte ihn an. «Owa sagt?»

«Ja. Er ist ein Pawnee der Ebenen. Er kennt –»

«Ich soll also Acoya nehmen und mich in einer Höhle verstekken, nur weil Owa etwas sagt?»

«Ja.»

Kwanis lange unterdrückte Eifersucht brach mit einem Mal hervor. «Owa will mich nur aus dem Weg schaffen, damit er dich für sich allein haben kann. Und du machst bei diesem Spiel mit!» Ihre blauen Augen funkelten, und sie zitterte vor Empörung. «Ich werde nicht gehen. Weder jetzt noch irgendwann!»

Tolonqua errötete vom Kinn bis zum Haaransatz. Er packte Kwani und trug sie, obwohl sie sich heftig wehrte, die Leiter hinunter, schloß die Luke und stellte sie unsanft auf ihre Füße. Dann sah er sie durchdringend an.

«Ich sorge mich um deine und Acoyas Sicherheit, und du erlaubst dir, mich vor meinen Leuten und vor dem ganzen Dorf zu erniedrigen!»

«Owa –»

«Ich habe dir gesagt, er kennt die Querechos und weiß, daß diejenigen, die hier waren, gefährlich sind. Sie könnten zurückkommen –»

«Owa will mich aus dem Weg haben, das ist alles.»

«Genug jetzt.» Tolonquas Stimme klang eisig. «Du hast die Wahl. Bleib hier mit Acoya und hoffe, daß ich nicht getötet werde und daß ihr beide nicht als Sklaven gefangengenommen werdet – sofern ihr überlebt. Oder bring dich und das Kind in Sicherheit.» Er beugte sich zu ihr hinunter, so daß ihre Gesichter auf gleicher Höhe waren. Seine schwarzen Augen funkelten wie geschliffener Feuerstein. «Und nie wieder wirst du in der Öffentlichkeit so mit mir sprechen. Merk dir: Du sprichst nur hier.»

Er drehte sich um, stieg die Leiter hinauf und verschwand.

Kwani starrte ihm benommen nach.

Die Bauern hatten ihre Hacken aus Büffelknochen und die Rechen aus Hirschgeweihen geschultert und waren wie gewöhnlich bei Tagesanbruch zu den entfernteren Feldern aufgebrochen. Die Familien, deren Aufgabe es war, das Bewässerungssystem und die Dämme in Ordnung zu halten und die Quellen zu reinigen, verließen das Dorf. Frauen gingen, Körbe mit Wäsche auf dem Kopf balancierend, hinunter zum Fluß. Eine Gruppe kleiner Jungen ging auf Kaninchenjagd, begleitet von lautstarken Glückwünschen der erwachsenen Jäger. Nur Mütter mit kleinen Kindern waren nirgends zu sehen; es hieß, sie wären noch bei Dunkelheit zu einem Besuch in einem Nachbardorf aufgebrochen. Die alten Männer hockten auf den Dächern, und während sie Pfeile machten oder dem Leben und Treiben im Dorf zuschauten, nützten sie die gute Aussicht, um den Horizont und die Umgebung des Dorfes zu kontrollieren. Sie unterhielten sich leise.

«Haben die Frauen Waffen mitgenommen, als sie heute früh gingen?»

«Ja. Bogen, Pfeile und Speere. Tolonqua hat ihnen gesagt, wo sie sie verstecken sollen.»

«Die Frauen, die dort zum Fluß gehen –»

«... haben Pfeile in den Waschkörben. Und unter den Röcken haben sie sich Bogen an die Beine gebunden. Sie werden sie am Fluß verstecken.»

Einer meinte: «Eine Stadt weiter oben, wie Tolonqua sie bauen möchte, wäre besser zu verteidigen.»

Ein zahnloser Greis spuckte auf eine Fliege an seinem nackten Bein und sagte, nachdem er sie getroffen hatte: «Aber es schickt sich nicht.»

Alle wußten, daß er recht hatte. Daß sich Tolonqua zum

Anführer über die anderen aufschwang, war eine Beleidigung für den Stamm. Ein Mann sollte Teil des Ganzen sein und die Interessen und das Wohlergehen des Stammes über seinen persönlichen Ehrgeiz stellen.

Piko, ein Bruder von Tolonquas verstorbenem Großvater, nahm einen Pfeilschaft aus der Rille des Pfeilstreckersteins und hielt ihn prüfend vor sein gutes Auge. «Wenn man im Rat einmal vernünftig über den Bau einer neuen Stadt sprechen würde, stünde Tolonqua mit seiner Sorge um unsere Sicherheit vielleicht nicht allein.» Er legte den Schaft in die Rille zurück und rollte ihn, während er ihn gleichzeitig waagrecht hin und her bewegte. «Vielleicht sorgt er sich mehr um unser Wohl als um das seine.»

Die anderen schienen darüber nachzudenken.

In der Kiva sprachen Owa, Tolonqua, *Zwei Hirsche* und die anderen Häuptlinge mit gedämpften Stimmen.

Owa sagte: «Alles ist bereit. Wenn sie kommen –»

«Ja, wenn sie kommen», warf *Zwei Hirsche* ein.

«Sie werden kommen. Vielleicht nicht heute. Aber sie werden kommen.»

Rasche Schritte näherten sich der Luke. In der Einstiegsöffnung erschienen aufgeregte Jungengesichter.

«Wir haben Querechos gesehen. Auf dem Berg über dem Dorf.»

«Wissen sie, daß ihr sie gesehen habt?»

«Nein. Wir jagen doch bloß. Seht her!» Einer der Jungen ließ ein totes Kaninchen durch die Luke baumeln.

«Gut», sagte Tolonqua. «Ihr seid großartige Jäger. Nun tut, was euch der Kriegerhäuptling gesagt hat. Lauft zu euren Müttern ins nächste Dorf.»

«Wir tun, als würden wir weiter jagen!» Die Augen der Jungen sprühten vor Abenteuerlust.

«Lauft!» sagte der Kriegerhäuptling.

Während sich das Getrappel der Kinderfüße entfernte, blickte *Zwei Hirsche* auf seine gefalteten Hände. «Vielleicht kommen sie zurück, um noch mehr zu tauschen», sagte er lahm.

«Pfeile für Leben», erwiderte Owa.

Unglücklich hockte Kwani im trüben Licht ihrer Behausung. Die Härte in Tolonquas schwarzen Augen hatte sie so verletzt, daß sie glaubte, eine Wunde blute in ihrem Inneren. Stöhnend wiegte sie sich vor und zurück und umklammerte ihren Halsschmuck mit beiden Händen. «Helft mir, heilige Vorfahrinnen!»

Aber sie erhielt keine Antwort.

Draußen war es plötzlich sehr still. Man hörte keine Kinder-, keine Frauenstimmen. Niemand rief nach den Schutzgeistern. Niemand sang.

Plötzlich hatte sie Angst. Was ging da draußen vor? Hatte Owa am Ende doch recht gehabt? Rasch nahm sie Acoya auf den Arm und kletterte die Leiter hinauf, um durch die Luke zu spähen.

Die Dächer waren fast alle menschenleer bis auf ein paar alte Männer, die sonst irgendwo unten im Schatten zu sitzen pflegten. Warum waren sie heute auf den Dächern? Wo waren die anderen?

Kwani sah *Zwei Hirsche*, Tolonqua, Owa und die anderen Häuptlinge aus der Kiva kommen. Sie bemerkte, daß Tolonqua etliche Male zum Berg hinaufblickte. Sie stieg etwas höher und sah sich um. Und ihr stockte der Atem. Ein Querecho-Krieger nach dem anderen tauchte als Silhouette vor dem Himmel auf.

Ein Überfall!

Hastig zog sie sich zurück. Sie band Acoya auf das Wiegenbrett. Ihre Hände zitterten so stark, daß sie kaum die Tragriemen befestigen konnte. Warum nur hatte sie nicht auf Tolonqua gehört?

Tolonquas Muschelhorn brüllte. Hunde bellten wie wild. Kwani spähte noch einmal hinaus. Eine Horde Querechos stürmte schreiend den Berg herunter, und die Hunde rannten ihnen entgegen.

Entsetzt beobachtete Kwani, wie die Hunde, einer nach dem anderen von Pfeilen durchbohrt, stürzten und sich in ihrem Blut wälzten. Die Querechos hatten das Dorf fast erreicht. Beim Anblick ihrer furchterregenden Kriegsbemalung stockte Kwani das Herz.

Plötzlich tauchten aus den Dachluken Köpfe auf – Towa mit gespannten Bogen in den Händen. Und wieder ertönte das Muschelhorn.

Pfeile flogen in beide Richtungen. Die Querechos erreichten den Dorfplatz. Einige fielen, doch andere sprangen über sie hinweg und liefen auf die Behausungen zu.

Auf den Ruf des Muschelhorns kamen auch die Bauern und die Krieger der Towa wieder zum Vorschein, die wie Geister vom Erdboden verschwunden waren. Die Querechos kämpften verbissen, um nicht umzingelt zu werden. Von allen Seiten ertönten Rufe, Kriegsrufe und Wehgeschrei. Überall flogen Pfeile. Einer landete mit scharfem Aufprall auf dem Dach dicht neben Kwani.

Mit zitternden Fingern schloß sie die Luke und stieg die Leiter hinunter. An Flucht war nicht mehr zu denken.

Kraftlos ließ sie sich auf den Boden sinken und lehnte sich gegen die Wand. Als Acoya, erschreckt von dem Geschrei und dem Lärm auf dem Dach, zu weinen begann, fand sie wieder zu sich. Rasch legte sie das Wiegenbrett ab, nahm den weinenden Jungen auf den Arm und drückte ihn an sich.

Das blutrünstige Geschrei wurde lauter und lauter. Sie mußte Acoya beschützen. Aber wie? Und wo?

Es gab nur eine Möglichkeit – den kleinen Vorratsraum hinter dem Vorhang aus Büffelhaut.

Sie hörte Schritte auf dem Dach. Jemand machte sich an der Luke zu schaffen.

Kwani schlüpfte hinter den Vorhang in die Vorratskammer und zwängte sich mit Acoya zwischen die Säcke mit dem Dörrfleisch und all den anderen Dingen, die sie dort verstaut hatten.

Die Einstiegsluke wurde geöffnet.

Acoya hatte aufgehört zu weinen, aber er wimmerte und schluchzte. «Still!» flüsterte sie außer sich vor Angst und gab ihm rasch die Brust, um ihn zu beruhigen.

Füße tappten die Leiter hinab.

Sie brauchte eine Waffe! Das Schälmesser! Sie bewahrte es hier drin in einer kleinen Spalte auf. Sie griff danach und hielt es fest in der Hand, während sie mit der anderen Acoya an sich drückte. Sie wartete und lauschte.

Da! Jemand war gegen das Wiegenbrett gestoßen. Leise Schritte. Ein feines Klingeln!

Vorsichtig nahm sie Acoya von ihrer Brust und legte ihn hinter sich, wo er zufrieden die Augen schloß und einschlief.

Das Klingeln kam näher.

Sie versuchte, nicht zu atmen, kein einziges Geräusch, nicht die geringste Bewegung zu machen. Sie saß wie ein Kaninchen in der Falle.

Die Schritte kamen immer näher. Der Vorhang wurde beiseite gerissen, und Owa grinste ihr entgegen. Er ging in die Hocke, um nach ihr zu greifen. Sie schlug mit dem Messer zu, quer über Wange und Nase. Owa wich zurück und wischte sich das Blut vom Gesicht.

Kwani schoß aus der Vorratskammer auf die Leiter zu. Sie erreichte die Leiter und begann, keuchend vor Panik, hinaufzuklettern. Auf halber Höhe holte sie Owa ein. Er packte sie, knurrend vor Wut und Schmerz, und zerrte sie hinunter.

Wieder stach sie mit dem Messer nach ihm. Er packte ihren Arm, entwand es ihr und riß ihr das Kleid vom Leib. Er stieß sie gegen die Wand und zückte das Messer. Wolfsaugen funkelten sie an.

«Du magst deine Weiberbrüste, nicht wahr? Ha! Du hast sie die längste Zeit gehabt.»

Er holte mit dem Arm aus – und gab einen erstickten Schrei von sich. Sein Kopf wurde an den Zöpfen nach hinten gerissen, und er fiel rücklings zu Boden. Tolonqua stand mit dem Speer in der Hand über ihm. Seine Schulter war blutverschmiert. Aus einer Wunde am Bein floß Blut. Als Owa aufzustehen versuchte, stieß er ihn zurück.

«Tolonqua! Tolonqua!» rief Owa und klammerte sich an Tolonquas Bein. «Ich gehöre dir!»

Tolonqua hob den Speer.

«Nein! Nein! Ich liebe dich! Ich liebe –»

Seine Worte erstickten in einem Gurgeln, als der Speer sein Herz durchbohrte.

17

Kwani stand auf dem Dach und blickte entsetzt auf das Bild des Grauens, das sich ihr bot. Der Platz war übersät von Leichen. Querecho- und Towa-Krieger lagen, wo sie gefallen waren; manche bewegten sich noch im Todeskampf. Herzzerreißende Schreie übertönten das Stöhnen der Verwundeten, als die Frauen aus ihren Verstecken kamen und ihre Söhne, Väter, Verwandten oder Freunde tot oder verwundet fanden.

Tolonqua hatte Owa auf das Dach gezerrt. Zusammen mit dem völlig gebrochenen Talasi, der in einem fort murmelte: «Du hast ihn ermordet! Du hast ihn ermordet!», brachte er Owas Leiche fort.

Acoya, der noch immer in der Vorratskammer lag, weinte, und Kwani stieg zu ihm hinunter.

Sie band ihn auf das Wiegenbrett, nahm es auf den Rücken und begab sich, tapfer über die Blutspur hinwegsehend, die Owa hinterlassen hatte, zum Schlachtfeld. Sie verstand nicht viel vom Heilen, aber schließlich waren die Toten und Verwundeten dort unten ihr Volk.

Am vierten Tag nach dem Überfall der Querechos verließen die Geister der Toten die Erde und gingen in Sipapu ein. Die Leichen der Querechos waren verbrannt, die der Towa waren beerdigt worden, und Owa hatte eine Bestattung nach Pawnee-Art bekommen. Nun, da die Toten und ihre Geister fort waren, mußten die Dorfbewohner wieder ihrer gewohnten Arbeit nachgehen. Die Namen der Toten durften nicht genannt werden, denn die Geister könnten dadurch zurückgelockt werden und die Lebenden verfolgen.

Die Hinterbliebenen trauerten still, nur Lumu, die ihren Gefährten verloren hatte, streute Asche auf ihr Haupt und irrte, seinen Namen rufend, im Dorf umher, ohne auf Anitzals Bitten und Tolonquas Ermahnungen zu hören, den Geist des Toten freizugeben.

Kwani saß mit Tolonqua in ihrer Behausung. Die Spannung, die wegen Owa zwischen ihnen geherrscht hatte, war mit seinem Tod verschwunden; es war, als hätte es sie nie gegeben.

«Deine Wunden werden bald heilen», sagte Kwani. «Vielleicht werden *Zwei Hirsche* und *Gelber Vogel* und die übrigen Gegner einer neuen Stadt auf dem Berg nun anders darüber denken, nachdem der Überfall so viele Opfer gefordert hat.»

«Vielleicht.» Er untersuchte eine Schwellung an der Außenkante seines Fußes, direkt unter dem Spann.

«Wie ist das passiert?» fragte Kwani.

«Ich weiß es nicht. Irgendwann während des Kampfes.»

«Tut es noch weh?»

Er zuckte die Achseln. «Ich gehe mal zur Kiva. Vielleicht spricht man jetzt über eine neue Stadt.»

Als er gegangen war, stillte Kwani Acoya, sang ihm etwas vor und legte ihn auf eine Decke neben sich. Sie schüttete Mais in ihre Handmühle und begann zu arbeiten. Die rhythmischen Bewegungen mit dem Reibstein halfen ihr beim Nachdenken über sich und ihre Gefühle.

Seit dem Tag des Überfalls, als sie geholfen hatte, die Verwundeten zu versorgen, hatte sie sich verändert. Sie hatte festgestellt, daß sie Schmerzen lindern konnte, wenn sie sang. Ihre Stimme half heilen. Es war eine Kraft, die sie zuvor noch nicht besessen hatte. Oder hatte sie nur nicht gewußt, daß ihr die Vorfahrinnen auch diese Gabe verliehen hatten?

Seit sie bei den Towa lebte und arbeitete – seit Acoyas Namengebungsfeier anerkannt und wohlgelitten –, war eine Erkenntnis in ihr gewachsen: So sehr sie sich wünschte, Tolonquas Volk möge auch das ihre sein, so sicher wußte sie, daß sich ihr Wunsch nicht erfüllen würde.

«Warum?» fragte sie sich. Ihr eigenes Volk, die Anasazi, hatte sie vertrieben. Tolonquas Volk war alles, was sie hatte, und mehr hatte sie sich nicht gewünscht – bis jetzt.

Lag es daran, daß die Towa anders waren als die Anasazi? Vielleicht war Cicuye so anders, weil es weit entfernt von den östlichen Pueblos in unmittelbarer Nähe der Ebenen lag und seine Bewohner einiges von der Lebensweise in den Ebenen angenommen hatten. Hier gehörten die Häuser den Männern. Die Menschen untereinander erwiesen sich weniger Respekt. Das Handwerk war weniger entwickelt. Ihre Kleidung, ihr Schmuck, alles war primitiver. Doch das Schlimmste von allem war die erbärmliche Frauenhütte, in die sich die Frauen während der Zeit ihres Mondflusses zurückziehen mußten. Eine blutende Frau galt als unrein, als Bedrohung für die Schutzgeister und das Wild. Sie war eine Ausgestoßene. Es war erniedrigend.

Kwani füllte erneut Körner in ihre Handmühle, doch dann blieb sie still auf ihren Fersen sitzen. Sie zwang sich, logisch zu denken.

Tolonquas Volk war alles, was sie hatte. Sie mußte seine Lebensweise akzeptieren. Tolonqua war, obwohl ein Towa, allen anderen in jeder Hinsicht überlegen. Und er hatte ihren Sohn zu seinem Sohn gemacht. Acoya würde hier ein gutes Leben führen können. Sie konnte glücklich sein.

Warum dann diese ständige Unruhe und dieser heimliche Kummer?

Acoya gurrte leise. Er schaute sie an und gurrte wieder. Es war ein tröstliches Geräusch. Sie nahm das Kind auf den Arm – ihr Kind, für das sie die Verantwortung trug.

Verantwortung! Plötzlich hatte sie verstanden. Sie mußte Verantwortung übernehmen als *Die Sich Erinnert* und die Mädchen in den Geheimnissen der Frauen unterrichten. Es spielte keine Rolle, welchem Stamm, welchem Clan die Mädchen angehörten, denn sie, *Die Sich Erinnert,* trug das Wissen aller Frauen in sich.

Sie blickte in Acoyas kleines Gesicht, das dem ihren so ähnelte, und für einen Moment sah sie das Unvorstellbare. Sie sah ihn als erwachsenen Mann, als Schamanen an einem weit entfernten Ort, als Fremden in einem fremden Land.

«Nein!» rief sie. Er würde hierbleiben, in Cicuye, und ein großer Häuptling werden, mit einem eigenen Clan, einem eigenen Volk. Er würde kein heimliches Sehnen in sich tragen. Hier sollte sein Zuhause sein, der Ort, wo sein Herz ruhig sein konnte.

Tolonqua saß mit den Häuptlingen und Ältesten in der Kiva. Sie hatten über alles mögliche gesprochen, nur nicht über das, was sie am meisten beschäftigte. Noch einmal wurde die Beratungspfeife herumgereicht. Schließlich sagte Talasi mit ausdruckslosem Gesicht:

«Owa hat uns gerettet.»

Sie nickten. Niemand sah Tolonqua an.

«Ich habe meine Gefährtin gerettet», sagte Tolonqua.

Zwei Hirsche wußte, daß es zwischen seinem Jagdhäuptling und Kwani Streit gegeben hatte wegen des Berdache. Aber man tötete keinen Menschen, nur weil er der Gefährtin mißfiel. Innerlich lächelte *Zwei Hirsche.* «Sag uns, was geschehen ist.»

«Ich habe gesehen, wie Owa unsere Behausung betrat, wo sich Kwani und das Kind aufhielten. Ich bin ihm gefolgt.» Er sah die Männer an, die im Halbkreis um den Altar saßen und auf ihre Hände starrten. «Owa hatte ihr das Kleid vom Leib gerissen und sie gegen die Wand gestoßen. Er wollte sie mit einem Schälmesser töten. Ich kam gerade noch rechtzeitig, um sie zu retten.»

Der Kriegerhäuptling blickte auf. «Ein Schälmesser?»

Zwei Hirsche sagte: «Der Berdache war ein Bogenschütze. Was wollte er mit einem Schälmesser im Kampf gegen die Querechos?»

«Es war Kwanis Messer», erwiderte Tolonqua. «Sie hat versucht, sich und Acoya zu beschützen. Sie versetzte Owa einen Schnitt. Hier.» Er deutete auf sein Gesicht. «Er riß ihr das Messer aus der Hand –»

«Das hättest du auch getan, oder?» fiel ihm Talasi ins Wort.

«Hätte ich ihn nicht getötet, wäre Kwani jetzt tot, meine Gefährtin, *Die Sich Erinnert.*» Tolonqua sah die Männer an. «Der Berdache hat uns gewarnt. Aus diesem Grund – und nur deshalb – betrat er Sipapu als Pawnee.» Er erhob sich, um zu gehen, drehte sich jedoch noch einmal um und lächelte grimmig. «Und jetzt könnt ihr darüber reden, wie uns die Querechos vom Berg herunter kommend angegriffen haben.» Humpelnd ging er zur Leiter und verließ die Kiva.

Nach einer Weile ungemütlichen Schweigens hob der Medizinhäuptling die Hand.

«Wir müssen überlegen wie vernünftige Männer. Vielleicht war der Berdache nicht das, was er zu sein schien. Vielleicht wurde er uns von den Schutzgeistern gesandt, um uns vor mehr als den Querechos zu warnen. Neue Stämme kommen von den Ebenen. Die Überfälle könnten sich mehren. Und sie könnten schlimmer werden. Owa hat uns vielleicht auch davor gewarnt.»

Die Männer sahen sich an.

«Es hat auch früher Überfälle gegeben», sagte *Zwei Hirsche*, «und sie werden sich wiederholen. Aber unsere Krieger –»

«Du meinst die, die nicht getötet wurden», warf der Kriegerhäuptling sarkastisch ein. «Wir haben zu viele verloren – mehr als jemals zuvor. Wir können es uns nicht leisten, daß sich so etwas wiederholt.»

Wieder hob der Medizinhäuptling die Hand. «Ich werde mich reinigen und mich mit den Göttern beraten. Inzwischen wäre es sinnvoll, über die Vorteile einer Stadt auf dem Berg nachzudenken.» Er stand auf. «Ich habe gesprochen.»

Zustimmendes Gemurmel erhob sich unter den Männern. Nur Talasi schwieg. Wenn derjenige, der Owa getötet hat, eine Stadt auf dem Berg bauen wollte, würde er, Talasi, dies mit allen Mitteln und um jeden Preis zu verhindern suchen.

18

Tolonqua saß auf dem Gipfelplateau des Berges und blickte hinunter auf Cicuye, das sich auf der einen Seite an die Bergflanke schmiegte. Auf der anderen Seite ging der Blick hinaus über hingebreitete Wiesen zu einem Fluß und weiter bis zu den fernen Ebenen. Hier oben würde seine Stadt stehen, erhaben, sicher und schön.

Er veränderte seine Haltung, um den schmerzenden Fuß zu entlasten. Die blutunterlaufene Schwellung war größer geworden, so daß er heute morgen kaum seinen Mokassin anziehen konnte.

Plötzlich fuhr ein Schmerz wie ein Stich in seinen Fuß und jagte durch das ganze Bein. Tolonqua ließ sich auf einen kleinen Felsblock nieder. Er konnte sich nicht entsinnen, sich den Fuß während des Kampfes geprellt zu haben. Die Schwellung schien von selbst entstanden zu sein. Er mußte mit dem Medizinhäuptling sprechen. Zauber mußte mit Zauber bekämpft werden.

Er stand auf, ließ sich jedoch sofort wieder auf den Stein zurückfallen. Vielleicht, wenn er noch ein Weilchen sitzen blieb, würde der Schmerz nachlassen.

Kwani hatte sich heute morgen nach seinem Fuß erkundigt, aber er wollte ihn ihr nicht zeigen. Er empfand seinen Zustand als erniedrigend. Der Gefährte einer Frau wie *Die Sich Erinnert* durfte keine Schwächen zeigen, weder körperliche noch andere.

Als er an Kwanis Gesicht dachte, an ihren schönen, leidenschaftlich reagierenden Körper, zog sich ihm das Herz zusammen. Er liebte sie mit jedem Tag mehr.

Die schwersten Verbrechen, die ein Towa begehen konnte, waren, einen anderen Menschen zu töten, ausgenommen in Notwehr, einem anderen die Gefährtin wegzunehmen und zu lügen. Er hatte Owa getötet, um Kwani zu verteidigen; er hatte Kokopelli die Gefährtin genommen; und er wurde der Lüge bezichtigt – zu Unrecht, wie sich herausgestellt hatte –, aber wußten das auch die Götter? Waren sie es, die ihn straften?

Er betrachtete seinen pochenden, geschwollenen Fuß. Er mußte den Medizinhäuptling aufsuchen.

Unter größeren Schmerzen als zuvor stand er auf und begann langsam und immer wieder eine Pause einlegend den Abstieg.

Mehrere Tage vergingen. Die Schmerzen in Tolonquas Fuß wurden schlimmer und schlimmer.

«Geh endlich zum Medizinhäuptling», drängte Kwani. Schließlich stimmte er zu. Einen ganzen Tag brachte er in der Kiva des Medizinhäuptlings zu. Als er am Abend zu Kwani zurückkehrte, humpelte er qualvoll, und sein Gesicht war aschfahl. «Es ist beschlossen.»

Entsetzt vernahm Kwani, was Tolonqua bevorstand.

Nun kniete sie in der Medizinhütte und hielt Tolonquas Kopf in ihrem Schoß. In der Feuergrube züngelten Flammen. Die frische Asche wurde bei der Behandlung benötigt. Der Medizinhäuptling und die Ältesten der Medizingesellschaft führten ruhig und mit einem gelegentlichen Blick auf Tolonqua, der bleich und nur mit einem Lendenschurz bekleidet auf einer gewebten Matte vor ihnen lag, ein ernstes medizinisches Gespräch. Der fast bis zum Knie geschwollene, häßlich verfärbte Fuß war mit einem aus Pollen und einer bitteren Wurzel hergestellten gelben Puder bedeckt.

Kwani versuchte nicht zu hören, was die Medizinmänner sagten. Die Verletzung, die sich Tolonqua zugezogen hatte, war so schwer und hatte seinen Fuß und sein Bein so geschwächt, daß es darin bereits von Maden wimmelte. Die Würmer mußten entfernt werden, sonst würde Tolonqua sterben.

«Fangen wir an», sagte der Medizinhäuptling.

Ein Priester hob vorsichtig Tolonquas Bein etwas an und wusch den gelben, adstringierenden Puder ab. Dann knieten die Priester nacheinander neben Tolonqua nieder und untersuchten das Bein, hielten die Nase daran, tasteten die Schwellung ab und untersuchten die Zehen. Nachdem sie ihre Untersuchung beendet hatten, verglichen sie ihre Erkenntnisse. Sie waren sich einig, daß bestimmte Muskeln im Fuß abgestorben und wurmig geworden waren, und stimmten für einen T-förmigen Einschnitt, so daß sich die Haut rechts und links davon wie zwei Lappen zurückschlagen ließ und das tote Fleisch sowie das schwarze Blut, die Maden und ihre Eier entfernt werden konnten.

Kwani legte beide Hände an Tolonquas Wangen. Sie beugte sich über ihn und flüsterte: «Der Weiße Büffel ist dein Talisman. Alles wird gut.» Seine Haut glühte, doch sein Gesicht wirkte starr und ausdruckslos. Er befahl seinem Geist, ihn zu entführen.

Der Medizinhäuptling griff in seinen Medizinbeutel und

entnahm ihm drei Stücke Obsidian, etliche glatte Zedernholzspäne und eine reichliche Menge frisch gesammelten gelben Kiefernharzes. Mit einem stumpfen Messer schlug er von dem Obsidian mehrere scharfe Splitter ab. Sechs davon wählte er aus und steckte sie einzeln in vorbereitete Holzgriffe – zwei in Form gerader Lanzetten, zwei rechtwinklig zum Holzgriff, und die letzten zwei wurden von der Schaftstelle aus mit Sehnen umwickelt, so daß nur ein kleiner Teil der Spitze herausragte.

Diese chirurgischen Instrumente wurden nebeneinander auf den Boden gelegt, dazu Wolle aus gezupfter Zedernrinde, feinste Stückchen Wildleder und eine große Schüssel Wasser. Alles war bereit.

Der Häuptling und die Priester hielten die Hände vor den Mund und hauchten darauf, während sie um Kraft für den Lebenshauch ihres Patienten beteten.

Dann beugte sich der Medizinhäuptling über Tolonqua und sagte freundlich: «Du wirst es ertragen, denn du bist unser Jagdhäuptling und ein Towa.»

Daraufhin nahm einer der Helfer Tolonquas Fuß mit beiden Händen und drehte ihn, um die Haut zu spannen. Tolonqua verzog keine Miene, aber Kwani spürte, wie er litt, während der Häuptling eine der Obsidianlanzetten aufnahm und rasch und mit sicherer Hand die nötigen Schnitte ausführte.

Tolonqua lag reglos da. Schweißperlen standen auf seiner Stirn. Sein Gesicht war aschfahl. Kwani beugte sich über ihn.

«Alles wird gut.»

Er blickte zu ihr auf, und sie sah den Schatten des Todes in seinen Augen.

Aus Tiefen in ihrem Innern, die ihr selbst unbekannt waren, holte Kwani die Kraft zu glauben, daß Tolonqua leben würde. Sie preßte beide Hände auf die Muschel ihres Halsschmucks, um die Macht ihrer Vorfahrinnen zu beschwören und Tolonqua zu retten. Und, beinahe ohne ihr Zutun, begann sie, leise zu singen.

Die Heiler sahen sie überrascht an; doch sie verstanden sofort und arbeiteten weiter. Mit den geraden Lanzetten entfernten sie das wildwuchernde Fleisch und alles erkrankte Gewebe, bis der Knochen freilag.

«Ah!» murmelten sie wie aus einem Mund.

Eine geschwollene, entzündete Sehne war zum Vorschein gekommen. Unbarmherzig schnitten sie sie heraus und untersuchten sie eingehend, nachdem sie Zedernrindenwolle in die Wunde gestopft hatten.

Tolonqua atmete flach und stoßweise. Kwanis Hände lagen beruhigend an seinen Wangen und Schläfen, und sie sang leise und konzentriert, damit ihre Stimme nicht zitterte.

Die Zedernrindenwolle wurde entfernt und die Wunde mit Wasser ausgespült, damit der Knochen deutlich sichtbar wurde. Die Bindegewebshaut war entzündet und verfärbt.

Das verfärbte Gewebe wurde gründlich abgeschabt und in der Asche beseitigt. Der Häuptling holte einen kleinen Medizinstein aus seiner Tasche und legte ihn, ein Lied anstimmend, das sich mit Kwanis Gesang vermischte, in die Wunde, damit er auf mystische Weise wie ein Schwamm alles Kranke aufsauge. Dann hob er den Stein triumphierend in die Höhe, und als er sein Lied zu Ende gesungen hatte, deponierte er ihn in der reinigenden Asche.

Zwei Medizinmänner zogen die Wundränder auseinander, während der Häuptling mit einem Schilfrohr etwas roten Aufguß aus Weidenwurzeln ansaugte und in die Wunde sprühte. Anschließend wurde die Wunde ausgewaschen, getrocknet und noch einmal besprüht. Sie schlossen die Ränder mit weichem Nußkiefernharz, bestäubten sie dick mit gelbem Puder und dann wurden Fuß und Bein mit schmalen, mit Harz präparierten Wildlederstreifen verbunden.

Die Operation war beendet. Alles, was getan werden konnte, war getan.

19

Mehrere Wochen vergingen, aber Tolonqua konnte noch immer nicht ohne die größte Anstrengung gehen.

Kwani saß neben ihm auf dem Fußboden ihrer Behausung. Draußen schallten Rufe, Gelächter, Hundegebell, all die Geräusche eines emsigen Pueblodorfes, doch innerhalb ihrer vier Wände herrschte dumpfes Schweigen.

Tolonqua spielte mit der zerbrochenen Wahrheitspfeife, die er immer und immer wieder drehte und wendete. «Ich habe die Götter beleidigt, und jetzt rächen sie sich», sagte er düster.

Kwani schüttelte den Kopf. «Alle wissen, daß du die Wahrheit gesagt hast. Und du bist Cicuyes berühmter Jagdhäuptling –»

«Ein Häuptling, der nicht mehr auf die Jagd gehen kann, ist seiner Jäger nicht wert.» Er wandte sich von Kwani ab, die plötzlich ärgerlich wurde.

«Du jammerst wie ein kleines Kind. Du bist ein Mann, Tolonqua! Ein Häuptling! Nun handle auch wie einer, dessen Geist nicht an einem schwachen Fuß zugrunde geht.»

Verlegen und gedemütigt starrte Tolonqua auf die zerbrochene Pfeife. Aber es stimmte. Er benahm sich, als wäre sein Geist zerbrochen wie diese Pfeife. Wer immer diese Pfeife zerstört hatte, hatte es getan, um seinen Geist zu zerstören. Sollte er tatenlos zusehen?

«Nein!» rief er.

Er legte die Pfeife aus der Hand und stand auf. Er würde den Ruferhäuptling bitten, eine Versammlung zur Vorbereitung einer Jagd anzukündigen. Und danach würde er zu dem umzäunten Platz gehen, wo die Arbeitshunde gehalten wurden, um seine Tiere zu inspizieren, denn er würde sie brauchen, wenn er wieder auf die Jagd ging.

Kwani befand sich allein auf dem Tafelberg. Unten, im heiteren Morgenlicht, lag das Dorf, wo Tolonqua in der Kiva eine Zeremonie für seine Jäger leitete und Acoya von seinen Tanten verwöhnt wurde. Ringsum herrschte Stille und Frieden, nur nicht in Kwanis Gewissen.

Sie hatte Tolonqua vorgeworfen, seine Aufgaben zu vernachlässigen, während sie selbst als *Die Sich Erinnert* nicht ihrer Pflicht nachkam. Sie befürchtete, bei den Menschen hier, die nichts von den Vorfahrinnen wußten, auf Widerstand zu stoßen oder sich gar lächerlich zu machen. Als der Ruferhäuptling Tolonquas Jagdversammlung ankündigte, schämte sie sich ihrer Feigheit.

«Ich möchte auch etwas ankündigen lassen», hatte sie zu ihm gesagt. «Gib bekannt, daß *Die Sich Erinnert* junge Mädchen die Geheimnisse der Frauen lehren wird, die von Generation zu Generation weitergegeben wurden. Morgen, oben auf dem Berg.»

Und heute war der Tag.

Würden sie diese jungen Mädchen, die sie alle nicht besonders gut kannte, als Lehrerin akzeptieren? Noch nie zuvor hatte es in Cicuye eine *Die Sich Erinnert* gegeben. Würden sie begreifen, wie wichtig die Dinge waren, die sie sie lehren wollte? Das Urteil, das die Mädchen hinterher über sie fällen würden, konnte ihre Zukunft wie die von Acoya und Tolonqua entscheidend beeinflussen.

Als Kwani die Mädchen den Berg heraufkommen hörte, legte sie beide Hände auf ihren Halsschmuck und flehte zu den Vorfahrinnen: «Sprecht für mich!»

Die Mädchen kamen und blieben schüchtern und verlegen kichernd in einiger Entfernung stehen. Vierzehn waren gekommen; einige hatten schon zwölf Winter erlebt, andere nur vier. Kwani winkte sie heran.

«Kommt her und setzt euch.»

Nachdem sich die Mädchen zögernd im Halbkreis vor ihr niedergelassen hatten, nahm Kwani auf dem vorspringenden Sims eines großen Felsblocks Platz. Wie sollte sie beginnen? Sie legte die Hand auf ihren Halsschmuck. Ihre Finger glitten über die bunten Steinperlen. «In jeder dieser Perlen wohnt der Geist einer Vorfahrin, einer, die vor mir *Die Sich Erinnert* war», begann sie. Sie berührte den Muschelanhänger mit den heiligen

Zeichen aus Türkisen, und er begann zu pendeln, als hätte ihn ihre Berührung zum Leben erweckt. «Diese Muschel stammt aus dem Meer des Sonnenuntergangs, viele Monde entfernt von hier. Und das hier» – sie deutete auf die Intarsie – «enthält ein Geheimnis.» Sie machte eine Pause, um auf die Bedeutung ihrer Worte hinzuweisen. «Wenn ich die Muschel an mich drücke, so wie jetzt, kann ich mit den Vorfahrinnen sprechen, mit allen, die *Die Sich Erinnert* gewesen sind, seit die Erdmutter die erste von uns erschaffen hat.»

Die Mädchen beugten sich vor, um den Halsschmuck besser sehen zu können. Einige standen auf und griffen danach, doch Kwani wich zurück.

«Das ist nicht erlaubt. Nur *Die Sich Erinnert* darf die Muschel berühren.» Sie legte den Schmuck wieder an, und die Mädchen setzten sich wieder und flüsterten.

Eines von ihnen sagte: «Wenn du mit den Vorfahrinnen sprechen kannst – würdest du es jetzt für uns tun?»

Kwani antwortete nicht sofort. Es war nicht der rechte Zeitpunkt, um die Vorfahrinnen anzurufen. Andererseits mußte sie diese Mädchen überzeugen. Sie mußten begreifen, wer sie war.

Kwani erhob sich von ihrem Felsensitz. Hoch aufgerichtet stand sie da, eine Hand auf die Muschel gelegt, und blickte in den türkisblauen Himmel.

Sie begann zu singen. Lieder enthielten Kraft.

«Ihr, die ihr in der Himmelswelt wohnt», sang sie, und ihre Stimme schwang sich empor.

«Ihr, die ihr auf dem Weg des Sonnenvaters schreitet
und deren Lagerfeuer beim Schein der Mondfrau leuchten.
Ihr, die ihr vor mir *Die Sich Erinnert* wart –
ich bitte euch.
Seht uns hier. Sendet ein Zeichen.»

Ein leichter Wind erhob sich, und in der Ferne rief ein Häher.

«Sendet ein Zeichen!» flehte Kwani, doch es kam keine Antwort.

Die Mädchen sahen sich an.

«Vielleicht ist dir dein Kaninchen davongelaufen», sagte eines der Mädchen. Es war eine beleidigende Bemerkung, die Unfähigkeit unterstellte.

Kwani tat, als hätte sie nichts gehört. Sie streckte die Arme zum Himmel und sang: «Schickt uns ein Zeichen, ihr Heiligen! Zeigt, daß ihr mein Gebet hört.» Ihre Stimme schallte über das weite Plateau und das Tal, doch als Antwort kam nur das Säuseln des Winds.

«Hört mich, heilige Wesen!» sang Kwani und suchte mit all ihrer geistigen Kraft, Antwort zu bekommen. «Ich bete um ein Zeichen!»

«Seht!» sagte plötzlich ein kleines Mädchen und wies in den Himmel.

Von ganz hoch oben stieß ein Habicht herab, tauchte wie ein Brandpfeil in ein Gebüsch neben den Mädchen und stieg wieder empor mit einem zappelnden Kaninchen in den Fängen. Der Habicht flog so dicht über sie hinweg, daß sie das Geräusch seines Flügelschlags hörten. Als er sich unmittelbar über ihnen befand, ließ er das Kaninchen fallen. Es kullerte Kwani vor die Füße, wo es zitternd vor Schreck sitzen blieb. Der Habicht flog davon.

Kwani starrte auf das Kaninchen. Die Mädchen hielten gebannt den Atem an.

Kwani beugte sich zu dem Tierchen hinunter und flüsterte: «Lauf zu!» Das Kaninchen hoppelte davon.

Kwani richtete sich auf und sang ihr Dankgebet an die höheren Wesen. Die Mädchen hörten andächtig zu.

Als Kwani sich den Mädchen zuwandte, wußte sie, daß sie sie jetzt unterrichten konnte.

Sie erzählte ihnen, was sich ereignete, als Frauen diese, die Vierte Welt betraten und wie die Erdmutter die erste *Die Sich Erinnert* schuf.

Die Mädchen lauschten andächtig. Eine herbstliche Brise trug die Geräusche des Dorfes herauf. Da und dort rief ein Vogel.

Kwani schloß: «Vergeßt nie, daß ein Clan oder ein Volk Kinder braucht und daß nur wir Frauen Kinder bekommen können. Wenn alle Männer bis auf einen sterben würden, könnte dieser eine Mann viele Frauen besamen, und der Stamm könnte überleben. Wenn jedoch alle Frauen stürben bis auf eine, könnte sie nicht schnell genug Kinder bekommen, um den Stamm am Leben zu halten; er würde aussterben. Wir sind für den Stamm wichtiger als die Männer. Die Männer wissen das, aber sie wollen es nicht zugeben. Wir brauchen die Männer, damit sie uns beschützen und lieben und uns Kinder schenken, aber wir wissen auch, daß sie größer und kräftiger sind als wir und uns schaden können. Also benützen wir unser Wissen, um die Männer glücklich und zufrieden zu machen, damit sie uns beschützen, statt uns zu schaden. Das ist die geheime Kraft der Erdmutter, die nur wir besitzen. Und wir wissen noch etwas, von dem die Männer nicht wissen, daß wir es wissen.»

Die Mädchen blickten gespannt zu ihr auf.

«Es heißt, daß in jedem Mann etwas von seiner Mutter lebt, das er in ihrem Leib in sich aufgenommen hat. Er trägt also ein bißchen etwas von einer Frau in sich. Doch der Mann ist seinem Wesen nach Jäger und Krieger. Er fürchtet das Mütterliche in sich, weil er glaubt, es würde ihn schwach machen. Aber genau dieses Mütterliche macht, daß er ein Mensch ist und kein Raubtier. Wir müssen ihn ermutigen, sich nicht dafür zu schämen. Ein Mann, der sanft ist, beweist damit, daß er stark genug ist, um sanft sein zu können. Ein starker Mann, ein Krieger, ein Jäger, kann keine Kinder bekommen, aber er kann andere schöne Dinge machen. Und er kann uns beschützen und lieben.»

Sie blickte in die jungen Gesichter, die vor Begeisterung strahlten, und sie empfand tiefe Zuneigung zu diesen Mädchen. Wie würde ihr Lebensweg aussehen?

«Das ist alles – bis zum nächstenmal», sagte sie lächelnd.

Sie schaute den Mädchen nach, die stolz und mit ernsten Gesichtern zum Dorf hinabstiegen.

20

Die Glut in der Feuergrube der Kiva glomm nur noch schwach. Es war spät geworden. Die Diskussion über die Zweckmäßigkeit einer neuen Stadt hatte lange gedauert. Befriedigt blickte sich Talasi um. Er war als einziger Nicht-Häuptling zu dieser Versammlung eingeladen worden. Seit dem Überfall der Querechos waren die Leute über die Verwundbarkeit von Cicuye beunruhigt. Niemand verurteilte die Kriegergesellschaft wegen der Verluste, die die Stadt bei diesem Angriff erlitten hatte – zumindest nicht öffentlich. Aber der Kriegerhäuptling und seine Männer waren verantwortlich für die Sicherheit der Stadt und ihrer Bewohner.

Talasi war der angesehenste unter den Kriegern. Wenn der Häuptling starb oder seines Amtes enthoben wurde, würde Talasi an seine Stelle treten. Der Gedanke machte ihn ganz aufgeregt.

Tolonqua sprach: «Ich sage noch einmal: Wir sollten uns das Plateau auf dem Berg genau ansehen und alle Möglichkeiten bedenken. Und wenn wir dort oben eine Stadt bauen wollen, müssen wir entscheiden, wo die Kiva sein soll.» Die Kiva war das Herz und die Mitte der Stadt.

Talasi betrachtete den Mann, der Owa getötet hatte. Tolonqua wünschte sich eine neue Stadt, aber er würde sie nicht bekommen. Owa würde gerächt werden, sein Mörder vernichtet. Wie, das wußte er noch nicht, aber Owas Geist würde es ihm sagen.

Zwei Hirsche, der Clanhäuptling, lehnte sich gegen die kunstvoll geflochtene Rückenstütze seines Ehrenplatzes, hob die Hand und wandte sich ungeduldig an Tolonqua.

«Du sprichst vom Bau einer neuen Stadt, als wäre es ein Kinderspiel. Allein die Beschaffung des Baumaterials –»

«Wir haben bereits Balken», unterbrach ihn Tolonqua. «Wir können verwenden, was wir bereits haben. Hier!» Er wies auf die dicken Pfosten, die das Dach der Kiva trugen, und auf die Dachbalken über ihren Köpfen.

«Nein!» Der Medizinhäuptling schüttelte heftig den Kopf. «Wenn die Balken entfernt werden, bricht alles zusammen. Die Geister wohnen in dieser Kiva.» Er sah sich um, als sähe er sie tatsächlich, und sein Obsidianauge blitzte unheilvoll. «Wenn wir ihre Wohnung zerstören, werden sie sich rächen.»

Die Männer schwiegen erschrocken. Talasi lächelte verstohlen. Tolonqua würde bald merken, daß sein Plan von einer neuen Stadt nicht so einfach durchzusetzen war, wie er sich das gedacht hatte.

Zwei Hirsche fuhr fort: «Außer den Balken müssen auch Steine hinaufgetragen werden.»

Der Ruferhäuptling schnaubte verächtlich. «Steine gibt es dort oben genug.»

Talasi beobachtete, wie Tolonqua mit seiner Ungeduld kämpfte. Selbst der Weiße Büffel konnte dem Jagdhäuptling nicht helfen, wenn er es nicht schaffte, seine Arroganz zu beherrschen. Talasi wartete darauf, daß Tolonqua einen Fehler machte, aber der Jagdhäuptling blieb ruhig sitzen.

Statt dessen sprach der Kriegerhäuptling: «Wir alle kamen nach Cicuye, indem wir Gefährtinnen nahmen, die hier lebten. Dieser Pueblo stand bereits. Wir von der Kriegergesellschaft haben den Ort nicht ausgesucht.» Er machte eine nachdrückliche Pause. «Ich finde, wir sollten das Bergplateau zumindest prüfen und dann darüber nachdenken, ob es sinnvoll ist, eine neue Stadt zu bauen, die besser verteidigt werden kann.»

Er erntete zustimmendes Gemurmel.

Zwei Hirsche verzog keine Miene, doch Talasi stellte bestürzt fest, daß er zufrieden aussah. Hatte der Clanhäuptling, der immer gegen eine neue Stadt gewesen war, seine Meinung geändert?

Talasi verschränkte die Arme und nahm eine Aufmerksamkeit heischende Haltung ein. «Ich hatte eine Vision», sagte er laut. «Mein Totem warnt. Böse Geister hausen auf dem Berg. Sie werden uns nicht willkommen heißen.»

Die Häuptlinge murmelten untereinander. Eine Vision war eine ernstzunehmende Sache.

Der Medizinhäuptling sagte schroff: «Das hättest du auch früher sagen können. Wann hast du deine Vision gehabt?»

«Gestern nacht.»

Das steinerne Auge starrte ihn an. «Du hast gestern nacht in einem Nachbardorf gespielt und zwei Pfeilstrecker gewonnen.»

Talasi blickte zur Seite. Eine kleine Narbe auf seiner linken Wange zuckte. Er hatte vergessen, daß er mit den zwei Pfeilstreckern angegeben hatte, als er spät in der Nacht nach Hause kam.

«Ich hatte die Vision später. Kurz vor Sonnenaufgang.»

Zwei Hirsche hob die Hand. «Wir müssen darüber nachdenken.»

«Aye.» Die Antwort kam einstimmig, nur Tolonqua schwieg.

Der Morgen dämmerte klar und frisch. Von den Bergen her wehte eine würzige Brise. Es war die Jahreszeit für Hasentreibjagden, zum Nüssesammeln, Jagen, Freien und für die Schmetterlingstänze der Frauen. Diese Tänze hatten keinen religiösen Anlaß, sondern waren ein beliebtes gesellschaftliches Ereignis. Morgen würden die Frauen in der eigens dafür hergerichteten Hütte proben. Jetzt saßen sie beisammen in der Morgensonne und fertigten Haarkronen, Mokassins, Gürtel mit Fransen, Ketten und andere hübsche Dinge an, um sich und die Kinder, die bei den Tänzen mitmachen durften, zu schmücken. Die Körbe für die kleinen köstlichen Naschereien, die während des Tanzes in die Zuschauermenge geworfen wurden, waren bereits gefüllt.

Kwani saß bei einer Gruppe von Frauen auf dem Dorfplatz – auf der Westseite wie gewöhnlich, denn der Platz der Männer war auf der Ostseite, der Seite des Sonnenvaters. Anitzal und Lumu saßen neben ihr. Kwani beobachtete Lumu unauffällig. Nach dem Tod ihres Gefährten bei dem Querecho-Überfall hatte sie in aller Öffentlichkeit getrauert, obwohl sie wußte, daß sie damit den Geist des Toten als schrecklichen Spuk ins Dorf zurückbringen könnte. Erst in letzter Zeit schien Lumu wieder zu sich gefunden zu haben.

Die Frauen ringsum schwatzten und lachten. Sie waren jetzt Kwanis Schwestern. Kwanis Zukunft, ihr Wohlergehen hing davon ab, was diese Frauen ihr und Acoya gegenüber empfanden. Seit sie begonnen hatte, die Mädchen zu unterrichten, schien ihr Status als *Die Sich Erinnert* gefestigt. Sie hatte beinahe das Gefühl, als gehörte sie jetzt dazu.

«Sieh mal», sagte Lumu. Sie hielt ein Paar Hirschledermokassins hoch, die sie mit kleinen Perlen aus Knochen und schwarz gebrannten, polierten Wacholderbeeren bestickt hatte. «Seht ihr das Muster? Es wird mich tanzen lassen, und ich werde nicht müde werden!» Ihr keckes Gesicht strahlte.

Die Frauen nickten anerkennend.

«Zeig uns deinen Kopfschmuck, Kwani», sagte Anitzal.

Kwani flocht aus den biegsamen Stielen eines Rainfarns einen Rahmen, der sich, verziert mit Bändern, bunten Federn und was ihr sonst noch einfallen würde, wie eine Krone auf dem Kopf befestigen ließ. Lumu setzte sich Kwanis halbfertigen Kopfschmuck auf, stand auf und begann, einen Schmetterlingstanz parodierend, zu tanzen. Sie erntete Gelächter und Applaus.

Unterdessen hatten Sikawa und Micho, die zwei schnellsten Läufer aus Cicuye, den Platz betreten. Sie kamen vom Training. Morgen wollten sie mit Läufern aus anderen Dörfern einen Wettkampf bestreiten. Heftig atmend strebten die beiden schlanken, athletisch gebauten Männer dem gemeinschaftlich genutzten Wasserbehälter an der Ostseite zu.

Kwani bemerkte den Blick, der zwischen Lumu und Micho hin und her ging, und sie sagte: «Micho ist ein guter Läufer, nicht wahr? Und er sieht gut aus.»

Lumu errötete.

«Er spielt auch gut Flöte», sagte Anitzal. «Wo trefft ihr euch eigentlich?»

«Ja, sag es uns, dann können wir uns verstecken und zusehen», neckte eine Frau.

Die anderen lachten und stießen einander an.

Lumu tat, als machte sie sich nichts aus ihrem Gelächter. Schließlich war es nur ein Zeichen ihrer Freundschaft und Zuneigung.

«Unsere Läufer werden gewinnen», sagte Kwani. «Keiner wird Sikawa und Micho schlagen.»

Sie blickte den übrigen Läufern nach, die jetzt den Platz

überquerten. Früher war Tolonqua einer der schnellsten. Sie sah ihn etwas abseits am Wasserbehälter stehen, während Micho und Sikawa von den übrigen bewundert und mit guten Wünschen überschüttet wurden. Ein Adler mit einem gebrochenen Flügel, dachte sie voller Mitleid. Aber er wollte wieder auf die Jagd gehen. Er fertigte neue Pfeile und führte seine Hunde aus, die jedes Wort, das er an sie richtete, zu verstehen schienen.

Er hatte die erste Jagdzeremonie seit seiner Verwundung abgehalten, und nun durchstreiften seine Jäger wieder die Berge nach Wild, allerdings ohne ihn. Doch seit Kwani ihm Selbstmitleid vorgeworfen hatte, tarnte er seinen Kummer und seine Verbitterung. Er humpelte umher, wahrte seine Würde und versprach sich und Kwani, daß er eines Tages wieder auf die Jagd gehen würde.

Kwani ließ nicht erkennen, was sie befürchtete. Vielleicht würde der Bau einer neuen Stadt genügen, um ihn wieder glücklich zu machen... Wenn diese Stadt je gebaut würde.

Mit beiden Händen drückte sie die Muschel an sich.

21

Schon am frühen Morgen wimmelte es im Dorf von Besuchern. Junge Männer aus Orten, die im Umkreis von einer halben Tagesreise lagen, lieferten sich bereits ein Rennen, und es wurde gewettet, wer von ihnen als erster in Cicuye eintreffen würde. Das Wetter war gut. Auch die Tänze hatten schon begonnen. Kindergruppen aus den einzelnen Clanen waren die ersten, die tanzten. In ihren schönsten Festtagskleidern schritten und drehten sie sich im Takt zur Musik von Pfeife und Trommel und sangen das Schmetterlingslied.

Kwani und die anderen Frauen schauten zu, bis sie mit ihrem Tanz an die Reihe kamen. Es wurde barfuß getanzt. Kwani hatte ihre Füße und Knöchel gelb bemalt. Ihre Fesselriemen aus Wildleder waren mit bunt bemalten Samenkernen besetzt, so daß es aussah, als trüge sie kunstvoll verzierte gelbe Mokassins. Ihr bestes Baumwollkleid, das mit winzigen Muschelperlen bestickt war, trug sie wie gewöhnlich über der rechten Schulter geknotet; die linke Schulter blieb frei. Ihr Schmuck bestand aus farbenprächtigen Ketten, Armreifen und Ohrringen, und ihr Kopfschmuck mit den roten Stoffbändern und bunten Federn war der schönste von allen.

Die festliche Atmosphäre vertrieb ihre Sorgen um Tolonqua. Sie fühlte sich wieder wie ein junges Mädchen, das alles sehen und alles tun wollte.

Auch Tolonqua genoß die fröhliche Stimmung. Den ganzen Morgen hatte er geredet und gelacht und Freunde aus anderen Pueblos begrüßt. Es war ein schöner Tag.

Nun saß er auf einem Dach bei seinen Türkisclan-Brüdern. Kwani sah, daß sie zu ihr herunterblickten, aber sie war zu weit weg, um zu hören, was sie redeten.

Nach den Kindern tanzten die Yaya, dann die Frauen der verschiedenen Clane. Als die Frauen des Türkisclans an der Reihe waren, rückte Kwani ihren Kopfschmuck zurecht, lächelte zu Tolonqua hinauf, der lächelnd zurückwinkte, und folgte dem Ruf der Trommeln. Ihre nackten Füße glitten über den gestampften Lehmboden, ihre Fesselriemchen klapperten im Takt, und die Bänder ihres Kopfschmucks flatterten im Wind. Als sich ihre Stimme mit denen der Flöte, der Pfeife und der dröhnenden Trommel vereinte, sang auch ihr Herz.

Der Sonnenvater stieg höher, immer mehr Besucher strömten herbei, mehr Musiker fanden sich zur Begleitung der Tänzer ein, und immer mehr Kochfeuer verbreiteten appetitanregende Gerüche. Die Frauen warfen nach jedem Tanz kleine Leckerbissen unter die Zuschauer, die applaudierten, Komplimente machten und lautstark nach mehr verlangten.

Oben auf dem Berg warteten Beobachter auf Rauchzeichen, die die Ankunft von Micho, Sikawa und den anderen Läufern signalisierten. Ein dröhnender Schlag der Donnertrommel kündigte ihr Nahen an. Die Tänze wurden unterbrochen, alle rannten durcheinander, und im Nu war der Dorfplatz freigemacht. *Zwei Hirsche* zog mit einem Stock eine Ziellinie, und die Clanhäuptlinge versammelten sich, um den Einlauf zu beobachten. Die Zuschauer saßen und standen auf Leitern und Dächern und reckten die Hälse. Tolonqua gesellte sich zu den Häuptlingen neben der Ziellinie.

Endlich erscholl der Ruf: «Sie kommen! Sie kommen!»

«Sikawa führt!»

Dicht hinter Sikawa lief ein junger Mann aus einem anderen Dorf, hinter ihm Micho.

«Schneller, Micho!» riefen die Leute.

«Sikawa! Sikawa!»

Mit letzter Kraft überholte Micho den Läufer vor ihm und kam als Zweiter ins Ziel. Jubelnd hoben die Männer Micho und Sikawa auf die Schultern und trugen sie um den Platz, während die übrigen Läufer über die Ziellinie taumelten.

Auch Tolonqua jubelte den Siegern zu, blickte dann auf seinen Fuß mit den roten Narben und wußte, daß er nie mehr bei einem Rennen mitlaufen würde.

Am dritten Tag waren die Tänze zu Ende. Nun wurde geschmaust, Handel getrieben, gespielt und geflirtet. Mehrere Krieger aus anderen Pueblos bemühten sich um Lumus Gunst, und ihre liebeskranken Flöten waren nächtelang zu hören. Der eine oder andere, so wurde gemunkelt, sei auch erhört worden. Doch jetzt saß Lumu zusammen mit Kwani und anderen Frauen aus Cicuye auf einem Dach, schwatzte mit ihnen und beobachtete, was unter ihnen vor sich ging.

«Die Tänze waren dieses Jahr gut.»

«Ja, viel besser als im vorigen.»

Kwani sagte: «Ich sehe *Gelber Vogel* gar nicht. Wo ist sie?»

«Dort drüben», sagte Lumu. «Sie kommt zu uns!»

Mühselig überquerte die gebeugte Gestalt von *Gelber Vogel* die Dächer, die zwar aneinandergebaut, aber da und dort unterschiedlich hoch waren.

Die Frauen machten der ältesten Yaya Platz und warteten schweigend, bis sie sich in ihre Decke gehüllt niedergelassen hatte. Es wäre unhöflich gewesen, zu sprechen, bevor sie es tat.

Gelber Vogel betrachtete die Frauen aus ihren kleinen, scharfen Augen.

«Es gibt etwas Wichtiges zu besprechen. Ihr dürft aber mit keinem Mann darüber reden. Mit keinem!» Sie sah dabei besonders Kwani an.

Diese unterdrückte ihren Unmut. Wer war diese herrische Alte, um ihr vorzuschreiben, mit wem sie sprechen durfte?

«Es geht um den Berg», fuhr *Gelber Vogel* fort. «Es ist wahr. Dort oben wimmelt es von bösen Geistern!» Sie wies mit ihrem mageren Finger zum Gipfelplateau. «Aber die, die dort oben bauen wollen, geben es nicht zu. Böse Geister haben sie blind gemacht gegen die Gefahr.»

«Welche Gefahr?» fragte Kwani.

Augen, so scharf wie die einer Krähe, blitzten Kwani an. «Du wagst es, mich das zu fragen, obwohl dein Gefährte, unser Jagdhäuptling, nicht mehr jagen will. Wenn –»

«Sein Fuß wird besser. Er –»

«Nein. Hexen haben die Kraft aus seinem Fuß gestohlen. Hexen brachten die Querechos in ihre Wohnung» – wieder deutete der knochige Finger zum Berg hinauf – «und jetzt sind unsere Krieger in Sipapu. Alles Hexenwerk!»

Die Frauen fürchteten Hexen mehr als alles andere.

«Die Wahrheitspfeife!» stieß eine hervor. «Hexen haben sie zerbrochen –»

«Nur weil Tolonqua bauen will –»

Gelber Vogel nickte. «Die Hexen wollen uns nicht da oben.»

Sie zog eine Grimasse, aber Kwani hatte den Eindruck, daß sie sehr zufrieden mit sich war. Sie betrachtete das runzlige Gesicht unter dem schütteren Haarschopf und dachte daran, was Tolonqua gesagt hatte. *Gelber Vogel* wollte nicht auf den Berg ziehen, weil sie den Ort, wo ihre Erinnerungen wohnten, nicht verlassen wollte. Und diese Alte war erfinderisch.

«Ich war auf dem Berg», sagte Kwani. «Es ist schön dort oben. Ein guter Platz –»

Gelber Vogel wackelte mit dem Finger. «Es ist kein guter Platz. Ihr alle wißt, daß Talasi eine Vision hatte. Er hat das Böse auf dem Berg gesehen.»

«Er hat gesehen, wie er den Mann, der Owa getötet hat, in Verruf bringen kann», sagte Kwani.

Die Frauen erstarrten. Kwani wagte es, der ältesten Yaya zu widersprechen!

Gelber Vogel reckte sich und starrte Kwani mit kalten Augen an. Doch diese tat, als bemerkte sie die Empörung der Alten nicht. Sie rollte Acoya auf den Bauch und begann, ihn frisch zu wickeln.

«Du beschuldigst Talasi, die Unwahrheit über eine Vision zu sagen?» begann *Gelber Vogel* mit schriller Stimme. «Du, die sich einbildet, eine Towa zu sein?»

Kwani sah die Alte an, die den Blick mit unverhülltem Haß erwiderte. Der Hieb, den sie ihr versetzt hatte, tat weh. Trotzdem schöpfte sie aus ihrem Inneren die Kraft, hinter die Augen von *Gelber Vogel* zu blicken, wo ihr Geist wohnte.

Sie sah und wußte.

Sie mußte erst einmal schlucken, bevor sie sagte: «Vielleicht sollte Talasi die Wahrheitspfeife rauchen.» Unverwandt hielt sie dem Blick der Alten stand. «Vielleicht wird die Wahrheitspfeife diesmal nicht von jemandem angesägt, der nicht will, daß die neue Stadt gebaut wird.»

Die Frauen flüsterten.

Gelber Vogel sah aus, als hätte sie Schläge bekommen, und verkroch sich in ihre Decke wie eine Schildkröte in ihren Panzer. Ihr Gesicht war ausdruckslos, als sie sich mit äußerster Anstrengung erhob.

«Ich habe es euch gesagt. Dort oben hausen Hexen. Wenn ihr mir nicht glaubt, tut ihr mir leid.»

Sie wandte sich ab, um zu gehen. Lumu half ihr über die Dächer und hinunter in ihre Behausung.

Kwani lag mit Tolonqua auf der Schlafmatte in ihrer Wohnung. Die Sterne schienen durch die Luke herein. Es war spät in der Nacht. Kwani und Tolonqua hatten lange miteinander geredet.

«Bist du sicher, daß es *Gelber Vogel* war, die die Kerbe in die Pfeife geschnitten hat?»

«Ich bin sicher. Ich habe die Stelle hinter ihren Augen gesehen.»

Er rollte sich auf die Seite, um sie anzusehen. Das schwache Sternenlicht schimmerte auf ihrem Gesicht. Er berührte ihre Stirn. «Hier?» fragte er.

«Nein. Hinter den Augen. Ich kann sehen –» Sie hielt inne. Wie sollte sie es ihm erklären? Das Wissen kam wie aus einer inneren Quelle. «Wenn mein Geist den Geist eines anderen sucht, schaue ich in den geheimen Ort hinter den Augen. Und dann kommt das Wissen.» Sie schüttelte den Kopf. «Ich verstehe nicht, warum das so ist. Vielleicht, weil die Vorfahrinnen es wollen.»

Tolonqua setzte sich auf, schlang die Arme um seine Knie und starrte in die Dunkelheit. «*Gelber Vogel* ist eine Respektsperson. Aber sie ist alt, und ihr Geist lebt in der Vergangenheit. Sie glaubt, weil sie die älteste Yaya ist, geht alles nach ihrem Kopf. Ich glaube, sie wird alles versuchen, um den Bau einer neuen Stadt zu verhindern... Ich kämpfe nicht gegen Frauen, aber ich werde ihr nicht erlauben, meinen Plan zu vereiteln. Die Zukunft von Cicuye steht auf dem Spiel – deine, meine, die von Acoya und uns allen.» Er stand auf und ging humpelnd auf und ab. «Jeder, der nach Cicuye kommt, um zu handeln oder zu feiern, kann unseren Reichtum sehen. Und wie verwundbar wir sind durch die Lage unseres Dorfs. Solche Nachrichten verbreiten sich schnell. Wir werden immer wieder überfallen werden.»

«Nein», sagte Kwani ruhig. «Das werden wir nicht. Die Stadt wird gebaut werden, weil du sie bauen wirst.»

Er blieb stehen und sah sie an.

«Ich bin Jagdhäuptling.»

Kwani wußte, daß er sich innerlich wappnete. Er erwartete, daß sie ihn mahnte, der Wirklichkeit ins Gesicht zu sehen. Dabei wußten sie beide, daß er nicht mehr auf die Jagd gehen konnte. Sie sagte: «Du bist der Jagdhäuptling, der beste, den Cicuye je hatte. Aber die Idee für eine neue Stadt stammt von dir. Wer könnte sie besser bauen als du?»

Seine schwarzen Augen bekamen den warmen Glanz, den sie so gut kannte. Lächelnd setzte er sich neben sie. «Du glaubst wirklich, daß ich diese Stadt bauen könnte?»

«Ja, das tu ich.»

Er streichelte ihre Wange. «Und du fürchtest nicht, daß die älteste Yaya meine Feindin ist?» Seine Hand glitt über ihre nackte Schulter.

«Ich vertraue deinem Totem. Und dir, Tolonqua.»

Er rückte näher und schob seine Hand unter ihr Kleid. «Ich werde den Weißen Büffel bitten, den geheimen Ort hinter meinen Augen zu verstecken.»

«Warum?»

«Weil du schon jetzt viel zu klug bist – und viel zu schön...»

Er legte sie auf die Matte und liebkoste sie. Sie spürte seine Kraft, seine Erregung und kam ihm mit ungezügelter Leidenschaft entgegen.

Die Sterne am Himmel wanderten weit, ehe Kwani und Tolonqua in Schlaf sanken.

Gelber Vogel fand keinen Schlaf. Sie lag auf ihrer Matte und starrte an die Decke ihrer Behausung.

Kwani wußte Bescheid.

Ich muß jemand finden, der mir hilft, dachte sie, jemand, der wie ich gegen die neue Stadt ist.

Rastlos und mit schmerzenden Knochen drehte sie sich von einer Seite auf die andere. Doch schließlich fand sie die Antwort.

Talasi.

22

Talasi nahm sein morgendliches Bad im Fluß. Der Sonnenvater war noch nicht über die Berge gestiegen, und das Wasser war dunkel und kalt. Er fröstelte. Schwimmen im kalten Wasser härtete das Fleisch eines Mannes, aber es war kein Vergnügen. Er ließ sich auf dem Rücken treiben und blickte zum Himmel, über den eine kleine Wolke segelte. Mehr Wolken müßten kommen, dachte er. Regenwolken. Die Clane und Gesellschaften hatten die üblichen Opfer gebracht und Zeremonien abgehalten, aber der Regen war ausgeblieben. An den Abendfeuern erzählte man sich, viele aus den westlichen Pueblos flüchteten vor der Dürre nach Süden und Osten. Noch waren keine Flüchtlinge in Cicuye aufgetaucht, aber es war nur eine Frage der Zeit. Cicuye war das östlichste Pueblo, das letzte vor den Großen Ebenen, die sich ins Unermeßliche erstreckten und wo nichtseßhafte Stämme den Büffeln folgten. Eines Tages würden Puebloflüchtlinge nach Cicuye kommen. Cicuye würde eine große Stadt werden, eine reiche Stadt – und offen für jeden Angriff.

Wenn nur ein anderer als Tolonqua die Idee mit der Stadt auf dem Berg gehabt hätte.

«Talasi!»

Ein Junge lief am Ufer entlang. «*Gelber Vogel* will dich sprechen. In ihrem Haus!» rief er.

Talasi watete ans Ufer. Was konnte die alte Krähe von ihm wollen?

Er trocknete sich mit einem Stoffetzen ab und ging nackt zurück in seine Behausung. Während er sich anzog, starrte er auf die Wand, die seine Wohnung von der von Tolonqua und Kwani trennte, als könnte er hindurchsehen. Dort drüben wurde Owa getötet. Trauer und Haß stiegen wie bittere Galle in ihm hoch.

Auf dem Dorfplatz brannte das Abendfeuer. Die Flammen loderten hoch, daß sich die Schatten jagten. Funken flogen und verglühten. Der schmale Bogen der Mondfrau verschwand hin und wieder hinter einer Wolke würzig duftenden Rauchs. Ganz Cicuye hatte sich eingefunden, einschließlich *Gelber Vogel*, die in ihre Decke gehüllt am Feuer saß. Kwani saß neben Tolonqua und hielt Acoya auf dem Schoß. Sie spürte die Spannung, die in der Luft lag.

«Wird heute etwas passieren?» fragte sie Tolonqua leise.

«Vielleicht. Es gibt Gerüchte über Talasi und *Gelber Vogel*. Gestern saßen sie angeblich lange in ihrer Wohnung beisammen.»

Der Ruferhäuptling beendete seine Ankündigungen mit der Aufforderung, am nächsten Morgen zum Piniennüssesammeln große Körbe mitzubringen; die Ernte sei reichlich ausgefallen.

Zwei Hirsche stand auf und hob selbstbewußt die Hand. Als alle schwiegen, sagte er: «Die Häuptlinge und Ältesten haben beschlossen, daß auf dem Berg eine neue Stadt gebaut werden soll. Der Medizinhäuptling und ich haben sich mit den höheren Wesen beraten, und wir stimmen überein. Talasi jedoch hat uns gewarnt. Er sagt, er habe in einer Vision böse Geister dort oben gesehen.»

Die Leute murmelten aufgeregt. *Zwei Hirsche* wandte sich an Talasi, der in seiner Nähe saß. «Jetzt sprich du.» Mit einer schwungvollen Bewegung hüllte er sich in seine Decke und setzte sich.

Langsam stand Talasi auf. Er starrte für einen Moment ins Feuer, als hoffte er, dort eine Eingebung zu finden. Schließlich sagte er: «Es ist wahr. Eine Erscheinung berichtete mir von bösen Geistern auf dem Berg. Aber...» Er schluckte. «...ich habe das nicht verstanden, weil unsere Häuptlinge und Ältesten sagten, die Stadt soll gebaut werden. Ich fragte mich, ob die Vision von Hexen kam, die uns schaden wollen. Ich betete lange und ich träumte.» Er blickte in die Gesichter ringsum, die ihn abwartend anstarrten. Er schluckte wieder und fuhr fort:

«Ich träumte. Mein Totem, der Fuchs, kam zu mir und sagte, die Hexen fürchteten eine Stadt auf dem Berg, weil die Stadt dann näher bei den höheren Wesen wäre und mehr Macht besäße. Mehr Macht... um das Böse zu bekämpfen.»

Die Leute wurden unruhig, und es gab Zwischenrufe. Talasi verlangte Ruhe. Er wirkte plötzlich sehr selbstsicher. «Mein Totem riet mir», fuhr er fort, «die besten Medizinhäuptlinge aus anderen Dörfern einzuladen. Sie sollen eine Zeremonie auf dem Berg abhalten, um zu beweisen, daß dort keine bösen Geister wohnen und die neue Stadt gebaut werden kann. Er sagte auch, ich sollte den Rat einer weisen Frau einholen.» Er legte eine dramatische Pause ein. «Ich ging zur ältesten Yaya. Sie sagte, wir sollten mit euch darüber sprechen und auf euer Urteil vertrauen. Ich habe gesprochen.»

Er setzte sich, und alle redeten durcheinander. Als *Gelber Vogel* die Hand hob, trat wieder Ruhe ein. «Talasi spricht die Wahrheit», sagte sie nur und zog sich in ihren Umhang zurück. Aber Kwani hatte bemerkt, wie sie zitterte.

«Ich verstehe es nicht», sagte Kwani zu Tolonqua, als sie wieder zu Hause waren. «Irgend etwas stimmt nicht.»

Tolonqua nickte. «Talasi verbirgt etwas.» Er saß auf dem Boden und rieb die Narben an seinem Fuß.

«Laß mich dein Bein massieren», sagte Kwani. Sie klemmte Tolonquas Fuß zwischen ihre Knie und begann, ihn mit ihren kräftigen Fingern zu kneten. «Glaubst du, daß uns Medizinhäuptlinge aus anderen Pueblos helfen?»

«O ja. Besonders, wenn sie dafür gut belohnt werden», meinte Tolonqua.

«Talasi war nie an der neuen Stadt interessiert. Und *Gelber Vogel* war immer dagegen.» Kwani schüttelte den Kopf. «Ich habe gesehen, wie Talasi die Alte angesehen hat. Sie verbergen etwas.» Sie ließ sich auf ihre Fersen nieder, schloß ihre Augen und dachte nach.

«Jeder weiß, was *Gelber Vogel* von einer neuen Stadt auf dem Berg hält. Aber er geht zu ihr, um sich Rat zu holen, damit die Stadt gebaut werden kann. Es ergibt keinen Sinn.»

Tolonqua streckte das Bein und bewegte die einzelnen Zehen. «Ich glaube, der Fuß wird kräftiger.»

Sie massierte sein Bein bis hinauf zum Knie. «Ist dir das Gehen heute leichtergefallen?»

«Ich glaube schon. Wenigstens ein bißchen.» Er stand auf und ging ein paar Schritte umher. Er hinkte noch, aber längst nicht mehr so stark wie früher. «Bald werde ich wieder auf die Jagd gehen.»

23

Aus der offenen Luke der Kiva fiel das Licht auf *Zwei Hirsche*, der auf dem Rednerplatz neben der Feuergrube stand und sich mit einer gebieterischen Handbewegung Gehör verschaffte.

«Wir haben lang genug geredet. Wenn wir also einverstanden sind, daß Medizinhäuptlinge aus anderen Pueblos eingeladen werden sollen, um ihre heiligen Handlungen auf dem Berg auszuführen, dann müssen wir jetzt auch entscheiden, wer sie einladen soll.»

Tolonqua sagte: «Ich schlage dich vor, den Medizinhäuptling, den Kriegerhäuptling und den Häuptling der Ältesten.»

Talasi krauste die Stirn und öffnete den Mund, um etwas zu sagen, aber der Ältestenhäuptling sprach bereits. Er war klein und kräftig und hielt sich trotz seines Alters – er hatte schon mehr als fünfzig Winter erlebt – kerzengerade. Alle achteten ihn wegen seiner Klugheit.

«Nein, ich stehe nicht zur Verfügung», sagte er ruhig, aber seine tiefliegenden Augen blickten zornig. «Wenn alle hier wünschen, daß man sie einlädt, werde auch ich dafür stimmen. Trotzdem sage ich noch einmal, daß ich es weder für klug noch für notwendig halte.»

Der Medizinhäuptling warf ein: «Eine Zeremonie kann nie schaden, wenn sie die Weisheit unserer Entscheidung bestätigt.»

«Und wenn sie sie nicht bestätigt?»

Alle redeten durcheinander. Der Ältestenhäuptling hob die Hand und fuhr fort: «Wir wissen, daß man uns beneidet. Unser Dorf ist das größte, reichste und mächtigste weit und breit. Ist es da nicht möglich, daß andere fürchten, wir könnten noch stärker und mächtiger werden? Könnten sie nicht die Zeremonien benützen, um uns zu schaden?»

Talasi rutschte ungeduldig auf seinem Platz hin und her. Die Diskussion nahm eine falsche Wendung. Er hob die Hand, um sich zu Wort zu melden, wie es sich für einen Nicht-Häuptling gebührte.

Zwei Hirsche erteilte ihm das Wort.

«Es stimmt, das könnten sie. Aber sie werden es nicht tun, wenn man auf die richtige Weise an sie herantritt.»

«Und wie?»

«Mit geeigneten Geschenken.»

«Geschenke sollen ihren Wunsch nach einem noch mächtigeren Cicuye stärken?» warf Tolonqua zweifelnd ein.

«Du verstehst nicht ganz», sagte Talasi betont sanft. «Wir werden ihnen huldigen wegen ihrer allseits bekannten Fähigkeiten.» Er lächelte schief. «Sie wissen genau, daß alle unsere Häuptlinge hochgeehrte Persönlichkeiten sind, und werden alles tun, um ihr eigenes Können zu beweisen. Wenn unsere Zeremonien und Entscheidungen den ihren widersprechen, wem wird man glauben? Sie würden ihr Gesicht verlieren.»

Die Männer schwiegen. Wenn ein Medizinhäuptling sein Gesicht verlor, konnte er nur noch in die Wildnis gehen und sterben.

Eine ganze Weile sprach niemand. Von draußen drang der Lärm des Dorfes herein. Kinder schrien, Hunde bellten. Die Frauen sangen das Lied vom Maismahlen. Tolonqua hörte eine Stimme deutlich heraus, die Stimme seiner Gefährtin. Kwani, Acoya, sein Volk – sie brauchten den Schutz einer sicheren Stadt auf dem Berg. Aber noch waren längst nicht alle in Cicuye mit dem Bau einer neuen Stadt einverstanden. Vielleicht hatte Talasi recht.

«Ich werde ein Geschenk geben», sagte er.

Andere folgten seinem Beispiel. Talasi grinste stolz.

Zwei Hirsche nickte. «Gut», sagte er. «Wer soll nun die Geschenke zu den Pueblos bringen und die Medizinhäuptlinge einladen?»

Wieder hob Talasi die Hand.

«Sprich.»

«Wenn unsere Häuptlinge die Reise machen, müssen sie beschützt werden von Kriegern. Das Ganze wird eine ziemlich große Reisegesellschaft. Wie ihr wißt, kommen viele neue Stämme in unser Tal, Leute, die uns nicht kennen. Sie könnten unsere Reisenden für eine kriegerische Truppe halten. Sie könnten meinen, es wären wertvolle Dinge bei ihnen zu holen.» Er schüttelte den Kopf. «Ein solches Risiko können wir nicht eingehen. Wer geht, sollte allein gehen. Ein einzelner Reisender auf dem Weg zu einem Pueblo stellt keine Bedrohung dar und weckt keine Habgier.»

«Außerdem», warf der Kriegerhäuptling ein, «wenn wir, die wir mächtiger und reicher sind, bei diesen kleinen Pueblos mit einer großen Truppe anrücken und ihnen Geschenke anbieten, könnten sie glauben, wir wollten sie manipulieren. Es wäre eine Beleidigung ihrer Würde. Nein. Wir müssen uns anschleichen wie die Berglöwen. Leise und vorsichtig. Und allein.»

Talasi konnte sein Triumphgefühl kaum verbergen.

«Sehr gut», sagte *Zwei Hirsche*. «Also, wer geht?»

«Ich wäre stolz», platzte Talasi heraus und zog sofort den Kopf ein. Hoffentlich war er jetzt nicht vorschnell gewesen. «Wenn es euer Wunsch ist», fügte er bescheiden hinzu.

Alle bis auf den Ältestenhäuptling, der hartnäckig schwieg, erklärten sich einverstanden. Tolonqua wäre zu gern selbst gegangen, aber er wußte, daß sein Fuß nicht mitmachen würde.

«Du willst ihnen ein Geschenk machen?» Kwani war entsetzt. «Begreifst du nicht, was hier geschieht?» Sie hörte auf, Tolonquas Fuß zu kneten, der immer noch sehr schwach war. Vielleicht sollte sie auch seinen Kopf kneten.

Tolonqua stützte den Arm auf das hochgestellte Knie seines heilen Beins und runzelte die Stirn. Es schickte sich nicht für eine Frau, die Entscheidungen ihres Gefährten zu kritisieren.

Nicht einmal für Kwani. «Alle Häuptlinge geben Geschenke. Wir wollen nichts umsonst haben. Das ist nicht Towa-Art.»

Kwani saß auf ihren Fersen und sah ihn an. «Ihr Towa seid großzügig. Aber könnte sich das in diesem Fall nicht zu eurem Nachteil auswirken?»

«Wie?»

«Überlege doch. Du hast Owa getötet, und seitdem ist Talasi dein Feind. Will er, daß du Erfolg hast? Bestimmt nicht. Er versuchte, deine Idee von einer neuen Stadt durch eine sogenannte Vision zu zerstören, und erzählte überall herum, die Stadt dürfe nicht gebaut werden, weil dort oben böse Geister wohnten. Jetzt sagt er, er hätte einen Traum gehabt und die Stadt müsse gebaut werden. Warum?»

«Er ist Ranghöchster der Kriegergesellschaft –»

«Das war er auch, als er darauf bestand, daß die Stadt nicht gebaut werden sollte. Und was ist mit *Gelber Vogel*? Warum hat sie plötzlich ihre Meinung geändert?»

«Wegen des Querecho-Überfalls.»

«Und früher ist Cicuye nicht überfallen worden?»

«Doch.» Nachdenklich wandte er sich ab.

«Talasi machte neulich einen ziemlich langen Besuch bei *Gelber Vogel*. Sie planen etwas», sagte Kwani, während sie sich wieder über Tolonquas Fuß beugte und seine Muskeln und Sehnen bearbeitete. Ihr Halsschmuck schwang vor und zurück im Rhythmus ihrer Bewegung.

«Ich habe versucht, mit den Vorfahrinnen zu sprechen.» Sie blickte zu ihm auf. «Während du in der Kiva warst.»

«Und was haben sie gesagt?»

«Nur, daß Gefahr droht. Aber begreifst du denn nicht? Talasi und *Gelber Vogel* führen etwas im Schilde. Von dort droht die Gefahr.»

Er blickte auf ihre kleinen, tüchtigen Hände, die seinen Fuß bearbeiteten. «Ich werde mit meinem Totem sprechen.» Er griff nach seinem Medizinbündel, nahm den Mantel heraus und legte ihn sich über die Schultern. «Ich gehe in die Medizinhütte.»

Während er über die Leiter das Dach betrat, griff Kwani nach ihrem Halsschmuck und drückte ihn so fest, daß sich die

Muschelränder in ihre Haut eingruben. Es war die Berührung der Geister, die vor ihr *Die Sich Erinnert* gewesen waren.

«Beschützt ihn!» betete sie.

24

«Wann, meinst du, wird Talasi zurückkommen?»

Tolonqua saß in der Hütte des Medizinhäuptlings und half ihm bei der Anfertigung der Gebetsstäbe, die noch vor den Zeremonien auf dem Bergplateau ausgelegt werden sollten, um die Wolkengötter gnädig zu stimmen.

Der alte Häuptling zuckte die Schultern. «Wenn die Götter ihn schicken.»

Sorgfältig befestigten sie kräftige Adlerfedern an den bemalten und mit blaugefärbten Yuccafasern umwickelten Weidenstöcken. Anschließend wurde jeder Gebetsstab mit Maispollen bestreut und am vorderen Ende mit weißen Adlerdaunen versehen, die Wolken bringen würden. In den Wolken wohnten Götter, deren Fürsprache sie bei den bevorstehenden Zeremonien auf dem Berg dringend brauchten.

Schweigend arbeitete Tolonqua weiter. Fast einen Mond war Talasi nun schon unterwegs. Läufer hatten zweimal von seinen Besuchen in Pueblos gehört, aber sie hatten ihn nicht selbst gesehen. Es hing so viel vom Erfolg seiner Reise ab.

Tolonqua ließ seine Arbeit sinken. Er machte sich Sorgen. Hatte er sich in seinem Eifer für die neue Stadt täuschen lassen? Sein Totem hatte ihn vor einer Falle gewarnt. Kwani hatte recht. Etwas an Talasis Plan war nicht aufrichtig. Könnte er diesen Knoten doch nur entwirren. Stirnrunzelnd versuchte er, sich wieder auf seine Arbeit zu konzentrieren, aber immer wieder mußte er an Kwanis Worte denken: «Talasi und *Gelber Vogel* planen etwas.»

Der Medizinhäuptling legte den letzten der vier Gebetsstäbe auf den Altar. Vier war die heilige Zahl. Dann setzte er sich wieder. Sein Auge aus Obsidian und Türkisen schimmerte schwach im trüben Licht der Kiva, während das andere, das klein und dunkel war, Tolonqua forschend betrachtete. Er hatte ihn in die Medizinhütte eingeladen, um die Stäbe mit ihm zu machen. Es war eine seltene Ehre.

«Wann hast du den Mantel des Weißen Büffels in die Medizinhütte gebracht, um mit deinem Totem zu sprechen?»

«Drei Tage vor Talasis Aufbruch.»

«Ah. Beinahe ein Mond. Hat dein Totem inzwischen gesprochen?»

«Nein.»

Der alte Häuptling schwieg eine Weile und starrte in die schwelende Glut in der Feuergrube. Dann betete er leise mit singender Stimme zu den höheren Wesen um Weisheit.

Tolonqua lauschte ehrfürchtig. Er wußte, der Medizinhäuptling wollte wissen, was Tolonquas Totem gesagt hatte, aber was man von seinem Totem erfuhr, war heilig und durfte nicht weitergegeben werden.

Nachdem der Medizinhäuptling sein Gebet beendet hatte, verabschiedete sich Tolonqua mit der Ausrede, er müsse noch einer Jagdzeremonie beiwohnen. Er fürchtete, wenn er länger bliebe, die Warnung seines Totems preiszugeben.

Der alte Häuptling schaute ihm nach. Tolonqua hatte ihm nicht gesagt, was ihm sein Totem enthüllt hatte. Nun gut. Aber er ahnte, daß nicht alles so war, wie es sein sollte. Seufzend starrte er in das Licht der Glut und wünschte, dieses Licht leuchtete in seinem Geist.

Es vergingen noch mehrere Tage. Der Sonnenvater erhob sich, wanderte auf seinem Himmelspfad und stieg hinunter zur Unterwelt, um wieder zu seinem Haus im Osten zu reisen. Die Maisähren wurden geerntet, verlesen und ordentlich gestapelt.

Tolonqua saß auf dem Dach und bearbeitete ein Stück Regenbogen-Feuerstein. Es war ein hartes, aber sehr schönes Material, das sich gut formen ließ. Er lächelte zufrieden, als er das Stück in seiner Hand betrachtete. Plötzlich entstand am Rand des Dorfes Bewegung. Er stand auf, um zu sehen, was los war.

Es war Kwani, die rufend den Berg herunterkam.

«Sie kommen! Talasi kommt mit den Medizinhäuptlingen!»

Aufgeregt strömten die Menschen auf den Dorfplatz und umringten Kwani. Auch Tolonqua ließ seine Arbeit liegen und eilte zum Platz. *Zwei Hirsche* war bereits dort und rief: «Beginnt mit den Vorbereitungen. Zu den Kochtöpfen! Los! Steht nicht herum!»

Tolonqua drängte sich durch die Menge, um zu Kwani zu gelangen. «Was ist passiert?»

«Ich habe Talasis Rauchzeichen gesehen.» Sie zog Tolonqua mit sich fort.

Inzwischen hatte der Kriegerhäuptling das Kommando übernommen. Die ersten Kochfeuer qualmten bereits, als Tolonqua und Kwani in ihre Behausung stiegen und die Luke schlossen.

«Ich war auf dem Berg», sagte Kwani leise. «Und dann sah ich die Rauchzeichen.» Sie lehnte sich dicht an ihn. «Ich habe Angst.»

«Warum?»

«Ich weiß es nicht. Es ist nur so ein Gefühl. Es sind so viele, die mit Talasi kommen!»

Das war keine gute Nachricht, aber er ließ sich seine Sorge nicht anmerken. Er nahm sie in die Arme und flüsterte: «Hab keine Angst. Ich und die Vorfahrinnen werden dich beschützen.» Er stand auf. «Komm, wir müssen zurück, um sie gebührend zu begrüßen.»

Die Mitte des Dorfplatzes war freigemacht worden. Rings herum scharten sich die Bewohner, und der Ruferhäuptling stand mit *Zwei Hirsche* auf einem Dach und meldete alle Beobachtungen, obwohl die durch das Tal herannahenden Besucher von allen gesehen werden konnten.

«Es ist eine große Gruppe mit Fahnen und Musikanten! Und viele Krieger!»

«Warum so viele Krieger?» fragten die Leute aufgeregt.

«Um die Häuptlinge zu schützen.»

«Vor wem?»

«Vielleicht sind Fremde im Tal.»

«Seht ihre Schilde!»

«Und ihre Waffen.»

«Wir haben nur die Häuptlinge eingeladen. Talasi –»

«Talasi ist ein Mitglied unserer Kriegergesellschaft. Vielleicht hat er sie eingeladen.»

Zwei Hirsche rief dem obersten Trommler zu: «Diese Musikanten werden spielen, wenn sie ankommen. Wir begrüßen sie mit lauterer und besserer Musik. Verstanden?»

Die Frauen kehrten an die Kochfeuer zurück, die Männer bereiteten die Unterkünfte für die Gäste vor. Ein Feuer loderte auf zum Zeichen, daß man die Besucher willkommen hieß. Die Krieger sollten, bewaffnet mit Pfeil und Bogen, Lanzen und Schilden, während der Begrüßungsfeier anwesend sein, sich jedoch im Hintergrund halten.

Die Erregung nahm zu, als die Besucher, begleitet von Trommeln und Flötenspiel, näher kamen. Kwani stand mit Lumu und Anitzal, die Acoya in seiner Trage bei sich hatte, auf dem Platz. Lumu wandte sich an Kwani und deutete zum Berg hinauf. «Sieh mal!»

Dort oben stand Tolonqua, den weißen Büffelmantel über den Schultern. In einer Hand hielt er einen mit bunten Bändern geschmückten Stab, in der anderen seinen Zeremonienschild, der mit dem Bild seines Totems bemalt und mit Adler- und Bussardfedern verziert war. Die Feder des Jagdhäuptlings steckte in seinem Stirnband, das Muschelhorn in einer Tasche, die er um die Taille trug. Auf seiner nackten Brust glänzten Ketten aus Muscheln und Türkisen, und bunte Federn zierten seine Ohren. Er war ein schöner Mann und eine eindrucksvolle Erscheinung, und die Leute bewunderten ihn laut.

Kwani konnte ihren Stolz nicht verbergen. «Siehst du deinen Vater dort oben?» sagte sie zu Acoya. «Eines Tages wirst auch du den Mantel des Weißen Büffels tragen.»

Der Klang der Flöten und Trommeln war nun ganz nah. Die Medizinhäuptlinge und Krieger marschierten in raschem

Tempo. Fahnen wehten im Wind. Allen voran stolzierte Talasi. Der Kopfschmuck der Häuptlinge – Büffelhörner, Bärenklauen, Fuchsschwänze, Gabelbock- und Hirschgeweihe – wies auf den Clan hin, dem sie angehörten. Die Krieger hatten sich Gesicht und Körper furchteinflößend bemalt. Kurz bevor sie die Stadt betraten, setzte ein wilder Trommelwirbel ein, und wie auf ein Zeichen hoben die Krieger die Schilde und begannen laut zu singen.

Unwillkürlich wichen die Leute von Cicuye zurück. Mütter, Tanten und Großmütter hielten die Kinder fest, und die Männer umklammerten ihre Waffen.

Unter zunehmend lauterem Gesang und wildem Getrommel zogen die Besucher in die Stadt ein. Sie wirkten, als nähmen sie Besitz von Cicuye.

Doch beim Schlag der großen Trommel von Cicuye blieben sie wie angewurzelt stehen. Dann ertönte vom Berg her ein gewaltiger Ton, der aus den Tiefen von Sipapu zu dringen schien und das Blut in den Adern erstarren ließ.

Einen Augenblick lang herrschte Totenstille.

Dann zischten die Rasseln und Schnarren der Musikanten von Cicuye, die schrillen Pfeifen und Flöten fielen ein und steigerten sich zu einem überwältigenden, triumphierenden Crescendo.

Nachdem die Gruppe der Besucher sichtlich verblüfft haltgemacht hatte, trat Talasi vor, um *Zwei Hirsche* und die Häuptlinge und Ältesten von Cicuye zu begrüßen.

«Wie ihr seht, sind sie gekommen.» Lächelnd bedeutete Talasi den fremden Häuptlingen, näher zu treten.

Die Bewohner von Cicuye flüsterten untereinander. Der Kopfschmuck der Fremden war ziemlich abgetragen. Ihre Kleidung wirkte schäbig. Sandalen und Mokassins waren so gut wie nicht verziert. Nur der Schmuck, den sie trugen, war von ungewöhnlichem Wert: Es war der Schmuck, den sie von den Leuten von Cicuye geschenkt bekommen hatten. Die kunstvollen Halsketten und Armreifen wirkten seltsam fehl am Platz.

Zwei Hirsche redete sie formvollendet in Zeichensprache an: «Wir aus Cicuye sind stolz, euch begrüßen zu dürfen. Für die Medizinhäuptlinge ist eine Behausung vorbereitet, für die übrigen Besucher Zelte. Wir laden euch ein, mit uns zu feiern und uns heute beim Abendfeuer Gesellschaft zu leisten.»

Einer der Medizinhäuptlinge trat vor. Er war von unbestimmbarem Alter, hager und gerade gewachsen wie eine Tanne. Über seinen vorstehenden Wangenknochen blickten große, dunkle Augen selbstbewußt auf *Zwei Hirsche*.

Er sprach Towa: «Ich bin *Schneller Läufer* vom Rabenclan. Wir danken euch für eure Geschenke und den freundlichen Empfang.» Er warf einen Blick zum Berg hinauf. «Wir sind bereit, mit den Göttern zu sprechen. Ich bringe Medizin.»

Aus einem Beutel, den er am Gürtel trug, nahm er einen wundervoll reinen Quarzkristall und reichte ihn *Zwei Hirsche*.

Beim Anblick des wertvollen Geschenks ging ein Raunen durch die Menge. Ein solcher Kristall enthielt mächtige Zauberkräfte.

Zwei Hirsche nahm ihn mit höflichen Lobesworten entgegen. Damit waren die Formalitäten beendet.

«Was meinst du?» fragte Kwani leise.

«Ich weiß nicht so recht», flüsterte Anitzal. «Hast du bemerkt, wie sie Talasi ansehen?»

«Ja», antwortete Kwani flüsternd. «Die verschwörerischen Blicke sind mir auch aufgefallen.»

25

Die fremden Medizinhäuptlinge hatten sich zunächst in die Kiva begeben, um sich auf die Begegnung mit den Göttern auf dem Berg vorzubereiten. Nun jedoch war die Kiva leer. Die Häuptlinge standen auf dem Berg und berieten sich.

Schneller Läufer blickte in die Runde der um ihn versammelten Häuptlinge. «Wie wir alle wissen, verlangt Talasi, daß wir sagen, dieser Ort sei von bösen Geistern verflucht, damit hier oben keine neue Stadt gebaut wird.»

Die Männer berührten die Schmuckstücke, die sie trugen, und lächelten wissend.

«Es kann aber auch sein», fuhr er fort, «daß hier nur gute Geister wohnen, die eine neue Stadt begrüßen würden. Oder daß tatsächlich böse Geister auf diesem Berg hausen. Es ist unsere Aufgabe, die Wahrheit herauszufinden.»

«Es wimmelt doch nur so von bösen Geistern», sagte ein junger Häuptling lachend und tat, als würde er sich fürchten. Er trug besonders kostbaren Schmuck.

Schneller Läufer durchbohrte ihn mit einem Blick. «Laßt uns nicht vergessen, wer wir sind. Wir sind heilige Männer, die mit den höheren Wesen sprechen.»

«Und wir sind arm», sagte der junge Häuptling.

Der andere maß ihn verächtlich. «Wir sind reich an guten Eigenschaften. Oder hält man in deinem Dorf solche Eigenschaften für wertlos?»

Der junge Häuptling schwieg beschämt.

«Talasi hat mich gebeten», fuhr der Mann vom Rabenclan fort, «festzustellen, daß dieser Berg von bösen Geistern bewohnt ist. Aber ich habe nur versprochen festzustellen, *ob* es hier böse Geister gibt.» Er blickte in die Ferne, wo über dem heiligen Berg eine Wolke aufstieg. Seine Lippen bewegten sich in stillem Gespräch mit den Unsichtbaren. Dann nahm er eine langstielige Pfeife und einen polierten Kristall aus seinem Bündel. Er hielt den Kristall in der ausgestreckten Hand, so daß sich das funkensprühende Auge des Sonnenvaters darin spiegelte.

«Es gibt hier vielleicht böse Geister. Wenn ja, wird es uns der Sonnenvater sagen. Laßt uns anfangen.»

Singend wies er mit dem Stiel seiner Pfeife in die sechs heiligen Richtungen.

Stunden vergingen.

Die Wolke stieg über dem Berg in den blauen Himmel. *Schneller Läufer* betrachtete sie mit dem Auge des Sehers. Hörte ihn das Wolkenvolk, wenn er den Hexen und bösen Geistern befahl, sich bemerkbar zu machen und fortzugehen? Würde sein Flehen um Weisheit erhört werden?

Er und die anderen Medizinhäuptlinge waren lange auf dem Berg gewesen. Nun rief er sie zur Besprechung zusammen. Sie standen auf einer erhöhten Stelle, umweht vom Wind und umgeben von Bergen, die das schmale Tal umschlossen, in dem sich der silbrig glänzende Fluß schlängelte. Hoch über ihnen kreiste im Aufwind ein Steinadler. Im Dorf erwarteten die Menschen ihren Spruch. *Schneller Läufer* sah Tolonqua in seinem weißen Mantel auf einem Dach stehen. Er war der Mann, der von der neuen Stadt träumte – ein merkwürdiger Traum für einen Jagdhäuptling. Hatte ihm der Weiße Büffel diesen Traum eingegeben?

Er blickte auf die Häuptlinge, die vor ihm standen. Der eine hob den Arm und sagte: «Ich habe die südwestliche Ecke durchsucht. Mein Kristall prüfte jeden Felsen und jeden Busch. Ich habe mit der Erdmutter gesprochen. Mit dem Rauch meiner Pfeife stiegen Gebete empor, aber nichts antwortete, nichts hat zu mir gesprochen. Ich fand weder Gutes noch Böses. Als wäre dieser Ort nicht geboren.»

«Und du?» wandte sich *Schneller Läufer* an einen anderen.

«Ich fand eine Stelle, wo drei große Felsen beisammensitzen. Mein Kristall wurde trüb. Ich glaube, hier geschah etwas Schlimmes. Ich bin mir nicht sicher –»

«Ja!» rief der jüngste von ihnen. «Auch mein Kristall beschlug. Hier gibt es böse Geister!» Er warf den anderen vielsagende Blicke zu. «Habt ihr keine gefunden?»

«Zeig mir die Stelle», sagte *Schneller Läufer*. Er nahm seinen Kristall zur Hand und wandte sich an die übrigen: «Nehmt eure Kristalle ebenfalls mit. Wir müssen ganz sicher sein.»

Der junge Häuptling errötete. «Du zweifelst an der Kraft meines Kristalls und an dem, was ich sage?»

«Ja.»

«Du wagst es, mich zu beleidigen – mich, den Medizinhäuptling des schönsten Pueblos im Tal!» Er ging auf *Schnellen Läufer* zu. «Du, der aus dem allerärmsten Pueblo stammt!»

Dieser warf einen verächtlichen Blick auf den kostbaren Schmuck, der die Brust des jungen Häuptlings zierte, und sagte ungerührt: «Mit kostbaren Dingen kann man Essen kaufen, aber keine Ehre.» Er wandte sich ab.

Der junge Häuptling wollte sich auf ihn stürzen, aber die anderen hielten ihn zurück, und *Krähenfeder*, ein alter Häuptling mit einer entstellten Lippe, sagte: «*Schneller Läufer* hat recht. Wir müssen bedenken, wer wir sind. Zeig uns, wo dein Kristall beschlug, damit wir deine Entdeckung bestätigen können. Der Medizinhäuptling von Cicuye und alle Menschen dort unten erwarten von uns, daß wir sagen, was wir mit eigenen Augen gesehen haben. Ich jedenfalls fand keine Hexe und keine bösen Geister. Hier wohnen gute Geister.»

Der junge Häuptling wandte sich an die anderen. Er hatte offensichtlich Mühe, seinen Zorn zu mäßigen, doch er sprach, ohne laut zu werden.

«Wir kamen hierher, weil uns die Leute von Cicuye darum gebeten haben. Wir haben uns große Mühe gegeben. Wir haben getan, was vereinbart war. Jetzt werden wir sagen, was wir gefunden haben. Wir haben uns das hier verdient!» Damit nahm er seinen Halsschmuck ab und hielt ihn *Schneller Läufer* vor die Nase. «Das hier bedeutet Mais, Dörrfleisch, Essen für meine Kinder, meine Familie!»

«So ist es!» riefen einige andere.

«Unsere Leute, unsere Pueblos gehen vor. Oder will jemand, daß Cicuye hier oben baut und noch stärker wird?»

«Wir können nicht lügen. Wir sind Medizinmänner», sagte *Krähenfeder*.

«Du hast Talasis Forderung doch zugestimmt, oder nicht?» höhnte der junge Häuptling.

«Ich dachte, er wüßte, daß es hier böse Geister gibt, und wollte die Wahrheit nur bestätigt bekommen, um sein Volk zu schützen.»

Die meisten gaben sich damit nicht zufrieden, und es entbrannte ein heftiger Streit, bei dem die Anhänger des jungen Häuptlings am lautesten schrien.

Schneller Läufer runzelte besorgt die Stirn. Vielleicht hausten hier doch böse Geister, die heilige Männer dazu brachten, sich so unwürdig zu benehmen. Er trat einen Schritt vor und sagte ruhig: «Laßt uns wie Medizinmänner darüber reden.» Aber sie ignorierten ihn.

Es fehlte nicht viel, und die Häuptlinge wären handgreiflich geworden, da ertönte im Dorf die schauerliche Stimme des Muschelhorns.

Die Medizinmänner eilten an den Rand des Bergplateaus und schauten hinunter. Die Leute auf den Dächern stießen sich an, deuteten zum Himmel und riefen: «Seht! Seht!»

Über der Stelle auf dem Berg, wo die Medizinmänner standen, versammelte sich das Wolkenvolk. Eine riesige weiße Wolkengestalt erschien vor dem türkisblauen Himmel.

Der Weiße Büffel!

Die Männer staunten und murmelten ehrfürchtig. Die Geistererscheinung bewegte sich langsam; ein dunkles Auge blickte gebieterisch herab.

«Du sollst deine Stadt bekommen!» rief *Schneller Läufer* dem Weißen Büffel zu. «Hier, an dieser Stelle!» Er hob die Arme und begann zu singen, und nacheinander stimmten die anderen in seinen Gesang mit ein. Ihre Stimmen stiegen zu dem Steinadler empor, der sie aufnahm und höher trug bis zu der Erscheinung des göttlichen Wesens und zu all denen, die bei den Göttern wohnen.

Die Schatten waren lang, als die Medizinmänner zurückkamen, jeder mit seinem Medizinbündel unter dem linken Arm. Die Dorfbewohner und Häuptlinge erwarteten sie auf dem Dorfplatz.

«Wir haben mit dem Weißen Büffel gesprochen», sagte *Schneller Läufer*, so daß es alle hören konnten. Neugierig drängten die Menschen näher; nur Talasi wich zurück.

«Es stimmt, daß unsere Pueblos klein sind und daß wir kaum Reichtümer besitzen. Aber unsere Medizin ist gut. Sie ist mächtig und soll befolgt werden.»

Langsam nahm er seine neuen Halsketten ab, die Armreifen und den Ohrschmuck und hielt sie in der ausgestreckten Hand.

«Ich kann diese Geschenke nicht als Bezahlung für eine Lüge annehmen. Wir gestehen beschämt, daß einige von uns bereit waren zuzugeben, daß es auf dem Berg böse Geister gibt, um dies hier zu bekommen. Aber es ist nicht wahr. Nur gute Geister wohnen dort oben. Sie heißen euch willkommen. Ich gebe diese Geschenke zurück, die wir von Talasi erhalten haben, denn wir lügen nicht.»

Er trat vor und überreichte den Schmuck *Zwei Hirsche*, der wie betäubt dastand. Langsam legten auch die anderen Medizinhäuptlinge ihren Schmuck ab und stellten sich mit gesenktem Kopf neben ihren Anführer.

Aus der Menge erhob sich ein dumpfes Grollen wie ferner Gewitterdonner, das sich explosionsartig steigerte, als sich die Dorfbewohner um Talasi scharten und ihn bedrängten. Über die Köpfe der aufgebrachten Menge schallte der Ruf der Krieger, die die fremden Medizinhäuptlinge begleitet hatten: «Baut die neue Stadt!»

Der Kriegerhäuptling von Cicuye bahnte sich einen Weg durch die Menge zu Talasi, der sich unter dem wütenden Geschrei und den Schimpfworten, die auf ihn niederprasselten, wie unter einem Steinhagel duckte und in panischer Angst versuchte, zur Behausung von *Gelber Vogel* zu gelangen.

«Sag es ihnen!» schrie er zu dem Dach hinauf, wo die Alte hockte. «Sag ihnen, daß ich nur getan habe, was du von mir verlangtest!»

Gelber Vogel stieß einen schrillen Schrei aus. Sie steckte den Kopf zwischen die Knie, legte beide Arme über den Nacken und kauerte sich zu einer Kugel zusammen, als wollte sie in den Mutterleib zurückkriechen.

Der Kriegerhäuptling trat vor Talasi hin und sagte mit tödlicher Verachtung: «Du gehörst nicht mehr zu uns. Du wohnst hier nicht mehr. Geh!»

«Geh!» schrien die Leute und stießen Talasi vor sich her. Er fiel und wurde getreten, kam wieder auf die Beine, stolperte und rannte, gejagt von der Menge wie ein Kaninchen von einer Meute geifernder Hunde. Erst als er aus dem Dorf flüchtete, ließen sie von ihm ab.

Auf dem Dorfplatz erhoben sich fröhliche Stimmen. «Eine neue Stadt! Eine neue Stadt auf dem Berg!» riefen sie. «Die Geister heißen uns willkommen!»

«Tolonqua!» riefen sie und klatschten ihm Beifall.

Tolonqua und Kwani genossen ihren Triumph. Die ersten Pläne für den Bau der Stadt wurden bereits beraten. Tolonqua hatte die Stadt im Traum gesehen – eine Festung aus Stein, drei oder vier Stockwerke hoch, rings um einen großen Platz. Unterhalb der dicken, völlig geschlossenen Außenmauer würde eine niedrigere Stadtmauer verlaufen – eine Grenze, die kein Eindringling ungestraft überschreiten würde.

Talasi war verschwunden. Lange wußte niemand, wohin. Er wurde erst gefunden, als Geier seine Leiche anzeigten. Er lag mit aufgeschnittenem Handgelenk dort, wo Owa bestattet worden war.

Auch *Gelber Vogel* war gegangen. Man hatte sie auf ihrer Schlafmatte gefunden, mit dem Gesicht zur Wand. Die zerbrochene Wahrheitspfeife wurde ihr mit ins Grab gegeben.

26

Huzipat, der Clanhäuptling des Adlerclans, saß auf dem Dach seiner Behausung in einem Pueblo, das den Großen Fluß des Südens überblickte. Vor vier Jahren hatte er sein Volk hierhergeführt, als sie ihre Felsenstadt verlassen hatten, um sich in anderen Pueblos niederzulassen, wo es genügend Wasser gab. Dieser Pueblo hier war ein guter Platz mit freundlichen Bewohnern und fruchtbarem Boden. Die Ernten waren gut, und sein Volk fühlte sich hier wohl.

Alle, nur nicht Tiopi.

Tiopi war die Gefährtin von Yatosha, dem Jagdhäuptling des Adlerclans. Sie behauptete, sie sei die rechtmäßige *Die Sich Erinnert*. Kein Tag verging, an dem sie nicht verlangte, der Adlerclan solle Krieger ausschicken, um den heiligen Halsschmuck zu holen, der sich jetzt in den Händer der Hexe Kwani befand, oder daß ihr Gefährte sie nach Cicuye begleiten solle, wo Kwani jetzt lebte.

«Hast du gar keinen Stolz?» sagte sie zu Yatosha und drückte ihm ihren spitzen Zeigefinger auf die Brust. «Du erlaubst, daß eine Außenseiterin, eine Hexe, den Halsschmuck besitzt, der uns gehört, mir und dem Adlerclan. Muß ich warten, bis mein Sohn – mein Sohn von Kokopelli – ein Mann ist, damit er tut, was du nicht tun willst oder tun kannst?»

Huzipat seufzte und zupfte an seinem Ohr, was er immer tat, wenn er sich Sorgen machte. Er war alt. Sein junger Stellvertreter wartete ungeduldig darauf, Häuptling zu werden – zu ungeduldig, aber vielleicht war jetzt die Zeit gekommen. Doch die Sache mit Yatosha ließ ihm keine Ruhe.

«Tiopi will, daß wir weiterziehen. Nach Cicuye», hatte ihm Yatosha heute morgen bei einem Gespräch unter vier Augen anvertraut und dabei verlegen auf seine gefalteten Hände geblickt. Huzipat wußte, wie peinlich Yatosha diese Geschichte war und wie sehr er darunter litt.

«Nur um den Halsschmuck zu bekommen, will sie fort von hier?»

«Ja. Aber es steckt mehr dahinter. Angeblich will sie Cicuye beweisen, daß Kwani eine Hexe ist. Sie will sie vernichten und *Die Sich Erinnert* werden.» Er preßte die Hände zusammen. «Sie hat den Gefährtinnen meiner Jäger erzählt, wie schön Cicuye sei. Jetzt wollen ein paar von ihnen ebenfalls dorthin.» Er schüttelte den Kopf. «Warum kann sie keine Ruhe geben? Wir haben es gut hier. Die Menschen sind freundlich –»

«Ja, aber sie haben den Unfrieden, den Tiopi sät, allmählich satt. Ich bedaure, das sagen zu müssen.»

Yatosha senkte den Kopf. «Ich weiß, ich sollte sie verlassen. Aber ...»

«Aber sie ist schön und hat gute Eigenschaften.» Huzipat sagte nicht, daß Tiopis Schönheit bereits verblaßte und daß sie nicht viele gute Eigenschaften hatte, denn Yatosha liebte sie.

«Dann ist es vielleicht das beste» – der Jagdhäuptling blickte Huzipat beinahe erleichtert an – «für den Adlerclan und für die Leute hier, wenn wir gehen. Ich könnte diejenigen Jäger und ihre Familien, die weiterziehen wollen, mitnehmen. Die anderen könnten hierbleiben.»

«Ich werde mit dir gehen», sagte Huzipat.

«Nein! Das ist nicht nötig. Du wirst hier gebraucht.»

«Mein Stellvertreter will meinen Platz einnehmen. Er hat vier Jahre gewartet; das ist lang genug. Ich werde mit dir gehen.»

Er dachte dabei auch an Kwani, die er ins Herz geschlossen hatte. Wenn Tiopi sie mit ihrem Haß überschüttete, würde sie ihn dringender brauchen als der Adlerclan.

Teil II
Die Stadt auf dem Berg

27

Tiopi rückte näher an das Lagerfeuer heran. Alle saßen dicht beisammen – Yatosha, die Jäger und ihre Familienangehörigen, die nach Cicuye mitkommen wollten; müde und erschöpft von der Reise der alte Huzipat, der frühere Häuptling des Adlerclans, und Chomoc, Tiopis vierjähriger Sohn, der in seine Decke gewickelt schlief. Die Dunkelheit der Ebene umschloß sie wie eine undurchdringliche Wand, und darüber wölbte sich ein schwarzer, mondloser Himmel. Die Stille wurde nur manchmal durch das ferne Geheul eines Wolfs oder eines Kojoten unterbrochen oder vom Wimmern und Pfeifen des Winds.

Tiopi schauderte. Diese Ebenen waren eine fremde, üble Gegend. Es gab keine schützenden Felsen oder Höhlen, keine Berge. Doch wenn Kwani diese Reise überstanden hatte, würde sie, Tiopi, es auch schaffen. Und sobald sie in Cicuye waren, würde ihr der Halsschmuck gehören. Sollte sich Kwani weigern, ihn herauszugeben, mußte Yatosha eben das Nötige tun.

Sie warf einen Blick zu Yatosha, der neben ihr saß. Er sah aus wie ein alter Mann. Die Zeit war nicht gut mit ihm umgegangen. Chomoc war es, der ihr Freude bereitete. Er war Kokopellis Ebenbild: die gleiche hohe Stirn, gelbe Augen wie ein Berglöwe und eine schmale, gebogene Nase.

Vier Jahre und neun Monde waren vergangen, seit Kokopelli sie das letzte Mal umarmt und mit seinen Händen, Armen, Lippen und seiner Stimme liebkost hatte. Bei der Erinnerung an ihn packte Tiopi jedesmal die Sehnsucht.

Aber es war Kwani, die er als Gefährtin gewählt hatte. Tiopi biß sich auf die Lippen.

Kokopelli war verschwunden. Niemand wußte, wohin. Läufer hatten berichtet, Kwani lebe jetzt mit dem Bauhäuptling von Cicuye zusammen. Sie hatten die Stadt auf dem Bergkamm gesehen und von ihren Wundern erzählt.

Ein plötzlicher Gedanke schreckte Tiopi auf. Wenn Kwani wußte, daß sie kamen und daß sie den Halsschmuck und die

Stellung, die damit verbunden war, verlieren würde – vielleicht würde sie die Leute von Cicuye aufhetzen.

«Weiß Kwani, daß wir kommen?» fragte sie Yatosha.

Er zuckte die Achseln. Dann wandte er sich zu ihr und sah sie mit merkwürdig brennenden Augen an. «Sieh dir die Menschen hier an», flüsterte er. «Dreiundzwanzig von uns suchen eine neue Heimat, ein besseres Leben, versöhnlichere Götter. Wenn Kwani und ihr Volk wissen, daß du kommst und weshalb, nehmen sie uns vielleicht nicht auf. Möglicherweise lassen sie uns nicht einmal in die Stadt. Was dann?» Er beugte sich näher zu ihr hin. «Vergiß den Halsschmuck.»

«Das werde ich nicht!» zischte Tiopi. «Niemals! Verstehst du?»

Vier Winter und vier Sommer waren vergangen. Kwani, *Die Sich Erinnert*, Mutter von Acoya und Gefährtin von Cicuyes berühmtem Bauhäuptling, saß mit einer Gruppe von Frauen auf dem großen Platz der neuen Stadt und mahlte Mais. Diese Frauen waren erst vor kurzem aus fernen Dörfern in die Stadt gekommen. Dürre und Raubüberfälle hatten sie vertrieben. Kwani blickte auf die Stadt, die sie mit starken, steinernen Armen umschloß. Wie schön war sie geworden! Die einzelnen Behausungen waren aneinandergebaut und formten ein großes, längliches Rechteck. Die Rückseiten der Behausungen bildeten nach außen eine geschlossene, massive Mauer. Der einzige Zugang zur Stadt führte durch ein von Wachhäusern flankiertes Tor, das mit einer schweren Tür verriegelt werden konnte. Mehrere an die Außenmauer gelehnte Leitern führten auf die Dächer des ersten Stockwerks; es waren stabil gebaute, leichte Leitern, die im Nu heraufgezogen werden konnten.

Das Zentrum bildete ein Platz, umgeben von zwei- und dreistöckigen Behausungen, an deren Vorderseite auf jedem Stockwerk ein ringsherum führender Fußweg angelegt war. Die Wohnungen auf dem zweiten und dritten Stockwerk waren deshalb etwas zurückversetzt. Die Gebäude wirkten wie riesige Treppenstufen. Überhängende Dächer schützten vor Schnee und Regen oder der brennenden Sonne und darunter war ein idealer Platz zum Arbeiten, um Mais und Kürbisse zum Trocknen aufzuhängen oder um dort zu sitzen und die Vorgänge auf dem Platz zu beobachten. Leitern verbanden die einzelnen Stockwerke und führten hinunter zum Platz, wo die Einstiegsleitern zu den drei kreisrunden, in den Schoß der Erdmutter gegrabenen Kivas wie Finger zum Himmel deuteten.

Lumu kniete neben Kwani und mahlte fleißig trotz ihres beträchtlich gewölbten Bauchs. Micho, ihr Gefährte, meinte, das Kind würde ein Junge mit langen Läuferbeinen wie die seines Vaters und die bräuchten eben viel Platz.

Kwani unterdrückte ihre Neidgefühle. Sie wollte Tolonqua so gern viele Kinder schenken, aber sie hatte seit Acoya kein Kind mehr bekommen. Lumu hatte bereits zwei Mädchen.

«Lumu, weißt du, wo Tolonqua steckt?» fragte Kwani.

Lumu blickte von ihrer Handmühle auf, und Kwani erschrak über die dunklen Ringe unter ihren Augen und den angestrengten Ausdruck in ihrem Gesicht. Kwani machte sich schon seit einiger Zeit Sorgen um sie; sie hatte Tolonquas kesse kleine Schwester liebgewonnen.

Im selben Moment hörten sie lautes Hämmern. Lumu lächelte. «Da hast du die Antwort.»

Lumu hatte recht. Wo gebaut wurde, war Tolonqua zur Stelle, überwachte die Arbeit und packte mit an. Kwani seufzte. Tolonqua hatte seinem Volk, seiner Stadt, seiner Gefährtin und Acoya Ehre eingebracht. Doch über seinem Geist schien ein Schatten zu liegen. Warum lachte und sang er nicht mehr mit den Jägern wie früher? Gewiß, ein anderer Jäger war jetzt Jagdhäuptling, doch Tolonqua wurde noch immer zu den vorbereitenden Zeremonien für eine Jagd eingeladen, die er nach wie vor wegen seines mächtigen Totems und bekleidet mit dem Mantel des Weißen Büffels leitete. Dann jedoch verabschiedeten sich die Jäger von Tolonqua und gingen ohne ihn auf die Jagd.

Es war schwer für Tolonqua. Männer waren die Brüder der Berglöwen, die Brüder aller Raubtiere. Und er, der ehemals beste Jäger des Stammes, mußte zurückbleiben. Aber dafür war er jetzt Bauhäuptling, dachte Kwani. Der erste, den es überhaupt gegeben hatte.

Kwani schaufelte ihren gemahlenen Mais in einen Korb, stellte ihn auf den Reibstein und stand auf. «Er wird bald hungrig sein.» Mit einer graziösen Bewegung hob sie die schwere Handmühle mit dem Korb über den Kopf und ging nach Hause.

Lumu schaute ihr nach und fragte sich, ob Kwani die jüngste Neuigkeit schon kannte.

Tolonqua stand auf einem Dach im zweiten Stock und prüfte eine neue Mauer, die ein Neffe von Anitzal baute, der erst vor kurzem in die Stadt gekommen war. Der hagere und sehr wortkarge junge Mann verstand, mit Mörtel und Steinen umzugehen.

Tolonqua blickte auf die Stadt, die er erbaut hatte. Sie wuchs ständig, denn es kamen immer wieder Flüchtlinge aus verschiedenen Gegenden und von verschiedenen Clanen.

Tolonqua stieg über eine Leiter auf ein Dach des ersten Stockwerks hinunter, wo er sich setzte und die Beine über den Rand baumeln ließ. Ja, es war eine schöne Stadt. Viele kamen von weit her, um sie zu sehen, und viele blieben. Cicuye würde auch in Zukunft wachsen; es würde mehr Clane beherbergen und mehr Wohlstand, denn die Neuankömmlinge brachten ihre Arbeitskraft und neue Fertigkeiten mit.

Trotzdem war Tolonqua nicht zufrieden. Cicuye war noch nicht die Stadt, die er im Traum gesehen hatte. Seine Stadt sollte noch größer sein und von einer niedrigen Mauer umgeben, die am äußersten Rand des Bergkamms entlanglief als eine Art Grenze, die niemand unerlaubt überschreiten durfte.

Vier Jahre hatte er nun geplant, organisiert, jeden Bauabschnitt überwacht und seine Männer bei jedem Wetter zur Arbeit angetrieben, und doch blieb noch viel zu tun.

«Vater!»

Acoya kletterte eine Leiter herauf und lief auf seinen stämmigen Beinen auf Tolonqua zu. Der Junge war groß und kräftig für sein Alter.

«Ich grüße dich, Vater.»

«Mein Herz freut sich», erwiderte Tolonqua nach Art der

Anasazi. Er blickte in das runde, lebhafte Gesicht mit den dunklen Augen und lächelte, wie immer, wenn er Acoya sah.

«Vater, es ist Zeit!»

«Zeit wofür?»

«Schau.» Er öffnete seine kleine Faust, in der eine zerdrückte rosa Malvenblüte lag. «Es ist Frühling!»

«Ja, das ist wahr. Das ist die erste Blume.»

Acoya hüpfte vor Aufregung. «Und du hast gesagt, im Frühling bin ich alt genug für Pfeil und Bogen.» Er hielt die Blüte noch einmal hoch. «Es ist Frühling!»

Tolonqua verbarg seine Überraschung. Er war so beschäftigt gewesen mit seiner Arbeit und den jüngsten Nachrichten, die ein Läufer gebracht und die er Kwani verschwiegen hatte, daß er beinahe vergessen hätte, daß es Zeit wurde für Acoyas Ausbildung. Er mußte lernen, mit Bogen und Kaninchenstock umzugehen, Schlingen zu legen, Spuren zu verfolgen, zu jagen und unter allen Umständen zu überleben. Er mußte lernen, Feldfrüchte anzubauen und zu ernten, Mauern zu errichten, Feuerstein zu behauen, Waffen herzustellen. Später würde er die politische Gliederung des Stamms kennenlernen: die einzelnen Clane, die Geheimgesellschaften, die verschiedenen Häuptlinge und ihre Verantwortlichkeiten gegenüber sämtlichen Clanen und was vom Stadthäuptling, dem Oberhaupt des Stamms, erwartet wurde. Er mußte die Stammesgeschichte lernen, die Bräuche, die Lieder und Gebete, seine Aufgaben innerhalb der Familie, des Clans, der Stadt und des Stamms. Aber das Wichtigste, was er zu lernen hatte, waren seine Pflichten gegenüber den höheren Wesen.

Tolonqua legte die Hand auf die Schulter des Jungen. Wie klein und verwundbar er schien!

«Komm», sagte er. «Wir fangen sofort an.»

Kwani hatte an der Quelle Wasser geholt. Den vollen Krug auf dem Kopf balancierend, ging sie an der Außenmauer entlang bis zu der Leiter, die zum Dach ihrer Wohnung hinaufführte. Sie stieg hinauf, indem sie sich mit einer Hand festhielt und mit der anderen den Krug stützte. Oben stellte sie den Krug auf dem

Weg ab, der rings um das ganze Stockwerk herumführte. Hier herrschte den ganzen Tag Betrieb. Jetzt saßen die Frauen vor ihren Türen in der frischen Morgenluft und flickten Winterkleider, fertigten Sandalen an oder besondere Dinge für feierliche Anlässe. Einige hatten ihre Handmühlen herausgebracht und hockten mahlend und schwatzend beisammen. Andere strichen die Wände ihrer Behausungen frisch mit weißem Gips. Nackte Kleinkinder liefen umher, junge Hunde kläfften und balgten sich, kleine Mädchen saßen bei ihren Müttern und ahmten sie eifrig nach oder spielten unten auf dem Platz mit den Jungen.

«Ho, Kwani!» rief Anitzal. Sie saß mit ihren Freundinnen vor der Tür ihrer Wohnung und zog Steinperlen zu einer Kette auf. «Komm zu uns. Wir haben Neuigkeiten!»

«Ich komme gleich», antwortete Kwani.

Sie brachte den Wasserkrug zu ihrer Wohnung im zweiten Stockwerk und stellte ihn vor dem Eingang ab. Sie stieg über das Mäuerchen ihres Vorplatzes – würde hier jemals ein Baby umherkrabbeln? – und trat über die Schwelle aus Sandstein in ihr wohleingerichtetes Zuhause. Der Boden, der zugleich die Decke des Stockwerks darunter bildete, bestand aus Windbruchholz und aus quer über die Stämme gelegten Zweigen von Weide und Wildkirsche und war mit einer Lehmschicht bedeckt, so dick wie eine Männerhand lang war. Der glatt gestrichene Lehm bildete einen festen Boden, der sich gut anfühlte, wenn man barfuß darauf ging. Kwani streifte ihre Sandalen ab und ließ ihre Zehen spielen. Wie angenehm kühl war der Adobefußboden nach dem anstrengenden Weg von der Quelle bis hier hinauf!

Eine Luke in der Ecke führte in den Vorratsraum im ersten Stock. Der Boden aus Sandsteinquadern hielt in der Erde wühlende Schädlinge ab und verhinderte, daß Feuchtigkeit aus dem Boden drang und den Mais verdarb. Manchmal bewahrte Kwani hier ihren Wasserkrug auf, doch heute stellte sie ihn neben die Feuergrube in der Ecke des Raums im Obergeschoß, ihrem Koch- und Arbeitsraum. Dann ging sie in den Schlafraum nebenan, um sich hübsch zu machen, bevor sie sich zu Anitzal gesellte.

Anitzal, seit dem Tod von *Gelber Vogel* die älteste Yaya,

begrüßte Kwani, reichte ihr eine Schale mit Nüssen und fuhr fort, Perlen auszusortieren. Sie steckte sie in den Mund und nahm dann eine nach der anderen heraus, um sie auf eine Schnur zu fädeln.

«Was ist nun die große Neuigkeit?» fragte Kwani.

«Leute kommen», sagte Anitzal. «Leute, die du vielleicht kennst. Anasazi.»

Kwani blieb vor Überraschung der Mund offen. Ihre eigenen Leute. «Woher kommen sie?»

«Das hat der Läufer nicht gesagt.» Vorsichtig fädelte sie eine Perle ein. «Er sagt, sie gehören zum Adlerclan. Sie werden fragen, ob sie hier leben dürfen.»

«Vom Adlerclan!» rief eine der Frauen, ließ ihre Handarbeit sinken und beugte sich vor, um Kwani mit ihren kleinen scharfen Augen anzusehen. «Sind das nicht die, die behauptet haben, du seist eine Hexe?»

Anitzal spuckte die restlichen Perlen so heftig in ihre Hand, daß einige davonflogen. «Wir alle kennen die Geschichte. Jemand mit den Kräften einer *Die Sich Erinnert* hat Feinde. Feinde, die bereit sind zu lügen, um sie zu vernichten. Ich werde nicht erlauben, daß diese Lügen wiederholt werden.»

Kwani erschrak. Wenn nun Tiopi dabei war? Statt dessen sagte sie ruhig: «Nicht alle haben mich angeklagt. Vielleicht sind es Freunde.»

Eine Weile herrschte betretenes Schweigen. Schließlich fragte Kwani: «War eine Frau dabei mit einem kleinen Jungen im gleichen Alter wie Acoya?»

Anitzal warf ihr einen verständnisvollen Blick zu. «Es sind Familien. Wandernde Familien.» Nach einer kleinen Pause fügte sie hinzu: «Du bist hier zu Hause. Wir sind jetzt dein Volk.» Und – leise, nur für Kwanis Ohren bestimmt, sagte sie: «Hab keine Angst.»

Kwani drückte den Muschelanhänger an ihre Brust, um ihr pochendes Herz zu beruhigen. Tiopi kam nach Cicuye. Sie wußte es. Und mit Tiopi kamen Sorgen und Verdruß.

28

«Warum hast du mir nichts gesagt?»

Kwani, Tolonqua und Acoya saßen neben der Feuergrube und aßen Suppe aus Dörrfleisch, in die sie Maisfladen tunkten, die Kwani auf einer eigens zu diesem Zweck in die Feuergrube eingebauten Steinplatte backte. Sie nahm einen Fladen von der heißen Platte und reichte ihn Tolonqua. «Du hast gewußt, daß es Anasazi sind.»

«Ich war mir nicht sicher», sagte Tolonqua, stippte den Fladen in die Suppe und biß herzhaft hinein. «Schmeckt sehr gut.»

«Sehr gut!» wiederholte Acoya, während ihm die Fleischbrühe übers Kinn lief.

Kwani ließ sich auf die Fersen nieder. «Statt dessen muß ich es vor einer alten Klatschbase und vor all den anderen von Anitzal erfahren», sagte sie wütend. Sie strich sich das feuchte Haar aus der Stirn. «Es war demütigend.»

«Ich entschuldige mich», sagte Tolonqua lächelnd. Er legte den Arm um Kwani und drückte sie an sich. «Ich werde es wiedergutmachen.» Er ließ sie erst wieder los, nachdem er sie mehrere Male geküßt hatte.

Doch Kwani war damit allein nicht zu beruhigen. «Sie können schon morgen hier sein. Ich muß mich vorbereiten. Tiopi –»

Ihr war, als wäre es gestern gewesen, daß Zashue und Tiopi sich gegen sie zusammentaten und sie der Hexerei beschuldigten. Sie war geflohen, war in finsterster Nacht durch den Cañon gestolpert, um ein Versteck zu finden, während Yatosha mit seinen Hunden nach ihr suchte. Nie würde sie vergessen, wie sie mit Händen und Füßen an den Felsen emporkletterte und sich auf einen Baum flüchtete, umstellt von kläffenden Hunden und Jägern mit gespannten Bogen. Wäre Kokopelli ihr nicht zu Hilfe gekommen, sie wäre heute in Sipapu.

Instinktiv griff Kwani nach ihrem Halsschmuck. Sie stand unter dem Schutz der Vorfahrinnen. Aber Tiopi...

Tolonqua verstand, wie ihr zumute war, und sagte ernst: «Du bist meine Gefährtin. Mein Volk ist dein Volk. Wir alle werden dich vor Feinden beschützen, wer sie auch sind. Warum begreifst du das nicht?»

Kwani sah ihn an. Sein schlanker, bronzefarbener Körper war nackt bis auf den Lendenschurz. Der Blick aus seinen schwarzen Augen ließ ihren Ärger dahinschmelzen wie Schnee in der Sonne. Das süße Feuer in ihr flammte wieder auf.

Tolonqua sah ihren Blick und erwiderte ihn. Er legte die Arme um sie und küßte ihren Hals, ihre Wangen. Als sie seine Liebkosungen erwiderte, flüsterte er: «Jetzt?»

«Ja!»

Er nahm Acoya auf den Arm und trug ihn zur Tür. «Geh zu Lumu. Bei ihr bekommst du auch zu essen.»

«Aber –»

«Geh!» sagte Tolonqua streng. Er drückte ihm den neuen kleinen Bogen, den er für ihn gemacht hatte, in die Hand. «Hier, zeig ihnen deine neue Waffe.»

Acoya nahm den Bogen und lief auf den Fußweg hinaus. Seine Schritte waren noch zu hören, als Kwani bereits nackt auf der Schlafmatte lag und einladend die Schenkel öffnete. Tolonqua ließ sich verlangend neben ihr nieder.

Ein wilder Taumel erfaßte die beiden, es war, als hätten sich ihre Körper das erste Mal gefunden.

Tiopi und die Gruppe ihrer Stammesangehörigen blickten zu der erstaunlichen Stadt empor, die im Licht der Vormittagssonne auf dem Gipfelplateau des Berges thronte. Die steilen, völlig kahlen Halden an den Bergflanken machten eine heimliche Annäherung unmöglich. Während sie standen und zur Stadt hinaufblickten, wurden die Leitern, die an den nackten Außenmauern lehnten, hochgezogen, und Bogenschützen erschienen auf den Dächern.

«Sie gehen kein Risiko ein», sagte Yatosha mit unverhohlener Bewunderung. «Wir müssen um Einlaß bitten.»

Huzipat trat vor. Erschöpft von der langen Reise, stützte er sich auf seinen Stock. «Ich werde Zeichen geben.» Er nahm den

Stock und hob ihn mit beiden Händen mehrere Male über den Kopf. Dann wandte er sich an Yatosha: «Nun den Pfeil.»

Yatosha nahm einen Pfeil, an dem statt der Spitze aus Feuerstein eine rote Feder steckte. Er zielte sorgfältig und ließ den Pfeil in einer steilen Kurve fliegen, so daß er genau auf einem Dach , wo Krieger standen, landete.

Tiopi wartete gespannt. Wenn die rote Feder zurückkam, wurde ihnen Einlaß gewährt; wenn nicht, bedeutete jede weitere Annäherung eine kriegerische Handlung.

Es verging einige Zeit, dann kam der Pfeil mit der roten Feder zurück und landete in einiger Entfernung von ihrer Gruppe. Chomoc lief und brachte ihn Yatosha.

«Ich werde vorgehen», sagte Huzipat und marschierte den steilen Pfad zur Stadt hinauf.

Eine Leiter wurde hinuntergelassen. Drei Männer stiegen hinab und warteten am Fuß der Mauer. Oben auf dem Dach stand eine Frau neben der Leiter, und Tiopi wußte sofort, wer sie war. Ihre Haltung war unverkennbar.

«Kwani», sagte sie und ballte die Fäuste.

Kwani sah den gebeugten alten Mann kommen. Die Gruppe am Fuß des Berges drängte sich zusammen wie ein von Jägern umzingeltes Rudel Hirsche. Waren sie wirklich vom Adlerclan? Befand sich Tiopi unter ihnen?

Die Erkenntnis traf sie wie ein Pfeil. Es bestand kein Zweifel. Die Feindseligkeit, die von Tiopi ausging, war so intensiv, daß Kwani ihre Anwesenheit fühlte, bevor sie sie sah. Nein! Diese Frau würde die Stadt nicht betreten! Kwani stieg die Leiter hinunter, ohne auf die Umstehenden zu achten, und stellte sich neben *Zwei Hirsche,* Tolonqua und den Kriegerhäuptling, die auf den alten Mann warteten.

«Du solltest nicht hier sein», sagte *Zwei Hirsche* unwirsch.

«Sie sind vom Adlerclan und sprechen kein Towa. Ich werde für euch übersetzen», entgegnete Kwani freundlich. Sie sprach inzwischen fließend Towa.

Tolonqua sah sie spöttisch an. Er hätte genauso übersetzen können, und die Zeichensprache verstanden sowieso alle. Doch er schwieg und beobachtete den mühsamen Anstieg des alten Mannes.

«Oh!» rief Kwani überrascht.

Tolonqua wandte sich zu ihr. «Was ist los?»

«Es ist Huzipat!» rief sie und lief ihm bereits entgegen.

Als Huzipat sie kommen sah, blieb er stehen und empfing sie mit ausgebreiteten Armen.

«Huzipat!»

Wie gut tat es, ihn wiederzusehen! Aber er war gealtert. Sie umarmte ihn von neuem. Schließlich sagte sie: «Ich grüße dich.» Sie merkte nicht, daß ihr die Tränen über die Wangen liefen.

«Mein Herz freut sich», sagte der alte Häuptling mit versagender Stimme und wischte sich eine Träne von der Wange.

«Sie warten auf uns», flüsterte er und deutete mit einer Kopfbewegung auf die sichtlich ungeduldigen Männer am Fuß der Leiter.

Kwani wußte, daß sie ihr impulsives Benehmen mißbilligten. Sie nahm sich zusammen und führte Huzipat zu *Zwei Hirsche*.

«Das ist mein Freund, Häuptling Huzipat vom Adlerclan.» Nachdem sie auch die anderen vorgestellt hatte, gab Huzipat allen die Hand und blies darauf, wie es bei den Anasazi Brauch war. Atem bedeutete Leben, und Atem zu schenken war eine Geste der gegenseitigen Achtung.

Zwei Hirsche blickte gebieterisch auf die am Fuß des Berges wartende Gruppe der Neuankömmlinge. Sein Blick wanderte zu Tolonqua und zum Kriegerhäuptling, dann wandte er sich, Kwani geflissentlich übersehend, an Huzipat.

«Was führt euch zu uns?» fragte er in Zeichensprache.

«Wir suchen Aufnahme in eurer Stadt.» Huzipat beherrschte die Zeichensprache fließend. Seine Gesten wirkten elegant, obwohl er sie langsam ausführte.

Zwei Hirsche wandte sich an den Kriegerhäuptling und sagte auf Towa: «Sollen wir ihn einladen, mit uns darüber zu sprechen?»

«Ich stimme zu», antwortete der Kriegerhäuptling.

Tolonqua nickte. «Ich auch.»

«Also gut.» *Zwei Hirsche* forderte Huzipat auf, die Leiter hinaufzusteigen, und führte ihn hinunter auf den großen Platz.

«Wir werden in der Kiva beraten.»

Frauen hatten keinen Zutritt zur Kiva, sofern sie nicht eigens dazu eingeladen wurden. Kwani wartete auf eine Einladung, doch *Zwei Hirsche* tat nicht dergleichen.

«Da diese Leute vom Adlerclan sind, denke ich, Kwani sollte an der Besprechung teilnehmen», sagte Tolonqua.

«Ja, sie kennt sie und weiß, wie sie denken», fügte der Kriegerhäuptling hinzu. «Draußen ist eine große Gruppe.»

Der Stadthäuptling hob die Brauen. Aber Kwani war schließlich *Die Sich Erinnert*.

«Also gut», sagte er widerwillig, und Kwani folgte ihnen hinunter in die Kiva.

In der Kiva war es kühl und düster, und es roch nach Bergtabak. Der Medizinhäuptling erwartete sie bereits.

Sie nahmen auf den ausgelegten Matten Platz. Kwani setzte sich neben Tolonqua. *Zwei Hirsche,* der seinen Ehrenplatz eingenommen hatte, räusperte sich und nahm eine angemessen würdevolle Haltung ein. Er fragte noch einmal, warum die Leute vom Adlerclan in Cicuye Aufnahme suchten.

Huzipat erhob sich langsam und ungelenk. «Wir ziehen umher, wie es die Götter befohlen haben. Wie es unsere Väter und deren Väter getan haben. Wir kommen von weit her. Wir bitten ehrerbietig um die Erlaubnis zu bleiben.»

Der Medizinhäuptling sah ihn mit seinem gesunden Auge durchdringend an. «Ihr seid auf eurem Weg an anderen Städten vorbeigekommen. Warum seid ihr dort nirgends geblieben?»

«Sie sind arm.»

«Ah. Und ihr möchtet hierbleiben, weil Cicuye reich ist?»

Huzipat zögerte nur einen Moment. «Ja. Weil wir es noch reicher machen könnten.»

«Und wie?» fragte *Zwei Hirsche.*

«Unser Jagdhäuptling ist berühmt wegen seines Könnens, ebenso seine Jäger. Unsere Frauen sind gute Töpferinnen, unsere Männer gute Bauern.» Und nach einer kleinen Pause fügte er hinzu: «Unsere Krieger zählen zu den besten.»

Zwei Hirsche verstand die leise Drohung und runzelte die Stirn.

Tolonqua hob die Hand zum Zeichen, daß er sprechen wollte. «Ich schlage vor, daß wir die Sache dem Rat der Häuptlinge und Ältesten vortragen und daß die Adlerclan-Leute in unsere Stadt eingeladen werden, wo sie ausruhen und sich satt essen können, bis eine Entscheidung getroffen ist.»

«Vorausgesetzt, ihre Waffen bleiben außerhalb der Mauer», sagte der Kriegerhäuptling.

Sie stimmten dem Vorschlag zu.

Kwani erhob sich mit gemischten Gefühlen. Sie freute sich für Huzipat, doch wenn sie an Tiopi dachte...

29

Von einem Dach aus beobachtete Kwani den Einzug der Adlerclan-Leute. Es war eine erbarmungswürdige Schar, in zerlumpten Kleidern und völlig erschöpft von der langen Reise. Aber es waren auch diejenigen, die sie einst vertrieben hatten und wollten, daß sie in der Wildnis umkam.

Yatosha ging mit Tiopi voraus. Als sie näher kamen, sah Kwani, daß Tiopi stark gealtert war. Trotzdem war sie noch eine schöne Frau, was auch den umstehenden Männern nicht entging.

Als Tiopi die Leiter erreichte, blickte sie zu Kwani hinauf. Es war, als hätte sie einen Speer geschleudert. Kwani zwang sich, ruhig zu bleiben. Kühl erwiderte sie Tiopis Blick. Diese senkte errötend die Augen, stieg die Leiter hinauf und ging an ihr vorbei. Die anderen folgten: junge Männer mit Bogen, Schilden, Speeren und schweren Traglasten, ihre Gefährtinnen mit Bündeln und Wiegenbrettern und Kinder. Es waren nur junge Leute; von den älteren hatte offensichtlich nur Huzipat die Reise überstanden.

Alle wurden auf dem Dach willkommen geheißen. Die Männer wurden gebeten, ihre Waffen abzulegen, wobei sie nur so lange zögerten, bis ihnen von den Kochfeuern der verlockende Essensgeruch in die Nase stieg.

Kwani schaute nach bekannten Gesichtern aus. Es war nahezu fünf Jahre her, seit sie den Clan verlassen mußte. Die Männer stammten von anderen Clanen, sie waren durch ihre Gefährtinnen in den Adlerclan gekommen. Es war niemand dabei, den sie kannte.

Unterdessen ging der Kriegerhäuptling umher, erteilte Anordnungen und prüfte, ob nicht doch einer der Fremden eine Waffe behalten hatte.

Tolonqua gesellte sich zu Kwani.

Er warf einen Blick in die Richtung, wo Tiopi, Chomoc und Yatosha an einem Kochfeuer saßen und aßen. «Was ist mit Tiopi?»

«Ich glaube, sie will noch immer *Die Sich Erinnert* sein. Sie will den Halsschmuck. Das ist wahrscheinlich der einzige Grund, warum sie gekommen ist.» Kwanis Stimme klang ruhig, aber Tolonqua spürte die Spannung dahinter.

«Wenn sie versucht, Schwierigkeiten zu machen, werden sie nicht bleiben dürfen. Du weißt das.»

«Wann findet die Versammlung statt, bei der entschieden wird, ob sie bleiben können oder nicht?»

«Morgen.»

Kwani berührte ihren Anhänger. Tiopi hatte sie einmal beinahe vernichtet. Könnte sie es wieder tun?

Die feierlichen Gesänge waren beendet. Das Mehlopfer an die Götter dargebracht. Der Medizinhäuptling hatte seine Pfeife herumgehen lassen und seine Gebete an die höheren Wesen gesprochen. Nun stand *Zwei Hirsche* vor den Häuptlingen und Ältesten, die sich auf dem großen Platz versammelt hatten, damit alle die Beratung verfolgen konnten.

Huzipat und die Männer des Adlerclans saßen in der vorderen Reihe, dahinter, dicht gedrängt, als wollten sie sich gegenseitig stützen, die Frauen und Kinder. Nur Tiopi hielt sich mit Chomoc abseits und blickte starr vor sich hin. Ringsum und auf den Dächern wimmelte es von Menschen; darunter auch Leute aus benachbarten Pueblos, die gekommen waren, um Geschäfte zu machen und an einem so seltenen Ereignis wie einer öffentlichen Ratsversammlung teilzunehmen. Zudem gingen Gerüchte um, unter den Besuchern befänden sich Feinde von *Die Sich Erinnert*, was die Sache noch spannender machte.

Der Frühlingsmorgen war empfindlich kühl. In den Tälern sowie weiter im Westen und Süden war der Frühling schon Wochen zuvor eingekehrt, aber auf diesem Hochland, über das der Wind aus den Ebenen fegte, ließ er sich Zeit. Kwani zog ihre Decke enger um die Schultern. Tolonqua saß, in den prächtigen Mantel des Weißen Büffels gehüllt, bei den Häuptlingen.

Das erwartungsvolle Gemurmel erstarb, als sich *Zwei Hirsche* geräuschvoll räusperte.

«Wir von Cicuye heißen diejenigen vom Adlerclan, die uns mit ihrer Anwesenheit beehren, willkommen», begann er wie immer betont würdevoll und übertrug seine Worte gleichzeitig in Zeichensprache. «Wir hoffen, euer Hunger ist gestillt. Mögen euch unsere Schlafmatten heute nacht ein bequemes Lager sein.»

Er machte eine Pause und ließ seinen Blick über die Besucher schweifen. Dann fuhr er fort: «Alle Waffen befinden sich in der Obhut unserer Kriegergesellschaft. Sobald die Entscheidung unserer Häuptlinge und Ältesten vorliegt, daß die Besucher bleiben können, erhalten sie die Waffen zurück. Wenn nicht, werden sie ihnen zurückgegeben, nachdem sie unsere Stadt verlassen haben.»

Der Medizinhäuptling meldete sich zu Wort. «Ich habe mich mit meinem Totem und den Göttern beraten», verkündete er in Zeichensprache. «Sie raten dringend zu Vorsicht.» Er setzte sich wieder.

Nun erhob sich der Sonnenhäuptling. Er war groß und dünn. Seine tiefliegenden Augen waren von unzähligen Runzeln und

Falten umgeben. Doch seine asketischen Gesichtszüge und die stolze Haltung machten ihn zu einer eindrucksvollen Persönlichkeit.

«Ich bin der Sonnenhäuptling der Towa», sagte er in Zeichensprache. «Ich verzeichne die Jahre, die Jahreszeiten, die Tage. Der Weg des Sonnenvaters, die Reise der Mondfrau, der Zug der Sterne – dies alles ist, wie ihr wißt, in meiner Obhut.» Er neigte höflich den Kopf. «Wie die Sternbilder bewegt sich auch die Zeit im Kreis. Es gibt keinen Anfang und kein Ende. Alles kehrt wieder. Alles.» Er legte eine Pause ein, um seine Worte wirken zu lassen. «Laßt uns deshalb bedenken, was in der Vergangenheit geschah, um die Zukunft weise zu planen.» Er deutete auf Tolonqua. «Ich ersuche unseren Bauhäuptling, Gefährte von *Die Sich Erinnert*, von der Vergangenheit zu berichten, die uns Towa und diese Leute des Adlerclans betrifft.»

Er setzte sich. Eine Weile herrschte völliges Schweigen. Schließlich stand Tolonqua auf, humpelte nach vorn und wandte sich an die Menge. Er bot einen respekteinflößenden Anblick, wie er dort stand, im grellen Licht der Sonne, während ihm der Wind das Haar aus der Stirn wehte und an seinem Büffelmantel zerrte. Er blickte sie mit seinen schwarzen, klugen Augen an und sagte:

«Ich bin der Gefährte von *Die Sich Erinnert*, einst Angehörige des Adlerclans, frühere Gefährtin von Kokopelli. Es war Kokopelli, der sie vor der Verfolgung durch den Adlerclan rettete.»

Kwani war verblüfft. Das war ein Frontalangriff. Die Adlerclan-Leute sahen sich besorgt an, flüsterten und murrten.

Tolonqua fuhr fort. «Nicht ich werde berichten, was meiner Gefährtin, *Die Sich Erinnert*, widerfuhr. Sie ist hier und wird es euch selbst sagen.» Er setzte sich.

Kwani fühlte sich überrumpelt. Warum hatte er sie nicht darauf vorbereitet? Instinktiv griff sie nach ihrem Halsschmuck und saß einen Augenblick reglos da. Dann erhob sie sich.

«Der Adlerclan hat eine berühmte Vergangenheit», begann sie. Es kostete sie Mühe, kontrolliert und ruhig zu sprechen. «Ich bin stolz darauf, denn obwohl ich jetzt eine Towa bin, wurde ich als eine Anasazi geboren.» Ihr Blick fiel auf Huzipat. «Einige aus dem Adlerclan waren gut zu mir, als mich Kokopelli in ihre Stadt brachte. Andere jedoch wollten mich dort nicht haben und taten sich gegen mich zusammen, um mich der Hexerei anzuklagen.» Kwani bedachte Tiopi mit einem vielsagenden Blick.

«Zu Recht, wie sich herausgestellt hat!» schrie diese.

«Keineswegs!» Tolonqua stand auf und stellte sich neben Kwani. «Eifersüchtige Feinde haben immer wieder versucht, ihr Hexerei anzuhängen», rief er, an Tiopi gewandt, die seinen Blick zornig erwiderte. «Und es wurde jedesmal bewiesen, daß sie Unrecht hatten und daß nur Eifersucht dahintersteckte – Eifersucht, Neid und ein doppelzüngiges Wesen.»

Yatosha sprang auf. «Ich verlange eine Entschuldigung!»

Doch die Leute von Cicuye schrien ihn nieder.

Es dauerte eine Weile, bis Huzipat auf den Beinen stand und mit erhobener Hand Ruhe forderte. Angesichts seines Alters und seiner würdevollen Haltung beruhigte sich die Menge. Huzipat bat um die Erlaubnis zu sprechen. Dann sagte er: «Es trifft zu, daß wir vom Adlerclan *Die Sich Erinnert* nicht so geehrt haben, wie wir es hätten tun sollen. Wir bedauern das –»

«Nein!» rief Tiopi dazwischen.

«Wir bedauern das», fuhr Huzipat ungerührt fort. «Aber das ist Vergangenheit, dahin wie Herbstlaub auf einem strömenden Fluß. Es ist vorbei.» Er richtete den Blick in die Ferne, als zöge dort die Vergangenheit vorüber. «Jetzt sind wir hier und bieten uns an, mit allem, was wir sind und können, unsere guten Absichten –»

«Das ist nicht genug», fiel ihm Tolonqua ins Wort. «Ihr vom Adlerclan habt versucht, Kwani in den Tod zu treiben. Ihr habt sie mit Jägern und Hunden gehetzt. Alles kehrt wieder, wie unser Sonnenhäuptling sagt. Wie sollen wir wissen, daß du vom Adlerclan und Tiopi, die dort drüben sitzt» – er deutete mit dem Finger auf sie – «nicht erneut versuchen, meine Gefährtin zu töten, um den Halsschmuck in den Besitz des Adlerclans zu bringen?»

«Der Halsschmuck gehört uns!» Yatosha wies mit der Hand auf seine Leute.

«Aye!» riefen sie.

«Uns hat ihn die Erdmutter gegeben!» rief Tiopi.

«Aye!»

«Nein», sagte Kwani. «Die Erdmutter gab ihn der ersten, die sie zur *Die Sich Erinnert* bestimmt hat. Er gehört keinem Clan, nur derjenigen, der er gegeben wurde. Wir, die wir *Die Sich Erinnert* sind, gehören nicht einem einzigen Clan, einem einzigen Volk an. Wir gehören allen Frauen dieser Welt.»

«Sie ist auserwählt von den Göttern», sagte Tolonqua. «Und das wißt ihr genau.»

«Der Halsschmuck gehört uns!» schrie Tiopi.

«Aye!»

«Sie hat, was uns gehört!» Tiopi sprang auf. Ihr Gesicht war rot vor Zorn, und ihre Augen funkelten wild. «Nehmt es euch!»

Einige der Adlerclan-Männer standen auf, und sofort war Kwani von Cicuye-Kriegern mit gespannten Bogen umringt.

«Schickt sie fort!» riefen die Leute von Cicuye.

«Sofort!»

Huzipat erhob sich noch einmal und forderte Ruhe. Doch diesmal gehorchte ihm die Menge weniger bereitwillig.

«Es ist nicht nötig, uns zu drohen», sagte er. «Ihr habt unsere Waffen.»

Der Kriegerhäuptling machte ein Zeichen, und die Bogen senkten sich. Allmählich wurde es ruhiger.

Huzipat wandte sich an die Menschen auf dem Platz und auf den Dächern. Kwani sah, wie erschöpft und niedergedrückt er war, und sie hörte die Hoffnungslosigkeit in seiner Stimme, als er fortfuhr: «Wir werden weiterziehen. Wir haben nicht den Wunsch, unter Menschen zu leben, die uns bedrohen und uns nicht in ihrer Mitte haben wollen.»

«Geht fort!»

«Ja, geht fort! Geht!»

Kwani sah all die erschöpften Frauen und abgemagerten Kinder. Sie sah ihre Niedergeschlagenheit und ihre Angst.

«Wartet!» rief sie den Leuten von Cicuye zu. Sie hob die Hand. «Ich möchte sprechen.»

Es dauerte einige Zeit, bis es wieder ruhig wurde. Kwani

sprach laut und deutlich, damit sie von allen gehört werden konnte. Gleichzeitig bediente sie sich der Zeichensprache. «Ich kann nicht zulassen, daß wir auf alles verzichten, was uns diese Menschen zu bieten haben, nur wegen einiger Ereignisse, die in der Vergangenheit geschahen. Es wäre weder gut noch klug. Diese Menschen sind Anasazi, Menschen von meinem Blut. Ich fürchte sie nicht. Und ich fürchte auch nicht diese Frau, Tiopi», fügte sie hinzu und bedachte die Männer von Cicuye mit einem Blick, der besagte: Oder fürchtet ihr sie vielleicht?

«Überlegt, welche Vorteile sich für uns ergeben könnten, wenn diese Leute bleiben würden. Anasazi sind tüchtige Handwerker, gute Bauern, erfolgreiche Jäger, und sie sind friedliebend. Sie arbeiten schwer. Sie haben gute Medizin und schöne Tänze. Für die Tonwaren, die sie herstellen, wird viel gegeben.»

Einige Köpfe nickten. Die Töpferarbeiten der Anasazi übertrafen die der Towa bei weitem und waren eine berühmte und begehrte Handelsware.

Als Kwani merkte, daß ihre Worte Zustimmung fanden, fuhr sie fort:

«Diese Leute bieten sich und ihre Fähigkeiten an im Tausch gegen das, war unsere Stadt zu bieten hat. Wäre es wirklich klug, sie abzuweisen?» Sie wandte sich an *Zwei Hirsche*. «Ich bitte ergebenst, daß den Leuten des Adlerclans erlaubt wird zu bleiben.»

Alle schwiegen überrascht. Dann erhob sich ein Geräusch, als striche der Wind durch hohes Gras. Die Menschen flüsterten untereinander, blickten auf Kwani und Tiopi, die mit steinernem Gesicht dasaß und schwieg.

Tolonqua wandte sich an *Zwei Hirsche* und die anderen Häuptlinge. «Wenn *Die Sich Erinnert* befürwortet, daß sie bleiben, sollen wir sie dann abweisen?»

Zwei Hirsche schwieg nachdenklich. Dann winkte er die Häuptlinge, Ältesten und Huzipat zu sich und beriet sich leise mit ihnen.

Die Menschen ringsum warteten teils neugierig, teils mit beklommenem Herzen. Schließlich erhob sich *Zwei Hirsche*. «Ich lade Huzipat vom Adlerclan ein zu sprechen.»

Huzipat wandte sich ohne Zögern an seine Leute. «Die Häuptlinge und Ältesten von Cicuye bitten uns zu bleiben. Ich habe zugestimmt. Von nun an sind wir und die Towa Brüder.»

«Und Schwestern», ergänzte Kwani.

«Ich nicht!» sagte Tiopi, aber niemand hörte sie in dem nun ausbrechenden Jubel.

30

Kwani wanderte hinaus auf das Bergplateau. Sie wollte die Stadt und die vielen Menschen hinter sich lassen und allein sein und nachdenken.

Ein Mond war vergangen, seit die Adlerclan-Leute nach Cicuye kamen. Sie hatten sich eingelebt und waren außerordentlich fleißig. Beim Bau ihrer Behausungen schleppten sogar die Frauen Steine und Kies vom Fluß herauf. Tiopi sah Kwani nur selten. Sie ging ihr aus dem Weg. Huzipat wurde von den Häuptlingen und den verschiedenen Clanen geachtet und verbrachte viel Zeit in den Kivas.

Nach Norden hin stieg das kahle, felsige Plateau etwas an. Kwani setzte sich an der höchsten Stelle auf einen kleinen Felsblock. Unter ihr lag Cicuye, umgeben von Bergen, und noch weiter unten das Tal und der kleine Fluß. Es war angenehm warm und wunderbar still hier oben unter dem tiefblauen Himmel, über den einzelne Wolken zogen, und inmitten des unebenen Geländes, wo Eidechsen, Kaninchen, Mäuse und allerlei anderes Getier Unterschlupf fanden.

Eine Klapperschlange glitt hinter einem Felsen hervor. Sie sah Kwani, aber statt sich einzurollen und drohend zu rasseln, blieb sie still liegen und sah Kwani an.

«Ich grüße dich, verehrtes Wesen», sagte Kwani ehrfürchtig. Schlangen waren höhere Wesen, die Regen brachten.

Die Schlange züngelte. Wollte sie ihr etwas sagen? Dann kroch sie weiter und verschwand zwischen den Felsen.

Kwani saß eine ganze Weile auf ihrem Stein und ließ die friedliche Atmosphäre auf sich wirken.

Ich bin glücklich, dachte sie. Ich habe ein Heim, einen Gefährten, ein Kind und ein Volk, das mich aufgenommen hat. Trotzdem wollte die leise Sehnsucht, die sie seit Jahren in sich trug, nicht weichen.

Sie legte die Hände um ihren Muschelanhänger, schloß die Augen und suchte den Kontakt zu den Vorfahrinnen und den höheren Wesen, die in letzter Zeit weniger leicht zu erreichen schienen. Sie betete inbrünstig: «Mein Geist sucht, was ich nicht weiß. Ich bin gesegnet mit allem, was mein Herz begehrt hat, und doch bin ich irgendwie einsam. Das ist es, was ich nicht verstehe...»

Eine Spottdrossel ließ sich in ihrer Nähe nieder und trillerte aus voller Kehle.

«Sag mir, wer ich bin!»

Doch es antwortete niemand, weil Kwani insgeheim die Antwort bereits kannte: Sie war eine von vielen, die vor ihr gewesen waren. Geliebt, bewundert, aber allein. Einsamkeit war der Preis, den sie bezahlte, um *Die Sich Erinnert* zu sein.

Sie stand auf. Es war ein so schöner Tag, und die Wolken warfen bizarre Schattenmuster über das Tal und die Berge, daß sie beschloß, auf dem längeren Weg, entlang der Rückseite der nach Osten blickenden Stadt, nach Hause zu gehen.

Acoya spazierte am Rand des Plateaus entlang, nackt wie stets, wenn der Sonnenvater so warm schien wie an diesem Morgen. Er hatte eine Handvoll Dörrfleisch bei sich und kaute genüßlich, während er zu den Zelten am Fuß des Berges hinunterblickte. Dort wohnten die Neuankömmlinge, bis sein Vater mehr Behausungen innerhalb der Stadt gebaut hatte. Er wäre gern zu ihnen hinuntergegangen, aber es war ihm verboten worden.

Er fragte sich, wer der Junge mit der langen Nase und den

seltsamen Augen war. Er hatte ihn zusammen mit seiner Mutter gesehen, die Tiopi hieß, aber sie hatte ihm nicht erlaubt, auf dem Plateau zu spielen.

Dabei konnte man hier oben so schön spielen, besonders auf der Westseite, wo die Leute alles, was sie nicht mehr brauchten, über den Felsrand hinunterwarfen. Die Abfallhalde reichte schon halb bis zum Grund. Er beugte sich vor, um zu sehen, was da alles lag – zerbrochene Töpfe, eine alte Sandale, Berge von leeren Maiskolben, Knochen und alle möglichen anderen Dinge. Er wäre gern zu dem Abfallhaufen hinuntergerutscht, um darin herumzustochern, aber der Hang war zu steil. Außerdem hatte es Tolonqua verboten.

«Ho!»

Es war der Junge mit der langen Nase. Er war in einiger Entfernung von Acoya stehengeblieben, sah jedoch aus, als würde er gern näher kommen.

Acoya winkte ihm und wies auf die Abfallhalde. «Schau.»

Der Junge kam näher und blickte über den Felsrand. Er trug einen kurzen Lendenschurz, den er zur Seite schob, um auf den Abfall zu pinkeln. Acoya fand die Idee nicht schlecht und pinkelte ebenfalls den Berg hinunter.

Der Junge redete in einer Sprache, die Acoya nicht verstand. Er versuchte es mit Zeichensprache, und bald saßen die beiden beinebaumelnd am Rand des Abhangs und kauten Acoyas Dörrfleisch.

«Du hast komische Augen», sagte Acoya in Zeichensprache.

«Kokopelli», sagte Chomoc stolz und fuhr in Zeichensprache fort: «Ich bin wie mein Vater.» Und dann sagte er wieder laut: «Kokopelli.»

Acoya war beeindruckt. «Mein Vater ist Bauhäuptling.»

«Weiß ich», signalisierte Chomoc, und nachdem er das letzte Stück Dörrfleisch zerkaut und hinuntergeschluckt hatte, fügte er hinzu: «Deine Mutter ist eine Hexe.»

«Das ist sie nicht.»

«Ist sie doch, weil sie blaue Augen hat.»

«Ist sie nicht.»

«Meine Mutter hat es mir gesagt.»

Acoya gab Chomoc einen Schubs. «Sie ist keine Hexe!»

Chomoc schubste zurück. «Sie ist eine!»

Acoya boxte Chomoc, und Chomoc boxte zurück, und in dem Gerangel, das nun folgte, fiel Acoya über den Rand des Plateaus und schlitterte den Abhang hinunter. Er versuchte sich an Steinen festzuhalten, die jedoch nur locker auflagen und mit ihm in die Tiefe rutschten. Er landete auf dem stinkenden Abfallhaufen, mit aufgeschürften Händen und Knien und einer riesigen Wut im Bauch. «Sieh dir an, was du gemacht hast!» schrie er.

Chomoc versuchte zu lachen, aber er hatte Angst. Eigentlich durfte er gar nicht hier oben sein. Wenn ihn jemand hier sah, würde man Yatosha Bescheid sagen oder, noch schlimmer, der Hexe!

«Hilf mir!» schrie Acoya.

Chomoc verstand die Towaworte nicht, doch was sie bedeuteten, war ihm schon klar. Er überlegte. Er konnte natürlich nach Hause laufen und so tun, als wüßte er von nichts. Irgend jemand würde Acoya schon finden und heraufholen. Aber mit dem Sohn der Hexe durfte er das nicht machen. Sie würde ihm etwas Schreckliches antun, vielleicht sogar seiner ganzen Familie. Nein. Er mußte Acoya heraufhelfen, bevor jemand kam.

Er sah sich nach etwas um, das er zu Acoya hinunterlassen könnte, um ihn damit heraufzuziehen. Aber vergebens.

«Hol mich rauf!» rief Acoya. «Hol meinen Vater!»

Chomoc schätzte die Entfernung bis zu Acoya ab. Es war ziemlich weit, aber wenn er vorsichtig ein Stück hinunterkletterte, dann seinen Lendenschurz zu Acoya hinunterließ, vielleicht konnte er ihn dann heraufziehen.

Er nahm den Lendenschurz ab, hielt ihn mit den Zähnen fest und schob sich bäuchlings über die Kante. Als er mit den Zehen nach einem Halt an dem steilen Abhang suchte, trat er etliche Steine los.

«Au!» schrie Acoya.

Chomoc krallte sich in die Erde und scharrte mit den Füßen, doch es lösten sich immer mehr Steine, und er rutschte und rutschte und landete schließlich neben Acoya.

Sie sahen sich an, wie sie ratlos mitten auf dem Abfallberg saßen. Acoya kicherte, und im selben Moment kullerte noch mehr von dem Zeug, das Chomoc losgetreten hatte, den Abhang hinunter und landete auf Acoyas Kopf. Eine Maishülse baumelte unmittelbar über seiner Nase.

Chomoc begann zu lachen. Acoya fegte die Maishülse weg, und dann mußten beide so lachen, daß sie nicht bemerkten, wie jemand oben am Plateaurand erschien und ungläubig zu ihnen hinunterschaute.

«Acoya!» rief Kwani.

«Hol mich rauf!»

«Bewegt euch nicht. Ich hole Hilfe!»

Kwani rannte in die Stadt, um Tolonqua zu suchen. Acoya und Chomoc, die sich auf dem Abfallhaufen halbtot lachten, konnten jeden Moment auf den felsigen Grund am Fuß der Halde stürzen. Tolonqua hatte Acoya verboten, dort hinten zu spielen. Wie waren die Jungen nur da hinuntergekommen? Wie würde Tolonqua sie heraufholen?

Hämmern und Klopfen führte Kwani zu ihrem Mann, der auf einer Baustelle im zweiten Stockwerk selbst Hand anlegte, um einen schweren Balken zurechtzurücken.

«Tolonqua! Komm schnell!»

Er blickte auf. «Was ist los?»

«Acoya und Chomoc sind auf der Abfallhalde. Du mußt sie heraufholen, bevor sie ganz hinunterfallen!»

Die Arbeiter hatten mitgehört und kamen ungläubig herbei. «Auf der Abfallhalde? Wie kamen sie denn dort hin?»

«Ich weiß es nicht. Holt sie herauf!»

Tolonqua nahm sich ein Seil, andere griffen nach dem Nächstbesten, was irgendwie nützlich erschien, und dann rannten sie los. Kwani folgte ihnen.

Fluchend schlang Tolonqua einen großen Knoten in das eine Ende des Seils. «Hab ich dir nicht gesagt, daß du hier nichts zu suchen hast?»

Er beugte sich über den Rand. «Ich werfe euch jetzt ein Seil hinunter. Haltet euch mit beiden Händen daran fest und stoßt euch mit den Füßen ab, während ich euch heraufziehe!»

Er warf das Seil hinunter, und Chomoc fing es auf. Kwani dachte, er wollte als erster heraufgezogen werden, aber er gab es an Acoya weiter.

«Nein», sagte Acoya. «Du zuerst.»

Doch Chomoc drängte Acoya das Seil auf. Dieser packte es mit beiden Händen oberhalb des Knotens und stieß sich immer wieder mit den Beinen ab, während Tolonqua zog. Erde und Steine rollten den Hang hinunter und prasselten auf die Felsen in der Tiefe.

Kwani biß sich auf die Lippen. Acoyas Gesicht war verzerrt vor Anstrengung.

«Du schaffst es», rief sie ihm zu. «Hab keine Angst.»

Noch ein kräftiger Ruck, und Acoya befand sich auf dem Plateau. Kwani schloß ihn in die Arme. Er war schmutzig und stank, aber sie konnte ihn nicht fest genug an sich drücken.

Acoya befreite sich aus ihrer Umarmung und sah sie an. «Ich hatte keine Angst», log er. «Nur –» Er blickte zu Tolonqua, der eben dabei war, Chomoc heraufzuziehen.

«Ich weiß. Du warst ungehorsam.» Sie hätte gern gesagt, daß er nicht bestraft würde; statt dessen hielt sie sich die Nase zu und sagte: «Aber du riechst entsetzlich. Geh und wasch dich im Fluß.»

Acoya wartete, bis Chomoc heraufgezogen war. Als sie sich grinsend gegenüberstanden, bedeutete Acoya: «Wir stinken. Komm mit zum Fluß.»

Als sie davonliefen, hatte Kwani das Gefühl, als starrte sie jemand an. Sie drehte sich um und sah Tiopi. Sie warf Kwani einen finsteren Blick zu und verschwand in der gaffenden Menge, die sich angesammelt hatte.

31

Lumu trank das Gebräu, das man für sie zubereitet hatte, aber die Schmerzen wurden nicht besser. «Sing weiter, Kwani», stöhnte sie. Und Kwani sang für Lumus Baby, das sich noch etwas Zeit lassen sollte.

Micho, Lumus Gefährte, erschien an der Tür. Er blieb eine Weile still stehen und sagte schließlich: «Der Medizinhäuptling und seine Helfer werden kommen.» Seine Stimme erstarb, als Lumu vor Schmerz stöhnte und sich abwandte.

Wir bräuchten die Geburtshelferin, dachte Kwani, nicht die Medizinmänner, aber diese war unterwegs zu einem anderen Dorf, wo sie einer Verwandten beistand.

Als sich Schritte näherten, dachte Kwani, es wäre der Medizinhäuptling. Sie hörte auf zu singen. Aber es war Tiopi. Sie blieb an der Tür stehen, blickte mit einem merkwürdigen Flackern in den Augen auf Lumu und ging weiter, ohne ein Wort zu sagen.

Zwei von Tolonquas Tanten schoben sich durch die Tür. Sie brachten Sand in einer alten Decke und schütteten ihn auf den Boden neben Lumus Schlafmatte. Sobald die Fruchtblase brach und die Geburt einsetzte, würde sich Lumu über den Sand hocken, der das Blut und die Nachgeburt aufsaugte.

Pfeifen und Flöten kündigten die Ankunft des Medizinhäuptlings und seiner drei Helfer an. Der Häuptling sang und streute Mehl für die Götter. Vor Lumus Tür blieb er stehen.

«Ich befehle den bösen Geistern, diesen Ort zu verlassen.» Er schwenkte eine Adlerfeder über dem Eingang und trat mit seinen Helfern ein.

Der kleine Raum war jetzt so überfüllt, daß sich Kwani in eine Ecke drückte; außerdem war es heiß und stickig durch den schweren Duft der Bitterwurzeln, die in der Feuergrube schwelten.

Der Medizinmann beugte sich über Lumu. Er tastete ihren Leib ab, legte das Ohr darauf, drückte und massierte.

Die Fruchtblase brach und gab eine faulig riechende Flüssigkeit von sich. War es der Geruch des Todes?

Kwani flüchtete nach draußen.

Ein entsetzlicher Schrei drang aus dem Haus, und ein zweiter und dritter. Lumu schrie, stöhnte, und plötzlich war alles still.

Anitzal erschien in der Tür mit einem in blutige Lappen gewickelten Bündel. Die Tränen liefen ihr über das Gesicht, als sie mit erstickter Stimme sagte: «Es ist tot. Ein Junge.» Weinend ging sie wieder ins Haus, wo das Kind unter dem Fußboden begraben werden sollte, damit sein Geist zu den Ungeborenen zurückkehren konnte.

Als Lumu erneut schrie, drängte sich Kwani zur Tür vor. Einer der Medizinmänner hielt sie, so daß sie über dem Sandhaufen hockte. Völlig kraftlos hing sie in seinen Armen. Ein zweiter stemmte sich gegen ihren Rücken, während der Medizinhäuptling mit aller Kraft auf ihren Unterleib drückte, um die Nachgeburt herauszupressen.

«Sie blutet zu viel!» rief eine der Tanten.

Kwani begann leise, ihr Lied ohne Worte zu singen. Ihre Stimme flehte um Lumus Leben. Sie sang und sang, aber die Nachgeburt kam nicht.

«Hört auf!» stieß Lumu hervor. «Laßt mich ausruhen.»

Ein weiterer Blutstrom ergoß sich auf den bereits dunkelroten Sand. Auf einen Wink des Medizinhäuptlings legten die Priester Lumu auf ihre Matte.

Kwani sang unentwegt, aber die Matte färbte sich rot und röter.

Lumu schloß die Augen und war still.

Lumu wurde neben der Eckmauer ihrer Behausung begraben, eingehüllt in die schönste Decke des Türkisclans. Vier Tage durfte getrauert werden, bis Lumu und ihr Kind sicher in Sipapu angekommen waren. Danach wurde ihr Tod nicht mehr erwähnt.

Kwani saß allein in ihrer Wohnung. Die Arme um die Knie geschlungen, wiegte sie sich vor und zurück. Sie rief die Vorfahrinnen an. Warum hatten sie ihr Flehen um Lumus Leben nicht erhört? Sie schloß die Augen und befahl ihrem Geist, die Vorfahrinnen zu finden. Mit aller Kraft versuchte sie, ihre Stimmen zu hören, ihre tröstliche Anwesenheit zu fühlen.

Doch die Vorfahrinnen blieben stumm. Eine kalte Hand legte sich über Kwanis Herz. Konnte es sein, daß ihre Kräfte nachließen? Sie mußte die Götter und die Vorfahrinnen irgendwie beleidigt haben, dachte sie verzweifelt, und jetzt wurde sie bestraft.

«Vergebt mir! Kommt wieder zu mir!»

Sie erhielt keine Antwort, trotzdem beruhigte sich Kwanis Gemüt allmählich wie ein Teich, dessen Wellen am Ufer verebbten.

Plötzlich fiel ihr etwas ein. Sie hörte auf, sich zu wiegen, und hob erschrocken den Kopf. Ihr Mondfluß war längst überfällig.

Sie war schwanger.

32

Tiopi, Yatosha und Chomoc saßen in ihrem Tipi bei der letzten Mahlzeit des Tages. Sie aßen köstliches Fladenbrot, gekochtes Kaninchen und geröstete Kürbiskerne, ein wahres Festessen. Nachdem Yatosha und Chomoc sich den Mund abgewischt und befriedigt gerülpst hatten, war für Tiopi der richtige Zeitpunkt gekommen.

«Ich muß immerzu an dieses Baby denken», sagte sie. «Tot geboren. Getötet im Leib seiner Mutter.» Tiopi wandte sich an Yatosha. «Warum tut Kwani so etwas?»

«Was meinst du? Kwani –»

«Das Kleine wurde von einer Hexe getötet.»

Yatosha spuckte verächtlich aus. «Du machst mich krank mit

deinen Anschuldigungen. Kwani ist *Die Sich Erinnert* und wird es bleiben, bis Sipapu ruft oder sie eine Nachfolgerin bestimmt. Und dich wird sie bestimmt nicht dazu ausersehen. Vergiß nicht, wir sind Neuankömmlinge, und sie ist die Gefährtin des mächtigen Bauhäuptlings. Du gefährdest uns –»

«Ich habe mit eigenen Augen gesehen, wie sie neben der armen Frau stand, die sterben mußte!» Tiopi beugte sich vor und bohrte ihren spitzen Finger zwischen Yatoshas Rippen. «Und dann hat sie gesungen! Jeder weiß, daß eine Hexe mit dem Todeslied den Geist eines Menschen wegrufen kann.»

«Das reicht», sagte Yatosha zornig. «Kein Wort mehr!»

Tiopi nahm die Schalen und Körbe von der Decke, auf der sie das Essen serviert hatte. Sie durfte die Beherrschung nicht verlieren. «Vielleicht hast du recht, Yatosha», sagte sie, als sie ihre Stimme wieder unter Kontrolle hatte. Yatosha sah sie überrascht an. «Chomoc sollte auch in Zukunft mit Acoya spielen und ihn besuchen. Dann kann er dessen Mutter beobachten. Acoya wird wissen, ob sie zum Beispiel irgendwo Eulenfedern versteckt hat.»

«Ich werden Chomoc nicht erlauben zu spionieren», brauste Yatosha auf.

«Ich meine ja nur», sagte Tiopi beschwichtigend, «daß er die Möglichkeit nutzen sollte zu beweisen, wie recht du hast, wenn du sagst, Kwani sei keine Hexe. Das wirst du ihm doch wohl nicht verbieten.»

«Also gut. *Die Sich Erinnert* ist keine Hexe, sondern eine sehr angesehene Person. Deshalb erlaube ich Chomoc, mit Acoya zu ihr zu gehen, aber nur, wenn er dich dazu einlädt. Hörst du, Chomoc? Und benimm dich anständig.»

«Und ich werde gut aufpassen», sagte Chomoc mit so wichtiger Miene, daß Yatosha nur mühsam ein Lächeln unterdrückte.

Auch Tiopi lächelte. Ihr Sohn würde die Wahrheit herausfinden. Ihm würde man eher glauben als ihr. Chomoc würde Erfolg haben, wo sie versagt hatte. Er würde die bittere Schande seiner Mutter rächen, die zweimal erwählt und dann wegen einer anderen verstoßen wurde. Sie berührte die Stelle zwischen ihren Brüsten, wo der Muschelanhänger des Halsschmucks ruhen würde, sobald Gerechtigkeit geübt war. Kwani konnte ihr Kokopelli stehlen, aber sie würde lernen müssen, daß sie ihr nicht auch noch den Halsschmuck stehlen konnte und auch nicht die Macht und das Ansehen, *Die Sich Erinnert* zu sein.

Es war die Zeit des Pflanzmondes, die Zeit, in der die weichsten Sandalen getragen wurden, weil die Erdmutter trächtig war. Genau wie ich, dachte Kwani und legte die Hände über die Stelle, wo Tolonquas Samen wuchs. Als ihr Mondfluß ausblieb, hatte sie zunächst befürchtet, er hätte sich vielleicht nur verspätet und sie müßte doch wieder in die Frauenhütte – wie alle blutenden Frauen, damit die Stadt nicht verunreinigt und die Menschen nicht krank würden. Seit über vier Jahren lebte Kwani nun in Cicuye, aber mit diesem Brauch hatte sie sich noch immer nicht abgefunden. Als sie sicher war, daß sie ein Kind erwartete, war ihre Freude allein schon deshalb grenzenlos.

Sie saß auf dem Platz vor ihrer Tür und nähte ein kleines Winterkleid aus Kaninchenfell. Der Wind trug den zarten Duft von frischem Laub in die Stadt wie die Rufe der Vögel, die in ihre Sommerheimat zurückkehrten. Hoffentlich wird es ein Mädchen, dachte Kwani.

Sie versuchte, nicht wieder an Lumu und das blutige kleine Bündel zu denken und auch nicht an die Vorfahrinnen. Vielleicht ließen sie sich nur vorübergehend nicht hören.

Sie ließ die Knochennadel sinken, als ihr plötzlich der Gedanke kam, daß ihre Kräfte vielleicht auf das Kind übergingen.

«Kwani!»

Auf der gegenüberliegenden Seite des großen Platzes saßen ein paar Frauen beisammen. Sie riefen, Kwani solle zu ihnen herüberkommen, aber sie schüttelte den Kopf. Manchmal blieb sie lieber allein mit ihren Gedanken. Doch die Frauen winkten und riefen immer wieder, bis Kwani ihre Näharbeit einpackte und sich zu ihnen gesellte.

«Ist doch merkwürdig, nicht wahr?» sagte eine gerade, als Kwani dazukam.

«Was ist merkwürdig?» erkundigte sich Kwani.

Für einen Moment verstummten die Frauen überrascht. Dann

beugte sich die Sprecherin vor. Schwere, glänzende Zöpfe umrahmten ihr breites Gesicht. «Tiopi machte, daß Acoya die Abfallhalde hinunterstürzte», sagte sie und entblößte ihre lückenhaften Zähne. «Dann versuchte Chomoc, ihm heraufzuhelfen und fiel auch hinunter. Und dann das tote Kind... Eine Hexe hat das getan.»

Kwani erstarrte. Wollten sie ihr schon wieder etwas anhängen? Chomoc hatte sich in letzter Zeit seltsam benommen. Ständig beobachtete er sie und schnüffelte herum. Dachten sie..? Aber nein, sie beschuldigten ja Tiopi!

«Und wie sie die Männer ansieht...» sagte eine andere Frau.

«Du meinst, wie die Männer sie ansehen!»

«Aye.» Sie tauschten vielsagende Blicke.

«Eine Hexe ist eine Gefahr für jede von uns.»

Kwani öffnete den Mund, um etwas zu sagen, aber die Worte wollten ihr nicht über die Lippen. Sie wußte genau, was es bedeutete, wenn man der Hexerei beschuldigt wurde. Tiopi war keine Hexe, und das müßte sie jetzt eigentlich laut und deutlich sagen. Statt dessen hielt sie den Blick auf ihre Hände gerichtet und schwieg.

Acoya und Chomoc hockten neben einem großen, gefleckten Stein in der Nähe des Flusses.

«Laß uns nachsehen, was darunter ist», sagte Acoya, aber der Stein war zu schwer.

«Wir müssen es wie die Arbeiter in den Steinbrüchen machen. Mein Vater hat es mir gezeigt.» Acoya wies auf einen abgebrochenen Ast. «Den brauchen wir. Und einen Stein.»

Sie legten einen großen, flachen Stein vor den Felsbrocken; darauf legten sie den Stock und schoben ihn so weit wie möglich unter den großen Stein. Dann drückten sie den Ast mit aller Kraft nach unten. Der Stein bewegte sich und kippte zur Seite.

Acoya stockte der Atem. Sie hatten ein Klapperschlangennest aufgedeckt. Eine große Schlange rollte sich angriffsbereit zusammen und starrte ihn, rasselnd und züngelnd, mit ihren schwarzen Augen an. Acoya sprang zurück. Doch Chomoc blieb bewegungslos sitzen.

«Geh da weg!» schrie Acoya.

Chomoc rührte sich nicht. Die Schlange wandte den Kopf zu ihm und ließ ihre gespaltene Zunge spielen.

Acoya wollte Chomoc packen und wegziehen, aber er hatte Angst, die Schlange würde zuschlagen. «Geh weg!» rief er noch einmal.

Das Rasseln verstummte. Die Schlange gab ihre Angriffshaltung auf. Sie rollte sich gemächlich auf, nur ihre kleinen schwarzen Augen blieben wachsam.

Chomoc wandte sich zu Acoya. «Wir müssen den Stein zurückrollen. Ich habe es ihr versprochen.»

«Du hast kein Wort gesagt.»

«Doch. Ich habe es ihr gesagt.»

«Aber –»

«Ich habe im Geist mit ihr gesprochen. Sie sagte, wir sollten den Stein schnell wieder zurückrollen.»

Acoya starrte ihn sprachlos an.

«Los. Komm schon», sagte Chomoc und griff nach dem Ast.

Die Schlange blieb bewegungslos liegen, während die Jungen den großen Stein an seinen alten Platz hievten. Jetzt erst bemerkten sie das kleine Loch, durch das die Schlangen aus und ein krochen, und sie achteten darauf, daß es freiblieb.

Acoya hockte sich auf die Fersen und schaute Chomoc an. Er hatte sich an das eigenartige Aussehen seines Freundes – die gelbbraunen Augen, die gebogene Nase, die schräge Stirn – beinahe gewöhnt, doch jetzt erschien im Chomoc fremder denn je.

«Was hat die Schlange zu dir gesagt?» fragte er.

«Nichts.» Chomoc schien überrascht. «Ich dachte, sie hätte etwas zu dir gesagt.»

«Ich habe nichts gehört. Und ich weiß auch gar nicht, wie man mit einer Schlange spricht. Zeig es mir.»

Chomoc starrte Acoya an, nur einen Moment lang, dann wandte er sich hochnäsig ab. «Vielleicht.» Er blickte zur Sonne. «Es ist Essenszeit. Gehen wir zu deiner Mutter.»

Warum schlug Chomoc nie vor, daß sie zum Essen zu Tiopi gingen?

Die Jungen verließen das Flußufer und stiegen zur Stadt hinauf. Acoya konnte es kaum erwarten, seiner Mutter zu erzählen, wie Chomoc mit der Schlange gesprochen und sie ihn verstanden hatte.

33

Mit vier Jahren war Acoya alt genug, um auf seiner eigenen Schlafmatte, getrennt von den Eltern, zu schlafen. Er hatte nun auch sein eigenes Eßgeschirr, Schale und Becher, sowie ein weiches, mit buntgefärbten Stachelschweinborsten besticktes Wildlederhemd und schön bemalte Leggings für feierliche Anlässe, und man erwartete von ihm, daß er seine Dinge sauber und in Ordnung hielt. Seine Mutter hatte versprochen, ihm aus dem Fell des Eichhörnchens, das er neulich erlegt hatte, einen Medizinbeutel zu nähen, in dem er das kleine Stück Holz tragen wollte, das die gleiche Form hatte wie der Büffelkopf an seiner Fußsohle. Er hatte es unter einer Pappel am Fluß gefunden, und Tolonqua sagte, es sei ein Geschenk des Weißen Büffels und würde besondere Kräfte besitzen.

Schon vor Sonnenaufgang war Acoya hellwach. Es war Pflanzmond, und heute würden die Jungen mit ihren Vätern auf die Felder gehen, um das erste Korn zu pflanzen. Es war eine Zeremonie, bei der besondere Saatkörner benutzt wurden. Vier Tage später wurde dann richtig gesät, und er und Chomoc durften beim Aufstellen der Vogelscheuchen mitmachen. Was sie dafür benötigten, hatten sie schon seit einiger Zeit gesammelt: alte Stoffetzen, Reste von Hunde- und Katzenfellen, Streifen von Moos und rohem Leder, leere Maiskolben – einfach alles, was im Wind flatterte und raschelte.

Während des Pflanzmondes arbeiteten sogar einige Häuptlinge auf den Feldern, um der Erdmutter den Samen zu geben, den sie brauchte, um Nahrung wachsen zu lassen. Tolonquas Feld lag im Tal in der Nähe der Stadt.

Endlich erschallte vom höchsten Dach die Stimme des Ruferhäuptlings: «Aufstehen! Der Sonnenvater naht!»

Acoya konnte es kaum erwarten, bis das Morgenmahl beendet war und Tolonqua sein Lied an den Sonnenvater gesungen hatte. Kwani nahm ihren Wasserkrug und machte sich auf den Weg zur Quelle. Acoya sprang aufgeregt umher, während Tolonqua den Pflanzstock von der Wand nahm und die Spitze an einem der Steine, die die Feuergrube umgaben, schärfte. Der Pflanzstock war so lang wie Acoyas Arm und bestand aus einem jungen Wacholderstamm. Ein Stück über dem zugespitzten Ende ragte waagrecht ein Ast heraus, gerade lang genug, um einen Fuß darauf zu stellen und den Stock nach unten zu drücken. Der Pflanzstock war schon so alt, daß er glänzte vom vielen Gebrauch. Nicht einmal Tolonqua wußte zu sagen, welcher von seinen Großvätern ihn gemacht hatte.

Als die Spitze scharf genug war, nahm Tolonqua einen gefleckten Fellbeutel von einem Haken, der besonders behandelte und gesegnete bunte Maiskörner enthielt. Er suchte jeweils drei Körner von sechs verschiedenen Farben heraus, wickelte sie in eine Maishülse und stopfte diese zusammen mit einem Gebetsstab in seine Tragetasche. Dann klemmte er sich den Pflanzstock unter den Arm, hängte sich die Tasche und den Fellbeutel um und sagte: «Komm.»

Anitzal erwartete sie draußen auf dem Gehweg mit einer Schüssel Wasser und spritzte Tolonqua von oben bis unten naß, damit seine Felder genügend Regen bekommen würden.

Tropfnaß humpelte Tolonqua den steilen Weg hinunter zu seinem Feld, das dicht am Fuß des Berges lag. Acoya folgte ihm. Er wußte, dieses Feld hatte schon seinen Großvätern gehört. Es war eines der besten Felder. Jetzt gehörte es Tolonqua, und eines Tages würde es ihm gehören, wenn er es gut pflegte.

Tolonqua ging bis in die Mitte des Feldes und blieb dort einen Augenblick stehen. Dann schritt er vier gleich weit von der

Mitte entfernte Punkte ab, wo er jedesmal mit dem Pflanzstock ein tiefes Loch grub. Nachdem er die Löcher für die vier Himmelsrichtungen angelegt hatte, grub er im Norden noch eines für das Oben und im Süden eines für das Unten. Dann streute er aus Maismehl ein Kreuz, steckte den Gebetsstab in die Mitte des Kreuzes und füllte in jedes der Löcher Maiskörner einer bestimmten Farbe.

Acoya schaute andächtig zu.

Als die Zeremonie beendet war, säte Acoya von dem Kreuz in der Mitte ausgehend vier Reihen, die er anschließend mit Erde bedeckte und feststampfte. Tolonqua nickte ihm anerkennend zu, und Acoya strahlte vor Stolz. Ob Chomoc Yatosha helfen durfte? Als Neuankömmlinge mußten sie weit gehen, um gutes Ackerland zu finden, das noch niemand für sich beansprucht hatte.

Vier Tage lang mußten die Pflanzer des ersten Maises enthaltsam leben, fasten und zum Sonnenvater beten. Erst danach begann die eigentliche Aussaat.

Am vierten Tag saßen Chomoc und Acoya in Kwanis Behausung und aßen Maiskuchen und getrocknete Kürbisse. Kwani machte die letzten Stiche an Acoyas Medizinbeutel, und Chomoc saß dicht bei ihr und schaute ihr zu.

«Ich wünschte, meine Mutter würde auch so einen Beutel für mich machen.»

«Bring mir etwas, woraus ich dir einen machen kann.»

Chomoc blickte mit unverhohlener Bewunderung zu Kwani auf. Es war schon seit einiger Zeit kein Geheimnis mehr, daß Chomoc Kwani mochte und auch sie ihn ins Herz geschlossen hatte. Kein Wunder, daß er immerzu bei ihnen war, dachte Acoya und wurde plötzlich eifersüchtig, als Kwani den Arm um Chomoc legte und ihn an sich drückte.

Kwani schien Acoyas Gefühle bemerkt zu haben, denn gleich darauf nahm sie auch ihn in den Arm und drückte ihn.

«Morgen ist Pflanztag», sagte sie. «Habt ihr alles beisammen, was ihr braucht, um die Raben abzuhalten?»

Acoya nickte, und Chomoc sagte: «Mein Vater hat mir erlaubt, Acoya zu begleiten und ihm zu helfen.»

Acoya sah Chomoc überrascht an. Er wäre lieber allein mit Tolonqua gegangen, um ihm von Mann zu Mann zu helfen.

«Na gut», sagte er widerwillig. «Aber ich werde die Vogelscheuche machen.»

«Ich werde die Knochenrassel der Scheuche machen.»

«Aber –»

Chomoc sah ihn von oben herab an. «Ich habe die Knochen besorgt.»

Kwani sagte schnell: «Ihr beide werdet gut zusammenarbeiten. Ihr werdet jedem Raben weit und breit einen gewaltigen Schreck einjagen.»

Die Jungen sahen sich an, und Kwani fuhr fort: «Sie werden einander von der Scheuche und der Rassel und all dem übrigen Flatterzeug erzählen und sagen, Acoya und Chomoc hätten gefährliche Medizin.»

«Ja!» riefen Chomoc und Acoya wie aus einem Mund und grinsten sich an.

Kwani stand am Rand des Plateaus und blickte zu dem Maisfeld hinter dem alten Dorf. Der Mais war ausgesät, und nun stellten Tolonqua und die Jungen überall im Feld hüfthohe Pfähle auf. Zwischen diesen wurden Schnüre aus gespleißten Yuccablättern gezogen, an denen die Jungen alle möglichen Fetzen befestigten, so daß das Feld bei jedem Windhauch belebt aussehen würde.

Der erwachsene Mann und die zwei kleinen Jungen arbeiteten gut zusammen. Die Jungen setzten alles daran, Männer zu werden; wie frisch geschlüpfte Vögel bemühten sie sich nach Kräften, sich aus ihrer Schale zu befreien. Bald würde Acoya alt genug sein, um in den Türkisclan eingeführt zu werden, dann würde er die meiste Zeit in der Kiva oder draußen im Freien verbringen. Einige Kinder hingen an der Mutterbrust, bis das nächste Baby kam, manchmal bis zu ihrem fünften oder sechsten Lebensjahr, aber Acoya war schon mit drei Jahren entwöhnt worden. Kwani hatte es bedauert. Aber schon in sechs Monden würde ein anderes Kind an ihrer Brust liegen.

Vielleicht eine Tochter.

Kwani blickte zur Sonne. Sie stand schon beinahe an ihrem

höchsten Punkt. Tolonqua und die Jungen würden hungrig sein und darauf warten, daß sie ihnen Maiskuchen und Dörrfleisch brachte. Sie kehrte um und ging zur Stadt zurück.

34

Tiopi blickte besorgt zum Himmel, über den sich ein merkwürdig gelber Dunstschleier gebreitet hatte. Als sie tief einatmete, hatte sie Staub im Mund. Ein zorniger Windgott blies Sand aus seinen mächtigen Lungen. Die Jäger und die Männer auf den entlegenen Feldern wußten, wie man sich bei einem solchen Sturm verhielt, aber die Kinder brauchten Schutz. Wo war Chomoc?

Sie hielt die Hand über die Augen, um das gleißende Licht abzuhalten, und blickte über die Stadt. Manchmal spielten Acoya und Chomoc auf dem Dach. Doch heute waren sie nicht zu sehen. Vielleicht stöberten sie in der alten Stadt herum. Sie legte sich eine alte Decke über Kopf und Schultern, um sich schützen zu können, wenn der Sandsturm losbrach.

Tiopi lief zur alten Stadt am Fuß des Berges, wo noch ein paar Neuankömmlinge wohnten, bis sie ihre neuen Behausungen beziehen konnten. Kinder und Hunde wurden ins Haus gerufen; das zum Trocknen aufgehängte Fleisch, Kleidung und sonstige wertvolle Dinge wurden von den Dächern geräumt und die Luken geschlossen. Tiopi stieg auf das Dach der ersten Behausung, hob eine Ecke der dicken Matte über der Luke an und rief hinunter: «Ich suche Chomoc. Ist er hier?»

«Nein.»

«Habt ihr ihn gesehen?»

«Nein.»

Sie fragte da und dort, erhielt jedoch überall die gleiche barsche Antwort. Diese Menschen waren keine Anasazi; für sie war Tiopi eine Fremde. Seit einiger Zeit begegneten ihr die Leute nicht mehr so freundlich; sie wichen ihr sogar aus.

Eine heftige Bö wirbelte dicke Staubwolken auf.

Tiopi hielt sich die Decke vor das Gesicht und lief, sich unter dem immer stürmischer werdenden Wind duckend, den Berg hinauf. Sand drang ihr in Augen und Nase. Die Männer, die auf den Feldern in der Nähe gearbeitet hatten, eilten in die Kiva oder zu ihren Behausungen. Kein Vogellaut war zu hören.

Hoffentlich spielten Chomoc und Acoya nicht irgendwo außerhalb der Stadt, dachte Tiopi. Wahrscheinlicher war jedoch, daß ihr Sohn sich bei Kwani aufhielt. Er hatte Tiopis Aufforderung, Kwani zu besuchen, brav befolgt und stets treu berichtet, was diese tat. Doch bis jetzt war ihm nichts Verdächtiges aufgefallen. Er schien vielmehr gern bei ihr zu sein.

Tiopi blieb einen Moment stehen. Sie stemmte sich gegen den Wind, und plötzlich zuckte sie wie unter einem Schmerz zusammen. Möglicherweise war es ein Fehler gewesen, Chomoc zu Kwani zu schicken. Am Ende hatte sie ihn verhext. Er war nur ein kleiner Junge...

Sie hastete weiter. Hustend und keuchend kletterte sie auf einer Außenleiter zur ersten Dachetage. Die Dächer lagen leer und verlassen, nur ein alter Hund kauerte vor einem Eingang. Tiopi stieg zum zweiten Stockwerk hinauf und lief, tief gebückt gegen den sausenden und zerrenden Wind, zu Kwanis Tür. Noch bevor sie ihr Ziel erreicht hatte, hörte sie Kwani das Lied vom Rennkuckuck singen und das Gelächter der Jungen.

Energisch klopfte Tiopi an die Tür. «Ich bin es. Tiopi!»

Die Tür ging einen Spalt breit auf, und Tiopi blickte in Kwanis Gesicht. Kwani starrte sie einen Moment lang überrascht an; doch dann öffnete sie die Tür, zog Tiopi schnell ins Haus und schlug die Tür wieder zu.

Sie wies wie selbstverständlich auf einen Platz an der Feuergrube, wo Tolonqua und Yatosha gemütlich beisammensaßen und gerösteten Mais aßen, während sie ihre Bogen polierten und von ihren Jagderlebnissen erzählten.

«Nimm Platz und iß.»

Tiopi starrte Yatosha an. Hier also steckte er, und sie hatte gedacht, er wäre auf der Jagd. Statt ihren schwindenden Fleischvorrat zu ergänzen, saß er in Kwanis Wohnung. Und Chomoc und Acoya standen neben Kwani, als suchten sie Schutz bei ihr. Tiopi errötete vor Zorn.

«Ich will Chomoc abholen.»

Yatosha stand auf. «Warum?»

Tiopi errötete noch tiefer. «Ich will ihn nach Hause bringen.»

«Warum?»

«Er ist mein Sohn, und ich will ihn bei mir haben. Ich muß dafür keinen Grund angeben.»

Tiopi packte Chomoc am Arm und riß die Tür auf. Yatosha stellte sich vor Chomoc und schlug die Tür wieder zu. Zornig blickte er auf seine Frau, die ihn mit ihrem ungebührlichen Verhalten beschämt hatte.

«Er bleibt!» sagte er.

«Nein!» Wieder griff Tiopi nach Chomoc, aber der Junge wich zurück und sagte, beinahe ebenso finster dreinschauend wie sein Vater: «Ich will hierbleiben!»

«Du kommst mit mir!» schrie Tiopi. Sie versuchte, an Yatosha vorbeizukommen und Chomoc zu packen, aber der Junge versteckte sich hinter Kwani.

Tiopi blickte ihre Rivalin mit wild funkelnden Augen an. Sie war schöner denn je mit ihrem buntgefärbten, bestickten Kleid aus weißer Baumwolle. Der Halsschmuck mit den polierten, farbigen Steinperlen leuchtete auf ihrer Haut, und der Muschelanhänger mit den eingelegten Türkisen ruhte zwischen wohlgeformten Brüsten. Kwanis Haar hing lose über ihre Schultern herab. Die blauen Augen blickten aufreizend unergründlich.

Kwani verhexte die Menschen mit ihrer Schönheit. Kein Wunder, daß Yatosha hier herumsaß. Und der kleine Chomoc...

Tolonqua trat neben Tiopi und sagte ruhig: «Sobald sich der Staub gelegt hat, schicken wir Chomoc nach Hause. Willst du nicht so lange bei uns bleiben und mit uns essen?»

«Nein», sagte Kwani. «Sie will nicht bleiben.»

Eine schlimmere Beleidigung gab es nicht. Tiopi zitterte vor Zorn. Natürlich wollte sie nicht bleiben, aber es gesagt zu bekommen, war gleichbedeutend mit der Aufforderung zu gehen.

«Ich werde meinen Sohn mitnehmen!» Ihre Stimme überschlug sich. «Jetzt!»

«Er bleibt bei mir.» Yatosha blieb hart.

Tiopi ging rückwärts zur Tür, den Blick auf Yatosha gerichtet, der plötzlich ein Fremder war. Noch nie hatte sich ihr dieser Mann so widersetzt! Plötzlich mischte sich Angst in ihre Wut – Angst vor etwas Unabwendbarem. Ohne ein weiteres Wort riß sie die Tür auf und verschwand hinter einem Schwall staubiger Luft, den der Wind ins Haus fegte.

35

Acoya ließ sich rücklings im Wasser treiben. Er hatte seinen Bogen und den Köcher mit den Pfeilen am Ufer abgelegt und war ein Stück flußaufwärts zu seinem Lieblingsplatz gewandert, wo der Fluß etwas tiefer war. Langsam, bald in die eine, bald in die andere Richtung steuernd, trieb er über die glattgeschliffenen Felsen flußabwärts. Er betrachtete die hoch aufgeschossenen Pappeln und die silbrigen Weiden, die ihre geschmeidigen Zweige wie Finger durch das Wasser zogen.

Etwas oberhalb der Stelle, wo sich Frauen zum Wäschewaschen versammelt hatten, wurde der Fluß wieder seicht. Acoya suchte festen Stand und watete ans Ufer.

Er sah Chomoc am Waschplatz mit einigen Anasazijungen spielen. Sie rutschten von einem großen Stein in der Mitte des

Flusses hinunter ins Wasser. Mädchen waren auch dabei und badeten junge Hunde, als wären es kleine Kinder. Acoya schnaubte verächtlich.

Das Geräusch schreckte ein Kaninchen auf. Acoya lief zu der Stelle, wo er Pfeil und Bogen abgelegt hatte. Vielleicht konnte er es erlegen und es gleich seiner Mutter mitgeben. Sie war mit Waschen fertig und breitete die einzelnen Stücke zum Trocknen über die Büsche.

Er hob den Bogen auf und schnallte sich den Köcher um, als sich in einem großen Busch in seiner Nähe etwas bewegte. Die Zweige hatten kaum merklich gezittert, aber Acoya hatte es gesehen. Vielleicht saß das Kaninchen dort. Mit klopfendem Herzen legte er einen Pfeil auf und wartete regungslos, genau wie ein erfahrener Jäger.

Der Busch bewegte sich wieder. Acoya wollte sich eben vorsichtig näherpirschen, als Kwani herbeikam, um etwas zum Trocknen darauf auszubreiten. Acoya versuchte, ihr ein Zeichen zu geben, aber sie trug das Kleidungsstück mit ausgestreckten Armen vor sich her, so daß sie ihn nicht sehen konnte. Er würde das Kaninchen nicht kriegen, wenn sie ihm dazwischenkam.

«Bleib stehen!» zischte er.

Da sprang mit einem Schrei Tiopi aus dem Busch. Acoya erstarrte, als er sah, wie sie mit einem schweren Hammer ausholte und sich auf Kwani stürzte. Diese ließ das nasse Kleidungsstück fallen, rannte laut schreiend in den Fluß und versuchte, sich an das von Bäumen bestandene gegenüberliegende Ufer zu retten. Tiopi rannte ihr nach. Das Haar hing ihr ins Gesicht, ihre Augen funkelten irr, und sie schwang den Hammer mit dem großen Steinkopf, als hätte er kein Gewicht.

Die Kinder kreischten. Die Frauen starrten mit offenem Mund. Einige liefen hinter Tiopi in den Fluß und riefen: «Halt! Bleib stehen!»

Mitten im Fluß, nahe der Stelle, wo die Jungen noch eben gespielt hatten, stolperte Kwani und fiel ins Wasser. Sie fand keinen Grund unter den Füßen, als sie versuchte, wieder auf die Beine zu kommen. Tiopi hatte sie beinahe eingeholt.

Wie von einer inneren Stimme geleitet, hob Acoya seinen

kleinen Bogen, zielte über den rechten Daumen und ließ den Pfeil fliegen. Er traf Tiopi in den Rücken, blieb einen Moment zitternd stecken und fiel dann, einen roten Fleck hinterlassend, ins Wasser.

Mit einem Schrei warf Tiopi die Arme hoch, sie rutschte aus und fiel rücklings ins Wasser. Dabei schlug sie mit dem Kopf gegen den Felsblock, der aus dem Fluß ragte, drehte sich und blieb mit dem Gesicht nach unten im Wasser liegen. Kwani hastete auf das gegenüberliegende Ufer und verschwand zwischen den Bäumen.

Einen Augenblick lang war es still, und dann redeten alle durcheinander.

«Acoya hat Tiopi getötet!»

«Sie ist gestürzt und auf den Stein gefallen!»

«Acoya hat die Hexe getötet!»

Eine Frau näherte sich Tiopi, die sich nicht rührte. «Sei vorsichtig!» riefen ihr die anderen nach. «Der Hammer –»

Chomoc folgte ihr, halb watend, halb schwimmend. Er packte seine Mutter und versuchte, sie umzudrehen. Andere kamen ihm zu Hilfe und zogen Tiopi auf den Felsen. Sie war völlig schlaff und hatte eine klaffende Wunde an der Stirn und eine kleine auf dem Rücken.

«Sie ist tot!»

«Mutter!» Acoya hörte Chomocs erstickten Schrei.

Eine der Frauen tauchte ihre Hand ins Wasser und holte den Steinhammer heraus. Sie hielt ihn in die Höhe. «Seht her! Damit wollte sie Kwani töten.»

Chomoc riß der Frau den Hammer aus der Hand. Er hielt ihn mit beiden Händen, blickte darauf nieder und begann hilflos zu weinen. Sein schmaler Körper wurde von Schluchzern geschüttelt. Eine der Frauen wollte ihn trösten, doch er wollte nicht getröstet, ja nicht einmal berührt werden. Mit all seiner Kraft warf er den Hammer ins Wasser zurück und watete schluchzend ans Ufer.

Acoya lief ihm nach. «Ich mußte es tun. Es tut mir leid, aber ich –»

«Geh weg!»

Chomoc lief allein weiter. Weinend, naß und nackt flüchtete er nach Hause.

Zwei Hirsche blickte in die Gesichter der Männer, die vor ihm in der Kiva saßen. Es kam nur selten vor, daß er es nicht genoß, oberster Häuptling zu sein. Doch heute war so ein Tag.

Anwesend waren die Häuptlinge und Ältesten von Cicuye, Huzipat und einige Männer des Adlerclans. Yatosha war nicht dabei.

Zwei Hirsche sagte: «Wir haben gehört, daß eine Frau aus Cicuye getötet wurde. Wir alle bedauern ihren Tod.»

Ein junger Mann aus dem Adlerclan sagte laut: «Ich sehe nicht, daß die Towa trauern.» Er hatte unhöflicherweise nicht einmal die Hand gehoben, um anzuzeigen, daß er sprechen wollte.

«Woher sollen wir wissen, was wirklich geschah», sagte ein anderer. «Wir haben nur das Wort der Frauen.»

Tolonqua hob die Hand. «Ich erinnere daran, daß wir auch das Wort meines Sohnes Acoya haben. Ich habe Bogen und Pfeil gemacht, die er benutzt hat. Ich weiß, welche Beute er damit erlegen kann und auch, auf welche Entfernung. Acoya war am Ufer; sie war im Fluß, beinahe auf der anderen Seite. Wer die kleine Wunde gesehen hat, die der Pfeil verursachte, weiß, daß es nur der Schlag gegen den Kopf gewesen sein kann, der Yatoshas Gefährtin getötet hat.»

Der Medizinhäuptling nickte. «Tolonqua sagt die Wahrheit.»

Huzipat verlangte das Wort. «Es trifft zu, daß wir nur von Frauen und Kindern wissen, wie sich das Unglück zugetragen hat. Aber einige dieser Frauen sind Anasazi, vom Adlerclan. Und sie sagen das gleiche wie die anderen Frauen.» Er wandte sich an die Adlerclan-Männer, die hinter ihm saßen. «Ich glaube nicht, daß unsere Frauen lügen. Auch nicht, daß die anderen lügen. Es ist so gewesen, wie sie sagen, und wir müssen es hinnehmen, auch wenn es schmerzlich ist. Nur die Götter wissen, welcher böse Geist Yatoshas Gefährtin beherrscht hat. Nicht sie war es, die versucht hat, eine andere Frau zu ermorden, sondern der Geist, der von ihr Besitz ergriffen hatte.»

«Aye!» sagte der Medizinhäuptling.

«Wir sind betrübt, daß Yatosha seine Gefährtin verloren hat, die er liebte, wie wir alle wissen; und wegen Chomoc, der beide, seine Mutter und Kwani, liebte und dessen Herz jetzt zerrissen ist. Wir sorgen uns um Acoya, der unter schweren Vorwürfen zu leiden hat und doch erst ein kleiner Junge ist. Und wir sorgen uns um *Die Sich Erinnert*, die sich für all das verantwortlich fühlt und um ihr ungeborenes Kind bangt..» Huzipat schüttelte den Kopf. «Es ist eine traurige Zeit. Aber wir müssen dem Kummer erlauben vorüberzugehen. Heute bringt Yatosha seine Gefährtin an den Ort, wo sie begraben wird. In drei Tagen wird sie in Sipapu sein, wo es kein Leid gibt und alles gut und schön ist. Sie wird ihren Frieden finden. Und das gleiche müssen wir hier tun: Wir müssen Frieden finden. Ich habe gesprochen.»

Einige der Männer sahen sich an, andere blickten auf ihre gefalteten Hände. Niemand sprach. Von oben waren die Rufe der Kinder und die Geräusche der Handmühlen zu hören. Es waren alltägliche, tröstliche Laute. Trotzdem war Tolonqua nicht wohl. Die Stadt wuchs mit den Neuankömmlingen, aber auch die Probleme mehrten sich. Daß es bereits unterschwellige Konflikte gab, war nicht zu leugnen. Die Anasazi fühlten sich zuerst als Anasazi und dann erst als Bürger von Cicuye.

Unruhen mußten vermieden werden. Aber wie ging man dabei am besten vor?

Wenn er einen Weg finden würde, Acoya und Chomoc zu helfen, daß sie wieder Freunde sein könnten, vielleicht würde dann auch manches andere gut werden. Wenn der Kummer besiegt war, würden vielleicht auch die Gegensätze in der Bevölkerung abnehmen.

Tolonqua lag noch lange wach. Aber schließlich wußte er, was er tun mußte.

Am nächsten Tag sagte Tolonqua zu Acoya: «Heute gehen wir in das Dorf von *Schneller Läufer*.»

Acoyas Augen leuchteten auf. «Warum?»

«Du wirst schon sehen. Zieh deinen Lendenschurz und Mokassins an. Es ist ein langer Weg.»

Kwani füllte einen Beutel mit Maiskuchen und einen mit Wasser. Sie hatte diesem Ausflug nur zögernd zugestimmt, nachdem ihr Tolonqua erklärt hatte, was er damit bezweckte.

«Nehmt einen Hund mit», sagte sie. «Zur Sicherheit», wollte sie hinzufügen, aber sie unterließ es. Schließlich wußte jeder, daß Hunde Gefahren wittern oder Raubtiere vertreiben konnten.

Tolonqua nickte, während er noch ein paar schöne Türkisketten einpackte. Er hängte sich Feuersteinmesser, Köcher und Bogen um, befestigte das Muschelhorn an seinem Gürtel und griff nach seinem Stock.

Draußen näherten sich rasche Schritte, und Acoya kam ins Haus gestürmt, zusammen mit einem großen, kläffenden Hund. «Wir sind fertig», rief er und hüpfte ungeduldig auf und ab.

Tolonqua und Kwani lächelten sich zu.

«Wir gehen.» Tolonqua reichte Acoya den kleinen Bogen und den Köcher, die der Junge seit Tiopis Tod nicht mehr angerührt hatte, küßte Kwani zum Abschied und tätschelte zärtlich ihren gewölbten Leib. «Paßt gut auf euch auf.»

Acoya überlegte einen Moment, doch als er sah, daß auch Tolonqua seinen Bogen umgehängt hatte, folgte er seinem Beispiel. Er gestattete es Kwani, ihn zu umarmen, und dann waren sie bereits unterwegs.

Es war ein warmer Frühsommertag. Tolonqua und Acoya wanderten durch das Tal. Der Hund zockelte hinterdrein. Obwohl Tolonqua hinkte, mußte sich Acoya anstrengen, um Schritt zu halten.

«Warum gehen wir in das Dorf von *Schneller Läufer*?»

Tolonqua hatte die Frage erwartet. «Er ist Medizinhäuptling, und er macht auch sehr gute Flöten.»

Acoya blieb stehen und sah Tolonqua überrascht an.

«Flöten?»

«Ja, um Musik zu machen wie die Vögel.» Tolonqua wußte, das würde Acoya interessieren. «Seine Flöten bringen viel ein.» Er sagte nicht, daß *Schneller Läufer* nur wenige Flöten machte und sie ganz selten tauschte. Seine Instrumente besaßen Kräfte, und er gab sie nur an diejenigen weiter, die er für würdig hielt.

Acoyas Augen strahlten. «Wirst du eine Flöte für mich eintauschen?»

«Ja», antwortete Tolonqua. Er würde schon einen Weg finden, um den Medizinmann dazu zu bewegen. «Und eine für Chomoc. Kokopelli war ein hervorragender Flötenspieler.»

Acoya nickte. «Chomoc hat es mir erzählt. Was werden wir dafür bieten?»

Tolonqua vermerkte das «Wir» und lächelte innerlich. «Einen Türkishalsschmuck.»

«Wird das reichen?»

«Ich denke schon.»

Eine Weile gingen sie schweigend weiter. Hin und wieder zog eine Wolke vorüber und warf ihren Schatten über Berge und Tal. Tolonqua beobachtete, wie Acoya auf alles achtete und seinen Bogen bereit hielt für den Fall, daß ein Kaninchen oder ein Eichhörnchen auftauchte.

Als der Sonnenvater hoch über ihnen stand, sagte Tolonqua: «Wir wollen Rast machen und essen.» Er sagte nicht, daß ihn sein Fuß schmerzte. «Such einen schönen Baum aus, wo wir uns in den Schatten setzen können.»

Acoya nickte, ernst wie immer, wenn ihm etwas aufgetragen wurde. Er deutete auf eine hohe Eiche, die auf einer kleinen Anhöhe stand. Im selben Augenblick rannte der Hund auf den Baum zu, sprang am Stamm hoch und bellte wie verrückt.

«Bleib stehen!» flüsterte Tolonqua. Er zog einen Pfeil aus dem Köcher und legte ihn auf seinen Bogen. «Es könnte ein Berglöwe sein.»

Acoya legte ebenfalls einen Pfeil auf und versuchte, nicht ängstlich auszusehen. «Wird er uns angreifen?»

«Nur, wenn er sich in die Enge getrieben fühlt. Bleib hier und rühr dich nicht!»

Das Fell eines Berglöwen wäre eine kostbare Trophäe. Langsam ging Tolonqua auf den Baum zu. Wenn er das Tier dazu brachte, herunterzuspringen und wegzulaufen, wäre es eine leichte Beute. Er nahm einen großen Stein und warf ihn in den Baum.

Die Äste bewegten sich, aber das Tier ließ sich nicht blicken.

Tolonqua warf noch einen Stein, und wieder geschah nichts. Solange der Hund am Stamm hochsprang und bellte, würde das Tier nicht herunterkommen. Er rief den Hund, aber der gehorchte nicht.

Tolonqua machte einen Bogen um den Baum und näherte sich vorsichtig von der anderen Seite. Etwas Braunes tauchte zwischen den Zweigen auf. Die Farbe eines Berglöwen war heller, mehr gelbbraun. Das hier war ein Rotluchs!

Tolonqua winkte Acoya heran. «Schau dort hinauf!» sagte er.

Der Luchs war ein schönes Exemplar, rötlichbraun mit dunklen Flecken und einem hellen Bauch. Knurrend und mit dem kurzen Schwanz zuckend kauerte er in den Ästen. «Du kannst ihn mit deinem Pfeil erlegen. Ziel auf seine Brust.»

Der Luchs fauchte und fletschte die Zähne, als hätte er Tolonquas Worte verstanden. Er veränderte seine Stellung.

«Ziel!» sagte Tolonqua. «Er wird gleich springen!»

Acoya zitterte vor Aufregung, aber er zielte und ließ den Pfeil fliegen. Der Rotluchs stürzte mit dem Pfeil in der Brust vom Baum. Der Hund fiel sofort über ihn her.

Tolonqua zog den Hund weg, und Acoya schrie: «Ich habe ihn getötet! Ich habe ihn getötet!» Er strahlte vor Begeisterung.

Tolonqua wußte, daß es der Hund war, der den Luchs mit einem Biß in die Kehle getötet hatte. Acoyas Pfeil war nicht tief genug eingedrungen, um den Luchs tödlich zu verwunden. Aber er sagte:

«Du hast gut gezielt. Der Pfeil hat genau die richtige Stelle getroffen. Sieh mal, was für ein schönes Fell! Daraus können wir etwas Schönes für dich machen. Aber nun müssen wir um Vergebung bitten, weil wir dem Luchs das Leben genommen haben und damit sein Geist in einem anderen Luchs wiederkommt.»

Tolonqua entfernte den Pfeil und gab ihn Acoya zurück. Dann sprenkelte er eine Prise Maismehl über den Kadaver und sang ein Gebet.

Anschließend weidete er das Tier aus. Acoya hielt den Hund fest, während Tolonqua dem toten Luchs Ohren und Pfoten abschnitt, die Zähne herausnahm und das Fell mitsamt dem unversehrten Stummelschwanz abzog. Alles übrige bekam der Hund.

Tolonqua hielt das Fell bewundernd in die Höhe. «Du hast wirklich gut gezielt. Ich denke, du bist reif für einen größeren Bogen und stärkere Pfeile», sagte er.

Acoya war wie verwandelt vor Stolz und Freude. Er wischte seinen kleinen Pfeil an seinem Lendenschurz ab und steckte ihn in den mit Fransen verzierten Köcher, während Tolonqua das Fell zusammenrollte und es mit der übrigen Beute in seinen Tragsack packte. Erst jetzt fiel ihnen ein, daß sie noch nicht gegessen hatten. Sie setzten sich unter die Eiche, aßen Maiskuchen, tranken Wasser aus dem Wasserbeutel und machten sich dann wieder auf den Weg.

Acoya schien nicht müde zu werden, doch Tolonqua stützte sich schwer auf seinen Stock. Er war froh, als das Dorf in Sicht kam. Er hob das Horn an die Lippen und blies. Der Heulton scheuchte eine Schar Raben auf, und gleich danach erschienen Menschen auf den Dächern, und Hunde eilten den Besuchern entgegen.

Zweistöckige Adobebehausungen reihten sich um einen bescheidenen Platz, wo sich ein paar Dorfbewohner zur Begrüßung eingefunden hatten. Tolonqua erkannte sofort die hohe, schlanke Gestalt von *Schneller Läufer* und hob grüßend den Stock.

«Ho!» rief er. «Ich bringe Neuigkeiten und Grüße!»

«Willkommen!»

Tolonqua und Acoya wurden in die Behausung des Dorfhäuptlings geführt, eines Mannes mit krummem Rücken und von unbestimmbarem Alter. Seine Gefährtin forderte sie auf, vor einer ausgebreiteten Decke Platz zu nehmen, und bot ihnen Grütze an.

Während Tolonqua und Acoya aßen, kamen immer mehr Menschen in die Behausung des Häuptlings.

Als sie die Grütze ausgelöffelt hatten, rülpsten sie höflich. Nun konnte man mit dem Geschäftlichen beginnen.

Tolonqua nahm das Luchsfell aus seinem Sack und hielt es in die Höhe. «Diesen Rotluchs hat mein Sohn auf unserem Weg hierher mit seinem Pfeil erlegt», sagte Tolonqua. «Er ist vier Jahre alt.»

Die Zuhörer staunten. Alle kleinen Jungen spielten mit Bogen und Pfeilen, aber mit einem Spielzeug einen Rotluchs zu erlegen, war ungewöhnlich. Acoyas Bogen und Pfeile gingen von Hand zu Hand, während Acoya schüchtern, aber auch vor Stolz errötete.

«Wie ihr seht, ist mein Fuß schwach», fuhr Tolonqua fort. «Aber ich bin den weiten Weg nicht nur gegangen, um von eurem berühmten Medizinhäuptling behandelt zu werden, sondern auch um Holz zu bekommen für einen größeren und stärkeren Bogen für meinen Sohn. Der Bogen muß leicht sein, und das Holz, das ich dazu benötige, haben wir in Cicuye nicht.»

Die Jäger nickten. Sie kannten den Baum, von dem das leichte Holz stammte. Er wuchs in den Bergen im Nordwesten.

Tolonqua bot für das Holz einen Türkishalsschmuck, den der Dorfhäuptling mit unverhohlener Freude annahm.

«Wir gehen jetzt in die Medizinhütte», sagte *Schneller Läufer*. Und da Acoya im Mittelpunkt der allgemeinen Bewunderung stand, fügte er hinzu: «Dein Sohn will vielleicht hierbleiben.»

Tolonqua lächelte: «Ich glaube nicht, daß er etwas dagegen hat.»

Die Medizinhütte war klein, und es roch nach Wurzeln und Kräutern, die gebündelt von der Decke hingen. An den Wänden lehnten Krüge und Körbe, und auf einem Altar standen kleine Schalen mit heiligem Inhalt. In einer Mauernische lagen zwei kunstvoll geschnitzte und mit Wildlederfransen verzierte Flöten. Tolonqua bemühte sich, nicht hinzustarren, denn er wollte nicht, daß der Medizinhäuptling den wahren Grund seines Besuchs erriet.

Schneller Läufer breitete ein Bärenfell neben der Feuergrube aus und bat Tolonqua, sich darauf niederzulassen. Er stellte einen bauchigen Krug, dessen enge Öffnung mit einem Pfropfen aus Wildleder verschlossen war, neben sich, legte einen Stein auf die Glut in der Feuergrube, und dann ließ er sich vor Tolonqua auf die Knie und nahm seinen verkrüppelten Fuß in die Hände.

«Zieh den Mokassin aus.»

Der Häuptling tauchte einen Lappen in den Wasserkrug und wusch Staub und Schweiß von Tolonquas Fuß. Dann knetete er ihn mit kräftigen Fingern und untersuchte Knochen und Sehnen.

Er blickte Tolonqua mitfühlend an. «Ich kann nicht heilen, was nicht geheilt werden kann. Aber ich kann dir ein wenig Erleichterung schaffen.»

«Ich werde auch dafür dankbar sein.»

Aus einem Korb nahm der Medizinmann einen dicken Holzklotz und legte ihn auf den Rand der Feuergrube. Er hob Tolonquas Fuß auf den Klotz, der genau über dem Stein lag, den er zuvor in die Glut gelegt hatte. Dann goß er aus dem bauchigen Krug eine trübe Flüssigkeit auf den heißen Stein. Es zischte, und der kräftige Geruch der Balsamkiefer breitete sich aus. Aus einem anderen Korb nahm der Häuptling einen großen Lappen Büffelhaut.

«Damit fangen wir den Dampf ein.»

Er goß noch mehr von der Flüssigkeit auf den heißen Stein und bedeckte dann Tolonquas Fuß mit der Büffelhaut. Tolonqua fühlte, wie der heiße Dampf seinen Fuß umhüllte und die feuchte Wärme bis in seine Knochen drang. Als sich der Dampf legte, wiederholte der Häuptling den Vorgang, und dies so lange, bis der Krug leer war.

Anschließend massierte er den Fuß noch einmal.

«Ist es besser geworden?»

Tolonqua nickte.

«Gut.» *Schneller Läufer* setzte sich wieder und sah Tolonqua forschend an. «Hast du sonst noch irgendwo Schmerzen? Vielleicht in deinem Geist?»

Tolonqua blickte in das würdevolle Gesicht des alten Mannes und fragte sich, was ihn darauf gebracht haben könnte.

«Ja», sagte er. «Es gibt einen Schmerz in meinem Geist.»

«Erzähl mir, was dich bedrückt.»

Und Tolonqua umriß in knappen Sätzen, was sich in Cicuye zugetragen hatte und daß er Unfrieden zwischen den Towa und den Anasazi befürchtete.

Draußen hörte man die Rufe spielender Kinder. «Acoya ist der nächste!» rief eine Jungenstimme.

«Heute ist mein Sohn glücklich. Er kann Chomoc für eine Weile vergessen.»

«Wer ist Chomoc?»

«Der Sohn der Getöteten.»

«Sind sie Freunde?»

«Sie waren es. Jetzt geht Chomoc meinem Sohn aus dem Weg.»

Schneller Läufer blickte schweigend auf seine gefalteten Hände. Die Rufe der Jungen entfernten sich. Von irgendwoher drangen die hohen, süßen Töne einer Flöte zu ihnen herein.

«Die Flöte klingt schön», sagte Tolonqua. «Ist es eine, die du gemacht hast?»

Der Medizinmann nickte abwesend, und Tolonqua fuhr fort: «Das Lied der Flöte heilt den Geist.»

Da hob der Alte den Kopf und sah ihn an, als könnte er wie Kwani den geheimen Ort hinter den Augen sehen. Er lächelte fein.

«Du möchtest eine meiner Flöten.»

«Ich würde gern zwei von dir eintauschen. Eine für Acoya und eine für Chomoc.»

«Ich werde vielleicht eine tauschen. Für Acoya, aber nicht für Chomoc.»

«Darf ich dich fragen, warum?»

«Chomoc ist der Sohn einer Besessenen. Das macht ihn meiner Flöte unwürdig.»

«Er ist auch der Sohn von Kokopelli.»

«Ah», machte *Schneller Läufer* und saß wieder in Gedanken versunken.

Tolonqua holte aus seinem Tragsack den schönsten Halsschmuck, den er besaß. Er bestand aus Türkisen, Muscheln, Obsidianperlen und den polierten Klauen des Bären, des Heilers. Es war ein Schmuckstück von großem Wert. Er legte es auf den Altarstein.

«Diesen Schmuck biete ich dir und deinen Göttern an.»

Der Häuptling betrachtete den Schmuck. Schließlich sagte er:

«Dieser Schmuck ist viele Flöten wert. Trotzdem willst du ihn für nur zwei Flöten hergeben. Warum?»

«Die Menschen in meiner Stadt sind wegen des Todes jener Frau zerstritten. Meine Gefährtin, *Die Sich Erinnert*, grämt sich und ist besorgt wegen ihres ungeborenen Kinds. Acoya trägt eine viel zu schwere Last auf seinen jungen Schultern. Und das Herz von Chomoc, dem Sohn Kokopellis, ist zerrissen. Wir brauchen deine Flöten, um all dies zu heilen. Ich gebe den Schmuck nicht nur für zwei Flöten, sondern auch für ihre heilende Wirkung.»

Daraufhin griff er wieder in seinen Tragsack und nahm eine aus Ton gefertigte Pfeife heraus, die mit einem geschnitzten aufrecht gehenden Bären verziert war, und legte sie ebenfalls auf den Altar.

«Diese Pfeife bietet mein Sohn.»

Bedächtig nahm *Schneller Läufer* die Pfeife in die Hand, betrachtete sie von allen Seiten und strich mit den Fingern über die polierten Flächen. Nachdem er auf ähnliche Weise den Halsschmuck untersucht hatte, legte er beide Stücke auf den Altar zurück.

«Ich nehme dein Angebot an», sagte er schließlich, «unter einer Bedingung: daß Acoya und Chomoc diese Flöten mitnehmen, wenn sie ihre Mannesvision suchen. Ich werde dann in Sipapu sein, aber mein Geist wird dem Lied ihrer Flöte antworten und ihnen eine Vision bringen. Wenn sie sich jedoch als unwürdig erweisen und die Götter nicht ehren, werden meine Flöten nicht singen, und es wird ihnen keine Vision zuteil.»

Keine Vision zu haben bedeutete, ziellos durch das Leben zu irren, ohne Schutzgeist und ohne geistige Führung, von den Mitmenschen bedauert und in allen wichtigen Fragen übergangen zu werden.

«Ich werde es ihnen sagen, und sie werden versprechen, alles zu tun, um deine Bedingung zu erfüllen. Und wenn einer der Jungen die Götter mißachten sollte, werde ich die Flöten dir oder deinem Clan zurückgeben.»

«Einverstanden.»

Der Medizinmann nahm die beiden Flöten aus der Mauernische und brachte sie Tolonqua, der sie bewundernd betrachtete, bevor er sie in seinen Tragsack steckte. Er zog seinen Mokassin wieder an und stand auf. Er hatte das Gefühl, sein Fuß sei kräftiger geworden.

«Ich möchte bezahlen, was ich dir für die Behandlung meines Fußes schulde.»

Der alte Häuptling nahm die Pfeife und hielt sie mit beiden Händen. «Dein Sohn hat dafür bezahlt.»

«Gut.» Tolonqua lächelte. «Ich gehe jetzt, um das Holz für den Bogen zu besorgen. Wir werden die Nacht hier verbringen und morgen nach Cicuye zurückgehen.»

Sie trennten sich als Freunde. Jeder wünschte, den anderen besser kennenzulernen, doch sie wußten beide, daß dies ihre letzte Begegnung war.

36

Acoya wollte schon etwas auf seiner Flöte spielen können, bevor er Chomoc das für ihn bestimmte Instrument gab. Eine schöne Melodie, meinte er, sei ein Anreiz für Chomoc, das Geschenk anzunehmen, und dann würden sie wieder Freunde sein.

Jeden Tag ging er mit seinem neuen Bogen und seiner Flöte zu einem einsamen Platz auf dem Plateau. Hier setzte er sich auf einen großen Stein, blickte über das Tal zu den Berggipfeln, wo die Götter wohnten, und versuchte, den Geist seiner Flöte zum Singen zu bringen.

Eines Tages, als Acoya wieder einmal eifrig übte, näherten sich Schritte. Acoya hörte auf zu spielen und drehte sich um. Es war Chomoc.

Die Jungen sahen sich an.

Acoya wandte sich wieder seiner Flöte zu und spielte. Chomoc kam näher und blieb mit einem so sehnsüchtigen Ausdruck im Gesicht neben Acoya stehen, daß dieser sein Spiel erneut unterbrach.

«Ich grüße dich», sagte er höflich.

Chomoc antwortete nicht. Er stand nur da, blaß und dünn, als wäre er krank gewesen, und starrte auf die Flöte.

Acoya hielt sie ihm hin. «Hier, spiel du.»

Chomoc nahm die Flöte und hielt sie in beiden Händen. Dann hob er sie an die Lippen. Seine Finger suchten treffsicher die Löcher, er blies, und die Flöte sprach. Er blies noch einmal, und schon zitterte ein süßer Ton in der Luft.

Chomoc nahm die Flöte von den Lippen und betrachtete sie. Sein Gesicht leuchtete auf. Er lächelte und begann zu spielen, zuerst ganz vorsichtig und dann, als sich seine Finger zurechtfanden, immer selbstbewußter und sicherer.

Acoya staunte. Wo hatte Chomoc so spielen gelernt? Hatte er schon eine Flöte? Hoffentlich nicht, denn er wollte Chomoc etwas Besonderes schenken. Er wollte, daß sie wieder Freunde würden, daß alles wieder so war wie früher. Aber Chomoc schien vergessen zu haben, daß es Acoya gab. Es gab nur ihn selbst und die Flöte, die völlig anders klang, als wenn Acoya darauf spielte.

«Hast du meinen neuen Bogen gesehen?»

Chomoc warf einen Blick auf den Bogen und hörte auf zu spielen. Acoya nahm einen Pfeil aus seinem neuen Köcher und reichte Chomoc Bogen und Pfeil. «Probier ihn aus!»

Chomoc schaute die Flöte an. Er wendete sie hin und her, als wollte er sich genau einprägen, wie sie aussah. Dann gab er sie Acoya zurück und griff nach dem Bogen.

«Mit meinem alten Bogen habe ich einen Rotluchs getötet. Deshalb hat mir mein Vater diesen hier gemacht. Er ist stark.»

Chomoc schoß einen Pfeil in den Himmel. Er flog höher und höher.

«Du kannst ihn benutzen, wann du willst», fuhr Acoya fort.

Chomoc nickte, aber seine Augen hingen an der Flöte.

«Ich habe ein Geschenk für dich bei mir zu Hause. Komm mit, und ich gebe es dir. Los. Komm mit!»

Chomoc hob den Pfeil auf, wo er heruntergefallen war, und dann sah er Acoya an. Es war, als würde etwas Kaltes in seinem Gesicht schmelzen. Er lächelte.

«Was ist es?»

«Komm mit, dann siehst du es.»

Auf dem Weg in die Stadt erzählte Acoya von seinem Ausflug ins Dorf von *Schneller Läufer*. Hin und wieder blieben sie stehen, um den Bogen noch einmal auszuprobieren. Aber Chomoc blickte immer wieder auf die Flöte. Als sie sich Acoyas Zuhause näherten, hörten sie Kwani singen.

Chomoc zögerte. «Wird sie mich sehen wollen?»

«Natürlich.»

Die Tür stand offen. Kwani kniete vor der Handmühle und sang das Lied vom Maismahlen. Sie blickte auf, als die Jungen eintraten.

«Chomoc!» rief sie. Sie breitete die Arme aus, und Chomoc lief zu ihr. Sie umarmte ihn, und er verbarg das Gesicht an ihrer Schulter und schmiegte sich an sie.

«Es ist so schön, dich wiederzusehen, Chomoc.»

Tolonqua kam aus dem Raum nebenan. «Das ist es in der Tat. Willkommen.»

Der Junge sah lächelnd zu ihm auf. Seine Augen glänzten.

«Acoya, gib Chomoc sein Geschenk!» sagte Kwani.

Acoya führte Chomoc in den Raum, in dem er seine Sachen aufbewahrte, und deutete auf ein niedriges Sims. Dort lag eine Flöte wie die von Acoya, nur andersfarbig bemalt und mit noch schöneren Wildlederfransen.

«Nimm sie. Sie gehört dir.»

Chomoc nahm die Flöte und betrachtete sie liebevoll. Dann hob er sie langsam an die Lippen und begann zu spielen.

Im Raum nebenan wechselten Tolonqua und Kwani einen wissenden Blick. Der Junge, der jetzt spielte, war Kokopellis, des Magiers, Sohn.

37

Kwani hatte ihre Pflichten als Lehrerin der jungen Mädchen in letzter Zeit vernachlässigt. Es schien, als hätte ihre Schwangerschaft ihre geistigen Kräfte geschwächt. Sie würde wieder unterrichten, wenn das Kind geboren war. Je näher der Tag ihrer Niederkunft rückte, desto unruhiger wurde sie.

«Die Hebamme spricht dauernd von Zwillingen», sagte sie zu Tolonqua. «Ich fühle mich auch tatsächlich anders als damals bei Acoya.»

«Dieser hier ist nicht Acoya. Er ist anders –»

«Was meinst du mit *er*?» brauste Kwani auf. «Ich will ein Mädchen. Und genau das wird es sein. Ein Mädchen! Warum sprichst du immer von *ihm*?»

«Wir werden sehen.» Er durfte Kwani nicht aufregen, sonst schadete er dem Kind.

Zwei Tage später wurde das Kind geboren. Es war ein Mädchen. Anitzal legte Kwani das Neugeborene in die Arme, nachdem die Hebamme und der Medizinhäuptling ihre Arbeit getan hatten. Es war ein großes Kind für ein Mädchen, aber alles an ihm war schön und vollkommen.

«Seht ihr?» Die Hebamme wies auf den Geburtsfleck am unteren Ende der Wirbelsäule, einen kleinen braunen Fleck, der im sechsten Lebensjahr verschwinden würde. Er hatte die Form eines kleinen Penis.

«Ich habe euch gesagt, es sind Zwillinge!» krähte sie. «Sie ist sowohl Mädchen als auch Junge!»

Tolonqua kam und beugte sich über Kwani und das Kind. Zärtlichkeit und Sorge sprachen aus seinen Augen. «Alles in Ordnung?»

«Ja. Sieh her!» Kwani zeigte ihm die Zwillingsmerkmale. «Sie ist Junge und Mädchen zugleich!»

Tolonqua lächelte. «Ich habe meinen Sohn und du hast deine Tochter. Was wollen wir mehr?»

Kwani blickte in sein kluges Gesicht. Meinte er, was er sagte?

Sie suchte den geheimen Ort hinter seinen Augen und sah bittere Enttäuschung, aber auch tiefe Liebe.

Sie zog sein Gesicht zu sich herab und küßte ihn. «Der Junge in ihr bist du. Sie wird ein besonderes Kind, auf das wir stolz sein werden.»

Teil III
Der Morgenstern

38

Acoya stand mit Chomoc und anderen Altersgenossen auf dem Dach der Kiva und wartete auf Tolonqua. Alle trugen ihren besten Lendenschurz und Mokassins, denn heute begannen die Vorbereitungen zur Aufnahme in ihre Clane; es war der erste Schritt ins Mannesalter.

Es war ein sonniger Morgen und sehr warm, und sie warteten bereits ziemlich lange.

«Wo bleibt denn dein Vater?» fragten die Jungen Acoya.

«Ich weiß es nicht. Nach dem Morgenlied ist er irgendwohin gegangen.» Es war nicht immer ganz einfach, der Sohn von Tolonqua zu sein. Von ihm wurde mehr erwartet als von anderen Jungen.

«Er reinigt sich im Fluß», sagte Chomoc. «Ich sehe ihn dort manchmal am frühen Morgen.»

Acoya warf mit einer Kopfbewegung das Haar zurück und trat ungeduldig von einem Fuß auf den anderen.

«Seht! Da kommt er!»

Auf seinen Stock gestützt und auffälliger humpelnd als sonst, näherte sich Tolonqua der Kiva.

«Sein Fuß tut ihm weh», sagte Chomoc mit seiner hohen Stimme.

«Natürlich tut er ihm weh», sagte Acoya. «Aber früher war mein Vater der beste Jagdhäuptling von Cicuye.» Acoya wußte, daß er prahlte, aber Stolz schien ihm im Augenblick angebrachter als Bescheidenheit.

«Wir werden Adler jagen!» sagte ein Junge und hüpfte vor Aufregung.

«Und sie in Käfigen aufziehen. Ich weiß schon, was ich mir mit den Federn meines Adlers kaufen werde.»

«Erst einmal mußt du einen Adler fangen.»

«Tolonqua wird uns zeigen, wie man es macht.»

«Steht auf. Er kommt!»

Die Jungen erhoben sich respektvoll, als Tolonqua ankam.

«Ich grüße euch», sagte er. «Tretet ein.»

Nachdem die Jungen vor dem Altar Platz genommen hatten, kamen auch *Zwei Hirsche*, der Medizinhäuptling, der Jagdhäuptling *Adlerauge* und Yatosha in die Kiva und ließen sich nebeneinander entlang der Mauer nieder.

Tolonqua wandte sich an die Jungen: «Bevor wir euch mehr über Adler erzählen, möchte euch der Medizinhäuptling etwas sagen.»

Der Medizinhäuptling erhob sich und blickte die Jungen mit seinem gesunden Auge durchdringend an.

«Ich werde ohne Umschweife sagen, was ich zu sagen habe, denn ihr werdet jetzt Männer und müßt lernen, den Dingen ins Auge zu sehen.» Er hielt inne, und die Jungen sahen sich ängstlich an. «Möglicherweise gibt es bei uns Hexen. Daran tragen wir selbst Schuld. Denn wir haben keine Adler in Cicuye. Was wir an Adlerfedern brauchen, tauschen wir von anderen ein, die klüger sind als wir und die sich Adler halten, um die Verbindung mit den höheren Wesen zu pflegen und Hexen fernzuhalten. Wir dagegen haben uns mit der Kraft ihrer Federn begnügt. Das muß anders werden. Hexen können uns zerstören. Sie halten den Regen zurück und vernichten die Ernten. Sie verursachen Fieber, Wahnsinn, Schmerzen im Kopf und im Körper und Krankheiten des Geistes. Ihr, die ihr Adlerjäger werdet, könnt uns helfen. Das Schicksal von Cicuye liegt in eurer Hand. Ich gehe jetzt, um zu beten. Ich habe gesprochen.»

Alle schwiegen, während der Medizinhäuptling die Kiva verließ. Tolonqua wischte sich mit dem Handrücken den Schweiß von der Stirn, und Acoya sah, daß die Hand, die den Stock hielt, nicht so ruhig war wie gewöhnlich. Er sagte: «Jetzt wißt ihr, warum ihr Adlerjäger werden sollt. Der Adler hat die Kraft, bis zu den höheren Wesen emporzusteigen, um ihnen unsere Gebete zu überbringen, um Hexen und böse Geister fernzuhalten. Wir werden Adler aufziehen, damit sie uns beschützen und damit wir ihre Federn haben für Zeremonien, für Pfeile, für heilende Zwecke und viele andere wichtige Dinge. Außerdem können wir damit tauschen. Aber erst einmal müssen wir uns die Vögel holen.»

Tolonqua setzte sich, und *Adlerauge* ergriff das Wort. Dicke schwarze Zöpfe umrahmten sein junges, wettergegerbtes Gesicht mit den tiefliegenden Augen und vorstehenden Backenknochen. Er räusperte sich, kratzte sich an der Nase und ließ die Augen im Raum umherschweifen. Er war ein meisterhafter Jäger, ein meisterhafter Flötenspieler, aber als Lehrer aufzutreten fiel ihm schwer. Er räusperte sich noch einmal.

«Adler müssen sehr jung aus dem Horst geholt werden, wenn man sie in Käfigen großziehen will. Das ist nicht einfach, weil Adler an gefährlichen Stellen nisten. Deshalb könnt ihr erst Adlerjäger werden, wenn ihr in euren Clan aufgenommen seid und eure Mannesvision gesucht habt.»

Acoya hob die Hand. «Wie alt müssen wir dafür sein?»

«Zehn Jahre.»

Die Jungen redeten aufgeregt durcheinander. Sie waren alle fast zehn.

Der Jagdhäuptling bedeutete ihnen zu schweigen, und Tolonqua ergriff noch einmal das Wort. «Morgen früh beginnen die Aufnahmeriten. Wie ihr wißt, macht ihr damit den ersten Schritt ins Leben eines Mannes. Ihr werdet nach dem Verschwinden des Sonnenvaters nichts essen und nichts trinken, morgen früh bei Sonnenaufgang im Fluß baden und nackt hierherkommen. Ich habe gesprochen.»

Acoya blickte heimlich zu Chomoc und fragte sich, ob Chomoc ähnlich zumute war wie ihm. Er war stolz und ein wenig ängstlich zugleich. Es machte Spaß, Junge zu sein. Als Männer würden sie viel mehr Verantwortung haben. Aber welche Strapazen würden sie ertragen müssen, um Männer zu werden?

Chomoc saß gelassen neben ihm. Seine gelben Augen wirkten unnahbar. Acoya dachte, daß Chomoc bestimmt auch ein wenig Angst hatte. Aber sein Freund ließ sich nichts anmerken.

Am nächsten Morgen lief Acoya nackt flußaufwärts zu einer Stelle, wo er allein sein würde. Es war noch fast dunkel. Der Fluß glänzte geheimnisvoll. Er watete ins Wasser und tauchte unter. Die eisige Umarmung ließ ihn nach Luft schnappen, aber er achtete sorgfältig darauf, kein Wasser in den Mund zu bekommen, denn er durfte nichts trinken. Er schwamm zu seinem Geheimplatz hinter der Flußbiegung, einer kleinen, von einem Felsen und den überhängenden Zweigen einer Weide verborgenen Bucht. Er teilte die Zweige und schwamm in die Bucht.

«Ich grüße dich», sagte er zum Geist des Ortes.

Acoya erhielt keine Antwort, doch er spürte, daß er willkommen war. Er watete bis zu der tiefen Stelle, wo ihm das Wasser bis zum Kinn reichte, und blieb still stehen. Hinter ihm trennten eine geschlossene Wand aus Blättern und Zweigen und ein großer Felsblock die kleine Bucht von der Außenwelt ab. Vor ihm stieg das sandige Flußufer steil an bis hinauf zum Wald, wo hoch über dem Fluß ein weiterer großer Felsblock zu sehen war. Eine Pappel wuchs neben dem Felsen, und dichtes Gebüsch wucherte um seinen Sockel.

Es war ein stiller und wundersam erhebender Ort.

Acoya hatte vergessen, wie kalt das Flußwasser war. Staunend und tief verwundert blickte er empor, als sich das Gestrüpp am Fuß des Felsens bewegte und eine gelbbraune Gestalt auftauchte. Geduckt und geschmeidig kam sie den steilen Hang herunter und kauerte sich am Uferrand nieder, um zu trinken. Eine Berglöwin. Als sie den Kopf senkte, sah sie Acoya. Ihre blaugrauen Augen hielten seinen Blick wie mit Zauberkraft fest, während ihre Zunge das Wasser leckte. Sie war so nah, daß er hörte, wie sie trank. Dann machte sie kehrt und verschwand im Gebüsch.

Ein Omen! Acoya stand wie gebannt. Berglöwen waren gefährliche Raubtiere. Die Jäger erflehten vom Geist des Berglöwen Kraft und Geschicklichkeit für eine erfolgreiche Jagd.

Unter lautem Krächzen erhob sich eine Schar Krähen aus der Pappel. Acoya hatte plötzlich Angst. Er kehrte um, schlüpfte durch den grünen Weidenvorhang und schwamm um die Flußbiegung herum zurück zum Ufer. Als er nach Hause lief, sah er sich mehrmals um, halb in der Erwartung, eine hellbraune Gestalt zu sehen, die ihn auf leisen Sohlen verfolgte.

Zwei Hirsche, feierlich gekleidet in Büffelhornkopfschmuck, Fuchsfellumhang und gelben Lendenschurz – Gesicht und Körper waren gelb und schwarz bemalt –, erwartete die Jungen an der Einstiegsluke der Kiva. In der einen Hand hielt er eine Stange mit einem roten Banner als Zeichen, daß in der Kiva eine Zeremonie stattfand und nur die daran Beteiligten Zutritt hatten; in der anderen trug er seinen mit mystischen Figuren und Adlerfedern geschmückten Zeremonienschild. Er befahl den Jungen, sich in einer Reihe aufzustellen. Verlegen standen sie da, nackt und verletzlich, während sich die Dorfbewohner neugierig auf den Dächern versammelten.

Adlerknochenpfeifen und Pappelholztrommel verkündeten das Herannahen einer Prozession, die in einer anderen Kiva ihren Anfang nahm. Sieben Männer mit schrecklichen Masken vor dem Gesicht und furchteinflößender Körperbemalung marschierten hintereinander über den Platz. Jeder trug eine Peitsche aus Büffelhaut.

Die Jungen versuchten, ihre Angst nicht zu zeigen, aber sie stand ihnen im Gesicht. Viermal umkreiste die Prozession den Platz, begleitet von dumpfen Trommelschlägen und schrillenden Pfeifen. Dann stellten sich die Männer neben *Zwei Hirsche*.

Plötzlich war alles still.

Gleichmütig blickte *Zwei Hirsche* auf die Jungen.

«Wenn ihr ins Mannesalter eintretet, laßt ihr euer früheres Selbst zurück. Schlechte Einflüsse und böse Geister, die euch schaden wollen, müssen vernichtet werden. Unsere Priester sind bereit, sie zu vertreiben.» Auf seinen Wink stellten sich die maskierten Gestalten vor der Einstiegsluke der Kiva auf. «Ihr werdet einzeln und nacheinander an ihnen vorbeigehen und dann die Kiva betreten als solche, die dorthin gehören. Fangt an.»

Chomoc war der erste und trat ohne Zögern vor. Die Pfeifen stöhnten und die Trommel brüllte, als der erste Peitschenhieb auf seinen Rücken niederfuhr, und dann der nächste und noch einer und noch einer, während er die Reihe der maskierten Gestalten abschritt. Wie Schlangen wanden sich die Peitschen vor jedem Schlag, doch Chomoc ging tapfer weiter. Erst beim letzten Hieb duckte er sich, und dann stieg er über die Leiter hinunter in die Kiva.

Die anderen folgten; auch sie versuchten, beim Anblick der

unheimlichen Masken keine Furcht zu zeigen und nicht vor Schmerz aufzuschreien, wenn die Lederriemen auf ihren Rükken klatschten. Acoya war der letzte. Er gönnte den Masken keinen einzigen Blick und preßte die Lippen ganz fest aufeinander, während sieben Peitschenhiebe auf ihn niederprasselten und breite Striemen zurückließen. Er taumelte auf die Leiter zu und suchte, mehr rutschend als steigend, Rettung in der Kiva.

Tolonqua, in seinen weißen Büffelmantel gehüllt, und die anderen Häuptlinge waren bereits in der Kiva. Die Jungen setzten sich dicht aneinandergedrängt vor den Altar. Einige umschlangen ihre Knie und versteckten das Gesicht. Niemand sprach.

Als Trommel und Pfeifen schwiegen, betraten die maskierten Gestalten nacheinander die Kiva, zuletzt kam *Zwei Hirsche*. Sie stellten sich vor die Jungen, die ihren Augen kaum trauen wollten, als hinter den Masken die Gesichter des Medizinhäuptlings und seiner Helfer zum Vorschein kamen.

Acoya schluckte. Es war kaum zu glauben, daß diese Männer, die er jeden Tag sah, denen er vertraute und die er bewunderte, die schrecklich maskierten Götter waren, die ihm Schmerz zugefügt hatten.

Zwei Hirsche nahm seinen Platz neben dem Altar ein. «Ihr habt die Kiva frei von üblen Einflüssen betreten», begann er in feierlichem Ton. «Nun wird euch das Wissen offenbart, das ihr benötigt, um Männer zu werden und Mitglieder des Türkisclans. Euer erster Lehrer wird der Medizinhäuptling sein.»

Zwei Hirsche setzte sich, und der Medizinhäuptling trat vor. Er betrachtete jeden Jungen mit großem Ernst, aber auf Acoya schien sein Blick am längsten zu weilen.

«Ihr müßt vor allem eines wissen: Obwohl ihr menschliche Eltern habt, sind eure eigentlichen Eltern die, die euch erschaffen haben – die Erdmutter, aus deren Fleisch alle geboren sind, und der Sonnenvater, der Leben gibt. Ihr seid Mitglied eurer eigenen Familie und werdet Mitglied eures Clans, aber ihr seid auch Teil einer großen Welt, die ihr in Ehren halten müßt.»

Acoya lauschte andächtig. Dann wandte sich der Medizinhäuptling an ihn. «Stell dich neben mich.»

Acoya stand langsam auf, zögernd trat er vor den Altar und stellte sich neben den Häuptling, der ihn eine halbe Drehung machen ließ, so daß er den Jungen den Rücken zukehrte. Die sieben roten Striemen waren deutlich zu sehen.

«Der Körper der Erdmutter ist auf die gleiche Weise gemacht wie euer Körper. Durch jeden verläuft eine Achse, die die Bewegungen steuert.» Der Häuptling ließ seinen Finger über Acoyas Rückgrat gleiten, den eine Gänsehaut überlief, und deutete auf verschiedene Stellen der Wirbelsäule. «Wenn etwas in eurem Körper nicht stimmt, geht von diesen Stellen ein Warnsignal aus.» Dann wies er auf Acoyas Kopf. «Als ihr geboren wurdet, hattet ihr hier oben eine weiche Stelle, eine offene Tür, durch die ihr von eurem Schöpfer das Leben erhalten habt. Bei jedem Atemzug bewegte sich die weiche Stelle auf und ab, und euer Geist stand in ständiger Verbindung mit eurem Schöpfer. Dann wurde die Stelle hart, und die Tür schloß sich. Sie wird sich erst wieder öffnen, wenn ihr sterbt, damit euer Geist nach Sipapu gehen kann.»

Der Medizinhäuptling wies auf Acoyas Stirn und fuhr fort: «Gleich unter dieser Tür befindet sich das Gehirn, das euch befähigt, nachzudenken über das, was ihr tut, um den Plan eures Schöpfers auf dieser Erde auszuführen. In eurer linken Brust fühlt ihr das Herz schlagen. Schon die ersten Menschen erkannten seinen Lebenswert und seinen heiligen Zweck.»

Schließlich legte der Medizinhäuptling seinen Finger auf Acoyas Nabel. «Und hier drin befindet sich der Sitz des Schöpfers. Von hier aus lenkt er alles, was der Mensch tut.» Er nickte Acoya zu. «Du kannst dich setzen.»

Stolz, daß der Medizinhäuptling ihn aufgerufen hatte, kehrte er an seinen Platz zurück, und der Häuptling fuhr fort: «Die ersten Menschen kannten keine Krankheit; erst als das Böse in die Welt kam, erkrankten sie am Körper oder im Kopf. Der erste Medizinmann sagte ihnen, was nicht stimmte, weil er wußte, wie der Mensch gebaut ist.» Er hielt den Jungen seine Hände entgegen. «Diese Hände können sehen. Sie fühlen die Bewegungen, die von den bestimmten Stellen im Körper ausgehen, und erkennen, wo das Leben schwach oder stark fließt.»

Er griff in einen kleinen Beutel, den er um den Hals trug, und nahm einen Kristall von der Länge seines kleinen Fingers heraus. Er hielt ihn in die Höhe, damit ihn alle sehen konnten. Die Jungen reckten die Hälse, um diesen Gegenstand, der so viel heilige Kraft besaß, genau zu sehen.

«Der Schöpfer gab dies dem ersten Medizinmann. Heute hat jeder Medizinmann einen Kristall. Ihr seht ihn an und seht nichts als einen Kristall, aber ich benütze dies hier» – er wies auf seine Stirn –, «die vibrierende Stelle hinter meinen Augen, und ich sehe, was ihr nicht sehen könnt.»

Acoya folgte den Bewegungen und Worten des Häuptlings wie gebannt. Er berührte seine Stirn. Vibrierte es auch hinter seiner Stirn? Er legte die Hand auf seinen Bauch, wo der Schöpfer wohnte. Würde der Schöpfer ihm helfen, ein Medizinmann zu werden, mit den Händen zu sehen, zu heilen, zu sehen, was andere nicht sahen? Konnte – und wollte – er die langwierige und harte Ausbildung ertragen und die Einsamkeit, die damit verbunden war?

«Morgen werdet ihr mehr über die Schöpfung und die Geschichte unseres Volkes hören ...»

Der Medizinmann sprach noch eine ganze Weile, aber Acoya hörte nicht mehr zu. Er lauschte einer leisen Stimme in seinem Inneren, der Stimme seines Schöpfers.

39

«Seid ihr bereit, euch zu reinigen, ohne Nahrung und Wasser zu einem fernen, entlegenen Ort zu gehen und dort so lange zu bleiben, wie es nötig ist, um mit dem Großen Geist Verbindung aufzunehmen und eure Vision zu finden?»

Der Medizinhäuptling blickte die Jungen, die vor ihm auf dem Boden der Kiva saßen, scharf an.

Chomoc hob die Hand. Als der Häuptling nickte, sagte er: «Du hast gesagt, die Tür in unserem Kopf geht erst wieder auf, wenn wir sterben. Wie sollen wir dann jetzt mit dem Großen Geist Verbindung aufnehmen?»

Der Häuptling blickte in die goldbraunen, intelligenten Augen des Jungen und lächelte. «Ihr tragt auch noch den Geist eurer Vorfahren in euch. Viele Großväter sind in eurem Blut, und ihre Weisheit wird euch leiten und beschützen. Aber ihr müßt auf ihre leisen Stimmen hören.» Er machte eine Pause und blickte forschend in die Gesichter der Jungen. «Manchmal kann es sein, daß ihr diese Stimmen hört, ohne zu wissen, daß es die Alten sind, die zu euch sprechen und euch vielleicht warnen.»

Die Jungen blickten ehrfürchtig zu ihm auf.

«Wenn ihr eurem Schöpfer gehorcht und eure Mannesvision sucht, werdet ihr einen weiteren Schutzgeist bekommen. Er wird sich euch offenbaren.» Der Medizinhäuptling berührte den ausgestopften Vogel hinter seinem Ohr. «Dieser Vogel kam in meiner Vision zu mir, und seitdem hat mich sein Geist beschützt. Euer Schutzgeist wird das auch tun, wenn ihr euren Schöpfer in Ehren haltet.»

Acoya saß nachdenklich auf seinem Platz. Er hatte gelernt, daß die Erste Welt durch Feuer zugrunde gegangen war, die Zweite durch Eis, die Dritte durch Regen und Überschwemmung, nur weil die Menschen ihren Schöpfer nicht ehrten. Wie könnte er seinen Schöpfer am besten ehren?

«Acoya! Komm endlich!» rief Chomoc durch die Einstiegsluke.

Acoya blickte auf. Er hatte gar nicht gemerkt, daß alle andern die Kiva verlassen hatten. Die Glut in der Feuergrube glomm nur noch schwach. Er verabschiedete sich mit einer Geste von den Geistern der Kiva und stieg die Leiter hinauf in seine, die Vierte Welt.

Acoya lag auf dem Wasser in seiner heimlichen Bucht und blickte in den erwachenden Himmel. Der Tag versprach schön zu werden, ideal für die Suche nach einer Vision. Er hatte die Anweisungen des Medizinhäuptlings befolgt, sich innerlich und äußerlich gereinigt, und dann hatte er auf dem Weg zum heiligen Berg noch einmal angehalten, um hier zu baden.

Es war ganz still in der kleinen Bucht bis auf das Plätschern des Wassers und das Flüstern der Bäume. Die Luft war kühl und duftete nach Kiefern und dem süßen Atem des Waldes. Der Mantel des Sonnenvaters berührte eben den großen Stein, der über der Bucht aufragte.

«Heute suche ich meine Vision», sagte Acoya laut und schwamm durch die herabhängenden Zweige der Weide zum gegenüberliegenden Ufer. Er zog Mokassins und Lendenschurz an und hängte sich die Flötentasche über die Schulter. Es war die Tasche, die Kwani aus dem Fell des Rotluchses gemacht hatte.

«Denk daran, daß du *Schneller Läufer* versprochen hast, auf deiner Flöte zu spielen, wenn du deine Vision suchst», hatte Tolonqua gesagt. «Er ist jetzt in Sipapu, aber sein Geist wird dich hören.»

Acoyas Weg zu dem heiligen Berg, der bis zum Wolkenvolk hinaufreichte, führte am Fluß entlang talaufwärts. Der Sonnenvater ging seinen Himmelspfad, und Acoya wurde durstig, aber er durfte erst nach seiner Vision trinken. Acoyas Schatten wurde kürzer, je höher der Sonnenvater stieg. Er bekam Hunger, aber er durfte nichts essen, denn sein Inneres mußte rein bleiben.

Als er die ersten Ausläufer des heiligen Bergs erstiegen hatte, blickte er ehrfürchtig zur Wohnung der Berggötter empor. Würden sie ihn willkommen heißen? Was sollte er tun, wenn er keine Vision hatte?

Er tastete nach der Flöte an seiner Seite. Der Geist von *Schneller Läufer* würde ihm helfen.

Wolken schwebten über dem Berg, als Acoya den steilen Anstieg begann. Er sah sich um, entdeckte jedoch nirgends einen Pfad. Trotzdem beschloß er, auf den Gipfel zu klettern. Visionen kamen am ehesten an hochgelegenen Orten, weil sie den höheren Wesen näher waren. Und wenn es gefährlich war – um so besser. Der Medizinhäuptling sagte, einer Gefahr zu trotzen würde einer Visionssuche mehr Kraft verleihen.

Er setzte sich auf einen umgestürzten Baum, um auszuruhen und seinem Geist zu erlauben, sich mit den Geistern des Berges vertraut zu machen. Die Geräusche und Gerüche waren hier anders.

Was war das für eine Spur? Dort drüben, hinter dem Hagebuttenstrauch?

Er ging hin, um nachzusehen. Kein Zweifel. Es war die frische Spur eines Grizzlybären.

Acoya ging in die Hocke und lauschte. Mit jedem seiner Sinne versuchte er, die Gegenwart des Bären zu erfassen. Nichts. Vorsichtig stand er auf und blickte umher. Raben ließen sich auf einem Baum in der Nähe nieder. Ein Eichhörnchen saß auf dem Boden und schaute ihn an.

Kein Bär weit und breit. Ich werde beschützt, dachte Acoya.

Durch die Bäume sah er den Berggipfel, der auf ihn wartete.

Der Weg wurde immer steiler. Seine Füße fanden auf dem felsigen Boden nur wenig Halt. Er nützte junge Bäume und Sträucher, um Tritt zu fassen und sich hochzuziehen. Er kletterte höher und höher. Wenn er eine Pause einlegte, blickte er über das Tal mit dem glitzernden Fluß.

Acoya atmete tief ein. Er fühlte, wie sein inneres Wesen den Geistern der Berggötter entgegenströmte. Er stieg weiter bis zu einem kleinen Plateau mit einem knorrigen Wacholderbusch, Gras und Beifußstauden. Ein Kolibri schoß vorbei, ein Bote, unterwegs zu den höheren Wesen.

Hier würde er seine Vision finden.

Er sammelte Beifuß und baute neben dem Wacholderbusch einen kleinen Altar, auf den er seine Flöte legte. Er zog seine Mokassins und den Lendenschurz aus, um ungeschmückt vor seinem Schöpfer zu stehen. Inzwischen war es später Nachmittag. Acoya blickte nach Westen zum Sonnenvater und hob die Arme.

«Ich komme zu Dir, der mich geschaffen hat, der die Berge, den Himmel, das Wasser, der alles, was lebt, alles, was schön ist, gemacht hat. Bitte schicke mir eine Vision!»

Er stand lange Zeit da mit erhobenen Armen, so lange, bis er sie nicht mehr oben halten konnte. Der Sonnenvater verschwand hinter dem Berg, und die Luft wurde kalt, aber Acoya blieb regungslos stehen, bis alles Licht verschwunden war wie eine Decke, die aufgerollt und weggeräumt wurde.

Acoya legte sich unter den Wacholderbusch. Mit jeder Pore suchte er Verbindung mit dem Schöpfer aufzunehmen. Er blickte durch die dürren Zweige zur Wohnung der Götter empor, und es war, als flöge sein Geist zu den Sternen.

Er schwebte durch die Nacht. Schwebte und schlief.

Ein Geräusch weckte ihn. Er fuhr auf und starrte in die Finsternis. Da! Das Geräusch kam wieder, aus nächster Nähe. Acoya rührte sich nicht. Er atmete so leise, wie er nur konnte, und versuchte, die Dunkelheit zu durchdringen. Ein Schatten. Ein großer Schatten, der sich von ihm wegbewegte.

Acoya beobachtete und horchte angestrengt, aber was es auch gewesen sein mochte, es kam nicht zurück. Er bemerkte, daß er zitterte.

Meine Flöte, dachte er erschrocken. Ich sollte doch auf der Flöte spielen. Aber er fürchtete, sich durch eine Bewegung zu verraten.

Endlich warf der Sonnenvater seinen Mantel über den Horizont. Acoya kroch unter dem Baum hervor und sah sich um. Er ging zu dem kleinen Altar, um seine Flöte zu holen. Die Beifußzweige waren durcheinandergeworfen, die Flöte lag irgendwo daneben.

Acoya erstarrte. Überall waren Spuren.

Der Grizzlybär!

Der Bär war gekommen, doch die Flöte hatte ihn fortgeschickt.

Acoya baute seinen Altar wieder auf, und dann sang er sein Morgenlied, nach Osten gerichtet, wo ein goldener Rand am Horizont glühte. Er hob seine Flöte an die Lippen und brachte seinen Lebensatem dar. Seine Finger tanzten und spielten, während der Sonnenvater in all seiner Pracht am Himmel erschien.

Schließlich hob er die Arme und betete singend um eine Vision.

Am Morgen des dritten Tages hatte er noch immer keine Vision. Er spielte auf seiner Flöte, aber da er nichts gegessen und nichts getrunken hatte, war er schwach, und das Lied seiner Flöte klang merkwürdig, als litte auch sie.

Der Morgen verging. Der Atem des Sonnenvaters wurde heiß. Hitzewellen flimmerten über dem Tal. Acoya kam es vor, als flimmerte und zitterte die ganze Welt, als sei alles auf geheimnisvolle Weise in Bewegung. Die Farben veränderten sich. Die Welt wurde rot, grün, blau. Das Blau verblaßte zu blendendem Weiß. Aus dem Weiß erschien eine Gestalt.

Es war der Weiße Büffel. Er stand vor Acoya und sah ihn mit den Augen einer Berglöwin an.

Acoyas Flöte fiel zu Boden. «Ich grüße dich, heiliges Wesen.»

«Ich habe dich gezeichnet», sagte der Weiße Büffel. Seine Stimme klang wie der Wind im Cañon. «Weil du ein Auserwählter bist, erwartet dich große Gefahr. Ich gebe dir Kraft –»

Die weiße Gestalt begann zu schwanken, sie veränderte sich, wurde dunkel. Die Augen der Löwin wurden zu Bärenaugen. Ein Grizzly stand vor ihm. Der große Kopf schwang von einer Seite zu anderen. Er kam näher, richtete sich auf den Hinterbeinen zu seiner vollen Größe auf und streckte seine gewaltigen Tatzen aus. Die langen, gebogenen Klauen bewegten sich nur ein paar Nasenlängen vor Acoyas starrenden Augen.

«Kraft!» brummte der Bär. Seine Stimme klang wie die Donnertrommel.

Das Licht wurde wieder rot, dann blau. Der Bär war verschwunden. Allmählich begriff Acoya, daß er auf dem Rücken lag und in den blauen Himmel starrte. War er umgefallen, als der Bär verschwand?

Er hatte eine Vision gehabt! Freude und Jubel wallten in ihm auf. Er stand auf, wandte sich mit erhobenen Armen dem Sonnenvater zu und dankte ihm mit einem Lied.

40

«Und dann wurde der Weiße Büffel zum Bären! Und der Bär machte so.» Acoya ahmte den Bären nach, wie er sich aufrichtete und die Tatzen hob. «Er sagte laut und mit tiefer Stimme: ‹Kraft!›»

Voller Stolz sahen sich Kwani und Tolonqua an.

Dann legte Tolonqua den Arm um Acoya, der glückstrahlend vor ihnen stand. «Auf dir liegt jetzt eine große Verantwortung. Du hast ein doppeltes Totem, Bär und Weißer Büffel. Beide sind sehr stark. Du wirst sie auf deinem Kriegerschild tragen.»

Acoya nickte. Jetzt, nachdem ihm eine Vision zuteil geworden war, konnte er seinen Kriegerschild machen und ihn nach seinen eigenen Vorstellungen schmücken, damit er ihm schützende Kräfte verliehe.

«Wir gehen jetzt in die Kiva. Die Häuptlinge und Ältesten warten bereits.»

Als Tolonqua und Acoya gegangen waren, wandte sich Kwani ihrer Tochter, *Antilope,* zu, die mit großen braunen Augen zugehört hatte. «Weil du ein Zwilling bist, zwei in einem, hast auch du besondere Kräfte.»

«Ich spüre keine besonderen Kräfte. Ich kann nicht mit Tieren sprechen wie Chomoc.»

«Chomoc ist wie sein Vater. Du besitzt andere Kräfte.»

Antilope zupfte an ihrem Ohr, eine Angewohnheit, die sie dem alten Huzipat abgeschaut hatte. «Ich möchte wie Chomoc mit den Tieren sprechen.»

Kwani betrachtete ihre kleine Tochter, die ihr so ähnlich und doch so ganz anders war. «Du wirst lernen, daß du manches tun kannst, was Chomoc nicht kann. Komm, hilf mir beim Klößekochen. Tolonqua und Acoya werden hungrig sein, wenn sie zurückkommen.»

Antilopes Laune besserte sich sofort. «Ich will sie machen!»

«Setz etwas Wasser zum Kochen auf», sagte Kwani.

Antilope schöpfte mit einer großen Kelle Wasser aus dem hohen Krug in der Ecke, brachte es vorsichtig zum Wassertopf und goß es hinein.

Kwani nickte. «Gut. Und nun mischen wir den Teig. Weißt du noch, was wir dazu brauchen?»

«Feines Mehl und grobes Mehl, Wasser und eine Prise Salz.»

«Du wirst eines Tages einem Krieger eine tüchtige Gefährtin sein», sagte Kwani.

«Ich weiß. Ich werde Chomoc heiraten.»

«Aha. Weiß er schon von seinem Glück?»

«*Ich* weiß es.» Sie schaute Kwani eine Weile beim Teigkneten zu.

«Warum möchtest du denn Chomoc heiraten?»

Antilope zuckte gleichgültig die Schultern und griff mit beiden Händen in die Schüssel. «Laß mich auch kneten.»

«Nur, wenn du mir sagst, warum du Chomoc heiraten willst.»

«Er tut immer, was ich ihm sage. Er ruft Kaninchen für mich, er macht Musik – und er hat mir gezeigt, wie man Kinder macht.»

Kwani sah *Antilope* scharf an. «Er tut, was du ihm sagst. Heißt das, du hast gesagt, er soll –»

«Es tun? Ja.» *Antilope* fuhr sich mit der mehligen Hand über die Nase. «Aber es hat nicht gutgetan. Es war nicht so, wie sie gesagt hat.»

«Wer?»

«Das Mädchen vom Spechtclan. Chomoc hat es ihr zuerst gezeigt.»

«Und du wolltest, daß er es dir zeigt.»

«Er ist mein Freund. Er hat es mir gezeigt, aber ich habe ihm gesagt, er soll aufhören.» Sie sah Kwani an. «Er tut immer, was ich sage», wiederholte sie selbstgefällig.

Kwani knetete den Teig energischer, als nötig gewesen wäre. Sexspiele unter Kindern waren normal, aber Chomoc war zehn und *Antilope* erst sechs. Wie konnte sie dieses Zwillingskind leiten? Welche Kräfte besaß *Antilope*? Und wie würde sie diese Kräfte einsetzen, wenn sie eines Tages zu einer schönen Frau herangewachsen sein würde?

Als der Teig fest genug war, formten sie ihn zu kleinen Kugeln, die *Antilope* mit einem Löffel vorsichtig ins kochende Wasser legte.

«Wirst du Acoya sagen, daß ich die Klöße gemacht habe?»

«Natürlich.» Kwani lächelte. «Nachdem er eine so besondere Vision hatte, verdient er ein besonders gutes Essen.»

Antilope hockte auf den Fersen vor der Feuergrube und beobachtete die Klöße im siedenden Wasser. «Ich bin gespannt, wo Chomoc seine Vision gesucht hat. Und ob er eine gefunden hat.»

Kwani fragte sich andere Dinge, wenn sie an Chomoc dachte. Wie sehr würde er Kokopelli ähnlich werden – ein einsamer Wanderer, ein magischer Liebhaber? Würde er auch von seiner Gefährtin erwarten, daß sie ihm an einen fernen Ort folgte, um ihr Leben lang unter Menschen zu leben, die völlig anders waren als ihr eigenes Volk? Was würde geschehen, wenn ihre Tochter Chomoc tatsächlich eines Tages zu ihrem Gefährten nahm?

Acoya und Chomoc stießen spielerisch einen Stock vor sich her.

Sie hatten ziemlich lang in der Kiva gesessen und über Visionen gesprochen. Sie waren froh, jetzt, am frühen Nachmittag, endlich im Freien zu sein, obwohl sich bereits schwere Gewitterwolken am Himmel ballten.

Stocktreten war ein beliebtes Spiel, das auch die Läufer spielten, um ihre Wendigkeit und Ausdauer zu trainieren. Man schleuderte den Stock mit dem Fuß ein Stück voraus und lief hinterher, um ihn erneut zu treten, bevor ihn der andere erreichte. Acoya war schneller als Chomoc; doch da dies hier nur ein Spiel war, lief er langsamer, damit Chomoc ihn einholen konnte.

«Es wird gleich regnen», sagte Acoya und wies auf die Wolken.

Als die ersten Tropfen fielen, setzten sich die Jungen unter einen Baum und lehnten sich gegen den Stamm.

«Erzähl mir noch einmal von deiner Vision», bat Acoya.

«Sie kam am zweiten Tag. Ich sah einen Adler fliegen.» Das bedeutete, er hatte ein mächtiges Totem. Er warf rasch einen

Blick auf Acoya, um sicher zu sein, daß sein Freund gebührend beeindruckt war. «Er trug einen Jungen in den Krallen.»

«Warst du der Junge?»

Chomoc machte sein herablassendes Gesicht. «Natürlich. Warum sonst wäre mir der Adler erschienen?»

«Der Adler ist ein starkes Totem. Du wirst ihn auf deinem Kriegerschild haben. Vielleicht fliegst du mit dem Adler im Traum.»

«Du hast zwei Totems», sagte Chomoc mit unverhohlenem Neid.

Acoya zuckte die Schultern. «Das bedeutet, daß ich auch doppelt so viel Verantwortung habe und doppelt so schwer arbeiten muß.»

Es begann zu regnen. Dicke Tropfen fielen durch die Zweige. Nach der Hitze war der Regen eine Wohltat. Acoya zog seine Mokassins und den Lendenschurz aus und lief von dem Baum weg hinaus in den Regen. Chomoc folgte ihm, und dann sprangen und tanzten sie im strömenden Regen umher, machten Schlammpfützen mit ihren nackten Füßen, lachten und schrien. Bald danach hörte der Regen auf, und ein schillernder Regenbogen spannte sich über den Himmel.

Die Jungen betrachteten ihn ehrfürchtig. Es war der Pfad des Regengottes.

Sie zogen ihre nassen Mokassins und ihren Lendenschurz wieder an und bummelten in die Stadt zurück.

Am nächsten Morgen – Acoya und Chomoc standen mit drei anderen Jungen neben einer Leiter, die zur äußeren Mauer hinunterführte, und warteten auf *Adlerauge*, Tolonqua und Yatosha. Sie waren ganz aus dem Häuschen vor Aufregung, denn jetzt stand ihnen der nächste Schritt ins Leben eines Mannes bevor. Heute würden sie mit dem Jagdhäuptling und Yatosha auf ihre erste Adlerjagd gehen!

Sie prüften gegenseitig ihre Bogen und Pfeile, rückten ihre Tragsäcke zurecht und konnten ihre Ungeduld kaum ertragen. Endlich kamen die Männer. Sie brachten einen aus Schilf geflochtenen Käfig, der leicht und doch sehr stabil war; eine

Rolle dickes, aus Pflanzenfasern geflochtenes Seil, Bogen und Pfeile und ihre Tragsäcke. Bevor die Jungen die Leiter hinunterstiegen, sagte Tolonqua: «Wartet. Es gibt noch einiges, was ihr wissen müßt, bevor wir aufbrechen. *Adlerauge*, sag es ihnen.»

Der Jagdhäuptling stellte den Käfig auf den Boden, damit er die Hände frei hatte, um seine Worte zu verdeutlichen. «Wie ihr wißt, gibt es drei Möglichkeiten, Adler zu fangen.» Er hielt drei Finger hoch. «Wir ködern ihn mit einem lebendigen, an einen Pfahl angebundenen Kaninchen und stürzen uns aus einem Versteck auf ihn, wenn er seine Krallen in das Kaninchen schlägt. Denn sobald seine Krallen etwas gepackt haben, lassen sie es nicht mehr los.» Er bog einen der drei Finger nach unten. «Oder wir verstecken uns in einer Grube, tarnen sie mit Ästen und Zweigen, pflocken das Kaninchen daneben an, und wenn der Adler das Kaninchen schlägt, greifen wir nach den Beinen des Adlers, ziehen ihn in die Grube und versuchen, ihn zu überwältigen.» Er bog einen weiteren Finger um. «Oder wir finden ein Nest mit Jungen, die bald flügge sind, und bringen sie hier drin nach Hause.» Er hob den Käfig hoch, damit sie ihn sich genau ansehen konnten. «Heute werden wir nach einem Nest Ausschau halten.»

«Werden die Adlereltern nicht um ihre Jungen kämpfen?» fragte Acoya.

Adlerauge lächelte grimmig. «Und ob sie das tun. Wir warten, bis sie weggeflogen sind.»

«Ich weiß, wo wir vielleicht ein Nest finden», sagte Yatosha.

«Aber zu dem Nest zu gelangen ist gefährlich. Ihr werdet mitkommen, doch nur, um zuzuschauen. Verstanden?»

Fünf tief enttäuschte Gesichter sahen ihn an. Schließlich sagte Acoya: «Chomoc ist in seiner Vision ein Adler erschienen. Sein Totem ist der Adler. Er kann doch sicher –»

«Chomoc wird nur zusehen, um zu lernen – genau wie ihr anderen auch.» Er nahm den Käfig und stieg, ohne sich noch einmal umzusehen, die Leiter hinunter.

Die Schatten wurden kürzer, als der Sonnenvater höher und höher stieg. Die Jungen waren müde und hungrig. Den ganzen

Morgen waren sie, ohne anzuhalten, bergauf gegangen. Sie hatten Spuren von Hochwild und Bären gesehen, waren einem Dachs begegnet, aber sie hatten noch keinen einzigen Adler gesehen, obwohl sie den Himmel über ihnen ständig im Auge behielten.

«Wie weit ist es noch bis zu dem Horst?» fragte Acoya.

Yatosha wies in die Höhe. «Siehst du die Felsspitze dort hinter dem Berg? Da oben hausen sie.»

Scheu blickten die Jungen zu der Felsmasse, die wie ein Pfeil in den Himmel stieß.

Adlerauge und Yatosha legten ihre Tragsäcke ab. «Wir essen jetzt und rasten. Und dann rufen wir die Adlergeister.»

Sie saßen unter einer Eiche und aßen Maiskuchen und Dörrfleisch. Sie tranken Wasser von der heimischen Quelle und lauschten den leisen Stimmen des Waldes.

Chomoc sagte: «Hier sind keine Adler in der Nähe.»

Acoya sah ihn lächelnd an. «Und wer sagt das?»

Chomoc wies auf ein Eichhörnchen, das sie von einem niedrigen Ast aus beobachtete.

Adlerauge nickte beifällig. «Es stimmt, in der Nähe von Adlern gibt es keine Eichhörnchen.»

Acoya und Chomoc sahen sich an, und Acoya sagte. «Chomoc weiß es, weil ihm das Eichhörnchen gesagt hat, daß hier keine Adler sind.»

Adlerauge war in Gedanken bereits woanders. Er schulterte seinen Tragsack und nahm den schön verzierten Behälter, der seinen Bogen und seine Pfeile enthielt. «Yatosha und ich gehen jetzt, um die Adlergeister zu rufen. Ihr bleibt hier. Wir werden nicht lange fort sein.»

«Aber ihr habt gesagt, wir könnten zusehen!» rief Acoya.

«Das könnt ihr auch, wenn wir losgehen, um den Horst zu suchen. Jetzt rufen wir erst die Geister. Ihr könnt die dafür nötigen Gebete noch nicht.»

Schweigend schauten die Jungen Yatosha und *Adlerauge* nach, bis sie zwischen den Bäumen verschwunden waren. Ein kühler Wind strich über das Gras und raschelte in den Zweigen. Eine Elster keckerte. Sonst war alles still.

Die Jungen sahen sich heimlich um. Jeder versuchte, sein Unbehagen zu verbergen. Acoya sah, wie sich Lapu, der größte von ihnen, mit seiner dicklichen Hand den Schweiß von der Stirn wischte, obwohl es gar nicht mehr warm war.

«Wenn sie nur fortgehen, um zu beten, wozu brauchen sie dann ihre Tragsäcke und ihre Waffen?» sagte ein kleiner, schmächtiger Junge, der Toho – Berglöwe – hieß. Seine Familie stammte aus einem armen Pueblo, das sein Volk aufgegeben hatte, um Zuflucht in Cicuye zu suchen. Er war ein Außenseiter.

«Sie wissen, daß wir hier sicher sind», sagte Acoya beruhigend. «Wir sind zu fünft, aber sie sind nur zu zweit. Sie brauchen ihre Waffen, um sich zu schützen.»

«Aye», sagte *Häherflügel.* Er war ein stiller Junge, Mitglied des Pappelholzclans. Es war nichts Besonderes an ihm, seine Familie lebte schon lange in Cicuye und war sehr angesehen.

Chomoc nickte. «Mein Vater ist immer auf Angriffe vorbereitet, und das sollten wir auch sein.» Er nahm seinen Bogen und legte ihn mit einem aufgelegten Pfeil auf seinen Schoß.

«Chomoc hat recht», sagte Acoya und nahm seinen Bogen und einen Pfeil zur Hand. *Häherflügel* und Toho folgten seinem Beispiel und schließlich auch Lapu.

Die Zeit verging. Die Stille ringsum wirkte bedrückend. Die fünf Jungen saßen dicht zusammengerückt unter der Eiche und lauschten, spähten und reckten die Köpfe.

«Was war das?» flüsterte Toho.

«Was?»

«Dort drüben hat sich etwas bewegt.» Er deutete auf ein Gebüsch zwischen den Bäumen.

«Ein Bär!» flüsterte *Häherflügel* heiser. Aber es waren nur *Adlerauge* und Yatosha, die zurückkamen. Die Jungen brachen erleichtert in Gelächter aus.

Die beiden Männer führten die Jungen zu einer felsigen Spitzkuppe, die in den kobaltblauen Himmel ragte. Hoch oben, so hoch, daß sie kaum zu sehen waren, kreisten zwei Steinadler.

«Sie sehen uns», sagte *Adlerauge.*

«Von dort oben?» fragte Acoya ungläubig.

«Sie sehen eine Maus von dort oben.»

Acoya staunte mit offenem Mund. «Wie willst du das Nest ausnehmen, ohne daß sie dich sehen?»

«Das wäre völlig unmöglich. Wir müssen warten, bis sie wegfliegen.» Der Jagdhäuptling schaute zu der Spitzkuppe hinauf. Die Hand schützend über die Augen gelegt, blickte er längere Zeit an ihr empor.

«Dort oben», sagte er, «auf diesem Sims dort.»

«Wo?» fragte Yatosha.

«Schau von der Spitze hinunter zu dem gelblichen Streifen im Fels. Gleich darunter ist ein Sims. Siehst du die Äste über den Rand ragen?»

«Ich glaube, ich sehe, was du meinst.»

«Das ist ihr Horst, ein großes, flaches Nest aus Ästen. Yatosha und ich gehen jetzt dort hinauf.»

«Ich will mitgehen, Vater», sagte Chomoc.

«Ihr könnt alle bis an den Fuß der Felskuppe mitkommen», sagte Yatosha. «Dort bleibt ihr und haltet Wache. Ihr werdet uns zunächst nicht sehen, weil wir von der anderen Seite her aufsteigen, aber ihr seht uns, wenn wir weiter oben auf diese Seite kommen.»

«Aber –»

«Ich habe gesprochen.»

Schweigend folgten die Jungen den Erwachsenen über den Geröllhang bis zu der Stelle, wo sich die Spitzkuppe erhob. Die Männer stellten den Adlerkäfig ab, legten ihre Bogentaschen und Tragsäcke auf den Boden und packten das Seil und ein großes Netz aus. Yatosha hob den Käfig hoch und band ihn auf seinem Kopf fest wie einen Kriegsschmuck.

Adlerauge sagte: «Das ist alles, was wir mitnehmen. Ihr seid verantwortlich für die Sachen, die wir zurücklassen.»

«Aye», sagten die Jungen.

«Und ihr bleibt hier!» ermahnte sie Yatosha noch einmal.

Die Jungen nickten.

Die beiden Männer begannen, an den Felsen hinaufzuklettern. Es war gefährlich, und je höher sie stiegen, um so größer wurde die Gefahr, in die sie sich begaben.

Acoya warf einen Blick zu Chomoc, der jede Bewegung seines

Vaters an den steilen Felsen verfolgte. Er wußte, Chomoc würde ihm nachgehen, sobald er ihn aus den Augen verloren hatte. Und Acoya würde Chomoc folgen.

41

«Bleibt hier!» rief *Häherflügel.*

«Es wird euch leid tun!» schrie Lapu.

Toho lief Acoya nach und hielt ihn am Arm fest. «Laßt uns nicht allein! Bleibt hier, wie sie es uns befohlen haben!»

Acoya blickte in Tohos angsterfüllte Augen. «Und was wird aus uns, wenn Yatosha und *Adlerauge* dort oben von Adlern angegriffen werden?»

Toho wußte keine Antwort.

«Chomoc kann mit den Adlern sprechen. Er kann seinen Vater und den Jagdhäuptling beschützen.»

«Aber warum mußt du dann mit ihm gehen?»

«Chomoc braucht vielleicht meine Hilfe dort oben.»

«Aber –»

«Ihr seid hier sicher. Bleibt hier, bis wir zurück sind.»

Acoya beeilte sich, Chomoc zu folgen. Der Anstieg war weniger steil, als es von unten aussah, aber es war nicht leicht, einen sicheren Halt für Hände und Füße zu finden.

Je höher sie kamen, um so fester wurde das Gestein. Manchmal bestand es nur noch aus blankem Fels, der warm war von der Sonne. Hier fanden sie zuverlässigeren Halt, doch die Kletterei wurde schwieriger.

Ein böiger Wind zerrte an Acoyas Haar und strich über seine tastenden Finger. Einmal, als er hinabsah, wünschte er, er wäre unten geblieben. Schnell blickte er wieder nach oben zu Chomoc und hoffte, die beiden Männer würden sie nicht sehen, wenn sie um den Felsvorsprung auf der anderen Seite kamen.

Ein Stein, an dem sich Acoya festhielt, löste sich plötzlich und stürzte in die Tiefe. In panischer Angst suchte Acoya nach einem Halt, fand ihn und klammerte sich unter Aufbietung all seiner Kraft fest. Sein Herz dröhnte wie eine Trommel in seiner Brust.

Er dachte: Ich schaffe es nicht.

«Du kannst und du willst es schaffen.»

Es war, als hätte eine innere Stimme zu ihm gesprochen. Was hatte der Medizinhäuptling gesagt? «Viele Großväter sind in eurem Blut. Ihre Weisheit wird euch leiten. Hört auf sie!»

Acoya klammerte sich mit Händen und Füßen an die Wand und preßte das Gesicht gegen den Fels. Er wollte stark sein wie dieser Felsen. Er war ein Auserwählter, beschützt von Bär und Weißem Büffel.

Langsam ließ das wilde Herzklopfen nach.

«Acoya! Schau!»

Chomoc blickte von einem Sims lächelnd zu ihm herunter.

«Komm herauf. Ich habe etwas gefunden.»

Plötzlich waren Acoyas Arme und Beine wieder so kräftig wie eh und je. Er streckte sich, fand einen Halt, zog sich höher, und schon streckte ihm Chomoc die Hand entgegen und half ihm auf das Sims.

Sie befanden sich auf der Seite des Felsvorsprungs, die *Adlerauge* und Yatosha von ihrer Route aus nicht sehen konnten und die auch von unten, wo die anderen Jungen warteten, nicht zu sehen war. Unweit der Stelle, wo Acoya und Chomoc saßen, befand sich ein weiteres Sims – mit einem Adlerhorst, in dem sich drei Jungtiere aneinander kuschelten.

«Oh!» stieß Acoya hervor. «Drei junge Adler!»

«Ich glaube, sie sind noch zu jung, um sie mitzunehmen. Sie haben noch weiße Tupfen.» Chomoc blickte Acoya triumphierend an. «Es sind unsere Adler!»

Sie lachten aufgeregt.

Über ihren Köpfen hörten sie Flügelschlagen. Ein Steinadler, der ein Kaninchen in den Krallen trug, ließ sich am Horst nieder. Er warf seine Beute ab und wandte sich mit einem Schrei den

Jungen zu. Die großen Schwingen weit ausgebreitet, schoß er wie ein geschleuderter Speer auf sie zu.

Chomoc blickte ihm unerschrocken entgegen. «Wir sind Freunde», sagte er, während Acoya ängstlich vor den gefährlichen Krallen zurückwich.

Der Adler machte mitten im Anflug kehrt, ließ sich auf einer höher gelegenen Felsnase nieder und blickte auf Chomoc herunter, der seinen Blick erwiderte.

Ein zweiter Adler stieß herab und kreischte wütend. Chomoc beobachtete ihn scharf.

Acoya spürte, wie sein Freund mit aller Kraft versuchte, sich dem Tier mitzuteilen. Der goldbraune Körper stürzte sich mit vorgestreckten Krallen auf ihn, drehte ab und flog davon, nur um erneut anzugreifen. Mit wildem Geschrei schoß er auf die Eindringlinge zu – und wich wieder aus.

«Wir sind Freunde», sagte Chomoc.

Der Adler flog über sie hinweg und begann zu steigen, bis er hoch über der Spitzkuppe kreiste. Acoya meinte, den Blick zu spüren, mit dem sie der Adler beobachtete, während er sich auf einen neuen Angriff vorbereitete.

Adlerauge ließ sich vorsichtig zu einem Sims hinunter, wo ein junger Adler in einem Horst gellend schrie. Der Horst war ein Haufen dürrer Äste, auf dem Knochen und Abfälle herumlagen, die sich im Lauf vieler Jahre angesammelt hatten. Der Jagdhäuptling hatte sich ein Seil um die Taille geschlungen, das von Yatosha, der sich weiter oben gegen einen Felsvorsprung lehnte, gehalten wurde. Der Käfig mit dem Netz stand neben ihm auf dem Sims.

«Beeil dich!» rief Yatosha. «Ich sehe einen Adler über uns!»

Adlerauge warf das Netz über das Adlerjunge, das mit den Flügeln schlug und kreischend versuchte, sich zu befreien. Er packte das Tier und stopfte es mitsamt dem Netz in den Käfig. In dem Augenblick, als Yatosha am Seil zog, um seinen Gefährten nach oben zu ziehen, stieß die Adlermutter herab, riß den Käfig an sich und flog davon.

Die Männer waren sprachlos. Es war schon vorgekommen,

daß sich Adler einen kleinen Hund oder ein anderes kleines Haustier holten, aber noch nie hatte ein Adler einen Käfig aus den Händen des Jägers geraubt.

Der Adler flog zu einer Baumgruppe in der Nähe des Bachs. Hilflos mußten die Männer zusehen, wie er den Käfig fallen ließ und in der Ferne verschwand.

«Habt ihr das gesehen?» rief *Häherflügel.* «Ein Adler mit unserem Käfig!»

«Er ist dort hinüber geflogen!» Toho krächzte vor Aufregung.

Die Jungen sahen sich ratlos an. Hoch über ihnen erschienen ganz klein *Adlerauge* und Yatosha, die sich auf dem Abstieg befanden.

Lapu blickte zu den Bäumen in der Ferne. «Im Käfig war ein Adler.»

«Wir müssen ihn holen», sagte *Häherflügel.*

«Aber wir dürfen hier nicht weg!» Toho wies zur Spitzkuppe hinauf. «Wir müssen warten, bis sie zurück sind.»

«Der Adler kann schon vorher zurückkommen und den Käfig verschleppen», sagte Lapu.

Häherflügel nickte. «Stimmt. Wenn wir uns beeilen, können wir vor *Adlerauge* und Yatosha zurück sein.»

Sie nahmen ihre Waffen, ließen alles andere liegen und rannten los. Immer wieder blickten sie zum Himmel hinauf, aber sie sahen keine Adler. Die Schatten wurden bereits lang. Bald würde sich der Sonnenvater verabschieden.

Häherflügel blieb plötzlich stehen und starrte auf den Boden. Toho lief zu ihm und bekam vor Schreck den Mund nicht mehr zu.

«Bärenspuren. Ganz frisch.»

«Klettern wir auf einen Baum!» rief Toho.

«Das geht nicht. Wir müssen den Käfig finden und wieder zu unserem Platz zurück.»

«Aber Bären sind –»

«Hierher!» schrie Lapu und wies auf einen hohen Baum.

Der Käfig mit dem Adler balancierte gefährlich schräg auf einem Ast in der Baumkrone.

«Ich hole ihn!» Lapu zog sich bis zum untersten Ast hoch, schwang sich hinauf und kletterte im Geäst weiter.

Plötzlich raschelte es in den Büschen, und ein Bärenjunges kam zum Vorschein. Es blieb stehen und blickte unsicher umher.

Einen Moment lang standen die Jungen wie erstarrt.

«Schnell! Auf den Baum!» zischte *Häherflügel.* Er half dem kleinen Toho auf den Baum und kletterte nach ihm hinauf, gerade als eine Bärin durch das Gebüsch brach. Sie brummte gereizt, fletschte die Zähne und griff an. In panischer Angst flüchteten die Jungen auf die höheren Äste, während sich die Bärin zu ihrer vollen Größe aufrichtete, ihre gewaltigen Tatzen nach ihnen ausstreckte und tiefe Risse in die Rinde schlug.

Adlerauge und Yatosha standen am Fuß der Felsen und blickten auf ihre Sachen, die sie an dieser Stelle zurückgelassen hatten, sowie auf die Tragsäcke der Jungen.

«Wo sind sie?» Der Jagdhäuptling knirschte mit den Zähnen.

«Chomoc!» rief Yatosha. «Chomoc!»

«Hier oben!»

Die Männer eilten den Jungen entgegen, um ihnen beim Abstieg zu helfen. Weder Acoya noch Chomoc schienen beunruhigt über die Tatsache, daß sie einem ausdrücklichen Befehl nicht gehorcht hatten.

Adlerauge packte Acoya bei den Schultern und schüttelte ihn. «Du wirst mir jetzt einiges erklären, Junge!»

«Er wollte mir helfen», sagte Chomoc.

«Helfen wobei?»

Chomoc sah Yatosha an und schwieg.

Acoya befreite sich aus dem Griff des Jagdhäuptlings. «Wo sind die anderen?»

«Vermutlich wollen sie den Käfig mit dem Adler holen», sagte Yatosha. «Kommt.»

Sie nahmen ihre Sachen und die Tragsäcke der Jungen.

«Ihre Bogen fehlen!»

Der Jagdhäuptling nickte grimmig. «Ich hoffe, sie müssen sie nicht gebrauchen.»

Sie fanden die Spuren der Jungen und folgten ihnen. *Adlerauge*, der voranging, blieb unvermittelt stehen. Er bückte sich, um den Boden zu untersuchen. Als ihn die anderen einholten, deutete er auf dunkle Blutflecken.

Stöhnend wies Yatosha auf frische Bärenspuren.

Sie legten Pfeile auf und spannten die Bogen. Langsam gingen sie weiter. Jeder Busch, jeder Schatten war verdächtig.

Sie fanden weitere Blutspuren.

Adlerauge spähte in jeden Baum. «Wo stecken sie bloß?» fragte er zum wiederholten Male.

«*Häherflügel!* Lapu! Toho!»

Aufgeschreckte Raben flüchteten aus einem Baum. Die Männer riefen wieder, aber es kam keine Antwort.

Während sie ratlos beisammenstanden und sich umsahen, ertönte plötzlich lautes Gebrüll. Ein riesiger Grizzly stürzte hinter einem Busch hervor. Zwei Pfeile steckten in seiner blutenden Flanke.

Sofort durchbohrten vier weitere Pfeile das zottige Fell. Der Bär richtete sich auf, schlug mit den Tatzen um sich und schüttelte den gewaltigen Kopf. Dann brach er zusammen und blieb zuckend liegen.

Acoya und Chomoc wollten loslaufen, doch Yatosha hielt sie zurück.

«Wartet. Er ist vielleicht noch nicht tot.»

Sie beobachteten den Bären eine Weile. Der Jagdhäuptling legte einen weiteren Pfeil auf und ging langsam auf das Tier zu, doch so, daß ihn der Bär nicht sehen konnte. Er stieß ihn mit dem Fuß.

«Er ist tot.»

Adlerauge hob die Arme, in der einen Hand den Bogen, in der anderen die Pfeile, und sang das Lied an den Geist des Bären, damit er ihnen vergebe und bald in Gestalt eines anderen Bären wiederkehren möge.

Yatosha und die Jungen stimmten in den Gesang mit ein.

Von irgendwoher kam ein Ruf. Sie hörten zu singen auf und lauschten.

«Das ist *Häherflügel*!» sagte Acoya.

Sie gingen in die Richtung, aus der der Ruf kam, und gelangten zu einer hohen Pappel, deren Rinde tiefe Risse aufwies.

«Hier oben!» schrie *Häherflügel*.

Er und Toho saßen auf halber Höhe des Baums rittlings auf einem dicken Ast. Im Baumwipfel klammerte sich Lapu mit einer Hand an ein Büschel Zweige. Die Füße hatte er auf ein paar dünne Äste gestützt. Mit der anderen Hand hielt er den Adlerkäfig fest.

«Da unten ist irgendwo ein Grizzly!» schrie Toho.

«Er ist tot», rief der Jagdhäuptling.

«Wir haben ihn getötet! Wir haben ihn getötet!» schrie *Häherflügel* begeistert.

«Beinahe», knurrte *Adlerauge*. «Kommt herunter!»

Häherflügel und Toho hangelten sich an den Ästen vom Baum herunter. Aber als Lapu versuchte herunterzusteigen, schwankte der Baumwipfel so heftig, daß er beinahe den Halt verloren hätte.

«Ich kann nicht!» rief er.

Häherflügel und Toho sprangen auf den Boden und erwarteten eine Strafpredigt. Aber die beiden Erwachsenen hatten nur Augen für Lapu.

«Die Zweige werden sein Gewicht nicht mehr lange halten. Wenn wir ihm den Käfig abnehmen könnten, hätte er beide Hände frei.»

«Mit dem Seil könnte er den Käfig herunterlassen.»

«Ich steige hinauf und bringe ihm das Seil», sagte Acoya.

Yatosha sah ihn wohlwollend an, sagte aber: «Du bist zu schwer.»

Sofort blickten alle auf den kleinen Toho.

Toho sah sich den hohen Baum an und flüsterte: «Ich habe Angst.»

Yatosha nickte. «Alle Helden haben Angst. Aber sie tun trotzdem, was sie tun müssen.» Er nahm das Seil aus seinem Tragsack und reichte es Toho. «Du bist der einzige, der jetzt helfen kann.»

Toho schluckte. Er legte sich das aufgerollte Seil über die

Schulter und kletterte auf den Baum. Als er Lapu fast erreicht hatte, begann der Baum zu schwanken. Toho schloß die Augen, klammerte sich fest und versuchte, sich nicht zu bewegen.

Lapu ließ ihn nicht aus den Augen. Nach einer Weile sagte er: «Wirf mir das Seil herauf. Versuch es.»

Toho machte die Augen wieder auf. Sehr vorsichtig hob er das Seil über den Kopf.

«Wirf nur ein Ende, damit du es einholen kannst, wenn du nicht triffst!» rief Yatosha.

Toho wickelte eine Seillänge ab und warf. Das Seil blieb, unerreichbar für Lapu, an einem Zweig hängen. Der Ast, auf dem Toho hockte, schaukelte so heftig, daß er sich mit beiden Händen festhalten mußte.

«Versuch es noch einmal», sagte Lapu.

Toho war starr vor Angst.

«Du kannst es!» rief Acoya von unten. «Denk an dein Totem! Grashüpfer kennen sich aus in Bäumen!»

Langsam holte Toho das Seil ein. Seine Hände zitterten, aber er warf das Seil noch einmal.

Lapu schlang einen Arm um einen Zweig, streckte den anderen weit aus und fing das Seil. Er schaukelte gefährlich vor und zurück, doch er hielt sich so lange mit den Beinen fest, bis sich der Zweig, an dem er hing, ausgependelt hatte und er den Käfig am Seil befestigen konnte.

Unter dem Baum ertönten Jubelrufe.

«Ihr habt es geschafft!» schrie Acoya.

Langsam und immer wieder irgendwo anstoßend kam der Käfig herunter, bis ihn *Adlerauge* auffangen konnte. Lapu und Toho kletterten hinunter und wurden laut beglückwünscht.

«Ein schönes Tier», sagte der Jagdhäuptling und wies auf den jungen Adler.

«Wir haben Glück gehabt», sagte Yatosha. «Ich habe keine anderen Adlerjungen dort oben gesehen.»

Den Blick, den Acoya und Chomoc einander zuwarfen, sah er nicht.

42

Die Mondfrau stand hoch am Himmel. Ganz Cicuye hatte sich um das Abendfeuer auf dem Dorfplatz versammelt, um die Geschichte von der Adlerjagd zu hören. Auch Händler aus entlegenen Dörfern hatten sich dazu gesellt und warteten gespannt darauf, Neuigkeiten zu erfahren, die sie zu Hause erzählen konnten. Als Yatosha, der Jagdhäuptling und die fünf Jungen mit einem jungen Adler in einem Käfig und dem Fell eines großen Grizzlybären den Platz betraten, ging eine Welle der Erregung durch die Menge.

Mit erhobenem Arm bat *Adlerauge* um Ruhe, und dann erzählte er, wie er und Yatosha einen Adler gefangen und die Jungen einen Bären zur Strecke gebracht hatten.

«Nun haben wir ein weiteres Bärenfell für unsere Medizinhütte», schloß er, «und unseren ersten Adler. Eines Tages werden wir mehr Adler haben.»

«Aye!»

Zwei Hirsche trat in den Schein des Feuers. «Ich bitte *Adlerauge*, Yatosha, Acoya, Chomoc, Toho, Lapu und *Häherflügel*, sich hier neben mich zu stellen.»

Unter den neugierigen Blicken der Menge stellten sich die Genannten nebeneinander auf.

Der Häuptling fuhr fort: «*Adlerauge*, Yatosha und diese fünf Jungen haben große Gefahren bestanden, um uns den ersten Adler zu bringen. Deshalb sollen sie von nun an als Adlerjäger von Cicuye geehrt werden und die Kralle des Adlers tragen.»

Er winkte den Perlenmacher zu sich, einen Neuankömmling, der berühmt war für seine Kunstfertigkeit, und ließ sich von ihm einen Wildlederbeutel reichen.

Zwei Hirsche nahm sich viel Zeit, trotz der Ungeduld der Menge. Langsam zog er eine Kette aus Knochenperlen hervor. An jeder Perle hing eine glänzend polierte, teuer erkaufte Adlerkralle.

Ein Raunen ging durch die Menge.

Zwei Hirsche bedeutete dem Jagdhäuptling, vor ihn hinzutreten.

«Ich ernenne dich zum Häuptling der Adlerjäger», sagte er laut und legte ihm die Kette um den hageren Hals. Yatosha erhielt eine ähnliche Kette und wurde zur besonderen Freude der Anasazi von Cicuye zum stellvertretenden Häuptling der Adlerjäger ernannt.

Acoya hielt den Atem an. Würden er und die anderen Jungen ebenfalls Ketten bekommen? Eine solche Auszeichnung bedeutete großes Ansehen.

Zwei Hirsche griff noch einmal in den Beutel und entnahm ihm fünf kleinere Ketten; an jeder von ihnen glänzte eine polierte Adlerkralle. Er trat vor die Jungen, die mit glühenden Gesichtern dastanden, und hängte jedem eine Kette um.

«Ich ernenne euch zu Adlerjägern von Cicuye. Ihr seid die ersten, die diese Auszeichnung erhalten. Mögt ihr uns viele Adler nach Cicuye bringen.»

«Aye!» riefen die Menschen auf dem Platz und applaudierten.

Acoya und Chomoc lächelten sich an. Beim nächsten Mond würden sie ihre drei Adler holen.

Tolonqua war allein auf das Plateau hinausgegangen. Er stützte sich schwer auf seinen Stock, den er in letzter Zeit mehr brauchte als früher.

Es war ein Spätsommermorgen mit weißen Wolkenhaufen und einer kühlen Brise, die an den Herbst gemahnte. Zeit für die Ernte und für die Jagd. *Adlerauge* und Yatosha waren mit ihren Jägern auf Büffeljagd.

Als Tolonqua die höchste Stelle des Bergrückens erreicht hatte, kehrte er den Ebenen im Osten den Rücken zu und setzte sich auf einen Stein, um auf die Stadt zu blicken, an der er noch immer baute. Es war noch viel zu tun, bis das Versprechen eingelöst war, das er den höheren Wesen gegeben hatte.

Er betrachtete die Stadt, als sähe er sie zum ersten Mal. Die Rückseiten der Behausungen bildeten eine geschlossene Mauer rings um die Stadt, die nur durch ein bewachtes Tor und über die Leitern, die zu den Dächern führten, zugänglich war. Jeden

Abend wurden die Leitern hochgezogen, und Bogenschützen hielten an den strategischen Punkten Wache.

Pawnee, Querechos, Apachen und andere Stämme befanden sich auf der Wanderung nach Süden; doch von den Pawnee drohte die größte Gefahr.

Je reicher die Stadt wurde, um so mehr wurde sie zum Ziel eines Angriffs. Cicuye brauchte eine höhere Außenmauer und befestigte Türme.

Tolonqua seufzte. So vieles war noch zu tun, aber er fühlte sich körperlich und geistig erschöpft. Er wurde alt.

Wer würde sein Werk vollenden, wenn ihn Sipapu vorzeitig rief?

Vielleicht Acoya, der bald die Pflichten eines Mannes übernehmen würde. Er könnte den Bau der Stadt vollenden.

Bei diesem Gedanken wurde ihm leichter ums Herz. Er stand auf, um in die Stadt zurückzugehen. Auf den Feldern in der Ferne trafen Männer Vorbereitungen für die Ernte, und am Fluß wuschen die Frauen Wäsche. Aus den Kivas drang wie der Herzschlag der Erdmutter das dumpfe Pochen der Trommeln zu den Bittgesängen für eine gute Ernte und eine erfolgreiche Jagd. Ein weiterer Clan aus einem Pueblo im Westen war nach Cicuye unterwegs. Ihre Rauchsignale und die Läufer meldeten, daß sie noch vor Ende des Mondes eintreffen würden.

Kwani rührte den Teig für das Fladenbrot und goß eine Handvoll davon auf den Backstein, den sie zuvor mit Bärenfett bestrichen hatte. Es gehörte viel Übung dazu, diese köstlichen Fladen zu backen. *Antilope* saß neben ihr und schaute zu.

«Ich will die Fladen backen.»

«Gut. Versuch es.»

Antilope nahm eine Handvoll Teig und ließ ihn auf den Backstein tropfen. Der Teigklecks wurde rasch fest und sollte nun umgedreht werden, um auch auf der anderen Seite zu bräunen. *Antilope* schob den an einem Ende abgeplatteten Kochstock unter den Fladen und bog den Rand etwas hoch. Mit der freien Hand nahm sie das lose Ende, um den Fladen vom Backstein zu heben und umzudrehen. Doch so einfach ging das nicht. Der Fladen war angebacken; er bekam einen Riß, und bei ihren verzweifelten Bemühungen, das Backwerk zu retten, verbrannte sie sich.

«Autsch!»

Sie steckte den Finger in den Mund, während Kwani den Backstein von den verkohlten Teigresten säuberte. Kwani wußte, daß ihre Tochter nicht weinen würde, obwohl der verbrannte Finger weh tat. Sie schmerzte viel mehr, daß sie nicht genausogut Fladen backen konnte wie ihre Mutter. *Antilope* wollte sich in allem hervortun. Dabei war sie erst sechs Jahre alt.

Kwani ließ sich auf die Fersen nieder und schaute ihre Tochter an. Tolonquas obsidianschwarze Augen blickten zurück. Würden diese Augen auch so brennen wie die von Tolonqua, wenn sie eines Tages einen Mann anblickten? Kwani würde nie vergessen, wie es war, als sie Tolonqua das erste Mal in die Augen sah.

Tolonqua.

Während Kwani die restlichen Fladen backte, dachte sie an ihn, und nichts als Liebe erfüllte ihr Herz. Wieviel von seinem starken Geist hatte er diesem Zwillingskind gegeben?

Wie von Kwanis Gedanken herbeigerufen, betrat Tolonqua ihre Behausung. Acoya folgte ihm auf dem Fuß.

«Ich grüße dich», sagten sie wie aus einem Mund.

«Mein Herz freut sich», antwortete Kwani und wendete einen frischen Fladen. «Kommt her und eßt.»

Antilope streckte Tolonqua ihren verbrannten Finger entgegen. «Es tut weh.»

Tolonqua untersuchte ihn ernst. «Das ist bald wieder gut.»

«Laß sehen», sagte Acoya.

Der drehte den Finger hin und her und sah ihn sich genau an. Dann stand er auf und sagte: «Ich weiß, was man macht, damit es weniger weh tut. Bin gleich wieder da.»

Kwani und Tolonqua sahen sich an. «Woher weiß er das?»

«Er verbringt viel Zeit in der Kiva bei der Medizingesellschaft. Er stellt Fragen.»

Jungen in Acoyas Alter hielten sich mehr in den Kivas auf als zu Hause. Acoya würde sehr bald erwachsen sein und Mitglied einer der Geheimgesellschaften werden, die jeden Bereich des Pueblolebens umfaßten.

Schnelle Schritte näherten sich auf dem Gang vor den Behausungen. Acoya kehrte zurück. Er brachte ein kleines Stück einer saftigen grünen Pflanze mit, ähnlich einem Kaktus ohne Dornen. Er drückte sie über dem Finger seiner Schwester aus und legte den Brei auf die schmerzende Stelle.

«Laß das eine Weile auf deinem Finger, dann läßt der Schmerz nach.»

Antilope sah ihren Bruder mit unverhohlener Bewunderung an. «Wenn du groß bist, wirst du der Medizinhäuptling sein.»

«Ja», sagte Acoya. «Ein Schamane.»

Tolonqua und Kwani tauschten Blicke und sahen dann Acoya an. Er war zehn Jahre alt – alt genug, um zu wissen, was er werden wollte. Aber ein Schamane? Einer, der mehr mit den Geistern als mit den Menschen lebte? Einer, der sich der härtesten und längsten Ausbildung unterzog und zum Wohl der Menschen auf Bequemlichkeit und persönliches Vergnügen verzichtete?

Für einen Augenblick erinnerte sich Kwani daran, wie sie Acoya als Säugling auf dem Arm gehalten und einen Blick in die Zukunft getan hatte. Damals hatte sie ihn als einen Schamanen gesehen.

Ihr wurde bang ums Herz. Sie umschlang Acoya mit beiden Armen und drückte ihn an sich. Eine kleine Weile wenigstens würde sie ihn noch für sich haben.

«Den neuen Kaninchenstock hat mir mein Vater gemacht», sagte Chomoc und zeigte Acoya den glatten, gebogenen Stock, den man nach flüchtenden Kaninchen warf. «Ich muß etwas fangen, um den Adler zu füttern.»

Acoya nickte. Der Adlerkäfig stand auf Huzipats Dach, deshalb war es dessen Aufgabe, dafür zu sorgen, daß der Adler zu fressen bekam. Doch weil er zu alt war, um Kaninchen zu jagen, hatte Yatosha Chomoc damit beauftragt.

«Hilfst du mir?» fragte Chomoc.

Acoya nickte.

Es war ein schöner, kühler Morgen. Die Jungen wanderten über die Hügel, jeder mit Bogen und Köcher über der Schulter, einem Tragsack auf dem Rücken und einem Messer an der Hüfte – ganz nach echter Jägerart. Schließlich waren sie jetzt die Adlerjäger.

«Adler brauchen viel zu fressen», sagte Chomoc.

Eine Weile gingen sie schweigend nebeneinander her. Acoya fragte sich, ob sie vielleicht beide das gleiche dachten.

«Ob unsere Adler schon groß genug sind?»

Chomoc blieb stehen und sah Acoya an. «Ich habe mich eben dasselbe gefragt. Wir könnten hingehen und nachsehen.»

«Aber wir haben kein Netz dabei und keinen Käfig.»

«Wir können ja trotzdem nachsehen.»

«Aber es ist weit. Wir müßten uns beeilen.»

«Vielleicht finden wir unterwegs ein Kaninchen.»

Wo die Ausläufer des Gebirges die Spitzkuppe erreichten, begannen die Jungen den mühsamen Aufstieg. Ein Adler kreiste über ihnen. Acoya beobachtete ihn besorgt.

«Vielleicht sind unsere Adler seine Jungen.»

«Vielleicht», murmelte Chomoc. Er hatte keine Ahnung, wie sie die Adler nach Hause tragen würden. Irgend etwas würde ihnen schon einfallen. Sie würden mit drei Adlern nach Hause kommen!

Acoya blickte suchend nach oben. Wo war der kleine Felsvorsprung, wo der Adlerhorst über den Rand ragte?

«Dort ist er!» rief Acoya und deutete nach oben. «Wir müssen etwas weiter nach rechts.»

Der Adler kreiste immer noch über ihnen. Langsam und vorsichtig kletterten die Jungen bis zu dem Sims. Und dann starrten sie sprachlos.

Ihre Adler waren fort.

Jemand war ihnen zuvorgekommen.

Bitter enttäuscht begannen sie den Abstieg. Streckenweise rutschten sie einfach bergab, ohne darauf zu achten, wie gefährlich das war.

Die Gebiete für die Adlerjagd waren unter den verschiedenen

Stämmen und Clanen genau aufgeteilt. Wer einen Adler aus einem Gebiet fing, das anderen gehörte, mußte um die Erlaubnis bitten, ihn behalten zu dürfen. In Cicuye hatte niemand um eine solche Erlaubnis nachgefragt, und das konnte nur eines bedeuten: Feinde. Und zwar in der Nähe.

Sie beeilten sich, nach Hause zu kommen, und sahen sich ständig um, ob ihnen jemand folgte.

«Was sollen wir zu Hause sagen?» fragte Acoya. «Wir hätten nicht hierherkommen dürfen.»

«Wir sagen gar nichts. Wir waren auf der Jagd nach Adlerfutter –»

«Aber die Feinde –»

« – können inzwischen schon weit sein. Außerdem – wenn Feinde in der Nähe sind, wissen es sowieso alle. Mein Vater. Der Kriegerhäuptling. Sie hören sie und sehen ihre Zeichen.» Er blickte Acoya hochnäsig an. «Hast du vielleicht Angst?»

«Ja. Vielleicht sind es Pawnee..»

Chomoc blieb unvermittelt stehen und beobachtete gespannt die Schatten zwischen den Bäumen. Ein Streifenhörnchen sah sie und keckerte.

Chomoc nickte. «Wir sind die Eindringlinge. Das bedeutet, daß keine Feinde in der Nähe sind.»

Endlich näherten sie sich dem Fluß, der an Cicuye vorbeifloß.

«Gehen wir schwimmen», schlug Acoya vor.

Sie legten ihre Tragsäcke, Bogen und Köcher ab, schlüpften im Laufen aus dem Lendenschurz, zogen ihre Mokassins aus und stürzten sich in das kühle Naß.

Es war herrlich im Wasser. Sie plantschten und schwammen, lachten und tauchten sich gegenseitig unter.

«Wer als erster am Felsen ist...» schrie Acoya.

Sie schwammen flußabwärts zu dem großen Felsblock in der Mitte des Flusses. Als sie um eine Flußbiegung kamen, vergaßen sie, daß sie um die Wette schwammen und glotzten nur noch.

Das Sonnenlicht fiel durch die Bäume auf den nackten schlanken Körper und das lange, nasse Haar eines Mädchens. Ihr Gesicht war so überirdisch schön, daß Chomoc und Acoya glaubten, einen Wassergeist zu sehen.

Als das Mädchen die Jungen sah, kreuzte es sofort die Hände vor der Scham. Flimmerndes Sonnenlicht und Schattenflecken tanzten über ihre feuchte Haut, während sie unbeweglich, verletzlich und so wunderschön dort stand, daß beiden Jungen der Atem stockte.

Sie stieß einen kleinen Schrei aus, drehte sich um und watete ans Ufer zurück, wo sie im Wald verschwand.

Chomoc seufzte laut. «Ah! Wer ist sie?»

Acoya konnte nicht antworten. Noch nie hatte er ein Mädchen wie dieses gesehen. Und noch nie hatte er beim Anblick eines Mädchens so empfunden wie jetzt. Als er endlich sprechen konnte, sagte er nur: «Sie muß zu denen gehören, die gerade neu nach Cicuye gekommen sind.»

Was er sagte, klang beiläufig, aber sein Herz schlug wie die Donnertrommel.

43

Tolonqua lag auf seiner Matte und fand keinen Schlaf. Kwani atmete ruhig und gleichmäßig. Im Zimmer nebenan schlief ihre Tochter. Acoya war inzwischen alt genug, um seine Nächte in der Kiva zu verbringen.

Tolonqua stand leise auf und trat vor das Haus. Die Nacht war mondlos, aber sternklar. Er stieg auf ein Dach des dritten Stockwerks und blickte hinunter zum Platz. Er war leer bis auf die Hunde, die rings um die Glut der Abendfeuer schliefen.

Tolonqua legte sich auf den Rücken und blickte zu den Lagerfeuern der Vorfahren empor. Welches gehörte wohl seinen Verwandten? Er seufzte tief. Dann schlief er ein und träumte.

Sein Geist verließ seinen Körper und wanderte hinaus auf die Ebenen, wo die Büffel grasten. Ein Büffel kam auf ihn zu. Sein zottiges braunes Fell wurde heller, je näher er kam. Es war der Weiße Büffel!

Tolonqua verneigte sich ehrfürchtig. «Ich grüße dich, höheres Wesen.»

Der Weiße Büffel wurde größer und größer. In überwältigender Erhabenheit ragte er vor Tolonqua auf und bannte ihn mit seinen rötlichen Augen.

«Komm zu uns auf die Ebenen. Zu einer letzten Jagd.»

«Ich kann nicht!» rief Tolonqua. «Mein Fuß –»

«Du wirst kommen und jagen. Ich befehle es dir!»

«Aber –»

«Komm!» donnerte das höhere Wesen, löste sich auf zu einer weißen Wolke und verschwand.

Als Tolonqua erwachte, blieb er unter dem Eindruck des Traums noch eine Weile still liegen. Die Sterne verblaßten, und der Sonnenvater warf sich seinen goldenen Mantel um. Bald würde er am Horizont erscheinen.

Als Tolonqua in seine Behausung zurückkehrte, war Kwani bereits auf. Sie stand über die Feuergrube gebeugt. Ihr langes Haar hing lose herab, und der Halsschmuck schwang vor ihrer Brust. Sie blickte ihn mit ihren blauen Augen an.

«Wo warst du?»

«Auf dem Dach. Ich hatte einen Traum.» Er ließ sich neben ihr nieder. «Der Weiße Büffel befiehlt mir, noch einmal auf die Jagd zu gehen.»

Sie sah ihn überrascht an und warf einen Blick auf seinen Fuß.

«Ich weiß.» Er biß sich auf die Lippen. «Sie werden mich tragen müssen. Auf einer Bahre.»

«Die Jäger werden stolz sein, dich mitnehmen zu dürfen.»

«Ich muß mit Acoya sprechen.»

Acoya stand vor der Kiva und sah ihn kommen. «Ich grüße dich, Vater.»

«Mein Herz freut sich. Komm. Ich muß etwas mit dir besprechen.»

Acoya folgte Tolonqua hinaus auf den Bergrücken. An einer Stelle, wo drei große Steine beieinander hockten wie drei schwatzende Weiber, setzten sie sich.

Tolonqua überlegte eine Weile, wie er beginnen sollte. «Mein Fuß wird von Tag zu Tag schwächer und ich ebenso. Ich werde noch einmal auf die Jagd gehen – meine letzte Jagd. Es könnte sein, daß ich nicht zurückkomme.»

«Aber warum?» rief Acoya.

«Das spielt jetzt keine Rolle. Hör zu. Die Stadt ist noch nicht fertiggebaut. Wenn Sipapu mich ruft, bevor meine Arbeit getan ist, mußt du sie an meiner Stelle vollenden. Versprichst du mir das?»

Acoya schwieg eine Weile. «Ich verspreche es.»

Tolonqua sah seinen Sohn, Kwanis Sohn, an, und für einen kurzen Moment sah er den Mann in den Augen des Jungen – stark und ruhig wie ein tiefer Fluß.

Tolonqua atmete auf. Die Stadt, seine Stadt, würde vollendet werden. Durch Acoya.

Tolonqua legte Acoya den Arm um die Schultern, und dann besprachen sie, was noch alles bis zur Fertigstellung der Stadt zu tun war.

Acoya saß am Ufer seiner geheimen Bucht hinter den Weiden und dachte an das schöne Mädchen – das Mädchen, das angeblich *Weiße Wolke* hieß.

«Ich sehe sie und möchte mit ihr sprechen, ihr ein Zeichen geben, aber sie weicht mir aus. Sie mag mich nicht. Warum?»

Unglücklich ließ er den Kopf hängen. «Sie ist so schön, und ich weiß nicht, was ich tun soll.»

Acoya schämte sich, als er seine tränenerstickte Stimme hörte. Er stand auf und watete in den Fluß. Er hob die Arme und rief die höheren Wesen an: «Helft mir!»

Doch es kam keine Antwort, kein Geräusch außer dem leisen Plätschern des Flusses.

Ein Stück Holz trieb auf dem Wasser mit einem leuchtendroten Farbfleck darauf. Acoya schwamm hinterher und holte es ein.

Es war eine Feder! Eine wundervolle rote Feder!

Acoya nahm sie vorsichtig in die Hand. Sie war so lang wie seine Handfläche, seidig und glänzend. Noch nie hatte er eine solche Feder gesehen. Ein kostbarer Fund!

Er kehrte ans Flußufer zurück, setzte sich und betrachtete die Feder – wie sie glänzte und wie jedes der winzigen Federchen aus dem Schaft herauswuchs und sich zu einem vollkommenen Ganzen zusammenfügte. Wie wunderschön!

Er hatte um Hilfe gebetet, und hier war sie! Welches Mädchen könnte ein so zauberhaftes Geschenk zurückweisen?

Er zog Lendenschurz und Mokassins an und lief, die Feder mit der hohlen Hand bedeckend, nach Hause. Er konnte es kaum erwarten, bis es Abend wurde und die Mädchen mit ihren Wasserkrügen zur Quelle gingen.

Als es endlich dämmerte, versteckte sich Acoya zwischen den Bäumen am Fluß. Er hatte seine Flöte dabei und die rote Feder. Was er jetzt noch brauchte, war Mut.

Lachend und schwatzend, einen Krug auf dem Kopf balancierend, kamen die ersten Mädchen den steilen Weg herunter. Sofort tauchten von irgendwoher junge Krieger auf, nahmen ihnen die Krüge ab und füllten sie. Wenn sie den Mädchen die vollen Krüge auf den Kopf hoben, berührten sie sie in flüchtiger Umarmung. Dann verschwanden sie lachend im Dunkeln.

Acoya schluckte. War es das, was er tun sollte?

Immer mehr Mädchen kamen, füllten ihre Krüge und gingen. Wo blieb *Weiße Wolke*?

Endlich kam auch sie. Sie stieg den steilen Pfad herunter, als bewegte sie sich zum Klang von Musik. Acoya wollte Musik für sie machen. Er hob die Flöte an die Lippen, doch bevor er einen einzigen Ton gespielt hatte, begann eine andere Flöte zu singen, hoch und süß, lockend und jede Bewegung des Mädchens zärtlich begleitend.

Chomoc! Nur Chomoc konnte so spielen.

Weiße Wolke blieb stehen und lauschte. Dann ging sie lächelnd weiter. Chomoc trat hinter den Bäumen hervor. Er ließ seine Finger auf der Flöte tanzen und wartete neben der Quelle auf sie.

Acoya stand wie vom Donner gerührt. Chomoc!

Was sollte er jetzt tun? Im Flötenspiel konnte er sich nicht mit ihm messen. Aber er hatte die Feder.

Acoya trat leise hinter Chomoc, der unentwegt spielte. Und als *Weiße Wolke* die Quelle erreicht hatte, trat er vor und bot ihr an, den Wasserkrug für sie zu füllen.

Sie sah ihn überrascht an und schüttelte den Kopf.

Die Flöte verstummte jäh. Chomoc beugte sich neben dem Mädchen über das Becken, nicht um ihr den Krug abzunehmen, sondern um ihr beim Füllen zu helfen. Dann hob er ihn ihr mit einer ritterlichen Geste auf den Kopf. Er lächelte sie an, und sie erwiderte sein Lächeln.

Das war mehr, als Acoya ertragen konnte. Er streckte die Hand aus und hielt dem Mädchen die rote Feder hin.

«Nimm sie!» stieß er hervor.

Sie blickte erstaunt erst auf die Feder, dann auf Acoya.

«Nimm sie!» bedeutete Acoya.

Sie nahm die Feder und berührte dabei Acoyas Hand. Sie lächelte den beiden Jungen zu, drehte sich um und ging den schmalen Pfad zur Stadt zurück. Den Wasserkrug auf ihrem Kopf stützte sie graziös mit nur einer Hand.

Die Jungen schauten ihr nach.

«Ihr gefällt meine Musik», sagte Chomoc.

«Ihr gefällt meine Feder.» Acoyas Hand kribbelte, wo *Weiße Wolke* sie berührt hatte.

«Woher hast du sie?»

Acoya zuckte die Schultern. Weder Chomoc noch jemand anderem würde er etwas von seinem Geheimplatz erzählen.

Chomoc machte sein hochnäsiges Gesicht. «Vergiß es. Keine Feder bringt ein Mädchen dazu, dich zu begehren, wenn es meine Flöte gehört hat.» Er lachte.

Für einen Augenblick schien es Acoya, als könnte er hinter Chomocs Augen an eine verborgene Stelle sehen.

Sein Freund machte sich nichts aus *Weißer Wolke*. Für ihn war es nur ein Spiel.

«Wir werden sehen», sagte er. Die rote Feder bewirkte vielleicht mehr, als sich Chomoc träumen ließ.

44

Die Vorbereitungszeremonien für die Büffeljagd, die Tolonqua auf Weisung des Weißen Büffels unternehmen sollte, dauerten vier Tage lang. Medizinmänner und Häuptlinge flehten in stundenlangen Gesängen zu den Göttern um eine gute und erfolgreiche Jagd. Der Schutz der Götter war diesmal besonders wichtig, weil die Jäger in das eifersüchtig gehütete Jagdgebiet der Pawnee eindringen würden.

Dann war es Zeit für die Tänze, mit denen die Büffelgeister beschworen wurden. Die Geister sollten die Büffel heranführen und ihnen erlauben, sich erlegen zu lassen.

In der Mitte des Dorfplatzes wurden, ausgerichtet nach den Himmelsrichtungen, vier Büffelschädel rings um einen hohen Pfahl aufgestellt, auf dem ein mit Adlerfedern und Bären- und Pumaklauen geschmückter Büffelkopf steckte.

Dorfbewohner und Besucher säumten den Platz und standen ringsum auf den Dächern. Endlich ertönte die gewaltige Donnertrommel, und die Menge verstummte erwartungsvoll.

In der Kiva-Öffnung erschien ein Büffelkopf. Begleitet von dröhnenden Trommelschlägen tauchte ein Tänzer nach dem anderen auf. Jeder hatte sich einen zottigen, mit Adlerfedern geschmückten Büffelkopf aufgesetzt. Sie waren bewaffnet mit Bogen und Pfeilen. An die Oberarme und Fußgelenke hatten sie sich mit Adlerfedern besteckte Rasseln gebunden, und hinten am Lendenschurz hing ein Büffelschweif, der auf und ab hüpfte, während die Tänzer stampfend und rasselnd um die Büffelschädel kreisten.

Die Sonne stieg höher, und die Tänzer tanzten und tanzten. Unermüdlich stampften ihre Füße den Boden, drehten sich die zottigen Büffelköpfe in diese und jene Richtung, schallten die Stimmen der Sänger, die Trommeln, die zischenden Rasseln.

Der beste Sänger war Tolonqua. Seine Stimme hob sich von allen anderen ab. Er sang so hingebungsvoll, als sänge er zum letzten Mal in seinem Leben. Der weiße Büffelmantel hing über seinen Schultern; in der Hand hielt er einen mit bunten Bändern, Bussard- und Adlerfedern geschmückten Zeremonienstab.

Der erste Büffeltänzer strauchelte und brach zusammen. Sofort erlegten ihn die anderen mit ihren stumpfen Pfeilen. Andere vollführten die Gesten des Häutens und Zerlegens. Dann wurde der tote Büffel weggeschleppt.

Die Schatten wurden länger; ein Büffel nach dem anderen fiel, wurde gehäutet und unter Triumphgeschrei vom Platz gezogen. Als nur noch ein Tänzer übrig war, nahm er den Pfahl aus dem Kreis der Büffelschädel und tanzte damit viermal um den Platz. Er hielt den Pfahl, so hoch er konnte, und drehte ihn, so daß der geschmückte Büffelkopf an der Spitze auf alle herabblickte. Dann verschwanden Tänzer und Büffelkopf in der Kiva. Die Tänze waren vorbei. Am nächsten Morgen konnte die Jagd beginnen.

Acoya und Chomoc verzichteten auf ihr morgendliches Bad im Fluß und ihren Wettlauf, um den Jägern beim Aufbruch zur Hand zu gehen. Es herrschte das übliche Durcheinander; Hunde mußten an die Travois geschirrt werden; einige bekamen Sättel umgeschnallt, auf denen sich der Proviant für die Jäger befand.

Der Jagdhäuptling und Yatosha überprüften jedes Travois und jeden Sattel. Die Jäger, die zu alt waren, um auf Büffeljagd zu gehen, und die Jungen, die noch zu jung dafür waren, standen dabei und schauten neidvoll und sehnsüchtig zu.

Tolonqua stand etwas abseits und untersuchte die Bahre, auf der man ihn tragen würde. Sie bestand aus zwei kräftigen, aber leichten Stangen, zwischen denen ein Büffelfell mit der Haarseite nach oben befestigt war. Er würde bequem darauf sitzen und liegen können und noch Platz für Bogen und Köcher haben. Das Muschelhorn und ein scharfes Feuersteinmesser trug er um die Taille; ein kleiner Brustbeutel enthielt ein paar Gegenstände mit Medizin, die nur er kannte. Alles war bereit.

Ein letzter Trommelschlag und ein lauter Ruf des Jagdhäuptlings waren das Aufbruchzeichen für Jäger und Hunde. Zwei kräftige Jäger hoben Tolonquas Trage an, umringt von einer Schar aufgeregter Jungen, darunter auch Chomoc und Acoya.

Kwani schaute dem Zug nach. Daß Tolonqua auf einer Bahre zur Büffeljagd getragen werden mußte – der beste Jagdhäuptling, den Cicuye je hatte, ihr Gefährte und leidenschaftlicher Liebhaber –, schmerzte wie ein Dorn in ihrem Herzen.

«Mutter.»

Antilope blickte den Jägern mit einem merkwürdigen Ausdruck im Gesicht nach.

«Was ist?» fragte Kwani.

«Ich habe so ein merkwürdiges Gefühl. Ich glaube, ich habe Angst.»

Kwani legte den Arm um ihre Tochter. Sie sagte nicht, daß auch sie Angst hatte.

Tolonqua lag auf der schwankenden Trage und blickte in den Vormittagshimmel, wo sich ein Bussard vom Aufwind tragen ließ. Er dachte an Acoya und Chomoc und die anderen Jungen, die er zurückgeschickt hatte, nachdem sie die Jäger ein Stück begleiten hatten dürfen. Alle waren nur zögernd umgekehrt – nur Acoya und Chomoc gehorchten auffallend willig. Als er daran dachte, wie sehnsüchtig er sich als Junge gewünscht hatte, bei den Jägern bleiben zu dürfen, schoß ihm ein beunruhigender Gedanke durch den Kopf. Er richtete sich auf und blickte zurück, aber niemand folgte ihnen.

Yatosha, der neben ihm ging, behielt ständig die Hügel im Auge, die sich zu den Ebenen hin öffneten. Ihm entging kein Schatten, kein Staubwölkchen, keine Bewegung.

Allmählich veränderte sich die Landschaft; sie wurde flacher und weiter. Der Wind, der wie eine große, durstige Zunge über die Ebenen strich, leckte die Feuchtigkeit von der Erde, so daß das Gras hier bereits goldbraun war; dazwischen blühten Goldrute und Astern. Je flacher und offener das Land wurde, um so weniger Möglichkeiten gab es, sich zu verstecken. Eine kleine Kuhle da und dort war alles, was die Ebene an Deckung zu bieten hatte.

Adlerauge ließ anhalten. Sofort glitten die Augen der Jäger suchend über die Ebene. Tolonqua verließ seine Trage und trat neben den Jagdhäuptling. «Was ist los?»

«Ich glaube, ich habe Rauch gerochen. Er kam von dort drüben.» Er wies nach Nordosten.

«Ein Rauchsignal?»

«Ich bin mir nicht sicher.»

Noch während die Männer Ausschau hielten, erhob sich an einer anderen Stelle, beinahe unsichtbar vor dem fernen Horizont, ein helles Wölkchen.

«Rauchzeichen!» sagte *Adlerauge*.

«Pawnee?»

«Könnten Apachen sein.»

Alle schwiegen. Dann sagte einer der Jäger: «Sie können uns von dort aus nicht sehen. Und wir wirbeln keinen Staub auf.»

Tolonqua wies auf den Bussard, der immer noch über ihnen kreiste. «Der Bussard folgt uns. Er wartet auf einen aufgestöberten Präriehund oder ein Kaninchen. Vielleicht sehen sie ihn und wissen, daß er uns folgt.»

«Das glaube ich nicht», sagte *Adlerauge*. «Dazu sind sie zu weit entfernt.»

Tolonqua setzte sich wieder auf die Trage. Doppelt wachsam zogen sie weiter. In der Ferne zog, flink wie der Wind, eine Herde Gabelantilopen vorüber.

«Vielleicht war es das, was sie gesehen haben», sagte Yatosha.

Bis zum Abend sahen sie keine Rauchzeichen mehr. Nachdem der Sonnenvater prunkvoll Einzug gehalten hatte in sein westliches Haus, senkte sich die Dunkelheit über die Prärie. Die Jäger rückten dicht an ihr kleines Feuer und lauschten in die Nacht. Die Brunstzeit der Büffel war so gut wie vorbei; nur gelegentlich trug der Wind ein fernes Brüllen herüber. Kojoten sangen im Chor, und irgendwo heulte ein Wolf die schmale Mondsichel an.

Die Männer saßen schweigend um das Feuer. Sie hatten ihre Pfeifen angezündet. Der Rauch trug ihre stummen Gebete zu den Göttern. Tolonqua saß mit untergeschlagenen Beinen, die Ellbogen auf die Knie gestützt, und starrte in die Dunkelheit. Ein unbehagliches Gefühl nagte an ihm.

Acoya und Chomoc kauerten in einer kleinen Bodensenke. Sie hatten sich heimlich von den anderen Jungen abgesetzt und waren bis zum Einbruch der Dunkelheit der Spur der Jäger gefolgt. Nun lagen sie allein unter dem schon wegen seiner Größe unheimlichen Himmel, umgeben von schrecklicher Leere.

«Meinst du, sie haben uns gesehen?» fragte Acoya.

Chomoc schüttelte den Kopf. «Ich habe Hunger. Du auch?»

«Ja. Laß uns etwas essen.»

Sie kauten Dörrfleisch, tranken aus ihren Wasserbeuteln und horchten auf die Kojoten, die Wölfe und die Stille.

Die Stille flößte ihnen die meiste Angst ein.

«Spiel etwas», sagte Acoya.

Die Jäger waren zu weit voraus, um Chomoc spielen zu hören. Also packte Chomoc die Flöte aus und begann zu spielen. Er spielte das Windlied, und Acoya sang leise mit, um Angst und Einsamkeit zu vergessen.

Nachts trägt der Ton weit. Und es gab heimliche Zuhörer.

45

Chomoc schlief. Acoya hatte die erste Wache übernommen. Er lag auf dem Rücken und beobachtete die Sterne. Er wollte sehen, wie sie sich am Firmament bewegten. Aber er konnte noch so scharf hinsehen – die Sterne blieben, wo sie waren. Sie bewegten sich so unendlich langsam... so langsam... Acoya fielen die Augen zu.

Er war an seinem Geheimplatz am Fluß, und ein heiliger Mann blickte auf ihn nieder. Der Schamane senkte einen seiner erhobenen Arme und wies auf Acoya. «Hör die Stimme der Vorfahren!» befahl er, und die Luft zitterte bei dem schrecklichen Klang seiner Worte. «Gefahr umgibt dich. Gefahr –»

Der Arm senkte sich tiefer und packte ihn.

Acoya erwachte, als er von einer riesigen Hand auf die Füße gezerrt wurde. Vor ihm standen im Licht des frühen Morgens drei Männer – Männer, wie er in seinem Leben noch keine gesehen hatte. Riesige, muskulöse Gestalten, deren Körper mit unheimlichen Symbolen und Mustern in Schwarz, Rot und Weiß bemalt waren. Ihre Köpfe waren kahl geschoren bis auf einen Stoppelkamm, der vom Scheitel bis in den Nacken reichte. Die langen Haare, die ihnen wie ein Schwanz vom Hinterkopf auf den Rücken hingen, wurden von einem Knochenschmuck zusammengehalten. Sie hatten keine Augenbrauen. Ihre Augen blickten aus roten Kreisen; und rotschwarze Zickzacklinien zogen sich über die Wangen bis hinunter zum Kinn. Ketten aus Knochen, Steinen, Türkisen und Klauen lagen auf ihrer Brust, und schwere Gehänge baumelten an ihren Ohren.

Die große Faust schüttelte Acoya, daß seine Zähne klapperten, und eine dröhnende Stimme schrie ihn in einer unbekannten Sprache an. Er blickte sich suchend nach Chomoc um, aber der war nicht da.

Acoya versuchte, sich mit Zeichensprache verständlich zu machen. «Ich spreche eure Sprache nicht. Wo ist mein Freund? Was wollt ihr?»

Die Männer tauschten Blicke, redeten in ihrer fremden Sprache, stritten. Der Mann, der Acoya festhielt, redete am lautesten. Er lockerte seinen Griff und stieß Acoya zu Boden. «Wer bist du?» bedeutete er.

Acoya rappelte sich auf und antwortete: «Acoya, Towa, aus Cicuye.»

Ein Mann mit einem reich verzierten Kopfband über dem geschorenen Teil seines Schädels fragte in Zeichensprache: «Für wen kundschaftest du?»

Auf dem Kopfband war ein Krähenkopf befestigt, der durch die glänzenden Augen aus winzigen Obsidianperlen wie lebendig wirkte.

«Ich bin kein Kundschafter. Mein Freund und ich folgen den Jägern. Wo ist mein Freund?»

«Welcher Freund? Welche Jäger?»

«Mein Freund Chomoc, Sohn von Kokopelli, jetzt Sohn von Yatosha –»

Als der Name Kokopelli fiel, sahen sich die Männer an.

Der dritte von ihnen, der drei Habichtfedern am Hinterkopf trug, fragte lauernd: «Welche Jäger?»

Zu spät erkannte Acoya, daß er einen Fehler gemacht hatte. Sein Herz klopfte laut, aber er antwortete nicht.

Der mit den Habichtfedern beugte sich vor und schob sein Gesicht so nah an Acoya heran, daß er das Bärenfett in seinem Haar riechen konnte. «Welche Jäger?»

Acoya fühlte seine Knie weich werden, aber er schaute dem Mann tapfer in die Augen und schwieg.

Daraufhin hob der Große mit der lauten Stimme wieder das Messer, doch der mit dem Krähenkopf befahl ihm, es wegzustekken.

«Du kommst mit uns», bedeutete er.

«Wo ist mein Freund?» fragte Acoya.

Statt einer Antwort stießen sie ihn vor sich her.

Tolonqua stand bei den Jägern und blickte in die Ferne, wo sich die Büffel wie eine dunkle Decke über die Ebene ausbreiteten. Ein wildes Triumphgefühl wallte in ihm auf. Er hatte nicht geglaubt, dies noch einmal zu sehen! Doch jetzt stand er hier im Kreis der Jäger unter der großen Himmelsschüssel, umgeben von einem endlosen Horizont. Der Wind der Ebene wehte. Er hielt einen starken Bogen in der Hand, und der Jagdeifer loderte wie ein Feuer in seinem Herzen.

Adlerauge hielt die Hand schützend gegen die Sonne und blickte lange Zeit zu den Büffeln. Schließlich sagte er: «Ich sehe den Büffel, den ich will.»

«Wo?» fragte Tolonqua.

«Dort drüben.» Er wies auf eine fette Büffelkuh.

«Ist da nicht ein Bulle in ihrer Nähe?» fragte Yatosha.

Alle Jäger hielten nach dem Bullen Ausschau. Gewöhnlich grasten Bullen und Kühe in getrennten Herden. Die Brunstzeit war nahezu vorbei, doch es konnte sich durchaus noch ein Bulle bei den Kühen herumtreiben.

«Es sind genug Kühe da, um ihn zu beschäftigen», sagte Tolonqua. «Laßt uns hier lagern.»

Sie nahmen den Hunden die Traglasten ab und pflockten sie an. Die Hunde vor den Travois ließen sie angeschirrt.

Dann setzten sie sich, um zu essen und ihr Vorgehen bei der Jagd zu besprechen. Sie beschlossen, sich der Herde als Wölfe zu nähern, da diese sich häufig zwischen den Büffeln herumtrieben, ohne sie im mindesten zu beunruhigen. Die Männer würden sich mit Wolfspelzen tarnen, die sie eigens zu diesem Zweck mitgebracht hatten. Sie würden sich auf Händen und Knien anschleichen, bis sie nah genug waren, um auf das Tier, auf das sie es abgesehen hatten, zu zielen. Ein Mann sollte bei den Hunden im Lager bleiben. Fünfundzwanzig wertvolle Hunde durften nicht unbeaufsichtigt bleiben. Außerdem müßte er Vorbereitungen für die weitere Verarbeitung des Büffelfleisches treffen. Er würde mehrere Feuerstellen anlegen und die Gestelle zum Trocknen des Fleisches aufbauen.

Bei der Frage, wer im Lager bleiben sollte, richteten sich die Augen auf Tolonqua. Aber er schüttelte den Kopf.

«Ich werde der Leitwolf sein», sagte er zur Überraschung aller.

Nach einer Weile sagte Yatosha: «Wenn die Herde in der Nähe bleibt, kann unsere Jagd mehrere Tage dauern. Also könnten wir uns abwechseln. Ich werde heute mit Tolonqua gehen und morgen im Lager bleiben. Wer bleibt heute im Lager?»

Nachdem sie sich geeinigt hatten, packten sie die Wolfspelze aus und rauchten ihre Pfeifen, damit der Rauch ihre Gebete zu den höheren Wesen trug. Jeder von ihnen flehte zu seinem geheimen Talisman um Glück und Erfolg.

Es war Zeit. Der Wind stand günstig, so daß die Jäger fächerförmig ausschwärmen konnten, um sich gebückt und mit den Wolfsfellen getarnt der Herde zu nähern. Noch in sicherer Entfernung von der Herde ließen sie sich auf Hände und Knie nieder und bewegten sich kriechend weiter, sorgfältig darauf bedacht, sich und ihre Waffen verborgen zu halten.

Mit Tolonqua als Leitwolf kamen sie nur langsam voran. Yatosha kroch unmittelbar hinter ihm.

Tolonquas Herz klopfte laut. Daß er noch einmal Wolf sein und jagen durfte! Er würde signalisieren, sobald er bereit war. Er würde als erster schießen. Er mußte sein Ziel sorgfältig wählen, damit das Tier so fiel, daß die Herde dadurch nicht sofort aufgeschreckt wurde. Eine junge Kuh graste ein kleines Stück abseits der Herde.

Er gab das Zeichen und schoß den Pfeil. Die Kuh brach zusammen. Ein Pfeilhagel ging auf die Herde nieder, die unter dumpfem Gepolter in Bewegung geriet. Die Jäger richteten sich auf und rannten, im Lauf anlegend und schießend, darauf zu. Plötzlich löste sich laut brüllend ein gewaltiger Bulle aus der Herde.

In seinem Hals steckte ein Pfeil. Er war mehr als mannshoch. Der Abstand zwischen seinen Hörnern betrug gut eine Armlänge, und sein gewaltiger, zottiger Körper war mindestens zehn Fuß lang. Er stürmte mit gesenktem Kopf geradewegs auf Yatosha zu.

Yatosha riß einen Pfeil aus dem Köcher. Er verlor jedoch das Gleichgewicht, als eine flüchtende Kuh ihn anstieß, und fiel hin. Der Bulle hatte ihn fast erreicht.

Mit einem Schrei schwenkte Tolonqua das Wolfsfell. Sein verkrüppelter Fuß gehorchte ihm wie durch Zauberkraft. Er lief auf den Bullen zu und schrie mit all seiner neugewonnenen Kraft: «Komm her! Ich warte auf dich!»

Der Bulle hob den Kopf. Seine blutunterlaufenen Augen fanden Tolonqua. Dann senkte er den gewaltigen Kopf, brüllte gurgelnd und griff an.

Tolonqua sah ihn mit der wilden Freude des Jägers kommen. Der Büffel galoppierte mit einer Gewalt auf ihn zu, daß die Grassoden flogen.

Jetzt war er nah genug. Tolonqua warf ihm den Wolfspelz über den riesigen Kopf und sprang zur Seite.

Im selben Moment ließ ihn sein verkrüppelter Fuß im Stich.

Ein Horn bohrte sich tief in seine Brust.

Der Weiße Büffel erschien aus dem Nebel. «Siehst du?» sagte er. «Ich bringe dich hierher, damit du ein Totem wirst, ein mächtiges Wesen wie ich. Nun wirst du noch viele retten, so wie du Yatosha gerettet hast.»

«Ich bin im Frieden», sagte Tolonqua, und der Nebel umhüllte ihn wie ein Mantel.

46

Der Sonnenvater stand hoch am Himmel, doch die drei Männer gönnten sich keine Rast auf ihrem Marsch nach Osten. Acoya kam nur im Laufschritt mit. Sobald er langsamer wurde, stießen und schubsten sie ihn voran. Er hatte aufgegeben zu fragen, wohin sie gingen. Wahrscheinlich waren diese Männer Pawnee-Kundschafter, die ins Lager zurückkehrten.

Was würden sie mit ihm tun? Ihn zum Sklaven machen. Im Krieg wurden die Männer getötet, Frauen und Kinder wurden zu Sklaven gemacht. Doch dies war kein kriegerischer Überfall, oder doch? Acoyas Verstand kämpfte wie ein Tier in der Falle. Wo war Chomoc? Hatten sie ihn getötet und seinen Körper den Aasfressern überlassen?

Die Männer redeten unaufhörlich. Acoya hatte den Eindruck, sie stritten, doch dann lachten und johlten sie wieder. Endlich hielten sie an, um zu essen. Sie setzten sich ins Gras und kauten Dörrfleisch. Acoya schienen sie, abgesehen von einigen flüchtigen Seitenblicken, zu ignorieren. Da er ebenfalls hungrig und durstig war, setzte er sich etwas abseits und packte die Maiskuchen aus, die er aus Kwanis Vorratskorb entwendet hatte. Die Männer sahen die Maiskuchen. Sie wechselten einige Worte, dann ging der Mann mit dem Krähenkopf zu Acoya hin, riß ihm die Maiskuchen aus der Hand und verteilte sie an sich und die beiden anderen. Sie vertilgten sie mit Genuß.

Acoya hatte kaum etwas gegessen. Er trank etwas Wasser aus seinem Wasserbeutel. Vielleicht war sein Magen dann nicht mehr so schrecklich leer.

Zornig schaute er zu, wie die Männer seine Maiskuchen aßen, und plötzlich war sein Hunger größer als seine Angst. Er stand auf und trat zu den Männern, die taten, als sähen sie ihn nicht.

Er bedeutete: «Ihr habt meine Maiskuchen gegessen. Jetzt gebt mir von eurem Dörrfleisch.»

Die Männer starrten ihn mit gespieltem Erstaunen an. Einer hob einen trockenen Büffelfladen auf und warf ihn Acoya hin. Der, nicht faul, fing ihn auf und warf ihn zurück, so daß er auf dem letzten Stück Maiskuchen landete, das sich der Mann gerade in den Mund stecken wollte.

Die beiden anderen brüllten vor Lachen. Der mit der Habichtfeder griff in sein Bündel und holte einen Streifen Dörrfleisch hervor. Er reichte es Acoya. «Ich danke dir», bedeutete Acoya.

Er aß das Dörrfleisch und versuchte, nicht darüber nachzudenken, was diese Pawnee mit ihm vorhatten; auch nicht, ob Chomoc etwas zu essen hatte und ob er seinen Vater und die anderen Jäger in Gefahr gebracht hatte. Die Pawnee marschierten nach Nordosten. Die Jäger waren in die entgegengesetzte Richtung gegangen – zumindest solange er und Chomoc ihnen gefolgt waren. Doch vielleicht würden diese Männer in ihrem Lager erzählen, was sie von Acoya erfahren hatten, und die Krieger würden einen Überfall planen.

Er war an allem schuld. Tränen brannten in seinen Augen. Er wischte sie fort, als hätte ihm der Wind Staub in die Augen geweht, und schluckte mühsam den letzten Bissen Dörrfleisch.

Chomoc stand auf einer kleinen Anhöhe und suchte mit den Augen die Landschaft ab bis zum Horizont. Keine Pawnee! Er seufzte erleichtert auf und setzte sich, um zu rasten.

Am frühen Morgen, als es noch dunkel war, hatte er sich, um zu urinieren, ein paar Schritte vom Lagerplatz entfernt, wo Acoya noch schlief. Er dachte, er hätte etwas rascheln gehört, vielleicht einen Skunk oder einen Dachs, und war noch weiter in die schwindende Dunkelheit hinausgegangen, um herauszufinden, wer oder was dort sein könnte. Als er wieder ein Geräusch hörte, duckte er sich hinter einen Strauch und lauschte.

Und da sah er sie – drei Männer in einiger Entfernung. Es war noch nicht hell genug, um zu erkennen, wer sie waren, aber einer von ihnen war der größte Mensch, den Chomoc je gesehen hatte, ein Riese, gut sieben Mokassins hoch.

Die Männer blieben stehen und blickten umher, als hätten sie Chomocs Blick gespürt. Chomoc kauerte sich hinter den Strauch und versuchte, sich so klein und so unsichtbar wie möglich zu machen. Er hörte die Männer in einer fremden Sprache miteinander reden. Sie kamen näher. Hatten sie ihn gesehen? Er hielt den Atem an. Seine Nerven waren zum Zerreißen gespannt.

Schritte näherten sich, gingen an ihm vorbei. Chomoc hob den Kopf, um durch den Strauch zu spähen: Pawnee näherten sich der Stelle, wo Acoya schlief.

Entsetzt beobachtete er, wie die Pawnee Acoya fanden und mitnahmen.

Chomoc blieb ziemlich lange hinter dem Strauch hocken. Ein Sturm tobte in seinem Inneren. Acoya schwebte in Lebensgefahr. Und auch Yatosha, Tolonqua und die Jäger waren in Gefahr, denn er hatte gesehen, was Acoya in Zeichensprache zu den Pawnee gesagt hatte.

Er mußte die Jäger warnen!

Chomoc wartete, bis die Pawnee und Acoya außer Sicht waren. Inzwischen war es etwas heller geworden. Er lief zurück zu der Stelle, wo er seinen Tragsack aufrecht gegen einen Stein gelehnt hatte. Tragsack, Bogen und Pfeile, alles war noch da. Die Pawnee hatten seine Sachen in der Dunkelheit nicht gesehen.

Chomoc wandte sich nach Osten, als der Sonnenvater über den Horizont stieg. Er sang das Morgenlied und betete, daß ihm sein Vater und die anderen seinen Ungehorsam verzeihen mögen, der sie und Acoya in so große Gefahr gebracht hatte. Dann lief er, so schnell er konnte, zum Lager der Jäger.

«*Antilope* sagt, sie habe sie in einer Vision gesehen! Meinen Gefährten, meinen Sohn –» Kwani versagte die Stimme.

Der Medizinhäuptling schüttelte den Kopf. «Sie hat erst sechs Winter erlebt. Es war ein böser Traum, wie ihn Kinder manchmal haben.»

«Aye», sagte *Zwei Hirsche* zu den Häuptlingen, die sich in der Kiva versammelt hatten und nun verlegen auf ihre gefalteten Hände blickten. Daß *Die Sich Erinnert* eine Ratsversammlung verlangt hat, nur weil ein Kind – ein Mädchen! – schlecht geträumt hatte, war einfach ungehörig.

«Nun gut», sagte Kwani mühsam beherrscht. «Vielleicht könnt ihr mir dann sagen, was mit Acoya und Chomoc geschehen ist.» Sie sah jeden der Häuptlinge an. «Ich warte auf eure Antwort.»

«Sie sind den Jägern gefolgt», sagte der Kriegerhäuptling. «Das ist für Jungen ihres Alters nichts Ungewöhnliches. Ich habe es nicht anders gemacht.»

Die Männer verhehlten nicht, daß sie sich amüsierten. Kwani biß sich auf die Lippen. «Du hast es also überlebt und nimmst an, jeder andere Junge könnte es auch überleben.» Sie durchbohrte den Kriegerhäuptling mit ihrem Blick. «Ich sage dir, meine Tochter hatte eine Vision. Sie hat gesehen, daß Pawnee meinen Sohn gefangennahmen und daß ein Büffel Tolonqua tötete.»

Sie wandte sich ab und stieg mit zitternden Händen die Leiter hinauf. Als sie die Luke erreicht hatte, brach sie in Tränen aus.

Den Männern war nicht ganz wohl bei der Sache. Sie alle kannten die Kräfte von *Die Sich Erinnert*. Aber ein Kind, ein kleines Mädchen...

«Ich erinnere euch daran, daß *Antilope* ein Zwilling ist», sagte der Medizinhäuptling. «Und außerdem – könnte es nicht sein, daß der Tochter von *Die Sich Erinnert* die Kräfte ihrer Mutter verliehen wurden?»

Die Häuptlinge schwiegen bedrückt.

Schließlich sagte der Kriegerhäuptling: «Wenn es stimmt, daß Tolonqua etwas zugestoßen ist, werden sie ihn auf schnellstem Weg nach Hause bringen. Laßt uns abwarten. Wenn die Jungen nicht bei den Jägern sind, werden wir wissen, was zu tun ist.»

«Aye.»

Acoya schleppte sich müde voran. Der Nachmittag ging bereits dem Ende zu. Sie hatten seit der Essenspause nicht mehr gerastet. Die drei Männer hinter ihm redeten ununterbrochen. Vielleicht unterhielten sie sich darüber, was sie mit ihm anstellen würden. Die Angst lag wie ein harter Klumpen in seinem Magen.

Plötzlich stieß einer von ihnen einen Schrei aus, worauf alle drei die Arme schwenkten und schrien.

Acoya hob den Kopf. Hinter einer Hügelkette erschien eine große Menschenmenge. Die Männer zogen voraus, hinter ihnen Frauen, Kinder und Hunde.

Der Zug bewegte sich in dieselbe Richtung wie die drei Pawnee mit Acoya. Die Männer packten Acoya an den Händen und rannten, ihn halb tragend, halb ziehend, darauf zu. Kurz bevor sie ihr Ziel erreicht hatten, ließen sie ihn los und stießen ihn vor sich her.

Für eine Weile vergaß Acoya vor Staunen sogar seine Angst. An der Spitze des Zugs gingen acht Männer, die rot und blau umwickelte und mit Habicht- und Adlerfedern geschmückte Stäbe trugen. Ihre Köpfe waren bis auf ein Haarbüschel in der Schädelmitte kahlgeschoren. Statt einer Gesichts- oder Körperbemalung trugen sie kunstvoll verzierte und mit Fransen und Schmuck besetzte Gewänder aus Häuten.

Die Männer hinter den Stabträgern mußten wegen ihres erstaunlichen Kopfschmucks Häuptlinge sein. Jeder trug ein breites Kopfband aus Fell, an dem ein längliches Lederdreieck befestigt war. Der ganze Kopfschmuck war bemalt und mit Perlen bestickt. An dem des einen Häuptlings war über der Stirn der Abdruck einer weißen Hand zu sehen, bei einem anderen war es ein Habichtkopf oder ein Kreis im Kreis. An dem spitzen Ende des abstehenden Dreiecks baumelte eine Feder oder eine geflochtene Quaste. An der rechten Seite des Kopfbands hing ein kleiner weißer Pelzschwanz mit einer schwarzen Spitze. Ein Hermelinschwänzchen? Acoya war sich nicht sicher, aber es war wunderschön. Jeder Häuptling trug einen prachtvollen Umhang, einen breiten Halsschmuck mit polierten Bärenklauen sowie zahlreiche Ohrgehänge und Armreifen.

Hinter den Häuptlingen marschierte eine kleine Gruppe ernst aussehender Männer, die weniger aufwendig gekleidet waren. Die Skalplocke ihres Haarbüschels war so stark eingefettet, daß sie abstand wie ein Horn. Ihre obere Gesichtshälfte war rot bemalt, so daß ihre Augen wie durch eine rote Maske blickten. Hinter dieser Gruppe folgten zahlreiche Männer und Frauen und nackte Kinder, die Acoya anstarrten, teils finster, teils grinsend, aber in einem fort schnatternd und schwatzend. Ein großes Rudel wolfsähnlicher Hunde, von denen jeder ein hochbeladenes Travois zog, bildete den Schluß.

Acoya wurde vor die Häuptlinge geschubst, die seinen staunenden Blick ungerührt erwiderten. Schließlich bedeutete der offensichtlich älteste Häuptling: «Für wen bist du Kundschafter?»

«Ich bin kein Kundschafter.»

«Warum bist du in unserem Jagdgebiet?»

Als Acoya keine Antwort gab, wandten sich die Häuptlinge an die streng aussehenden Männer hinter ihnen, die Acoya für Priester hielt. Sie redeten kurz miteinander. Der alte Häuptling gab einen Befehl, Acoya wurde am Arm gepackt und ans Ende des Zugs zu den Hunden geführt. Ein hinkender Hund wurde ausgeschirrt, und Acoya mußte die Riemen übernehmen.

Das Travois war schwer, aber er zog es – unter dem lauten Spott der Umstehenden. Nur der Hund war nicht einverstanden, daß dieser Fremde seine Last zog. Er knurrte und schnappte nach Acoyas Beinen, bis ihn ein Junge in seinem Alter mit einem scharfen Befehl davonjagte.

Acoya hatte keine Hand frei, um Zeichen zu machen, deshalb sagte er auf Towa: «Danke.»

Der Junge sah ihn verständnisvoll an. Dann wandte er sich ab.

Der Zug mit all den lärmenden Menschen setzte sich wieder in Bewegung. Während Acoya das Travois über das unebene Gelände zog, fragte er sich, wie die Hunde diese schwere Arbeit schafften. War ihm das Leben eines Hundes beschieden? Und er dachte immer wieder an seinen Vater und die anderen Jäger, die er, dumm wie er war, verraten hatte. Im Augenblick bewegte sich der Zug in eine Richtung, die ihn nördlich am Aufenthaltsort der Jäger vorbeiführen würde. Vielleicht würde man gar nichts unternehmen gegen die kleine Gruppe von Towa-Jägern, nachdem es auf dieser riesigen Ebene mehr Büffel gab, als viele, viele Stämme in einem Leben erlegen konnten. Dieser Gedanke tröstete ihn ein wenig.

Hin und wieder hielt der Zug an, wenn sich die Häuptlinge mit den Priestern berieten. Acoya hätte gern gewußt, worüber sie sprachen. Eine dieser Pausen nützte er, um sich das Hundegeschirr über den Bauch zu legen; auf diese Weise konnte er besser ziehen. Der Junge, der den Hund verjagt hatte, nickte ihm beifällig zu. «Wie heißt du?» bedeutete er.

«Acoya. Und du?»

«*Hirschgeweih.*»

«Wohin gehen wir?»

«Zu unserem Heimatdorf.»

«Was werden sie dort mit mir tun?»

Der Junge zuckte die Achseln. «Du bist ein Sklave. Du wirst arbeiten müssen. Außer – » Er wandte sich ab.

«Außer was?»

Hirschgeweih lief zu ein paar Jungen, die Pfeile-in-den-Himmel-Schießen spielten. Wer die meisten Pfeile abschießen konnte, bevor der erste zu Boden fiel, hatte gewonnen. Sie wetteten um Pfeile, Messer und allerlei andere Dinge.

Acoya wünschte, er hätte bei dem Spiel mitmachen können. Und er wünschte, er hätte gewußt, was aus Chomoc geworden war. Wären sie doch nur zu Hause geblieben.

Der Marsch dauerte zwei Tage. Acoyas Körper schmerzte vom Scheitel bis zur Sohle, und die meiste Zeit hatte er Hunger. Niemand beachtete ihn, ausgenommen *Hirschgeweih,* der ihm zu den Essenszeiten Dörrfleisch und Wasser brachte, aber kaum mit ihm redete. Es war verboten, freundlich zu einem Sklaven zu sein.

Noch nie hatte sich Acoya so elend und so entmutigt gefühlt. Er würde nicht gerettet werden, denn niemand wußte, was mit ihm geschehen war. Chomoc war verschwunden. Vielleicht war er schon in Sipapu.

Er mußte eine Möglichkeit finden, um zu fliehen.

47

Es war der dritte Tag und noch nicht dunkel. Acoya knurrte der Magen. Die Frauen spannten die Hunde aus und befahlen den Jungen, sie zum Saufen zu führen. Wenn sie in die Nähe von Wasser kamen, wurden Acoya und die anderen Jungen jedesmal losgeschickt, um die Hunde saufen zu lassen und wieder zum Lager zurückzubringen. Heute jedoch wurde Acoya befohlen zu bleiben und den Frauen beim Aufstellen der Zelte zu helfen.

Acoya kochte innerlich. Daß er Frauenarbeit leisten sollte, war eine weitere Demütigung.

Während die Frauen arbeiteten, ruhten sich die Männer aus, unterhielten sich, rauchten und spielten. Einer der Häuptlinge winkte *Hirschgeweih* zu sich und trug ihm etwas auf. Dieser nickte und ging zu Acoya. «Komm mit», bedeutete er und führte ihn zum Zelt seiner Mutter.

«Du gefällst meiner Mutter», bedeutete er. «Vielleicht wird sie dich kaufen.»

Acoya antwortete nicht. Niemand konnte den Sohn von *Die Sich Erinnert* und dem Bauhäuptling von Cicuye kaufen.

Hirschgeweihs Mutter war vielleicht einmal hübsch gewesen, doch jetzt war sie gebeugt und verbraucht. Tiefe Falten zogen sich über ihre Stirn, und ihre Augen waren umgeben von Falten. Nach einem kurzen Blick auf Acoya schickte sie die beiden Jungen zum Holzholen.

Inzwischen war es Abend geworden. Acoya genoß die frische Luft und war froh, aus dem Lager herauszukommen.

Hirschgeweih schritt aus wie ein Junge, der es gewohnt war, tagelang zu marschieren. Er trug knöchelhohe Mokassins und um die Taille gebunden zwei schurzähnliche Lederlappen, die ihn vorne und hinten bedeckten. Sein schwarzes, schulterlanges Haar war über der Stirn gerade abgeschnitten und fiel offen herab. Er trug einen kleinen, perlenbestickten Beutel um den Hals, Schmuck in den Ohren und ein eindrucksvoll rasselndes Armband aus Hundezähnen und Knochenperlen.

Acoyas Mokassins und Lendenschurz waren schmutzig und abgetragen. Er war verschwitzt und sehnte sich nach einem Bad im Fluß und nach seiner stillen Bucht hinter den Weiden.

Hirschgeweih blieb stehen und wies auf einen toten Baum in einer kleinen Schlucht. Er rutschte den Hang hinunter. Acoya folgte ihm. Nun konnten sie vom Lager aus nicht mehr gesehen werden und endlich miteinander reden.

Acoya bedeutete: «Ich muß dir etwas sagen.»

Hirschgeweih nickte interessiert.

«Ich bin der Sohn von *Die Sich Erinnert* und von Tolonqua, dem Bauhäuptling von Cicuye. Es wird ihnen nicht gefallen, daß ich von Pawnee gefangengehalten werde. Sie werden Krieger schicken, um mich zu holen. Wäre es nicht besser, mich gleich nach Hause zu lassen?»

Der Pawnee-Junge antwortete ungerührt: «Sie wissen nicht, wo du bist. Sie glauben, du bist tot.»

«Meine Mutter hat besondere Kräfte. Sie weiß, wo ich bin. Und mein Vater hat sehr schönen Schmuck und viele wertvolle Sachen. Er ist ein reicher Mann. Er wird dich belohnen, wenn du mir hilfst.»

Hirschgeweihs schwarze Augen begannen zu funkeln. «Ich werde mit meinem Vater sprechen. Er ist ein Häuptling.»

Die Jungen sammelten so viel Holz, wie sie tragen konnten, und kehrten zum Lager zurück. *Hirschgeweih* ging sofort zu seiner Mutter und redete aufgeregt auf sie ein. Sie betrachtete Acoya verächtlich.

Schließlich nickte sie, und der Junge bedeutete Acoya, ihm zu folgen. Acoya fiel auf, daß vor jedem Zelt ein Schild aufgestellt war, das anzeigte, wem es gehörte. Vor einem Zelt, auf dessen Schild der Morgenstern gemalt war, bedeutete *Hirschgeweih*: «Das ist das Zelt des Priesterhäuptlings. Warte hier.»

Der Lederlappen am Eingang war zurückgeschlagen, so daß Acoya ins Zeltinnere sehen konnte, wo die Häuptlinge vor dem obersten Priester saßen, dessen hageres Gesicht bis zur Mitte mit roter Farbe bemalt war; die untere Gesichtshälfte war schwarz-weiß bemalt. Sein Kopf war nicht geschoren. Er trug das Haar lang bis auf die Schultern.

Acoya verstand nicht, was gesprochen wurde, aber die scharfen Augen des Priesterhäuptlings richteten sich mehrmals auf ihn, und etliche Priester drehten sich um und musterten ihn.

Schließlich kam *Hirschgeweih* zu Acoya zurück und bedeutete ihm, daß ihn der Priesterhäuptling sprechen wolle.

Respektvoll trat Acoya in das Zelt. Aus einer tief in ihm verborgenen Quelle schöpfte er Selbstvertrauen und Zuversicht. Er bedeutete: «Ich bin ein Auserwählter des Weißen Büffels.»

Die Häuptlinge empörten sich laut über Acoyas Benehmen, doch der Priesterhäuptling hob gebieterisch die Hand.

«Beweise?» bedeutete er mit ironischem Lächeln.

Acoya setzte sich auf den Boden und zog den Mokassin von seinem rechten Fuß. Er zeigte dem Priester seine Fußsohle mit dem Kopf des Weißen Büffels. «Mein Totem», bedeutete er. «Ich bekam es vom Weißen Büffel, der meiner Mutter erschien und ihr sagte, er würde mein Beschützer sein. Dann erschien er meinem Vater und bot sich ihm dar. Deshalb besitzt mein Vater den Mantel des Weißen Büffels.»

Häuptlinge und Priester scharten sich um Acoya, um das heilige Mal zu sehen. Jemand spuckte darauf und versuchte, es mit dem Daumen abzureiben. Verdrießlich stellte er fest, daß es nicht aufgemalt war.

Schließlich zog Acoya seinen Mokassin wieder an und stand auf. Er wandte sich an den Priesterhäuptling. «Bitte, erlaubt mir, nach Hause zurückzukehren.»

Der Priesterhäuptling schwieg eine Weile, dann winkte er, und *Hirschgeweih* führte Acoya aus dem Zelt.

«Werde ich ein Sklave bleiben müssen?»

Hirschgeweih zuckte die Schultern. «Wahrscheinlich.»

Acoya durfte die Nacht im Zelt von *Hirschgeweihs* Familie verbringen. Er lag auf einem Büffelfell neben dem Eingang. Es war der schlechteste Schlafplatz, aber immer noch besser, als auf dem nackten Boden neben den Hunden schlafen zu müssen.

Acoya blickte zu den gebogenen Weidenästen empor, die das Zelt trugen, und dachte an die starken Deckenbalken seines Zuhauses. Er dachte an seine Mutter und ihre blauen Augen. Und er dachte an *Weiße Wolke*.

Was würde morgen mit ihm geschehen?

Acoya setzte sich auf und blickte um sich. Wurde er überwacht? Vielleicht, wenn ich hinausgehe, um mich zu erleichtern...

Er verließ das Zelt. Es war eine helle Vollmondnacht. Er ging ein kleines Stück abseits und sah sich um, während er urinierte. Es schien, als könnte er sich unbemerkt fortstehlen, doch dann sah er die Bogenschützen, die in den offenen Zelteingängen saßen und Wache hielten.

Als Acoya ins Zelt zurückkehrte, sah er, daß *Hirschgeweih* nicht mehr auf seinem Platz lag.

Er war Acoyas Schatten.

Früh am nächsten Morgen brachen die Pawnees das Lager ab. Die Hunde wurden an die Travois geschirrt. Die Leute schulterten ihre Bündel. Erstaunt stellte Acoya fest, daß auch sein Travois wieder von einem Hund gezogen wurde.

Es hatte kein Morgenessen gegeben. Sie fasteten bis zur Mittagspause. Die Landschaft wurde allmählich hügelig mit unvermuteten, manchmal tiefen Schluchten. Hin und wieder stießen sie auf kleine Steinhaufen, bei denen die Priester anhielten und sangen, bevor sie weitere Steine darauf legten und ihren Weg fortsetzten. Ein wolkenloser Himmel spannte sich über den Horizont, und ein leicht böiger Wind strich über das Land.

Der Sonnenvater hatte sein Abendhaus noch nicht erreicht, als auf einer grasbewachsenen Ebene das Dorf der Pawnee auftauchte. Die Männer brüllten, als sie das Dorf sahen, und die Frauen stießen ein durchdringendes, lautes Jauchzen aus, das über weite Entfernungen zu hören war und von den Frauen im Dorf erwidert wurde.

Die Behausungen des Pawnee-Dorfes, runde, mit Erde bedeckte Hütten mit einem tunnelartigen Eingang davor, waren so zahlreich, daß sie aus der Ferne wie eine große Herde Büffel aussahen. Männer und Frauen kamen ihnen aus dem Dorf entgegen. Acoya wunderte sich, daß es so wenige waren, aber anscheinend folgte der größte Teil der Dorfbewohner den Jägern auf die Jagd, und es blieben nur die zurück, die eine solche Reise nicht mitmachen konnten, und die, die für die Daheimgebliebenen sorgten.

Als der Zug das Dorf erreichte, löste er sich auf in Tumult und Trubel. Alle freuten sich, wieder zu Hause zu sein. Die Travois wurden entladen, und nachdem man sich tüchtig am Anblick des getrockneten Büffelfleischs und der Häute geweidet hatte, wurde das Fleisch in Vorratskammern verstaut – in mit Steinen und Lehm ausgekleideten Gruben, so breit und so tief wie ein ausgewachsener Mann – und sorgfältig abgedeckt und beschwert, um Feuchtigkeit, Insekten und Raubtiere abzuhalten.

Die Frauen freuten sich besonders über die Büffelhäute, aus denen sie neue Winterkleidung, Mokassins, Zeltdecken und viele andere Dinge machen konnten.

Als es dunkel wurde, gab es ein riesiges Festessen. Acoya saß bei der Familie von *Hirschgeweih*, die mit einem einzigen Löffel aus Büffelhorn den Fleischeintopf aß und nur einen Kürbisschöpfer benützte, um Wasser zu trinken. Acoya bemerkte einen großen, mageren Mann, der sich, gebeugt vom Alter, auf einen Stock stützte.

«Wer ist das?» fragte er *Hirschgeweih*.

«Der Stammeshäuptling *Stehender Bär*. Er wird morgen bestimmen, was mit dir geschieht.»

48

Am nächsten Tag wurde Acoya von zwei Priestern zu einer großen Hütte geführt. Am Eingang hoben sie dreimal den rechten Fuß über die Schwelle, dann bückten sie sich, um den Tunnelvorbau zu betreten, und winkten Acoya, ihnen zu folgen.

Im Innern, das nur von einem schräg durch den Rauchabzug

hereinfallenden Lichtstrahl erhellt wurde, mußte sich Acoya vor einem Altar auf eine Matte setzen. Die Priester ließen sich mit untergeschlagenen Beinen rechts und links von ihm nieder. Und dann warteten sie.

Unterdessen beriet sich der alte Stammeshäuptling *Stehender Bär* mit den Priestern und allen Häuptlingen in der Medizinhütte. Diese glich den anderen Hütten, außer, daß sie einen Altar hatte, der so lang wie ein Mann groß war, so daß die Schüsseln und Körbe mit den Opfergaben, die Pfeifen, der Büffelschädel und die Fetische von Büffel, Wapiti, Weißschwanzhirsch, Maultierhirsch und Bär darauf Platz hatten. Auf den Mauersimsen lagen Masken, Trommeln, Rasseln, Pfeifen, Schnarren, Behälter mit Arzneien, medizinische Instrumente, Krüge mit besonderem Sand und Farbstoffen, Körbe, Krüge und Beutel mit Wurzeln, Rinden, getrockneten Beeren und Blättern. An den Wänden hingen gebündelte Kräuter.

Alle diese Dinge verströmten einen einzigartigen Geruch, den *Stehender Bär* tief einatmete. Schließlich räusperte er sich und begann:

«Ich habe euch zusammengerufen, damit wir entscheiden, was mit dem gefangenen Towa-Jungen geschehen soll. Ich höre eure Meinung.»

«Wir behalten ihn als Sklaven», sagte ein Häuptling.

«Ich erinnere euch an die Kräfte von *Die Sich Erinnert*, seiner Mutter», sagte ein anderer, «die mit den blauen Augen, die die Büffel am Ort des Regenbogen-Feuersteins rief –»

Ein anderer fiel ihm ins Wort. «Diese Geschichte wird bei den Abendfeuern erzählt. Woher wissen wir, ob sie stimmt?»

«Ich und andere haben das Zeichen des Weißen Büffels auf der Fußsohle des Towa-Jungen gesehen», sagte der Oberpriester. «Sein Vater Tolonqua besitzt den Mantel des Weißen Büffels. Dieser Junge ist ein Auserwählter.» Er spielte mit den Bärenklauen an seinem Halsschmuck. «Könnte er uns nicht auf besondere Weise nützlich sein?»

Die Männer dachten schweigend darüber nach.

«Aye!» sagte ein Häuptling. «Wir verlangen Lösegeld für ihn.»

«Nein!» sagte ein anderer. «Wir dürfen die Kräfte von *Die Sich Erinnert* nicht unterschätzen. Viele Jahre ging das Gerücht, sie sei eine Hexe. Es wurde nie bewiesen, aber wenn sie nun doch eine ist? Was wird aus uns, wenn sie erfährt, daß wir ihren Sohn gefangenhalten? Daß wir ein Lösegeld für ihn verlangen?»

Wieder schwiegen alle. Die Glut in der Feuergrube leuchtete kurz auf. *Stehender Bär* strich sich nachdenklich über das Kinn. «Vielleicht wäre es das beste, wenn wir die Anwesenheit des Jungen bei uns geheimhielten.»

«Dem kann ich nicht zustimmen», sagte der Oberpriester. «So etwas läßt sich nicht geheimhalten.»

«Aye», sagte einer der Priester. «Die Lösung liegt auf der Hand. Wir geben ihn dem Morgenstern.»

Stehender Bär sah die Blicke der Männer. Ein Opfer für ihre wichtigste Gottheit, den Morgenstern, war fällig und sollte in althergebrachter Weise dargebracht werden. Es würde die Götter gnädig stimmen, dem Stamm nützen und gleichzeitig ein Problem lösen.

«Bringt den Jungen, damit ich ihn weihen kann», rief der Oberpriester.

Zwei Männer verließen die Medizinhütte.

Acoya hörte sie kommen. Als die zwei Priester die düstere Hütte betraten, wirkten sie mit ihren bemalten Gesichtern wie böse Geister. Sie gingen auf Acoya zu, wechselten ein paar Worte mit den Priestern, die ihn bewacht hatten, und einer sagte in Zeichensprache zu Acoya: «Du bist ein Auserwählter.»

Acoya nickte überrascht.

«Ein Auserwählter des Morgensterns.»

Acoya schüttelte den Kopf und bedeutete: «Ich bin ein Auserwählter des Weißen Büffels.»

«Komm.»

Sie führten ihn nach draußen. Es war jetzt dunkel. Ein großes Gemeinschaftsfeuer brannte. Von den Hütten stiegen feine Rauchsäulen auf, und es roch nach Essen. Die Priester führten Acoya in die Medizinhütte, wo *Stehender Bär* nun auf einem Zeremonienteppich aus Büffelhaut saß, der mit Morgensternmustern und Darstellungen aus der Stammesgeschichte bemalt war. Er betrachtete Acoya aus unergründlichen Augen und bedeutete: «Ich grüße dich, Auserwählter.»

«Mein Herz freut sich», bedeutete Acoya, höflich wie immer.

Stehender Bär nickte. Dieser Junge war ein geeignetes Opfer – intelligent, von vollkommener Gestalt und angenehmem Wesen und, für einen Towa, recht gebildet. Er würde wie eine hochstehende Persönlichkeit behandelt werden, verwöhnt mit schönen Kleidern, gutem Essen und angenehmer Unterhaltung, bis die Sieben Schwestern den für sie bestimmten Platz am Himmel erreichten. Dann würden ihn die Priester dem Morgenstern als Geschenk darbringen.

Der Junge würde einen schnellen Tod erleiden. Erst nach einem Schlag auf den Kopf und einem Pfeilschuß ins Herz war es den Priestern erlaubt, das Opfer zu Ehren des Morgensterns mit geweihten Pfeilen zu durchbohren.

Kwani stand auf dem Dach des dritten Stockwerks und blickte nach Osten. Es war noch zu früh, um die Jäger zurückzuerwarten, aber die böse Vorahnung, die sich ihrer bemächtigt hatte, wollte nicht weichen. *Antilope* behauptete immer wieder weinend, Pawnee hätten Acoya gefangen und Tolonqua sei tot. Es konnte nicht sein, und doch...

Ihre Tochter, dieses Zwillingskind, besaß Kräfte. Das wußte Kwani. War ihre Vision vielleicht ein Zeichen der Vorfahrinnen, daß sie von den Göttern gesandt war und von Kwani zu ihrer Nachfolgerin erzogen werden sollte?

Antilopes leichte Schritte näherten sich eilig. «Mutter! Sie kommen!»

«Die Jäger?»

«Ja. Einige sagen, sie hätten Vaters Horn gehört!»

Kwanis Wangen röteten sich vor Freude. «Wir müssen alles für die Ankunft deines Vaters vorbereiten. Er wird hungrig sein. Hol den Wasserkrug und geh zur Quelle.»

Antilope zögerte und wandte sich ab. «Aber –»

«Geh!» Kwani war schon auf dem Weg in ihre Küche. Sie würde blaue Maiskuchen backen, die Tolonqua so gern aß. Acoya und Chomoc würden ebenfalls hungrig sein.

In ihrem Eifer bemerkte sie nicht, mit welchem Gesichtsausdruck ihre Tochter sie verließ. Sie ging, als watete sie gegen eine starke Strömung im Fluß.

Das hochgelegene Cicuye war wie ein Leuchtfeuer schon aus weiter Ferne zu sehen. Die Jäger hielten an, um sich vor der Heimkehr noch einmal zu erfrischen und zu säubern. Sie tranken aus ihren Wasserbeuteln und benützten den Rest des Wassers, um sich zu waschen und ihre staubigen Zöpfe zu glätten.

Es war Vormittag. Rauchsäulen hoben sich schwach gegen den schimmernden Himmel ab. Normalerweise hätten sie sich jetzt unterhalten, sie hätten gelacht und Witze gerissen über das bevorstehende Wiedersehen mit den Frauen. Doch heute lag Tolonqua auf seiner Bahre, eingehüllt in das Fell des Büffels, der ihn getötet hatte. Sein Bündel, seine Waffen und das Muschelhorn lagen neben der Leiche, von der bereits Verwesungsgeruch ausging.

Chomoc hockte neben Yatosha. Er spürte, wie unglücklich sein Vater war. «Soll ich auf der Flöte spielen?» fragte er.

Yatosha sah ihn dankbar an, aber er schüttelte den Kopf.

Chomoc mußte daran denken, wie er sich ihre Heimkehr vorgestellt hatte: er auf seiner Flöte spielend, und Tolonqua hätte das Muschelhorn aus seiner Tasche genommen und ohrenbetäubend geblasen.

Wenn Yatosha nicht wollte, daß er Flöte spielte, vielleicht sollte er dann an Tolonquas Stelle das Muschelhorn blasen.

«Wirst du Tolonquas Horn blasen, um anzukündigen, daß wir kommen?» fragte er.

Doch Yatosha schüttelte wieder den Kopf. «Ich werde ihn tragen.»

Der Jagdhäuptling sagte: «Du bläst das Horn, Chomoc. Du warst wie ein Sohn für ihn.»

Die Jäger nickten. «Aye.»

Yatosha nahm die große Muschel aus ihrem Beutel und gab sie Chomoc. Dieser hielt sie ehrfürchtig in beiden Händen. Dann holte er tief Luft und blies. Das Horn stöhnte. Er blies stärker, und das Horn schrie auf. Chomoc blies und blies, und mit dem orgelnden Ton des Horns stieg der starke Geist Tolonquas zu den Göttern.

Dann traten sie das letzte Stück ihrer Heimreise an. Der Jagdhäuptling und Yatosha gingen mit der Bahre voran. Chomoc ging neben ihnen und blies das Muschelhorn. Die Jäger folgten mit den Hunden und den hochbeladenen Travois. Schweigend schritten sie dahin. Das Horn klagte in ihrer aller Namen.

Als sie so nah waren, daß die Leute das längliche Bündel auf der Bahre sehen konnten und begriffen, daß es Tolonqua war, erhob sich ein schrecklicher Schrei. Die Menschen strömten aus der Stadt und liefen den Berg hinunter. Sechs Jäger hoben die Bahre über ihre Köpfe und trugen sie den Weg hinauf zur Stadt.

Inmitten des aufgeregten Durcheinanders sah Chomoc Kwani und *Antilope* dem Zug der Jäger entgegeneilen. Anitzal folgte ihnen stolpernd und kreischend vor Schmerz und Entsetzen. Als Kwani die Bahre erreichte, ließen die Männer ihre Last auf den Boden hinab und traten zur Seite.

Kwani blickte auf das Bündel auf der Bahre. Ihr Gesicht war starr wie eine Maske. Sie wandte sich an Yatosha.

«Wo ist Acoya?» flüsterte sie heiser.

Yatosha brachte es nicht über sich, ihr zu antworten. Er stand nur da und senkte den Kopf.

«Pawnee», sagte Chomoc.

Kwani stieß einen kleinen Schrei aus.

Antilope klammerte sich an Kwanis Kleid. «Ist das Vater?» fragte sie mit unnatürlich hoher Stimme.

Kwani antwortete nicht. Starr und mit leerem Gesichtsausdruck blickte sie auf den Toten.

Anitzal drängte sich an ihr vorbei und zog mit einem Ruck das Büffelfell beiseite.

«Vater!» schluchzte *Antilope* und sank neben ihm auf den Boden.

Kwani bückte sich langsam und deckte das Büffelfell wieder über die Leiche. Ihr Gesicht sah aus, als wäre sie weit weg in einem Traum.

«Bringt ihn nach Hause», sagte sie zu Yatosha. «Ich werde ihn für die Beerdigung zurechtmachen.» Sie sprach leise und ruhig. Dann half sie ihrer Tochter aufzustehen. «Komm. Dein Vater geht nach Sipapu. Wir müssen ihn dafür herrichten.»

Sie gingen den Weg zur Stadt hinauf – eine Frau, die plötzlich gealtert schien, und ein schluchzendes Kind, das sich an die Hand seiner Mutter klammerte, als fürchtete es, auch sie zu verlieren.

49

Tolonqua lag in seinem Grab auf dem Dorfplatz. Er war der erste, dem diese Ehre zuteil geworden war. Er lag im Schoß der Erdmutter, auf der Seite mit angezogenen Knien, genauso wie im Schoß der Mutter, die ihn geboren hatte. Neben ihm lagen die Dinge, die er in Sipapu benötigen würde: seine schönen Waffen, ein Anasazi-Becher und eine kunstvolle Schale, die eigens zerbrochen worden war, um ihren Geist zu befreien, daß daß er in eine andere Schale in der Unterwelt eingehen konnte. Kein Neuankömmling in Sipapu würde je schöner geschmückt erscheinen als Tolonqua in seinem Zeremonienstaat, mit dem Halsschmuck aus Bärenklauen, Türkisen und Muscheln aus dem Meer des Sonnenuntergangs, seinen Armreifen und Ohrgehängen, seinem Schild und der heiligen Pfeife.

In der nahe gelegenen Kiva fand eine Besprechung statt.

Zwei Hirsche wandte sich an die versammelten Häuptlinge und Ältesten: «Wie wir alle wissen, hat *Antilope*, das Zwillingskind, den Tod unseres Bauhäuptlings richtig vorhergesagt. Sie hat auch gesagt, daß Acoya von Pawnee gefangen wurde. Ihr habt Chomoc gehört, der gesehen hat, wie Acoya verschleppt wurde. Nun hat *Antilope* gewarnt, daß er in Gefahr sei und sofort gerettet werden müsse. Wir waren übereingekommen, daß wir einen Suchtrupp ausschicken würden, wenn die Jungen nicht zurückkommen.»

Der Kriegerhäuptling verlangte das Wort. «Ich werde aus meinen besten Kriegern einen Überfalltrupp bilden. Wir werden zusätzlich Speere und viele Pfeile brauchen.»

Er setzte sich wieder, und eine Weile schwiegen alle nachdenklich.

Dann fragte *Zwei Hirsche*: «Ist das auch eure Meinung?»

Der Jagdhäuptling schüttelte den Kopf. «Es ist zu weit, um einen Angriff gegen Leute zu führen, die zahlenmäßig überlegen sind und ihr Land besser kennen als wir.»

Die Männer sahen sich an. Dann senkten sie den Blick auf ihre Hände.

«Laßt uns vernünftig sein», sagte der Medizinhäuptling, und sein Obsidianauge starrte unheilvoll. «Unsere Krieger sind Menschen, die nach Sipapu gehen wie wir alle. Und sind sie einmal dort, können sie nicht mehr kämpfen.»

«Außerdem besteht die Gefahr», ergänzte einer der Ältesten, «daß der Sohn von *Die Sich Erinnert* getötet wird, sobald unsere Krieger angreifen.»

Yatosha und Chomoc verharrten die ganze Zeit schweigend neben *Zwei Hirsche*, denn sie waren weder Häuptlinge noch Älteste, sondern nur Gäste. Nun hob Yatosha zögernd die Hand.

«Was *Adlerauge* gesagt hat, ist richtig. Das Land der Pawnee ist weit, und sie kennen jeden Hügel und jede Büffelsuhle, jeden Bergpfad und jeden Baum so genau wie ihre Hütten. Wir Jäger kommen weit herum, aber wir wissen, je weiter uns unsere Mokassins tragen, um so mehr befinden wir uns im Nachteil. Laßt uns andere Möglichkeiten in Betracht ziehen, um Acoya zu retten.»

Der Kriegerhäuptling sah ihn finster an. «Zum Beispiel?»

Ein Ältester meldete sich zu Wort. «Pawnee sind raffgierig. Besticht sie.»

Der Sonnenhäuptling lächelte sarkastisch. «Wie Talasi die Medizinhäuptlinge?»

«Ihr dürft nicht vergessen, mit wem wir es diesmal zu tun

haben», warf ein anderer aus der Reihe der Ältesten ein. «Es sind Pawnee. Bei denen verfängt Bestechung.»

Nachdem das Für und Wider ausführlich besprochen und kein anderer Vorschlag gemacht worden war, sagte *Zwei Hirsche* schließlich: «Als Stadthäuptling von Cicuye erkläre ich, daß wir den Pawnee anbieten, Acoya freizukaufen.»

«Und es muß rasch geschehen!» sagte Yatosha.

«Die Frage ist, wie. Wen schicken wir zu ihnen?»

«Laßt mich gehen», sagte Yatosha.

«Und mich!» rief Chomoc ungefragt. Er hatte bis jetzt brav geschwiegen, doch nun vergaß er vor Aufregung seine guten Manieren. «Acoya ist mein Freund.»

Der Häuptling betrachtete die beiden mit ausdruckslosem Gesicht.

Yatosha fuhr fort: «Acoyas Vater hat mir das Leben gerettet. Deshalb versuche ich, das Leben seines Sohnes zu retten.»

«Du willst ganz allein gehen?»

«Nein. Ich nehme Chomoc mit.»

«Einen Jungen?»

«Einen Jungen und seine Flöte», sagte Yatosha.

Die Männer dachten darüber nach. Ein Mann, der nur in Begleitung eines Jungen reiste, würde im Gegensatz zu einem Trupp Krieger nicht als Bedrohung empfunden werden. Trotzdem wäre es gefährlich.

«Was sollen wir als Lösegeld anbieten?» fragte *Zwei Hirsche*, und wieder senkten alle die Köpfe, um nachzudenken.

Chomoc konnte seine Freude kaum verbergen. *Zwei Hirsche* hatte ihm nicht verboten, mitzugehen! Und so platzte er voller Tatendrang heraus: «Das Muschelhorn!»

Die Männer sahen sich überrascht an. Das war ein kluger Vorschlag. Tolonquas Muschelhorn gegen seinen Sohn. Und ein Muschelhorn hatten die Pawnee noch nie besessen!

«Wir müssen *Die Sich Erinnert* um Erlaubnis fragen, denn das Horn gehört jetzt ihr. Aber sie wird es zur Rettung ihres Sohnes hergeben. Dann werden Yatosha und Chomoc allein aufbrechen, um Acoya nach Hause zu holen.»

Alle erklärten sich einverstanden.

«Sieh her! Ein Geschenk des Morgensterns!»

Eine alte Frau der Morgensterngesellschaft stand im Eingang der Hütte, in der Acoya allein, aber von Luxus umgeben, gefangengehalten wurde, und winkte jemandem, der hinter ihr stand, zu.

Ein Mädchen trat ein. Es war vielleicht vierzehn Winter alt und bereits eine Frau mit runden, festen Brüsten, die mit Türkisen und Muschelketten geschmückt waren. Um die Taille trug sie eine Wildlederschürze, die ihre Vorder- und Rückseite knapp bedeckte und aufreizend wippte, als sie sich Acoya lächelnd und mit gesenkten Augen näherte.

«Genieß dein Geschenk», bedeutete die Alte grinsend. Dann verneigte sie sich, zog sich rückwärts gehend in den Eingangstunnel zurück und verschwand.

«Ich grüße dich», bedeutete Acoya höflich. Ihm war sehr unbehaglich zumute. Er lebte in einer bequemen Hütte, man verneigte sich vor ihm und erfüllte ihm jeden Wunsch, den er äußerte – nur nach Hause durfte er nicht. Er hatte nicht um dieses Mädchen gebeten. Warum war sie hier?

Das Mädchen setzte sich neben ihn auf das Büffelfell, auf dem er fast die meiste Zeit lag, an die Decke starrte und versuchte, sich einen Fluchtplan auszudenken. Sie rückte dicht neben ihn und sah ihn offen an.

«Ich grüße dich», wiederholte Acoya und rückte ein Stück von ihr ab. «Warum hat man dich hergebracht? Bist du eine Gefangene?» fragte er in Zeichensprache.

Sie lachte. «Ich bin ein Geschenk», bedeutete sie und klimperte mit ihren Armreifen aus buntbemalten Knochen und Samenperlen. Sie nahm seine Hand und legte sie auf eine ihrer runden Brüste. Sie drückte auf seine Finger, damit sie das weiche Fleisch fühlten.

Acoya wußte nicht recht, was er tun sollte. Er war verlegen und gleichzeitig fasziniert. Vorsichtig versuchte er, seine Hand zurückzuziehen, aber sie hielt sie fest und schob sie über ihren glatten Bauch bis zu dem Band um ihre Taille, an dem die kleine Schürze befestigt war. Sie ließ seine Hand los und hob die Schürze gerade so weit, daß er einen Blick auf ihre flaumige

Scham werfen konnte. Dann ließ sie die Schürze fallen und legte sich neben ihn auf das Büffelfell. Sie hob die Arme über den Kopf, öffnete leicht die Schenkel und sah ihn mit ihren dunklen, glänzenden Augen an.

«Genieß dein Geschenk», bedeutete sie. Er legte sich verlegen und ein wenig ängstlich neben das Mädchen. Sie zog seinen Kopf zu ihrer Brust. Es war ein aufregendes Gefühl. Ihre Hand glitt über seinen Rücken und nach vorne über seinen Bauch. Sie griff unter seinen Lendenschurz, und als er das Gefühl hatte, sein Mannesteil würde bersten, setzte sie sich rittlings auf ihn.

Es war angenehm warm und weich, wo er sich jetzt befand, und unwillkürlich drängte er weiter und warf sich gegen ihren Körper, wieder und wieder, bis die wundervolle Explosion kam.

Schließlich rollte sie von ihm herunter und lag neben ihm.

«War es das erste Mal?» bedeutete sie.

Da er es nicht zugeben wollte, antwortete er nicht.

Sie lächelte. «Ein hübsches Geschenk, nicht wahr?» Sie setzte sich auf. «Ich werde jetzt gehen, aber ich komme wieder, jeden Tag, bis –»

«Bis was?»

Sie sah ihn mit einem merkwürdigen Blick an, den er nicht verstand – fast so, als hätte sie Mitleid mit ihm. Dann stand sie auf und ging. Die kleine Schürze wippte keß über ihrem kleinen Hinterteil.

50

Der Morgensternpriester stand vor der Menschenmenge, die sich auf dem Tanzplatz versammelt hatte, den Büffelmantel mit dem Emblem des Morgensterns über eine seiner nackten Schultern drapiert. Seine obere Gesichtshälfte war schwarz bemalt, so daß sich das Licht in seinen tiefliegenden Augen wie in einem schwarzen Tümpel spiegelte. Hinter ihm ragte das hölzerne Gerüst empor, in den sie das Geschenk an den Morgenstern stellen würden, nachdem der Geist des Jungen frei war, um sich mit dem der Gottheit zu vereinen. Vor ihm bildeten die Priester, mit Bogen und Pfeilen bewaffnet, einen Halbkreis. Ihre frischbemalten Gesichter leuchteten rot, schwarz und weiß im Licht des Morgens. Neben den Priestern standen der Riese mit der lauten Stimme mit einer schweren Keule in der Hand und der alte Stammeshäuptling, der sich auf seinen hohen Zeremonienstock stützte. Hinter den Priestern standen die Häuptlinge; sie trugen ihren dreieckigen Kopfschmuck und kunstvoll gefertigte Zeremoniengewänder. Auf dem Platz drängten sich die Menschen aus dem Dorf sowie zahlreiche Besucher. Alle warteten gespannt auf den Towa-Jungen.

Das Sternbild der Sieben Schwestern hatte die vorgesehene Stelle erreicht. Es war Zeit.

Der Oberpriester schüttelte die Rassel und rief: «Bringt das Geschenk für den Morgenstern!»

Acoya hörte, daß jemand den Eingangstunnel zu seiner Hütte betrat. Kurz darauf traten zwei Priester ein. Sie verneigten sich nicht wie gewöhnlich, sondern bedeuteten nur: «Komm mit!»

«Warum?»

Statt einer Antwort packten sie ihn und stießen ihn vor sich her aus der Hütte und durch die lärmende Menge, bis sie vor dem Morgensternpriester standen.

Als Acoya den unergründlichen Blick des Priesters auf sich gerichtet sah, wurde ihm eiskalt.

Er hatte das Gefühl, als würde ihn dieser Blick von oben bis unten aufschlitzen und sein Innerstes freilegen.

Der Blick des Priesters wanderte weiter. Acoya folgte ihm wie gebannt – und sah den Riesen, der ihn an jenem verhängnisvollen Morgen gefangengenommen hatte. Er hielt eine Keule mit einem Steinkopf in seiner riesigen Faust, und noch bevor er sie über den Kopf schwang, wußte Acoya, was der Mann damit vorhatte.

Instinktiv warf Acoya den Kopf in den Nacken und riß den Mund auf, so weit er konnte, als wollte er etwas aus sich herauslassen, das unbedingt fliehen wollte. Ein entsetzlicher Schrei drang aus seiner Kehle, ein Urschrei, der die Unsichtbaren rief.

Wie als Antwort darauf ertönte vor dem Dorf der gewaltige Ruf des Muschelhorns, der Heulton, der das Blut in den Adern erstarren ließ. Er schwoll an und hing in der Luft wie eine Beschwörung der Rachegeister, bevor er schließlich verhallte.

Der Riese ließ die Keule fallen und machte ein verblüfftes Gesicht. Die Menschen brachen in erschrockene Rufe aus und verstummten abrupt, als das übernatürliche Heulen erneut einsetzte, diese Stimme aus der Unterwelt, die Acoyas Schrei geweckt hatte.

Acoya war starr vor Überraschung. Das Muschelhorn!

Plötzlich schrien und rannten alle durcheinander. Einige wollten sehen, woher das Heulen kam; andere wollten sich verstecken. Die Krieger holten ihre Waffen. Die Priester hoben die Bogen mit aufgelegten Pfeilen. Der alte Stammeshäuptling ließ sich auf den Boden sinken und murmelte unverständliche Gebete.

Nur der Morgensternpriester rührte sich nicht. Gelassen beobachtete er den Tumult. Dann winkte er Acoya zu sich. Er fragte in Zeichensprache: «Weißt du, woher dieser Ton kommt?»

«Es ist der Ruf des Muschelhorns.»

Die schwarzen Augen funkelten: «Wer macht den Ton?»

«Einer, der kommt, um mich heimzuholen.»

Der Morgensternpriester lächelte wie jemand, der sich auf eine Konfrontation mit seinesgleichen freut. Er gab einem Priester in seiner Nähe ein Zeichen.

«Bring den Towa zurück in die Hütte.»

«Das war kein Schmerzensschrei», sagte Yatosha zu Chomoc. «Aber irgend etwas stimmt nicht.»

Die plötzliche Stille war unheimlich. «Was machen sie mit ihm?»

«Ich weiß es nicht. Spiel auf deiner Flöte und hör erst auf, wenn ich es dir sage.»

Chomoc nahm die Flöte aus dem Futteral und schloß für einen Moment die Augen, um seinem Geist zu erlauben, mit dem der Flöte Verbindung aufzunehmen. Dann tanzten seine Finger wie von selbst, und die Flöte sang von der Ankunft zweier Persönlichkeiten, die es verdienten, willkommen geheißen zu werden.

Viele Dorfbewohner kletterten auf ihre Hütten, um besser sehen zu können. Hinter einem Rudel knurrender Hunde standen Krieger mit Bogen und Speeren. Auch auf den Dächern waren Krieger postiert, die auf die Neuankömmlinge zielten. Es war merkwürdig still geworden.

Yatosha blieb stehen. «Wir werden hier stehenbleiben, aber du mußt weiterspielen.»

Yatosha hob die Hände über den Kopf. Dann übermittelte er in Zeichensprache seinen und Chomocs Namen sowie ihre Herkunft. «Wir wollen Handel treiben. Wir bitten um die Erlaubnis, euer Dorf zu betreten.»

Die Krieger berieten sich. Während der ganzen Zeit hörte Chomoc nicht auf zu spielen. Seine Melodien begannen, die Zuhörer in Bann zu ziehen.

Schließlich erschien ein Priester, begleitet von zwei Kriegern.

«Hör auf zu spielen», befahl Yatosha.

Chomoc ließ die Flöte sinken und blickte den drei Männern mit hoch erhobenem Kopf entgegen.

«Ich grüße euch», bedeutete Yatosha.

Sein Gruß wurde vermerkt, aber nicht erwidert. Der Priester betrachtete sie schweigend, dann bedeutete er: «Wer machte den langen lauten Ton?»

Yatosha nahm das Muschelhorn aus dem Beutel und streckte es dem Priester und den Kriegern entgegen, damit sie es ansehen konnten. Dann hob er es an die Lippen und blies. Die Männer hielten sich die Ohren zu, als der durchdringende Ton die Luft durchschnitt.

Yatosha steckte das Horn wieder in den Beutel und sah den Priester gelassen an.

«Komm mit», bedeutete einer der Krieger.

Yatosha stupste Chomoc an. «Spiel.»

Der Priester und die zwei Krieger gingen voran, dann folgten Yatosha, Chomoc und all die anderen Krieger und Dorfleute, die die Ankunft der Fremden beobachtet hatten. Kleine Kinder rannten neben dem Zug her und scharten sich um den Flöte spielenden Chomoc.

Der Zug schlängelte sich an den runden Hütten vorbei zum Tanzplatz.

Stammeshäuptlinge und Oberpriester wechselten einen kurzen Blick, als Yatosha und Chomoc vor ihnen standen.

Der Priester bedeutete: «Warum seid ihr hier?»

«Um Handel zu treiben. Und um den Towa-Jungen, den Sohn eines Mannes, der mir das Leben gerettet hat und jetzt in Sipapu ist, nach Hause zu holen.»

Der Priester signalisierte: «Ich bin ein Priester des Morgensterns und dieser Gottheit verpflichtet. Folgt uns.»

Yatosha und Chomoc wurden zur Medizinhütte geführt.

Stehender Bär humpelte zu seinem Platz mit der Rückenlehne aus Weidengeflecht und ließ sich, gestützt von zwei Priestern, nieder. Er winkte den Morgensternpriester neben sich, der wiederum Yatosha und Chomoc hieß, sich vor ihm und dem Häuptling auf den glatten Lehmboden zu setzen. Dann wandte er sich an Yatosha und bedeutete: «Du sagst, du seist gekommen, um Handel zu treiben. Was hast du zu bieten?»

«Es kommt darauf an, was ihr zu bieten habt», entgegnete Yatosha. Er legte sein Bündel vor sich auf den Boden und packte mehrere wertvolle Ketten aus, ein kleines, perlenbesetztes Futteral für Knochenahlen, das Tiopi einst gemacht hatte, sowie eine schön gearbeitete Rohrpfeife aus Ton und Knochen. Er breitete alles vor dem Stammeshäuptling aus und bedeutete: «Das biete ich an. Es gehört dir für den Towa-Jungen.»

Der Häuptling machte ein finsteres Gesicht. «Nein! Der Junge gehört dem Morgenstern.»

«Er gehört seinem Volk», erwiderte Yatosha. «Er ist ein Auserwählter des Weißen Büffels.»

Die versammelten Priester murmelten aufgeregt und sahen sich an. *Stehender Bär* hob die Hand, und sofort herrschte wieder Ruhe. Er sprach auf Pawnee mit dem Morgensternpriester. Sie schienen zu streiten. Der Priester schüttelte den Kopf, und seine Augen funkelten zornig in den schwarzen Höhlen.

Chomoc fragte sich, warum Yatosha diese wertvollen Dinge anbot, wenn sie geplant hatten, das Muschelhorn zum Tausch gegen Acoya anzubieten.

Stehender Bär gab Yatosha zu verstehen: «Was du bietest, ist nicht genug für ein Geschenk an den Morgenstern.»

Yatosha blickte den Stammeshäuptling nachdenklich an. Dann griff er erneut in sein Bündel.

«Nein!» bedeutete der Häuptling. Und dann wies er auf den Beutel mit dem Horn. «Das da!»

Yatosha schüttelte den Kopf. «Das ist meine Medizin. Es hat große Kraft. Es dringt bis nach Sipapu und ruft die Schutzgeister. Niemand außer mir darf es berühren.»

Der Morgensternpriester knurrte einen Befehl, woraufhin vier kräftige Priester Yatosha packten, seine Arme nach hinten rissen und ihm das Muschelhorn wegnahmen. Sie reichten es dem Stammeshäuptling. Dieser untersuchte die Muschel sorgfältig. Er betrachtete sie von allen Seiten und strich über die schimmernden Rundungen, während der Morgensternpriester begierig zusah und es offensichtlich kaum erwarten konnte, das Horn selbst in die Hand zu nehmen.

Stehender Bär hob das Horn an die Lippen und versuchte, einen Ton zu blasen, aber seine alten Lungen brachten nur ein leises Stöhnen zustande. Verlegen reichte er es an den Morgensternpriester weiter, der eifrig danach griff, es untersuchte und hineinblies. Ein Heulen, das alle erschaudern ließ, drang aus dem Horn – eine Geisterstimme aus der Unterwelt.

Als der Ton verklungen war, murmelten die Priester ehrfürchtig. Yatosha trat einen Schritt auf den Stammeshäuptling zu und blickte ihm offen ins Gesicht. Er bedeutete: «Meine Medizin verlangt Gerechtigkeit. Bring mir den Towa-Jungen für das Horn.»

Stehender Bär hielt Yatoshas Blick stand. Dann gab er ein Zeichen, und ein Priester verließ eilig die Hütte.

Chomoc versuchte, sich seine Aufregung und Ungeduld nicht anmerken zu lassen. Wenn man Geschäfte machte, mußte man unbeteiligt erscheinen. Aber sein Herz klopfte laut. Der Priester würde Acoya bringen! Chomoc konnte es kaum erwarten, ihn wiederzusehen. Hoffentlich war er nicht zu schwach für die weite Heimreise. Und hoffentlich hatten sie ihm kein Ohr abgeschnitten, um ihn als Sklaven zu kennzeichnen – oder gar sein männliches Teil. Chomoc krümmte sich innerlich bei dem Gedanken.

Draußen näherten sich Schritte, und Chomoc wappnete sich. Er wandte sich dem Eingang zu.

Der Priester trat ein, hinter ihm folgte Acoya.

Chomoc brachte vor Überraschung den Mund nicht mehr zu. Acoya blieb einen Moment am Eingang stehen, um einen Blick auf die Versammlung zu werfen. Er trug ein Gewand aus Hirschleder, das reich verziert war mit Knochenperlen, Fransen und gefärbten Stachelschweinborsten. Ein Kopfband aus Pelz, von dem die Schwanzspitze eines Hermelins herabhing, hielt sein schulterlanges Haar zusammen. Zahlreiche Ketten und Armreifen glänzten im schwachen Licht des Feuers, als Acoya zuversichtlich durch den Raum schritt. Als er Yatosha und Chomoc sah, blieb er stehen und lächelte ihnen überrascht und glücklich zu. Er sah gesund und kräftig aus – und irgendwie verändert. Er war älter geworden.

Stehender Bär winkte und bedeutete: «Setz dich.» Acoya gehorchte. Daraufhin wandte sich der Häuptling an Yatosha. «Wie du siehst, ist der Junge gut behandelt worden. Er sieht jetzt besser aus als an dem Tag, als er zu uns kam. Er ist eine angemessene Gabe an den Morgenstern.»

Chomoc fragte sich, was das bedeutete – eine Gabe an den Morgenstern. Er warf einen Blick auf Acoya, der mit dem Rücken zu ihm vor dem alten Häuptling saß. Er konnte sein Gesicht nicht sehen, wohl aber das zitternde Hermelinschwänzchen an seinem Kopfband und seine geballten Fäuste.

Yatosha erwiderte: «Er wurde von einem höheren Wesen, dem Weißen Büffel, erwählt. Deshalb biete ich für ihn die schönen Ketten, das perlenbestickte Futteral und die heilige

Pfeife – Geschenke an den Morgenstern anstelle des Jungen.»

«Nein!» bedeutete der Morgensternpriester ärgerlich.

Stehender Bär strich mit seinen knochigen Fingern über das glatte Muschelgehäuse. «Nur dieses Horn ist des Morgensterns würdig, aber selbst das ist nicht genug. Der Junge wird unserer Gottheit wie versprochen geopfert.»

Yatosha war nicht entgangen, wie zärtlich der Häuptling das Muschelhorn in seinen Händen hielt. Er würde es riskieren. «Dann gebt mir meine Geschenke und das Horn zurück», entgegnete er.

«Warte!» rief Chomoc laut. Er hob die Hand und bedeutete trotz der empörten Blicke, die sich auf ihn richteten: «Ich habe noch ein weiteres Geschenk.» Er nahm die Flöte aus ihrer Hülle und setzte sie an die Lippen. Gleich darauf war die Medizinhütte von zauberischen Tönen erfüllt, die Erinnerungen herbeiriefen an Kindheit, Frühling und Sommer, Schönheit und Liebe und wahr gewordene Träume. Als die Musik schließlich endete, herrschte tiefe Stille.

Chomoc stand auf. Er legte die Flöte auf seine Handteller und hob sie dem alten Stammeshäuptling entgegen. Er signalisierte: «Nimm sie und gib mir meinen Freund.»

Stehender Bär bedachte Chomoc mit einem langen Blick. Auf den Händen des Jungen lag die schönste Flöte, die er in seinem langen Leben gesehen hatte. Sein Blick suchte den Towa-Jungen, dessen Augen wie gebannt vor Bewunderung und Dankbarkeit an seinem Freund hingen.

Der alte Häuptling schloß die Augen und schwieg. Schließlich neigte er den Kopf. «Ich nehme an.»

Ohne auf den zornig widersprechenden Morgensternpriester zu achten, reichte *Stehender Bär* das Muschelhorn an einen Priester weiter und griff nach der Flöte. Er befühlte die feine Schnitzerei und die bunten Fransen. Dann ließ er sich beim Aufstehen helfen und wandte sich, auf seinen Stab gestützt und die Flöte in der Hand, an die Versammlung. Er sprach Pawnee und übertrug seine Worte gleichzeitig in Zeichensprache: «Diese Flöte sowie das Horn und all die anderen Geschenke werden verbrannt als heiliges Opfer an den Morgenstern.» Er wies auf Acoya. «Gebt den Towa an sein Volk zurück. Ich habe gesprochen.»

51

Kwani saß mit ihrer Tochter auf dem Schoß auf dem makellos sauberen Fußboden von Anitzals Behausung. *Antilope* hatte den Adler gefüttert, eine Aufgabe, die sie dank der Großzügigkeit der jungen Adlerjäger gelegentlich übernehmen durfte; dabei war sie von dem Adler gebissen worden. Anitzal säuberte den verletzten Finger und strich eine Heilsalbe auf die Wunde.

Plötzlich hörten sie laute Rufe. *Antilope* vergaß ihren wehen Finger und lief nach draußen. Gleich danach kam sie zurück und schrie: «Mutter! Sie kommen! Yatosha und die Jungen!» Und schon war sie wieder weg.

Kwani und Anitzal sahen sich an. Anitzal strahlte. «Acoya kommt! Komm, wir wollen ihm entgegengehen.»

Kwani rührte sich nicht. Sie saß da wie erstarrt.

Auf dem großen Platz herrschte bereits große Aufregung. Die Leute riefen und lachten.

«Nun komm schon, Kwani!» sagte Anitzal, während sie aufstand.

«Geh du. Ich komme nach.»

Anitzal warf ihr einen fragenden Blick zu. Kwani war nicht mehr die Kwani von einst. «Was ist los mit dir?»

«Ich kann es nicht noch einmal.»

«Was?»

«Es wäre das dritte Mal, Anitzal. Erst Okalake, Acoyas leiblicher Vater vom Adlerclan. Von Apachen getötet und nach

Hause gebracht auf einer Bahre. Dann –» Ihre Stimme brach. Sie konnte Tolonquas Namen nicht aussprechen. «Auf einer Bahre. Und nun kommt Acoya nach Hause. Aber wie wird er kommen?»

«Ich gehe und sehe nach. Und dann komme ich und sage es dir», sagte Anitzal sanft und ging.

Kwani griff nach ihrem Halsschmuck. Seit Tolonquas Tod und Acoyas Entführung waren ihre Kräfte versiegt wie Wasser im Sand. Sie schloß die Augen und rief die Vorfahrinnen.

Der fröhliche Lärm draußen hielt an. Kwani stand auf. Zum ersten Mal seit Tolonquas Tod fühlte sie wieder so etwas wie Zuversicht. Ihr Sohn lebte. Er war unversehrt zurückgekehrt.

Anitzal stand am Eingang und lächelte. «Hier ist er.» Dann ließ sie Mutter und Sohn allein.

Acoya trat ein. Er stand einen Augenblick vor Kwani und sah sie an, bevor er sich ihr in die Arme warf. Er lächelte zu ihr auf.

«Ich grüße dich», sagte er.

«Mein Herz freut sich.» Sie drückte ihn fest an sich.

Er wirkte größer und männlicher, als sie ihn in Erinnerung hatte. Das schöne Gewand aus Hirschleder hat eine andere Frau für ihn gemacht, dachte Kwani und war plötzlich eifersüchtig. Sie befühlte das wunderbar weiche Leder.

«Von wem hast du das?»

«Von den Pawnee. Sie wollten, daß ich es trage, wenn sie mich dem Morgenstern opfern.» Als er ihren Gesichtsausdruck sah, lachte er. «Du siehst doch, daß sie es nicht getan haben. Aber sie behielten den ganzen Schmuck und ließen mir das hier als Teil des Tauschhandels –»

«Warte einen Moment», unterbrach ihn Kwani. «Was hat sie umgestimmt, ich meine, wegen des Opfers?»

«Chomoc hat sie umgestimmt. Das Horn und all die anderen wertvollen Sachen, die ihnen Yatosha anbot, reichten nicht, um mich freizukaufen. Deshalb gab ihnen Chomoc seine Flöte. Das war meine Rettung.»

Kwanis Herz schwoll vor Freude. «Wo ist Chomoc?»

«Er steht vor der Tür.»

«Chomoc!» rief Kwani. «Komm herein!»

Sie lief ihm entgegen und schloß ihn in die Arme, und Chomoc ließ es sich gern gefallen. Kwani flüsterte heiser: «Du hast deine Flöte für Acoya hergegeben.»

«Sie dachten, wenn sie Chomocs Flöte hätten, könnten sie auch so spielen wie er», sagte Acoya lachend. «Sie wußten nicht, daß der Zauber nicht in der Flöte, sondern in Chomoc steckt.»

Er ist klug wie ein Mann, dachte Kwani. Mein Sohn ist erwachsen geworden.

Und an Chomoc gewandt sagte sie: «Du hast Acoya das Leben gerettet. Nun seid ihr Brüder.»

«Und du bist jetzt meine Mutter?»

«Ja.»

Chomoc errötete vor Freude. Er öffnete den Mund, um etwas zu sagen. Doch dann schloß er ihn wieder und wandte sich ab.

Acoya sagte: «Gehen wir nach nebenan, wo meine Sachen sind.»

Chomoc nickte, froh über die Gelegenheit, seiner Rührung Herr zu werden.

Kwani hörte sie im Zimmer nebenan sprechen und lachen. Dann, nachdem eine Weile nichts zu hören war, klangen ihre Stimmen, als hätten sie eine ernste Meinungsverschiedenheit, aber Kwani wollte sich nicht einmischen.

Bald darauf schienen sie sich beruhigt zu haben. Und dann erklang, erst leise und zögernd und dann voller Begeisterung, Acoyas Flöte.

Nur Chomoc konnte so spielen. Und Kokopelli.

Kwani ging auf Zehenspitzen zur Tür und spähte zu den Jungen hinein. Chomoc saß mit untergeschlagenen Beinen auf dem Boden. Er hielt die Augen geschlossen und spielte mit einem solchen Ausdruck der Freude, daß Kwani die Tränen in die Augen schossen. Acoya saß lächelnd neben ihm.

«Siehst du», sagte Acoya. «Du bist es, der eine Flöte so wunderbar klingen läßt. Sie gehört jetzt dir. Für immer.»

Kwani zog sich leise zurück. Tief gerührt blieb sie einen Moment stehen. Dann stieg sie in den Lagerraum hinunter und öffnete Tolonquas Schatzkiste. Kokopellis goldener Halsschmuck leuchtete ihr entgegen.

Sie nahm ihn und hielt ihn in beiden Händen. Es war ein wundervolles Schmuckstück. Goldkugeln von der Größe einer Kinderfaust waren in abgestuften Größen nebeneinander aufgereiht; die größte Kugel wurde im Nacken, die kleinste vorne am Hals getragen. Wo sich die schlanken Enden der Halskette trafen, hingen zwei dicke Goldketten mit goldenen Quasten herab. Dieser Schmuck war Kokopellis Geschenk an Acoya, das er tragen sollte, sobald er ein Mann geworden war.

Jetzt war der Zeitpunkt gekommen.

Kwani legte den Halsschmuck über ihren Arm, stellte Tolonquas Kassette wieder an ihren besonderen Platz und stieg nach oben. Sie legte den Halsschmuck auf den Familienaltar hinter der Feuergrube.

«Acoya!»

Die Flöte verstummte, und Acoya erschien in der Türöffnung, hinter ihm Chomoc, der die Flöte in der Hand hielt.

Kwani deutete auf den Platz vor dem Altar. «Stell dich da hin.»

Acoya gehorchte. Sein Blick fiel auf den Halsschmuck, den er schon viele Male gesehen hatte, aber immer nur an seinem Aufbewahrungsort. Als der Goldschmuck jetzt auf dem Altar ausgebreitet lag, schien es, als ruhte das Auge des Sonnenvaters darauf.

Kwani wandte sich an Chomoc. «Als Acoya geboren wurde, schenkte ihm dein leiblicher Vater diesen Schmuck. Er sollte ihn tragen, sobald er ein Mann geworden war.»

Chomoc hatte den Schmuck noch nie gesehen. Bewundernd streckte er die Hand aus, um ihn zu berühren.

«Acoya wurde in den Türkisclan aufgenommen. Er hatte eine Vision. Er ist Adlerjäger geworden. Er wurde von Feinden gefangengenommen und hat sich tapfer gehalten wie ein Mann. Er gab dir seine Flöte, um dir jene zu ersetzen, die du für ihn geopfert hast. Acoya ist ein Mann geworden.»

Acoya blickte zu seiner Mutter auf, und für einen Augenblick schien der Mann, der er eines Tages werden würde, vor ihr zu stehen.

«Chomoc, nimm den Halsschmuck und lege ihn deinem Bruder um.»

Die dicken Ketten mit den goldenen Quasten reichten Acoya bis zum Bauch.

«Ich danke dir, Chomoc», sagte Kwani. «Und jetzt muß ich mit deinem Bruder allein sprechen.»

«Wo ist *Antilope*?»

«Vielleicht bei der Familie des Perlenmachers.»

«Ich werde sie finden.»

Chomoc ging. Seine Finger tanzten über die Flöte, und die Melodie, die er spielte, klang leiser und leiser, je weiter er sich von Kwanis Behausung entfernte.

Kwani setzte sich neben Acoya und nahm den Familienfetisch vom Altar. Es war ein daumengroßer, aus Stein geschnitzter Bär, der einen großen Türkis auf dem Rücken trug. Sie hielt ihn eine Weile in der hohlen Hand, dann sah sie ihren Sohn an und sagte:

«Du bist noch jung, aber du bist jetzt ein Mann. Chomoc ist dein Bruder. Ich werde Yatosha bitten, dein Onkel zu sein. Du mußt ihm mit Respekt begegnen.»

«Das werde ich.»

«Du hast deinem Vater versprochen, diese Stadt fertig zu bauen.»

«Ja.»

«Yatosha wird dir dabei helfen. Du hast ein doppeltes Totem, Bär und Weißer Büffel. Damit trägst du auch doppelte Verantwortung – gegenüber den Göttern und deinem Volk.» Sie reichte Acoya den Fetisch. «Versprich, daß du deine Pflichten erfüllen wirst.»

Acoya hielt die kleine Figur ehrfürchtig in den Händen. «Ich verspreche es.»

Mutter und Sohn sahen sich lächelnd an.

«Und nun erzähl mir alles, was passiert ist», sagte Kwani.

Acoya nickte. Aber er würde ihr nicht alles erzählen – nicht, was er mit dem Pawnee-Mädchen erlebt hatte.

52

Kwani saß auf einem kleinen Felsblock auf dem Plateau, einem Ort, den sie häufig aufsuchte, und blickte über die Stadt, das Tal und die dahinterliegenden Berge. Wie so oft dachte sie an Tolonqua. Sie hatte nicht gewußt, daß man einen Menschen so vermissen konnte. Hier oben, wo sie oft nebeneinander gesessen hatten, schien ihr Tolonqua nah zu sein. Hier fühlte sie seine Gegenwart und sehnte sich danach, ihn zu umarmen und von ihm gehalten zu werden. Aber er war nicht mehr da, und er würde nie wieder dasein.

Der Atem der alten Windfrau blies kalt von den Bergen. Die tiefhängenden Wolken waren dunkel und schwer. Die Erntearbeit und die Erntefeiern waren vorüber. Mais, Bohnen und Kürbis lagerten in den Vorratsräumen. Kwani hatte fleißig mitgeholfen, doch seit Tolonqua gegangen war und Acoya vermißt wurde, schien auch ein Teil von ihr gegangen zu sein. Sie hatte ihre Arbeit verrichtet wie in einem Traum.

Als *Antilope* gesagt hatte, Acoya sei von Pawnee gefangen worden, hatte Kwani instinktiv gewußt, daß es die Wahrheit war. Ihre Tochter. Eine Auserwählte.

Sollte sie Kwanis Nachfolgerin werden? Könnte sie ihren starken Willen, ihren feurigen Geist dem Willen der Vorfahrinnen beugen?

Kwani mußte darüber nachdenken. Sie stand auf, um in die Stadt zurückzukehren.

«Ho!» Es war Yatosha, der mit langen Schritten auf sie zueilte. Er winkte und bedeutete ihr zu warten. Sie hatte ohnehin vorgehabt, mit ihm zu sprechen. Jetzt konnte sie ihn fragen, ob er Acoyas Onkel sein wollte. Sie setzte sich wieder und blickte ihm entgegen. Er war gealtert seit ihren gemeinsamen Tagen im Dorf des Adlerclans, besonders aber seit Tiopis Tod. Plötzlich empfand sie Mitleid mit ihm; nur wer selbst einen geliebten Menschen verloren hatte, wußte, wie schmerzhaft das war.

Er blieb einen Augenblick vor ihr stehen und sah sie mit seinen ernsten Augen an. Zeit und Kummer hatten tiefe Falten in seinem runden, schlichten Gesicht hinterlassen.

Sie tauschten Grußworte aus, und dann setzte sich Yatosha in angemessenem Abstand neben Kwani. Er sagte: «Es ist gut, daß Acoya und Chomoc Brüder sind.»

«Ja.»

Yatosha blickte schweigend in die Ferne und knetete seine Hände. Schließlich wandte er sich Kwani zu.

«Du weißt doch, daß es Anasazi-Brauch ist, daß ein Mann die Frau seines Bruders zur Gefährtin nimmt, wenn der Bruder nach Sipapu gegangen ist.» Er zögerte und blickte in eine andere Richtung. «Dein Gefährte hatte keinen Bruder... Ich bin Chomocs Vater, und Acoya ist sein Bruder.» Er errötete vor Verlegenheit, und dann platzte er heraus: «Ich möchte auch Acoyas Vater sein.»

Kwani war überrascht. Das hatte sie nicht erwartet.

«Du bittest mich, deine Gefährtin zu werden?»

«Ja. Ich –» Er nahm ihre Hand mit beiden Händen. «Ich liebe dich schon seit langem.»

Sie zog ihre Hand zurück. «Du ehrst mich, Yatosha. Aber –»

«Aber du kannst mich nicht lieben. Ich bin als Mann nicht gut genug?» Seine Stimme klang rauh.

«Du bist nicht Tolonqua», sagte Kwani sanft.

Er wandte sich ab, und sie legte die Hand auf seine Schulter. «Jede Frau wäre stolz, dich zum Gefährten zu haben. Ich werde nie wieder einen anderen so lieben, wie ich den geliebt habe, der gegangen ist, aber –»

«Aber was?» Er hob den Kopf und sah sie gespannt an.

«Ich wäre geehrt, wenn du Acoyas Onkel würdest.»

Er stand abrupt auf und entfernte sich ein paar Schritte. Dann kam er zurück und blieb vor Kwani stehen.

Sie schaute ihn an und sah hinter seine Augen, wo sein Geist wohnte. Sie sah seine Einsamkeit, seinen Kummer, seine Liebe und wie sehr er sie brauchte.

Er kauerte vor ihr nieder, so daß ihre Gesichter auf gleicher Höhe waren.

«Du hast recht. Ich bin nicht Tolonqua. Aber es ist auch wahr, daß deine einzigen Blutsverwandten hier deine Kinder sind. Du bist eine alleinstehende Frau, eine Anasazi unter Towa, ohne Stammesrechte, ohne blutsverwandte Familie.»

«Aber ich bin *Die Sich Erinnert.*»

«Wird das reichen, um dich zu schützen? Nach Towa-Brauch gehört alles, was du besitzt, Tolonquas Schwester Anitzal. Dein Haus, deine Nahrungsvorräte, alles.»

Kwani wußte, daß Yatosha recht hatte. Dieses Volk konnte sie ausstoßen. Sie konnte wieder wie einst allein der Wildnis überlassen werden.

Aber sie war *Die Sich Erinnert.*

Als hätte Kwani sie gerufen, flüsterten ihr die Stimmen der Alten, all derer, die vor ihr *Die Sich Erinnert* waren, ins Ohr: «Wir, die wir vom Frauenvolk sind, haben viel zu ertragen. Wir schicken dir diesen Mann, um dir zu helfen. Hör auf ihn.»

Wieder ergriff Yatosha ihre Hand. Schweigend saßen sie eine Weile nebeneinander. Ein böiger Wind trieb die ersten Schneeflocken vor sich her.

Yatosha blickte in Kwanis blaue Augen und war gebannt von ihrer Kraft. Er schluckte. «Erlaube mir, dein Gefährte zu sein, dein Beschützer. Ich werde dir die schönsten Felle bringen, den ersten Mais, das beste Holz für dein Feuer und Fleisch in Hülle und Fülle.» Er hielt inne und schluckte erneut. «Deine Schlafmatte werde ich erst mit dir teilen, wenn du es willst.»

Er liebte sie. Aber sie liebte ihn nicht. Sollte sie sein Angebot trotzdem annehmen?

«Ich muß darüber nachdenken.»

«Ich werde warten.»

Immer mehr Schneeflocken wirbelten durch die Luft. Yatosha zog Kwani auf die Füße. «Komm.»

Sie gingen den felsigen Pfad zur Stadt zurück. Als sich Kwani auf seinen starken Arm stützte, war es, als ginge Tolonqua mit ihnen.

Kwani blieb stehen. Wollte ihr Tolonqua etwas sagen?

Tief in Gedanken versunken näherte sie sich mit Yatosha der

Stadt, Tolonquas Stadt, die stark und schön unter dem winterlichen Himmel vor ihnen lag.

Kwani stolperte über einen Stein. Yatosha fing sie auf und hielt sie fest. Kwani fühlte, wie sein Herz klopfte. Langsam ließ er sie wieder los.

«Kwani...» Seine Stimme klang heiser.

Durch die immer dichter fallenden Schneeflocken lächelte sie zu ihm auf und hakte sich bei ihm ein.

Antilope und Acoya brauchten einen Vater. Sie brauchte einen Gefährten und Beschützer. Sie wußte, daß es das war, was Tolonqua wollte und was ihr die Vorfahrinnen zu sagen versucht hatten.

War es auch das, was sie wollte? Oder wollte sie ohne Mann leben, ohne einen Gefährten, der sie tröstete, in dessen Armen sie wohlbehütet schlief?

Vielleicht gab es noch andere Männer, die sie begehrten. Aber dieser hier war ein Teil ihrer Vergangenheit. Zwischen ihm und ihr bestand bereits eine Verbindung. Er war Stellvertreter von *Adlerauge* und würde eines Tages Jagdhäuptling werden. Er war ein Adlerjäger. Er war gewählt worden, um etliche größere Aufgaben bei Zeremonien zu übernehmen, und wurde häufig um Rat gefragt, wenn es um Dinge ging, die Neuankömmlinge betrafen. Er wurde geachtet und bewundert und war zu einer bedeutenden Persönlichkeit in Cicuye geworden. Und er liebte sie...

Mitten ins Schneetreiben hinaus sagte sie: «Ich werde deine Maiskuchen backen.»

Für einen Augenblick stockte ihm der Atem. Dann lachte er glücklich und wie von einer schweren Last befreit.

«Ich werde den Mais pflanzen.»

Hand in Hand näherten sie sich Tolonquas Stadt, die er den Göttern versprochen hatte.

Acoya wanderte allein am Fluß entlang und schaute den Schneeflocken zu, die auf das Wasser fielen, sich auflösten und fortgespült wurden. Er hatte das Bedürfnis, eine Weile allein zu sein, um nachzudenken: über die neuen Pflichten, die er mit dem goldenen Halsschmuck und nach der feierlichen Übertragung von Tolonquas weißem Büffelmantel in der Kiva übernommen hatte – und über *Weiße Wolke*. Sie war dabeigewesen, als ihn die Dorfbewohner bei seiner Rückkehr von den Pawnee begrüßt hatten. Er hatte sie genau gesehen in ihrem weißen, mit Knochen- und Muschelperlen bestickten Kleid. Ihre leuchtenden Augen hatten seinen Blick erwidert, und Acoyas Herz hatte wild zu schlagen begonnen. Dann war sie verschwunden, und er hatte sie seitdem nicht mehr gesehen.

Unvermittelt blieb er stehen. Unter einer Kiefer saß ein Stachelschwein und fraß. Am hellichten Tag! Stachelschweine waren Nachttiere. War es vom Baum gefallen? Es war ein schönes Tier mit langen Stacheln. Sie waren mit langen, feinen Haaren durchsetzt, die seine Mutter sicherlich gut brauchen konnte. Acoya nahm den Bogen aus der Tasche, die er um die Schulter geschlungen trug, und griff nach einem Pfeil.

«Nicht!» rief eine Mädchenstimme.

Acoya drehte sich um. Vor ihm stand *Weiße Wolke*.

Das Stachelschwein hastete den Baum hinauf und verschwand zwischen den Zweigen.

Acoya starrte das Mädchen an. Sie war schöner denn je in ihrem weißen, perlenbestickten Kleid, das ihr bis zu den Knien reichte, und den bestickten Mokassins. Die rote Feder in ihrem Haar zitterte im Wind.

Weiße Wolke blickte in die Krone der Kiefer. «Er ist ein Freund. Ich bringe ihm manchmal Rinde und Beeren. Das war es, wonach er gesucht hat.»

Acoya lächelte. «Dann bin ich froh, daß er seine Stacheln noch hat.»

Sie standen sich gegenüber und sahen sich an. Acoya blickte wie benommen in ihre Augen, die dunkel und glänzend waren wie ein Nachthimmel voller Sterne. Er griff nach ihrer Hand und hörte sich sagen: «Komm, ich zeige dir meinen Geheimplatz.»

Hand in Hand folgten sie dem Fluß. Als sie die versteckte Bucht erreicht hatten, führte er sie ans Ufer, und sie standen unter dem winterlich kahlen Geäst der Pappeln. Es hatte zu schneien aufgehört. Ringsum war alles still.

«Hierher komme ich, wenn ich allein sein will. Niemand kennt diesen Platz außer dir und mir.»

Sie sah ihn an. «Warum hast du mich hergebracht?»

«Weil...» Wie sollte er es sagen? «Weil ich will, daß wir zusammen sind, daß wir miteinander...»

«Das will ich auch.» Sie legte die Arme um ihn und küßte ihn auf die Wange.

Er fühlte ihren weichen Körper, ihre Wärme, und ihm schwoll das Herz. Er würde ihr Beschützer sein, ihr Gefährte. Er würde ihren Mais pflanzen, ihr Fleisch und Felle bringen und die Schlafmatte mit ihr teilen...

Teil IV
Das Haus der Sonne

53

Mehrere Winter, mehrere Sommer waren vergangen, und wieder einmal war Markttag. Kwani stand auf einem Dach des fünften Stockwerks, das erst in jüngster Zeit errichtet worden war, und blickte in das weite Tal östlich des Bergkamms, wo über Nacht ein Wald von Zelten aus dem Boden geschossen war. Apachen waren gekommen, um Handel zu treiben – das jedenfalls hatte ihr Yatosha auf ihre besorgte Frage geantwortet.

«Apachen haben gute Waren», sagte er. «Wir brauchen den Talg, die Felle und was sie sonst noch zu bieten haben genauso wie sie unseren Mais, den Kürbis und all die anderen Dinge, die wir haben.» Beschützend legte er den Arm um sie. «Hab keine Angst.»

Aber sie hatte Angst. Apachen hatten Acoyas leiblichen Vater getötet, noch bevor sein Sohn geboren war. Apachen würde sie ihr Leben lang fürchten und hassen.

«Ich bin fertig, Mutter. Kommst du?»

Antilope stand unten auf dem Laufgang vor ihrer Tür. Mit einer Hand balancierte sie einen großen Korb voll Mais auf dem Kopf und blickte zu ihrer Mutter hinauf – jetzt eine Älteste.

Viele Menschen, die Kwani nahestanden, waren gegangen. Anitzal war im Schlaf nach Sipapu gerufen worden. Toho, Lapu und etliche andere der Jungen von Cicuye waren mit ihren Gefährtinnen in andere Dörfer gezogen. Der alte Huzipat war gestorben und viele Kinder, noch bevor sie ihren ersten Schritt getan hatten.

«Kommst du?» hörte sie *Antilope* ungeduldig rufen.

«Ich komme nach. Vielleicht.»

Antilope drehte sich mit einer heftigen Bewegung um und ging.

Kwani schüttelte den Kopf. Ihr Zwillingskind hatte sich im Lauf der Jahre wenig verändert. Zwar war sie zur Frau herangewachsen und hatte Chomoc zum Gefährten genommen, aber noch immer war sie ein leidenschaftlicher Hitzkopf mit weichem

Herzen und unbeugsamem Willen. Manchmal fragte sich Kwani, wie es möglich war, daß *Antilope* und Chomoc so gut miteinander auskamen, denn auch Chomoc hatte seinen eigenen Kopf.

Kwani seufzte und blickte ihrer Tochter nach. Ihre Schwiegertochter *Weiße Wolke* und eine ganze Schar Frauen mit Körben und Bündeln schlossen sich ihr auf dem Weg zum Marktplatz an.

Kwani betrachtete Tolonquas Stadt. Konnte er sehen, daß Acoya sein Versprechen gehalten hatte? Nach all den Jahren sprach sie noch immer mit Tolonqua.

«Alle sagen, Cicuye sei die schönste und am besten geplante Stadt. Acoya ist jetzt Bauhäuptling. Er baut bereits das fünfte Stockwerk, und er hat eine vier Mokassin hohe Mauer rings um Cicuye errichtet als äußere Begrenzung – wie du es ihm gesagt hast.»

Kwanis Blick folgte der Mauer, die bis an die Ränder des Plateaus heranreichte. Sie war hoch genug, um eine unmißverständliche Grenze zu markieren. Sie zu übertreten wäre eine kriegerische Handlung – vorausgesetzt, es gelänge einem Feind, die steilen Hänge, wo weder Bäume noch Büsche Deckung boten, hinaufzuklettern und das Gelände der Stadt unbemerkt von Wachposten oder Wachhunden zu betreten. Außerdem bewahrte die Mauer kleine Kinder davor, die steilen Abhänge hinunterzustürzen, und sie sperrte Schlangen sowie Stinktiere aus.

Durch das einzige Tor in der Mauer gelangte man auf den Weg, der zum Lagerplatz hinunterführte. Kwani sah *Antilope* und *Weiße Wolke* leichtfüßig bergab eilen. Sie trugen ihre Körbe auf dem Kopf, redeten und lachten, unbeeindruckt von dem heftigen Wind, der ihre Kleider wie Fahnen flattern ließ.

Kwani beobachtete die nicht abreißende Menschenschlange, die sich den Berg hinunterwand. Wie groß Cicuye geworden war! Ganze Dörfer waren vor den ständigen Überfällen nach Cicuye geflüchtet und hatten hier Schutz gefunden, in dieser vorbildlich angelegten Stadt mit ihren übereinander getürmten Stockwerken.

Sie hielt Ausschau nach Acoya und entdeckte ihn neben Chomoc, umringt von Apachen und Stapeln von Waren. Chomoc hatte sich zu einem Meister des Tauschhandels entwickelt. Er tauschte Büffelfelle, Talg und Lederwaren von den Leuten der östlichen Ebenen gegen Türkise, Salz, Krüge, Schalen und manches andere von den Pueblos im Westen. Er war inzwischen der wohlhabendste Mann in Cicuye.

Aber es war nicht einfach, mit ihm zu leben. Er und *Antilope* wohnten bei Kwani, wie es Brauch war, denn die Behausungen gehörten den Frauen, und ein Mann wohnte bei seiner Gefährtin. Chomoc war großzügig und aufmerksam, aber Yatosha ärgerte sich oft über ihn, weil er sich für den Hausherrn hielt. Und *Antilope* neigte dazu, Chomoc zuzustimmen.

Von den Zelten stiegen Rauchwolken auf, und der Wind trug den fröhlichen Lärm des Markttages herauf. Kwani fragte sich, was Acoya und Chomoc gerade tauschten. Acoya hatte neben seiner Tätigkeit als Bauhäuptling viel Zeit mit dem Medizinhäuptling verbracht, um eines Tages, wenn der Bau von Cicuye beendet war und der alte Häuptling nach Sipapu gerufen wurde, seinen Platz einzunehmen. Acoya würde ein guter Medizinhäuptling werden, der sich den Kranken ebenso aufopfernd widmen würde wie seiner Aufgabe als Fürsprecher der Stadt bei den Göttern. Vielleicht würden sich diese Eigenschaften eines Tages auch für *Weiße Wolke* als ein besonderer Segen erweisen. Sie brauchte seine Kräfte, denn es war nicht alles in Ordnung mit ihr. Kwani hatte den Eindruck, als habe sich eine Krankheit in den Geist ihrer Schwiegertochter geschlichen.

Doch sie wollte jetzt nicht darüber nachdenken. Sie hüllte sich enger in ihre Decke und stieg ebenfalls hinunter zum Lagerplatz, wo der Markt stattfand.

Als es Abend wurde, stieg aus den zahllosen Zelten des Lagers der Rauch der Kochfeuer. Morgen früh würden sie verschwunden sein – die Zelte, die lärmenden Hunde und die Apachen, alles, bis auf den Abfall, über den sich die Krähen und Feldmäuse hermachen würden.

Acoya lag neben *Weißer Wolke* und lauschte ihren leisen

Atemzügen. Sie hatten sich leidenschaftlich geliebt und nun lag sie, die Hand unter ihrer Wange, dicht an ihn geschmiegt und schlief.

Sein Herz floß über vor Liebe zu diesem schönen Wesen. Er wußte, daß Kwani und seine Schwester wegen ihrer kindlichen Art beunruhigt waren; aber er fand sie entzückend. Er mußte schmunzeln, wenn er daran dachte, wie sie immer noch ihre inzwischen zahllosen Stachelschweine fütterte. Sobald es dämmerte, ging sie hinaus in den Wald, lockte die Stachelschweine mit leisen Rufen und streute Wacholderrinde unter die Bäume. Die Tiere kannten sie, und sie mochten die Rinde.

Acoya legte die Arme um *Weiße Wolke* und lächelte.

Kwani warf sich rastlos auf ihrem Lager hin und her. Die Apachen waren bereits fort, als sie am frühen Morgen erwacht war, aber die Spannung, in der sie während der Markttage gelebt hatte, war nicht gewichen. Unwillkürlich griff sie nach der Muschel ihres Halsschmucks. Gewöhnlich wirkte allein die Berührung tröstlich, aber heute versagte auch dieses Mittel.

Irgend etwas stimmte nicht.

Sie preßte den Halsschmuck an sich und versuchte, mit den Vorfahrinnen in Verbindung zu treten. Aber ihr Geist war schwach.

«Kommt zu mir!» flehte sie. «Ich mache mir große Sorgen.»

Sie erhielt keine Antwort.

Sie verlor ihre Kräfte.

Es war Zeit, daß *Antilope* ihre Nachfolgerin wurde. Ihre Tochter hatte ihre Kräfte schon als Kind bewiesen, als sie Tolonquas Tod und Acoyas Gefangennahme voraussah. Sie besaß die nötigen Fähigkeiten, und sie hatte bereits so gut wie alles von ihrer Mutter gelernt.

Kwani schlief ein und erwachte erst beim Gesang an den Sonnenvater. Anschließend verkündete der Ruferhäuptling:

«Die Apachen sind abgezogen. Der Markttag brachte allen Gewinn. Trotzdem erinnern *Zwei Hirsche* und der Kriegerhäuptling alle Bewohner von Cicuye, daß Apachen schon häufig Dörfer nach einem Markttag überfallen haben. Deshalb bleiben alle innerhalb der Stadtmauern, bis sich die Apachen so weit entfernt haben, daß keine Gefahr mehr besteht. Krieger werden die Frauen zur Quelle begleiten. Wer Wasser braucht, kommt auf den großen Platz.»

Überall meldeten sich besorgte Stimmen. Apachen waren schon oft nach Cicuye gekommen, um Handel zu treiben, doch nie hatte es nach einem Markttag solche Einschränkungen gegeben. Warum jetzt?

«Am Fluß hat man Fußabdrücke von Apachen gefunden.»

«Aber sie sind doch jetzt fort.»

«Der Kriegerhäuptling ist vorsichtig.»

Alle, die Wasser brauchten, kamen mit ihren Krügen auf den großen Platz, so auch *Weiße Wolke*, die ihren Krug wie die meisten Mädchen und Frauen auf dem Kopf balancierte. Mehrere junge Krieger gingen zur Quelle voraus; die Frauen und Mädchen folgten ihnen, und eine weitere Kriegergruppe bildete den Schluß. Lachend und scherzend und mit Anspielungen auf so manches zarte Band, das hier geknüpft wurde, versammelten sie sich an der Quelle.

Niemand bemerkte, daß sich *Weiße Wolke* davonstahl.

Der Tag nahm seinen Lauf: Einige Männer planten eine Kaninchentreibjagd, andere eine Hirschjagd. Mit dem kalten Wetter würde auch das Wild in die Täler kommen. Die Krieger, die auf den Dächern Wache hielten, schlugen von Feuersteinbrocken Pfeilspitzen ab. Die Frauen verrichteten ihre übliche Arbeit.

Kwani und *Antilope* mahlten Mais, und Kwani benutzte die traute Zweisamkeit, um ihrer Tochter zu erzählen, was sie bedrückte.

«Wie du weißt, ist es meine Pflicht, eine Nachfolgerin auszubilden.»

Antilope schaute ihre Mutter an. «Ich weiß, was du mir sagen willst.»

Ihre Augen trafen sich – leuchtendes Blau und glänzendes Obsidian. «Aber ich habe dich noch nicht dazu ernannt.»

«Du wirst mich ernennen. Die Götter wollen es.»

«Woher weißt du das?»

Antilope zuckte die Schultern. «Sie sagen es mir.»

Kwani betrachtete ihre Tochter und hatte das Gefühl, als hätte sich eine Tür geöffnet. «Wie?»

«Ich weiß nicht, wie ich es erklären soll. Es ist, als würden die Vorfahrinnen zu meinem Geist sprechen.»

Kwani und ihr Zwillingskind hatten das geheimnisvolle Tor durchschritten. Ihre Seelen berührten sich.

«Du wirst meine Nachfolgerin sein. Laß uns gleich heute mit den Vorbereitungen beginnen.»

Acoya hatte den Tag mit dem Medizinhäuptling verbracht. Sie hatten lange über die Aufgaben gesprochen, die Acoya eines Tages als Häuptling übernehmen würde.

Als er nun seiner Behausung zustrebte, fiel ihm schon auf dem Laufgang auf, daß ihm kein Essensgeruch entgegenwehte.

«Ich bin da!» rief er, als er die Wohnung betrat.

Keine Antwort. *Weiße Wolke* war nicht da.

Vielleicht war sie zu Kwani gegangen. Acoya sah sich an der Kochstelle nach etwas um, das er als Beitrag zum Abendessen mitbringen könnte. Er blieb abrupt stehen. Der Wasserkrug fehlte.

Hatte seine Frau den Krug zu Kwani mitgenommen? Er warf einen Blick in den Korb, wo *Weiße Wolke* die Wacholderrinde aufbewahrte. Der Korb war leer.

Sie war zu den Stachelschweinen gegangen! Ausgerechnet heute, wo der Kriegerhäuptling vor einem Überfall gewarnt hatte!

Acoya griff nach Bogen und Köcher, eilte über den Laufgang zu den Leitern, die noch alle angelehnt waren, kletterte die Außenmauer hinunter und rannte zum Fluß, zu der Stelle, wo *Weiße Wolke* die Stachelschweine zu füttern pflegte.

Plötzlich erstarrte er. Am Ufer waren frische Fußspuren. Apachen-Mokassins!

Er sprang hinter einen Busch und duckte sich. Vorsichtig nahm er einen Pfeil aus dem Köcher und hielt den Bogen schußbereit. Er lauschte.

Nichts. Nur der Fluß war zu hören.

Vorsichtig spähte er hinter dem Busch hervor. Auf einem Baum in der Nähe saß eine Schar Krähen. Zwei Wölfe tauchten wie Geister am Waldrand auf, soffen am Fluß und verschwanden zwischen den Bäumen.

Es war niemand in der Nähe. Rasch und leise folgte Acoya den Spuren, die zum Ufer hinunterführten. Er hatte den Stachelschweinbaum fast erreicht, als ihn etwas veranlaßte, stehenzubleiben.

Ein kaum hörbares Plantschen!

Acoya glitt hinter den Baum. Von der anderen Flußseite schwamm ein Apache herüber, Bogen und Köcher über dem Wasser haltend. Als er Grund unter den Füßen fand, watete er ans Ufer und kletterte auf die Böschung.

Er war ein großer, muskulöser Mann. Gespannt sah er sich um; dann folgte er dem Uferpfad.

Acoya schlich ihm nach, wobei ihm sein jägerisches Können zugute kam, das er Tolonqua und Yatosha verdankte.

Als er erkannte, daß der Apache auf den Stachelschweinbaum zusteuerte, erschrak er.

Er spannte den Bogen. Auf der anderen Flußseite flog kekkernd ein Blauhäher auf. Was hatte ihn aufgestört? Apachen gingen nie allein. Hielt sich dort drüben ein Überfalltrupp versteckt? Der eine, der über den Fluß geschwommen war, konnte ein Späher sein.

Ein schriller Schrei! Es war die Stimme seiner Frau.

Acoya rannte los. *Weiße Wolke* schrie erneut, als er die letzte Wegbiegung vor dem Stachelschweinbaum erreichte. Und dann sah er den Apachen, der sich *Weiße Wolke* über die Schulter warf, als sei sie ein Büffelfell. Sie wehrte sich mit Händen und Füßen, kratzte und trat, so daß Acoya nicht schießen konnte, ohne befürchten zu müssen, sie anstelle des Apachen zu treffen.

Weiße Wolke sah ihn. «Acoya!» schrie sie.

Der Apache wirbelte herum. Er warf die Frau zu Boden und zog seinen Bogen – aber zu spät. Taumelnd griff er nach Acoyas Pfeil, der tief in seiner Brust steckte, und brach zusammen.

Weiße Wolke lief zu Acoya und warf sich ihm weinend in die Arme.

«Es ist vorbei», sagte Acoya beruhigend. «Wir müssen zurück in die Stadt. Komm schnell!»

Er zog sie am Arm hinter sich her und lief, so schnell er konnte. Sie stolperte und fiel hin. Acoya half ihr auf die Beine. «Steig auf meinen Rücken. Schnell!»

Sie legte die Arme um seinen Hals, er nahm sie huckepack, und dann lief er den Pfad zurück, während sie sich schluchzend an ihm festklammerte.

Acoya ließ die Umgebung vor ihm und rechts und links des Pfads nicht aus den Augen. Es war schon beinahe dunkel. Sie konnten jeden Augenblick in einen Hinterhalt geraten. Als sie endlich den Weg, der zur Stadt hinaufführte, erreicht hatten, setzte er *Weiße Wolke* ab. «Lauf nach Hause!»

Mit wehenden Haaren rannte sie wie ein gehetztes Tier den Hang hinauf. Acoya lief ihr nach, sah sich jedoch ständig um, ob sie verfolgt wurden. Als sie sich der äußeren Mauer näherten, rief er: «Die Leiter! Laßt die Leiter herunter!»

Im Nu versammelte sich eine neugierige Menge. *Weiße Wolke* hastete hinauf, bahnte sich einen Weg durch die Menge und rannte in ihre Behausung.

Ganz Cicuye war inzwischen auf den großen Platz geströmt. Ein Feuer flammte auf, Fackeln wurden angezündet. Was Acoya mit wenigen Worten berichtet hatte, reichte, um die Menschen in Angst und Schrecken zu versetzen.

Der Kriegerhäuptling wandte sich an die Menge. «Wir müssen uns auf eine Belagerung vorbereiten. Sofort. Frauen und Kinder bleiben in ihren Behausungen. Die Kriegergesellschaft und alle Krieger versammeln sich hier, um Anweisungen entgegenzunehmen. Alte Männer und Jungen verteilen sich als Ausguckposten auf den Dächern. Beeilt euch!»

Die Frauen nahmen ihre Kinder und liefen zu ihren Wohnungen. Yatosha eilte zu Kwani. «Du versteckst dich mit *Antilope* im Vorratsraum unter der Leiter. Wenn ein Apache die Leiter heruntersteigt, erstichst du ihn von hinten. Hier!» Er löste einen Gürtelriemen, an dem die Scheide seines Jagdmessers hing und drückte ihn Kwani in die Hand.

«Aber das Messer brauchst du!» rief Kwani.

«Ich habe meinen Schild, Pfeile und einen Speer. Ein zweiter Speer ist im Vorratsraum. Und nun lauf!»

Kwani rannte zu ihrer Behausung. Ihr Herz schlug wie rasend.

Apachen! Sie stieß die Tür auf. *«Antilope!»*

Keine Antwort. Sie mußte bei ihrer Schwägerin sein.

Kwani hastete über den Laufgang und stieg die Leiter zur Behausung von *Weißer Wolke* hinauf. Dort fand sie die beiden jungen Frauen; *Weiße Wolke* kauerte zitternd und weiß wie die Wand in einer Ecke. Sie schien völlig verwirrt.

«Mutter!» rief *Antilope*. «Ich weiß nicht, was ich machen soll. Hilf ihr!»

«Wir müssen zuerst in unsere Behausung. Komm rasch!»

«Warum?»

«Acoya hat einen Apachen getötet. Sie werden die Stadt überfallen.»

Einen Moment lang wirkte *Antilope*, als blickte sie in weite Ferne. «Sie werden uns angreifen», sagte sie und sprang auf. «Wo ist Chomoc?»

«Bei Yatosha. Nun kommt. Wir müssen zu uns nach Hause!»

Kwani und *Antilope* kletterten mit *Weißer Wolke* die Leitern hinunter und hasteten über den Laufgang.

Die schwache Glut in Kwanis Feuergrube spendete kaum Licht. *Antilope* legte den schweren Balken vor die Tür und folgte ihrer Mutter und ihrer Schwägerin in den Vorratsraum.

Weiße Wolke klammerte sich an Kwani. Ihre Augen waren vor Entsetzen geweitet, und sie stammelte unaufhörlich: «Apachen! Apachen!»

Kwani strich ihr über das Haar. «Hab keine Angst», sagte sie. «Wir sind bei dir.»

Zu dritt saßen sie eng aneinandergeschmiegt in der Dunkelheit. Draußen war es ruhig geworden, seit sich Frauen und Kinder in ihre Behausungen zurückgezogen hatten. Die Männer gingen leise vor bei ihren Vorbereitungen.

Sie hörten rasche Schritte auf dem Laufgang und hin und wieder einen gedämpften Laut. Aber sonst war alles still. Zu still.

54

Stunde um Stunde verging. Außerhalb der Stadt blieb alles ruhig. Acoya stieg in seinen Vorratsraum hinunter, um einen Korb mit Mais und etwas Dörrfleisch zurechtzumachen. Er wollte ihn zu Kwani bringen, denn seine Gefährtin würde bei ihr und *Antilope* bleiben, sollte die Stadt belagert werden.

Als er in die Wohnung seiner Mutter trat, drang Yatoshas Stimme aus dem Vorratsraum. «Was auch geschieht, ich werde euch beschützen.»

«Und ich auch», sagte Acoya, während er die Leiter hinunterstieg.

Als Kwani Acoya sah, verschwand der angestrengte Ausdruck in ihrem Gesicht. *Weiße Wolke* sprang auf und warf sich ihm in die Arme. «Ich habe Angst!»

Acoya tröstete sie wie ein Kind.

«Wo ist *Antilope?*» fragte er.

«Sie sagt, sie weiß, was geschehen wird. Sie und Chomoc wollen den Kriegerhäuptling aufsuchen.»

Yatosha und Acoya sahen sich an.

«Ihr bleibt hier», sagte Yatosha zu Kwani und *Weißer Wolke.* «Hier seid ihr am sichersten.»

Acoya folgte Yatosha nach draußen. Die Nacht war fast vorüber. Bald würde die Dämmerung einsetzen – die von Apachen bevorzugte Angriffszeit.

Der Tag verging ohne besondere Vorkommnisse. Krieger begleiteten die Frauen zur Quelle. Späher wurden ausgeschickt, um nach Fußspuren oder anderen Zeichen auszuschauen und um den toten Apachen zu begraben. Als sie zurückkehrten, berichteten sie, der Tote sei allem Anschein nach nicht entdeckt worden.

Trotzdem blieben die Frauen in den Behausungen, und die Kinder spielten nur auf den Laufgängen, wo sie sich bei Gefahr schnell in Sicherheit bringen konnten.

Antilope saß mit Kwani und *Weißer Wolke* an der Feuergrube und backte Maisfladen. Geschickt wendete sie einen Fladen auf dem heißen Stein, ließ ihn kurz auf der anderen Seite backen und legte ihn in den Korb, der nahezu voll war.

«Hast du wirklich einen Mann kommen gesehen?» fragte *Weiße Wolke*.

«Ja.»

«Einen Apachen?» Ihre Stimme zitterte.

«Das weiß ich nicht. Ich habe ihn nicht deutlich gesehen.»

«Du brauchst keine Angst zu haben, *Weiße Wolke*», sagte Kwani.

«Warum müssen wir uns dann hier drin verstecken? Warum holen die Männer ihre Schilde und bereiten alles vor –»

«Es ist nur eine Vorsichtsmaßnahme.»

Antilope hob plötzlich den Kopf und blickte zur Tür.

«Was ist los?» fragte Kwani.

«Er kommt.»

«Wer?»

«Der Mann.»

Antilope lief auf den Laufgang hinaus. Die beiden anderen Frauen folgten ihr. Sie blickte zu dem Wachposten auf dem Dach des obersten Stockwerkes, der wie üblich Feuerstein bearbeitete, um sich die Zeit zu vertreiben.

«Siehst du ihn?» rief *Antilope*.

«Wen?»

«Einen Mann.»

Der Wachposten sprang auf, hob die Hand über die Augen und hielt angespannt Ausschau. Plötzlich hielt er inne. «Rauchzeichen!»

Nachbarn eilten herbei, um zu hören, was die Rauchsignale bedeuteten.

Der Wachposten übersetzte: «Ein Läufer kommt mit Nachrichten über die Apachen! Haltet euch bereit, ihn einzulassen.»

«Gebt ihm eine Decke!» rief jemand.

Sofort wurde eine Decke zu dem Wachposten hinaufgereicht, der sie über dem Kopf hin und her schwenkte und signalisierte: «Wer bist du?»

«*Drei Finger*. Rabenclan.»
«Kommst du allein?»
«Ja.»
Inzwischen waren die Häuptlinge aus den Kivas gekommen. *Zwei Hirsche* rief: «Laßt ihn herein.»
Der Wachposten signalisierte, und die Leute redeten aufgeregt durcheinander.
«Ein Mann kommt. Genau wie *Antilope* gesagt hat.»
Sie blickten zu *Antilope*, die unbeweglich dastand und in die Ferne starrte, obwohl keine Rauchzeichen mehr zu sehen waren.
Kwani trat an ihre Seite. «Was siehst du?»
Antilope wandte ihr das Gesicht zu. Sie war sehr blaß. «Ich bin mir nicht sicher. Gefahr...»
Kwani tastete nach ihrem Halsschmuck. Das unbehagliche Gefühl, das sie schon den ganzen Morgen bedrückt hatte, nahm zu.
«Er kommt!» rief der Wachposten.
«Das Tor bleibt geschlossen!» befahl der Kriegerhäuptling. «Laß eine Leiter hinunter.»
Kwani beobachtete den herannahenden Läufer. Er war klein und dünn und nackt bis auf einen Lendenschurz und Mokassins. Er trug keine Waffen, außer sie befanden sich in dem Bündel auf seinem Rücken. Als er die Leiter heraufstieg, sah sie, daß ihm an der rechten Hand die zwei mittleren Finger fehlten.
Zwei Hirsche machte die Begrüßungsgeste und führte ihn die Leitern zum großen Platz hinunter.
«Sprich», sagte er.
«Ich bin *Drei Finger* vom Rabenclan. Ich bringe Neuigkeiten aus einem Apachen-Lager, zwei Tagesreisen östlich von hier. Sie senden Grüße und danken für die guten Geschäfte, die sie bei euch machen konnten. Sie gehen auf Büffeljagd.»
Die umstehenden Dorfbewohner atmeten hörbar auf, doch Yatosha trat vor und fragte: «Haben sie dich geschickt, um uns das zu sagen?»
Drei Finger zögerte. «Ich bin ein Läufer.» Seine Augen glitten über die Menge. «Sobald ich Essen und Wasser bekommen habe, werde ich mehr erzählen.»

Zwei Hirsche vollführte großspurig eine einladende Geste. «Sei mein Gast.»

An die Menge gewandt rief er: «Der Ruferhäuptling wird bekanntgeben, wann unser Besucher weitere Neuigkeiten berichten wird.»

Dann führte er den Läufer zu seiner Behausung, wo er von den zwei jungen Frauen, mit denen der Clanhäuptling zusammenlebte, mit besonderen Leckerbissen bewirtet wurde.

Unterdessen trafen sich Acoya, Chomoc und Yatosha mit dem Medizinhäuptling, dem Kriegerhäuptling und dem Jagdhäuptling in der Medizinhütte. Gekreuzte Stöcke vor der Tür zeigten an, daß niemand sonst Zutritt hatte. Acoya stützte die Ellbogen auf die Knie und hörte aufmerksam zu.

«Er trägt Apachen-Mokassins», sagte *Adlerauge* gerade. «Rabenclan-Leute tragen keine Apachen-Kleidung.»

Der Kriegerhäuptling rieb sich nachdenklich das Kinn. «Läufer brauchen viele Mokassins. Vielleicht hat er sie von Apachen eingetauscht.»

«Aber sie sind abgenützt. Er muß sie schon einige Zeit tragen.»

Yatosha sagte: «Läufer haben immer mehrere Paar Mokassins zum Wechseln in ihrem Bündel. Sie könnten auch von Apachen sein.»

Schweigend überlegten sie eine Weile.

«Acoya», sagte der Medizinhäuptling. Der ausgestopfte Vogel zitterte, als er den Kopf hob und mit dem Obsidianauge starrte. «Bring mir meinen Kristall.»

Acoya stand auf. Es war eine große Ehre, den Kristall eines Medizinhäuptlings berühren zu dürfen. Der Kristall lag auf dem Altar in einem Beutel aus feinstem Hirschleder, der mit Quasten aus Türkisperlen besetzt war. Acoya nahm ihn ehrfürchtig und reichte ihn dem Häuptling.

Der alte Häuptling sang ein Gebet, während er den Beutel viermal den höheren Wesen darbot. Dann nahm er den hell glänzenden, fingerlangen Kristall heraus und hielt ihn in der flachen Hand. Die Lippen des Häuptlings bewegten sich lautlos.

Schließlich hob er den Kopf.

«Ich sehe Apachen-Mokassins», sagte er, während er den Kristall in den Beutel gleiten ließ. «*Antilope* sagte die Wahrheit. Uns droht Gefahr.»

55

Das Gemeinschaftsfeuer auf dem großen Platz war heruntergebrannt. Viele Bewohner von Cicuye hatten sich bereits auf ihre Schlafmatten zurückgezogen. Die zusätzlichen Neuigkeiten, von denen der Läufer berichtet hatte, waren enttäuschend gewesen – Berichte von Wild, das gesichtet worden war, und über das Wetter, aber kaum etwas Neues über die Apachen; nur daß sie den Büffeln folgten und nach Osten zogen.

Gegen Ende des Abends erhob sich *Zwei Hirsche* und gab bekannt: «Wir freuen uns, daß uns unser Gast gute Nachrichten von den Apachen gebracht hat. Wie ihr alle wißt, muß sich Cicuye vor seinen Feinden schützen. Unsere wachsamen Krieger tun ihre Pflicht, wie immer.» Er wies zu den Wachposten auf den Dächern. «Ich danke unserem Gast für sein Kommen und die Neuigkeiten, die er uns gebracht hat, und lade ihn ein, heute nacht meine Behausung mit mir zu teilen. Er wird mit Geschenken belohnt werden, bevor er uns morgen verläßt. Ich habe gesprochen.»

Acoya und Chomoc standen am Rand der sich lichtenden Menge und beobachteten *Zwei Hirsche*. Der Häuptling hatte sich im Alter zu einem aufgeblasenen Schwätzer entwickelt.

Acoya sagte: «Glaubst du, er weiß nicht, warum zusätzliche Wachen aufgestellt wurden? Ich kann nicht glauben –»

«Er denkt vielleicht, daß es klug ist, *Drei Finger* dort zu haben, wo er ihn im Auge behalten kann.»

«In seiner Behausung? Mit zwei schönen Gefährtinnen?»

Chomoc grinste. «Eine überzeugende Ablenkung.»

Acoya wandte sich ab. Es ziemte sich nicht, den Stadthäuptling zu kritisieren, aber *Zwei Hirsche* vernachlässigte seine religiösen Pflichten in letzter Zeit. Dadurch gefährdete er Cicuye und seine Bewohner, die von ihrem Stadthäuptling erwarteten, daß er für den Segen und Schutz der Götter sorgte.

Acoya wechselte lieber das Thema. «Yatosha und ich werden auf Kwanis Dach Wache halten.»

«Gut. Ich bin im Wachhaus am Tor.»

Sie sahen sich an, voller Zuneigung und Vertrauen. Sie waren Brüder und Freunde fürs Leben.

Die Stadt begab sich zur Ruhe. Wachhunde lagen rings um das verglühende Gemeinschaftsfeuer. Auf den Laufgängen machten die Wachpatrouillen ihre Runden. Die Mondfrau würde in dieser Nacht nicht erscheinen; nur die Sterne leuchteten am schwarzen Himmel.

Kwani, *Weiße Wolke* und *Antilope* trugen ihre Schlafmatten in den Vorratsraum. *Weiße Wolke* schlief bald ein, doch Kwani und ihre Tochter hörten jeden Schritt über ihnen und jedes nächtliche Geräusch.

Ein Kojote heulte in der Ferne. Ein Nachtvogel rief. War es auch wirklich ein Nachtvogel?

Kwani tastete nach ihrem Anhänger, doch die Beruhigung, die sie sonst dabei empfand, blieb aus. Sie hörte sich plötzlich sagen: «Es ist Zeit, daß du *Die Sich Erinnert* wirst, meine Tochter.»

Sie hatte nicht vorgehabt, es zu sagen. Waren es die Vorfahrinnen, die aus ihr sprachen?

«Warum jetzt?» fragte *Antilope.*

«Es ist höchste Zeit. Ich werde alt, meine Kräfte lassen nach.»

Könnte sie doch zum Haus der Sonne zurückkehren...

Doch noch war nicht daran zu denken. Es war ihre Pflicht, eine Nachfolgerin zu ernennen. Ihre Tochter war ausgebildet und bereit; sie brauchte nur noch den Segen der Götter und der Vorfahrinnen.

Und den Halsschmuck.

Stunden vergingen. Die Sterne wanderten über den Himmel,

und alles blieb still. Schließlich schliefen auch Kwani und *Antilope*. Yatosha und Acoya schritten den Laufgang ab.

In der Nacht erhob sich ein kalter Wind. Er roch nach Schnee. Acoya atmete tief die klare kalte Luft ein.

Plötzlich ertönte auf der gegenüberliegenden Seite des Platzes ein Schrei. Ein Warnruf!

Sofort verließen mehrere Wachen ihren Posten, um dem Rufer zu Hilfe zu eilen. Krieger liefen mit Schilden und Waffen über die Laufgänge und quer über den Hof. Hunde bellten. Frauen und Kinder taumelten schlaftrunken aus ihren Behausungen und wurden zurückgescheucht. Fackeln warfen unheimliche Schatten.

Acoya und Yatosha rannten auf einem Laufgang, der um den ganzen Platz herumführte.

«Was ist los?» rief Yatosha.

«Eine Leiter fehlt.»

Ein paar Männer hielten Fackeln über die Mauer. Der Hang fiel steil ab bis zu der Stelle, wo ein Pfad zu den Bäumen und dem dahinterliegenden Fluß führte.

Der Kriegerhäuptling drängte sich an den Männern vorbei und stellte den Wachposten, der für diesen Teil der Mauer verantwortlich war, zur Rede.

«Ich bin eben hier vorbeigekommen», erklärte der Mann, «und die Leiter war noch da. Dann bin ich weitergegangen, und als ich zurückkam, war sie weg.»

«Du solltest die Leiter nicht aus den Augen lassen!» brüllte der Kriegerhäuptling. Er wandte sich an die versammelten Männer. «Durchsucht die Stadt! Seht nach, ob die Leiter an einer anderen Stelle steht. Wenn ja, bringt sie zurück. Sofort!»

Während die Männer davoneilten, trat der Jagdhäuptling zu Yatosha und Acoya.

«Mir gefällt das nicht», sagte er. «Die Hunde haben nicht angeschlagen. Wir haben entweder einen Verräter unter uns oder einen Narren.»

Ein schriller Schrei zerriß die Nacht. «*Zwei Hirsche* wurde ermordet! Der Stadthäuptling und seine Gefährtinnen sind tot. Der Läufer ist verschwunden!»

Ja, dachte Acoya, er ist der Verräter – und der Narr, wenn er glaubt, er könne ungestraft aus Cicuye entkommen! Er packte seinen Speer. «Gib mir deine Fackel», sagte er zu Yatosha. «Ich will rasch nachsehen, ob bei unseren Frauen alles in Ordnung ist.»

Er drängte sich durch die Menge und lief zu Kwanis Wohnung. Die Morgendämmerung war nicht mehr fern, doch noch war es stockfinstere Nacht. Seine Fackel warf gerade genug Licht, um ein Stück des Laufgangs zu erhellen.

Ein paar Schritte vor Kwanis Tür, über die ein kleines Vordach ragte, sprang jemand auf ihn herunter. Sein Speer fiel auf den Platz hinab; er selbst lag rücklings auf dem lehmgepflasterten Gang, hielt die Fackel in der Hand und wehrte sich mit aller Kraft gegen den Mann, der auf seiner Brust kniete. Ein Messer blitzte. Acoya stieß dem Unbekannten die Fackel ins Gesicht.

Es war *Drei Finger!*

Als dieser vor den Flammen zurückwich, gelang es Acoya, sich aufzurappeln und noch einmal mit der Fackel zuzustoßen. Doch *Drei Finger* schlug sie ihm aus der Hand. Sie flog hell leuchtend auf den Laufgang hinter ihnen und landete vor Kwanis Tür.

Wieder blitzte das Messer im Licht der Fackel. Acoya stürzte sich auf den Feind, um ihm das Messer zu entreißen. Keuchend und knurrend wie wilde Tiere rangen sie miteinander.

Das Messer kam immer näher.

Acoya bäumte sich auf. Eine wilde Kraft half ihm, *Drei Finger* gegen das Geländer des Laufganges zu drängen. Er hatte das Messer schon fast in der Hand, als das Geländer brach. *Drei Finger* fiel auf den Laufgang, drehte sich blitzschnell um und stieß mit dem Messer nach Acoya. Der sprang zur Seite und traf die Hand, die das Messer hielt. Mit seinem ganzen Gewicht stellte er sich auf den Arm seines Gegners. Er bückte sich nach dem Messer, und im selben Moment riß ihn *Drei Finger* zu Boden.

Sie kämpften beide um ihr Leben, doch Zorn und Empörung verliehen Acoya zusätzliche Kraft. Dieser Spion wagte es, in Cicuye einzudringen und seine Familie zu bedrohen!

Plötzlich erhob sich an der Rückseite der Stadt wütendes

Hundegebell; kurz darauf folgten Geschrei und die schaurigen Kriegsrufe der Apachen.

Weiße Wolke kauerte dicht neben Kwani im Vorratsraum. *Antilope* stand mit Yatoshas Messer in der Hand hinter der Leiter. Sie ließ die Einstiegsluke nicht aus den Augen. Über ihnen tobte ein Kampf.

Dann hörten sie das ferne Hundegebell, den Lärm und das schreckliche Kriegsgeschrei.

«Was ist los?» rief *Weiße Wolke.*

«Ein Apachenüberfall», antwortete Kwani scheinbar ruhig.

Antilope sagte langsam: «Das ist Acoya, der dort oben kämpft.»

«Woher weißt du das?» fragte Kwani, obwohl sie die Antwort kannte.

Ihre Tochter nahm das Messer zwischen die Zähne und stieg nach oben.

«Nein!» rief Kwani. «Warte!»

Sie holte aus einer Ecke des Vorratsraums den Speer und schickte sich an, ihr zu folgen.

«Nein!» rief *Weiße Wolke* weinend. «Geh nicht weg!»

«Ich muß. Versteck dich, so gut du kannst!»

«Nein! Es ist so dunkel hier unten! Laß mich nicht allein! Es ist so dunkel –»

Kwani riß sich los. «Ich bringe dir ein Licht. Bleib hier!»

Kwani erreichte die Tür, als *Antilope* den Balken zur Seite schob, mit dem sie verriegelt war. Sie stieß die Tür auf. Vor ihr auf der Schwelle lag eine brennende Fackel. Dahinter wälzten sich zwei verbissen kämpfende Männer.

Antilope sprang über die Fackel. «Acoya!» schrie sie.

Aus dem Vorratsraum drangen die verzweifelten Schreie von *Weißer Wolke.* Kwani hob die Fackel auf, lehnte den Speer gegen die Wand und hastete zurück zu ihrer Schwiegertochter, die, die Hände vor das Gesicht gepreßt, kreischend in einer Ecke des Vorratsraums hockte. Kwani drückte ihr die Fackel in die Hand und eilte wieder nach oben.

Antilope kauerte mit dem Messer in der Hand auf dem

Laufgang und verfolgte jede Bewegung der beiden Männer, die sich, vor Anstrengung keuchend, hin und her warfen. Voller Entsetzen erkannte Kwani den Läufer; ihre Tochter lauerte darauf, ihm das Messer in den Rücken zu stoßen.

«Nein!» schrie Kwani. «Du könntest Acoya treffen !»

Inzwischen waren die Männer wieder auf den Beinen und vollführten einen grausigen Tanz. Aus einer Schnittwunde an der Stirn lief Acoya das Blut in die Augen. *Drei Finger* drängte ihn immer näher an den Rand des Laufgangs. Da sah *Antilope* ihre Chance gekommen. Sie holte aus.

«Warte!» rief Kwani. «Laß mich!»

Sie wog den Speer in der Hand.

Die zwei Männer stürzten. *Drei Finger* wälzte sich über Acoya, richtete sich auf und holte mit dem Messer aus. Im selben Moment nahm Kwani ihre ganze Kraft zusammen und schleuderte den Speer.

«Wir sind umzingelt!» schrie der Kriegerhäuptling. «Auf eure Posten!»

Yatosha rannte an der Mauer entlang zur Rückseite der Stadt. Die Apachen kämpften sich den steilen Hang hinauf zu der vier Fuß hohen Mauer, die den Bergkamm umschloß. Große Hunde sprangen über die Mauer und griffen die Eindringlinge an.

Apachen, die die Mauer überwanden, gerieten sofort unter den Beschuß von Yatoshas Pfeilen und wurden von Hunden angefallen. Zwei Towa-Krieger kamen Yatosha zu Hilfe.

«Wo ist Acoya?» Yatosha mußte schreien, um den Lärm zu übertönen.

«Vielleicht bei Chomoc am Tor.»

«Haltet die Stellung. Ich suche Acoya.»

Yatosha rannte auf dem Laufgang um die Ecke zur Ostseite. Pfeile flitzten an ihm vorbei. Er kletterte zum dritten Stockwerk hinauf, wo ihn die Pfeile nicht mehr erreichen konnten, und schaute hinunter.

Der Morgen graute. Noch immer stürmten Apachen den Berg hinauf und wurden von den Pfeilen der Verteidiger zurückgetrieben. Andere schossen aus größerer Entfernung. Neben dem

Tor, wo die Leiter umgestürzt war, lagen viele tote Apachen. Auch Krieger aus Cicuye lagen verwundet oder tot auf dem Schlachtfeld.

Yatosha hielt vergeblich Ausschau nach Acoya. In der zunehmenden Helligkeit sah er am Fuß des Berges eine Schar Apachen, vielleicht zweimal zehn an der Zahl, hinter den Bäumen hervorkommen und sich in östliche Richtung, zu den Ebenen hin, entfernen.

Manchmal zogen Apachen ebenso überraschend ab, wie sie angriffen. War der Kampf vorbei? Oder war es eine List?

Der Wind drehte. Yatosha hob erschrocken den Kopf.

Rauch! Auf der gegenüberliegenden Seite des Platzes quoll aus einer Tür im ersten Stockwerk dicker Rauch.

Es war Kwanis Behausung.

«FEUER!»

Kwani und ihre Tochter standen wie erstarrt, als der Läufer mit dem schwankenden Speer in seiner Seite aufstand und versuchte, die Waffe herauszuziehen. Taumelnd geriet er immer näher an den ungeschützten Rand des Laufgangs – und stürzte auf den Platz.

In den darauffolgenden Jubel mischten sich Stimmen, die auf den Rauch aufmerksam machten. Frauen und einige alte Männer hatten sich auf den höher gelegenen Dächern versammelt. Krieger liefen herbei und riefen: «Sie sind fort. Die Apachen sind abgezogen! Der Kampf ist vorbei!»

Jubel und Warnrufe mehrten sich, doch Kwani ignorierte sie. Erst als sie sich umdrehte, sah sie den Rauch, der aus ihrer Tür quoll. Ihr Heim und alles, was sich darin befand, brannte. Mit Entsetzen fiel ihr ein, daß *Weiße Wolke* noch im Vorratsraum war.

Sie schrie: «*Weiße Wolke* ist dort unten! Im Vorratsraum!»

Acoya stand unsicher auf. Er blutete im Gesicht und aus mehreren Stichwunden am Körper. Mit den Händen wischte er sich das Blut von den Augen.

«*Weiße Wolke*», stammelte er. «Ich hole sie.»

Er verschwand durch die Tür. Kwani folgte ihm trotz des

erstickenden Rauchs. Die Fackel lag auf einem kleinen Haufen aussortierter Maiskolben, die bereits verbrannt waren. Das Feuer hatte sich zu den an der Wand aufgeschichteten Maiskolben weitergefressen und leckte gierig an den Pfosten, die die niedrige, mit Reisig und Lehm bedeckte Balkendecke trugen. Der gestapelte Mais brannte lichterloh. Die Hitze war bereits unerträglich. Der Rauch wurde immer dichter.

Weiße Wolke kauerte hustend und keuchend neben einem Sack Dörrfleisch. Ihre Augen wirkten merkwürdig leer. Als sie Acoyas blutverschmiertes Gesicht sah, begann sie zu kreischen.

«Geh weg! Geh weg!»

Sie sprang auf, stürzte schreiend über das Dörrfleisch und warf Krüge und Körbe um.

Acoya stolperte hinter ihr her. Der Rauch benahm ihm den Atem, und seine Augen tränten. Endlich gelang es ihm, seine Gefährtin zu packen; er hob sie auf und legte sie sich über die Schulter. Sie wehrte sich mit Händen und Füßen, kratzte und schrie. Er tastete sich durch den Vorratsraum bis zur Leiter. Kwani hielt sich dicht hinter ihm. Sie versuchte, in dem beißenden Rauch, der durch die Luke nach oben stieg, möglichst flach zu atmen. Ihre Augen tränten, und sie glaubte, jeden Moment zu ersticken.

«Beeilt euch!» riefen Stimmen auf dem Laufgang. «Kommt heraus!»

Plötzlich gab es einen lauten Knall. Es zischte, und ein Lichtschein flackerte auf, als die Äste und das Reisig der Adobedecke prasselnd in Flammen aufgingen. Erstickender Rauch hüllte Acoya und Kwani ein, die sich auf der Leiter nach oben kämpften. Die Flammen züngelten nach ihren Armen und Beinen. Benommen taumelten sie zur Tür.

Kwani stolperte. Acoya, der vor ihr ging, sah nicht, daß sie hinfiel und nicht mehr die Kraft hatte aufzustehen. Der Lehmboden war bereits heiß. Sie versuchte zu schreien, aber der Rauch erstickte ihre Stimme. Sie lag mit dem Gesicht nach unten auf dem Boden, der jeden Moment einstürzen konnte, und versuchte mit letzter Kraft, Atem zu holen und aufzustehen, aber sie schaffte es nicht.

Der Halsschmuck drückte gegen ihre Brust. Sie schloß die Augen und flehte zu den Vorfahrinnen: «Helft mir!»

Yatoshas Stimme drang zu ihr: «Kwani! Wo bist du?»

«Hier!»

Er stand irgendwo über ihr im Rauch, hob sie auf und brachte sie, von einer Seite zur anderen torkelnd, ins Freie. Laute Stimmen begrüßten sie, Hände streckten sich ihr entgegen.

Acoya war von oben bis unten blutverschmiert und hielt *Weiße Wolke* auf den Armen. Sie hatte zu schreien aufgehört. Ihr Kopf lag an seiner Brust wie der eines schlafenden Kindes. Als er sah, daß seine Mutter in Sicherheit war, brachte er *Weiße Wolke* zu sich nach Hause.

Immer mehr Menschen versammelten sich an der Brandstelle. Sie waren verwirrt und hatten Angst. Noch nie hatte ein solches Feuer in Cicuye gewütet, und sie wußten nicht, was sie tun sollten.

«Die ganze Stadt wird verbrennen!»

«Was können wir tun?»

Der Kriegerhäuptling trat vor und hob gebieterisch den Arm. «Wir brauchen Wasser. Bringt Wasser! Und dann kühlt die angrenzenden Mauern!»

Die Frauen holten ihre Wasserkrüge. Von allen Seiten, von den oberen wie den unteren Stockwerken, wurde ein Wasserkrug nach dem anderen über die Dächer, Gänge und Wände der angrenzenden Behausungen gegossen.

«Gießt Wasser durch die Luke!» rief der Kriegerhäuptling. «Tötet das Feuer!»

Chomoc bahnte sich einen Weg durch die Menge: «Ich mache das. Gebt mir einen Krug!»

«Nein!» rief *Antilope*. «Es ist zu gefährlich!»

Er nahm einen vollen Krug, duckte sich tief und verschwand in den Rauchschwaden.

«Komm zurück!» schrie *Antilope*. Sie versuchte, ihm zu folgen, wurde aber zurückgehalten.

Plötzlich war alles still. Alle warteten wie gebannt.

«Chomoc!»

In der Türöffnung erschien seine Gestalt und krächzte:

«Mehr Wasser!» Er nahm den vollen Krug, der ihm gereicht wurde und verschwand wieder.

Der Kriegerhäuptling organisierte eine Kette, und nun gingen die Krüge von Hand zu Hand. Das Wasser und die Steinmauern verhinderten, daß sich das Feuer weiter ausbreitete.

«Kühlt die Mauern!»

Der Laufgang begann zu zittern.

«Zurück!» schrie Yatosha. Er zerrte Kwani und *Antilope* von der Brandstelle weg. Auch die anderen wichen eilends zurück.

Chomoc erschien taumelnd in der Tür. Yatosha packte ihn. «Weg hier! Schnell!»

Polternd und unter einer dicken Rauchwolke stürzte der Lehmboden von Kwanis Behausung in den darunterliegenden Vorratsraum und erstickte das Feuer zum größten Teil. Wo einst Kwanis Zuhause war, gähnte eine Grube voll rauchender oder noch glimmender Trümmer.

Kwani starrte stumm vor sich hin. Yatosha legte beide Arme um sie. «Ich werde dir ein neues, schöneres Haus bauen.»

Kwani fand nicht die Kraft, ihm zu antworten. Ihr war, als läge Tolonqua in diesen rauchenden Trümmern begraben.

Niemand bemerkte, daß die Morgenröte gekommen und vergangen war und daß der Sonnenvater bereits hoch am Himmel stand.

56

Als Cicuyes Bewohner erkannten, daß der Kampf zu Ende war und die Apachen die Flucht ergriffen hatten, mischte sich in das Triumphgeschrei das Wehklagen der Frauen und Kinder, die Söhne, Gefährten oder Väter verloren hatten.

Die Toten wurden sofort bestattet. Als einzige erhielten *Zwei Hirsche* und seine Gefährtinnen ein feierliches Begräbnis. Alle Priester der Medizingesellschaft halfen mit, das breite Grab für die drei zu graben. Der Stadthäuptling trug seinen schönsten Zeremonienmantel und seinen Schmuck; er bekam seinen Schild, seine Waffen und seine schönste Schale als Grabbeigabe. Die Schale war zuvor zerbrochen worden, damit ihr Geist entweichen konnte. Seine Gefährtinnen erhielten je eine Schale und ihren persönlichen Schmuck für die Reise nach Sipapu. Während sie in den Leib der Erdmutter gebettet wurden, sang der Medizinhäuptling die alten Begräbnisgesänge und schickte sie mit dem Rauch aus seiner Zeremonienpfeife zu den höheren Wesen.

Cicuyes Stadthäuptling, der oberste Führer und Fürsprecher der Stadt bei den Göttern, war nicht mehr.

Acoya stand auf einem der obersten Dächer und blickte über die Stadt, die er und sein Vater gebaut hatten. Das späte Licht des Sonnenvaters glänzte auf seinem dunklen Haar, das in zwei glatten Zöpfen herabhing. Seine dunklen Brauen schwebten wie Vogelschwingen über den noch dunkleren Augen. Er hatte eine Schnittwunde auf der Stirn und mehrere Wunden an Brust und Rücken. Der Medizinhäuptling hatte ihm Breiumschläge gemacht. Nur ein Schnitt am Arm blutete noch, aber Acoya achtete nicht darauf. Seine Gedanken galten der Stadt, seiner und Tolonquas Stadt.

Sie hatte dem Angriff standgehalten.

Aber Cicuyes Führer war tot. Jetzt war die Stadt ein Körper ohne Kopf. Ein neuer Stadthäuptling, ein starker Führer, mußte gefunden werden, und das möglichst bald. Die Clane stritten bereits, wer von ihnen den neuen Stadthäuptling stellen sollte und wer der neue Mann sein würde. Ein innerer Konflikt konnte Cicuye zerstören, wie das Feuer Kwanis Behausung zerstört hatte.

Die Menschen schauten entsetzt auf die schwelenden Trümmer von Kwanis Behausung. Sie sahen darin ein böses Vorzeichen und fragten sich, was die Götter so erzürnt hatte, daß sie das Heim von *Die Sich Erinnert* zerstörten und Cicuyes tapfere

Krieger nach Sipapu schickten. Was hatte Kwani, was hatte ihre Familie getan, um so gestraft zu werden? Unheil lag in der Luft. Was konnte Acoya tun, um es abzuwenden?

Kwani dachte an Acoya, während sie in der Behausung saß, die *Weiße Wolke* mit ihm teilte und in der jetzt auch sie, *Antilope*, Yatosha und Chomoc wohnen mußten, bis ihr eigenes Heim wiederaufgebaut war. Es würde keine leichte Zeit werden.

Es ist meine Schuld, dachte sie, daß wir alles verloren haben. Tolonquas kostbare Federn, die schönen Haushaltsgeräte, der ganze Mais, die Kürbisse, das Dörrfleisch, *Antilopes* sämtliche Habe und Chomocs Kostbarkeiten – alles war dahin.

Es war ihre Schuld. Sie hatte *Weiße Wolke* die Fackel gegeben. Jetzt waren sie völlig mittellos und in allem auf die Leute von Cicuye angewiesen. Sie, Yatosha, *Antilope* und Chomoc, einst die wohlhabendste und stolzeste Familie in Cicuye, besaßen nichts mehr. Ausgenommen vielleicht Tolonquas Schatzkiste in dem mit Steinen ausgelegten Versteck unter dem Boden des Vorratsraums.

Kwani saß mit gekreuzten Beinen neben der Feuergrube, in der kein Feuer brannte. Ihre Schwiegertochter war nicht da. Sie wanderte ziellos in der Stadt umher, ihr hübsches Gesicht heiter und gelassen, doch ihre Augen waren leer. Kwani fragte sich, was Acoya über das merkwürdige Benehmen seiner Gefährtin dachte. Liebte er sie so blind, daß ihm alles, was sie tat, normal vorkam?

Kwani zog die Beine an und starrte in die dunkle Feuergrube. Ihre einzigen Kleider waren die, die sie auf dem Leib trug, und sie waren schmutzig und zerrissen. Sie bräuchte ein Bad im Fluß. Sie bräuchte jemand, der ihr versicherte, daß die Zerstörung ihres Hauses weder der unerforschliche Wille der Götter war noch einzig und allein ihre Schuld.

Sie bräuchte Tolonqua.

Yatosha war ein guter Gefährte. Er war liebevoll und stark. Kwani hatte ihn gern, aber niemand konnte die Leere füllen, die Tolonqua hinterlassen hatte. Als er starb, war ein Platz in ihrem Herzen zu Schutt und Asche verbrannt wie ihre Behausung.

Als Kwani merkte, daß ihr die Tränen über das Gesicht liefen, schämte sie sich. Jetzt war nicht die Zeit, um einer Schwäche nachzugeben. Es gab viel zu tun. Sie stand auf, reckte ihre schlanke Figur und ging nach draußen.

An der Brandstelle wurde bereits gearbeitet. Männer schaufelten den Schutt in Körbe und brachten ihn zur Abfallhalde. Kwani suchte Acoya, aber er war nicht da. Auch keiner der Häuptlinge und Ältesten war zu sehen. Kwani blickte zu den Kivas im Innenhof. Hier wehte eine rote Fahne an der Kiva-Leiter des Türkisclans. Sie war so sehr mit sich beschäftigt gewesen, daß sie völlig vergessen hatte, in welcher Lage sich Cicuye befand. Ein neuer Stadthäuptling mußte ernannt werden.

Zwei ihrer jungen Schülerinnen kamen auf sie zu. Jede balancierte einen mit Schutt beladenen Korb auf dem Kopf.

«Ich grüße dich, Verehrte», sagten sie höflich.

«Mein Herz freut sich. Ich danke euch für eure Hilfe.»

«Ich habe etwas gefunden», sagte eines der Mädchen. Sie stützte den Korb auf ihrem Kopf mit einer Hand, während sie mit der anderen in ihr Kleid griff. «Hier.»

Es war der kleine Bärenfetisch aus Stein, der auf dem Altar gestanden hatte, schwarz von Ruß, aber unversehrt.

Kwani nahm ihn und hielt ihn in beiden Händen. «Ich danke dir», sagte sie mit zitternder Stimme. «Das ist ein gutes Omen!»

Acoya überwachte die letzten Aufräumarbeiten an der Brandstelle, als *Antilope* herbeigerannt kam. Instinktiv wußte er, daß etwas mit *Weißer Wolke* geschehen war. «Was ist los?» fragte er.

«Deine Frau ist Stachelschweine füttern gegangen.»

«Das tut sie immer.»

«Um diese Tageszeit?»

Es war Vormittag. Acoya schüttelte hilflos den Kopf. «Sie weiß nicht –» Er blickte seine Schwester unglücklich an. Bis jetzt hatte er der Wahrheit nicht ins Gesicht sehen wollen. Er hatte geglaubt und gehofft, daß sich der Schock legen würde, den der Apachenüberfall und das Feuer seiner Gefährtin versetzt hatten, und daß sie wieder wie früher sein würde.

Er wandte sich an die Männer, die die letzten verkohlten Balkenstücke aus der Grube hievten. «Ich muß nach *Weißer Wolke* sehen.»

Antilope schaute Acoya an. Sie suchte den geheimen Ort hinter seinen Augen. Ihr Blick wurde weich.

«Geh, Bruder», sagte sie und wandte sich ab.

Acoyas Blick folgte ihr, als sie die Leitern zu seiner Behausung im dritten Stockwerk hinaufstieg. Wie sehr seine Schwester Kwani ähnelte; sie war ebenso schön gewachsen und anmutig. Aber keine konnte sich mit *Weißer Wolke* vergleichen.

Rasch folgte er dem Pfad, der zum Stachelschweinbaum führte. Es war ein schöner blauer Morgen. Der Wind wehte frisch. Acoya schritt kräftig aus. Bestimmt machte er sich völlig unnötige Sorgen. Das jedenfalls versuchte er sich einzureden.

Er erreichte den Stachelschweinbaum. *Weiße Wolke* war nicht da.

Er rief ihren Namen.

Niemand antwortete ihm.

Er rief wieder und sah sich nach allen Richtungen um. Was war das Braune dort im goldgelben Laub? Er lief hin, um nachzusehen.

Es war der Korb von *Weißer Wolke.*

Acoya suchte nach Spuren. Sie führten zu seinem Geheimplatz.

Mit einem abgrundtief bangen Gefühl rannte er am Fluß entlang. An der kleinen Bucht schob er die ins Wasser hängenden Zweige zur Seite und lief um die Felsen herum.

Und da war sie. Mit dem Gesicht nach unten trieb sie zum gegenüberliegenden Ufer. Ihr Körper schaukelte sanft auf dem Wasser.

«Weiße Wolke!»

Er stürzte sich ins Wasser und schwamm zu ihr hinüber. Er drehte ihren schlaffen Körper um. Leblose Augen starrten ihn an.

Acoya drückte seine tote Gefährtin an sich. Er warf den Kopf in den Nacken und schrie seinen Schmerz hinaus.

57

Mit einem Armvoll Holz und Reisig ging Kwani langsam den Pfad entlang, der zur Stadt führte. Brennholz wurde immer benötigt, deshalb kehrte niemand mit leeren Händen in die Stadt zurück. Selbst die ältesten Bewohner versäumten nicht, unter den Bäumen nach Windbruch zu suchen und wenigstens ein Bündel Reisig mitzunehmen.

Kwani war zu dem Stachelschweinbaum gegangen, wo Acoya *Weiße Wolke* beerdigt hatte, damit ihr Geist in den Baum steigen und vom Wind und den Vögeln zu den höheren Wesen getragen werden konnte. Acoya war heftig kritisiert worden, als er seine Gefährtin auf so ungewöhnliche Weise bestattete, aber er hatte darauf bestanden. *Weiße Wolke* war kein gewöhnlicher Mensch. Sie gehörte dem Baum, dem Wind und den Vögeln.

Nun war Acoya fortgegangen. Niemand wußte, wohin. Es hieß, er habe sich vorher gereinigt. Suchte er eine Vision, eine Begegnung mit den Göttern, um seinen Schmerz zu heilen?

Kwani setzte sich auf einen umgestürzten Stamm, um zu rasten. In letzter Zeit ermüdete sie schnell. Ihre Finger tasteten nach dem Halsschmuck.

So viele Winter und Sommer waren gekommen und vergangen. Sie war glücklich gewesen. Aber ihr Herz schlug nicht ruhig. Sie litt mit Acoya und grämte sich, weil sie sich an seinem Schmerz mitschuldig fühlte.

Könnte sie doch noch einmal im Haus der Sonne knien...

«Ho! Mutter!»

Antilope kam ihr entgegen. Wieder einmal wunderte sich Kwani, daß sie einem so ungewöhnlichen Wesen das Leben geschenkt hatte. Ihre Tochter war groß im Vergleich zu anderen Frauen. Sie ging nicht mit zierlichen Schritten und gesenkten Augen, sondern schritt aus wie ein Mann, den Kopf hoch erhoben und mit einem herausfordernden Blick in den schwarzen Augen. Ihre Augen konnten brennen wie die von Tolonqua, und ihr Körper entfachte in jedem Mann Verlangen. All das wußte *Antilope* sehr genau. Wenn je eine Frau Chomoc ebenbürtig war, dann sie.

«Ich grüße dich!» sagte sie lächelnd. Sie setzte sich auf den Stamm neben Kwani. «Ich habe Neuigkeiten für dich.»

«Mein Herz freut sich.» Es freute sich immer, wenn ihre Tochter so lächelte. «Was gibt es Neues?»

«Komm mit und sieh selbst.»

Sie führte Kwani zur Brandstelle, wo Yatosha die Arbeiter beim Bau der neuen Behausung beaufsichtigte.

«Siehst du?» sagte *Antilope*. «Sie bauen bereits.»

Daß ihr Heim wiederaufgebaut wurde, war für Kwani nichts Neues. Aber sie lächelte erfreut und stieg zum Laufgang hinauf.

«Siehst du die neuen Stützbalken?» sagte Yatosha. «Bald wird unser Vorratsraum eine Decke haben und wir einen Fußboden für das Obergeschoß.»

Groß und immer noch schlank und muskulös wie ein junger Mann stand er neben Kwani. Er war verschwitzt und schmutzig von der Arbeit, doch als er sich ihr zuwandte, verzogen sich die Falten in seinem ehrlichen Gesicht zu einem glücklichen Lächeln.

Er legte den Arm um sie, als sie an die alte Schwelle aus Adobe trat und sich vornüberbeugte, um in den Vorratsraum zu sehen. Asche und Trümmer waren entfernt, und eben setzten die Männer den letzten Balken für den Unterbau ein. Zwei Frauen waren bereits eifrig dabei, mit den Händen weiße Tünche auf die rauchgeschwärzten Wände aus Stein und Mörtel zu schmieren.

«Deine Behausung wird schöner sein als früher!» rief eine der Frauen zu Kwani herauf.

Antilope sagte: «Ich bringe rasch das Holz zu Acoyas Behausung. Dann komme ich und helfe mit.»

Kwani blickte auf den vom Feuer geschwärzten Boden des Vorratsraums, unter dem Tolonquas Schatzkiste verborgen lag. Yatosha bemerkte ihren Blick und sagte: «Sie ist in Sicherheit. Ich habe sie herausgenommen, als niemand zusah.»

«Wo ist sie?»

«In Acoyas Behausung.»

«Ist etwas beschädigt?»

«Ich glaube nicht. Ich habe die Kassette nicht geöffnet.» Er legte den Finger unter ihr Kinn und hob ihr Gesicht. «Das ist allein dir vorbehalten.»

Kwani begegnete seinem ernsten Blick, und plötzlich floß ihr Herz über vor Liebe zu ihm. Nie zuvor hatte sie so für ihn empfunden. Er sah den Blick in ihren Augen und erwiderte ihn.

«Ich gehe und warte auf dich», sagte sie leise.

«Ich komme.»

Auf dem Weg zum dritten Stockwerk, wo Acoyas Behausung lag, wurde sie immer wieder begrüßt und angehalten von Menschen, die ihr Mitgefühl ausdrückten über den Verlust, den sie durch das Feuer erlitten hatte. Niemand erwähnte *Weiße Wolke*, aus Angst, ihr Geist würde zurückkehren und sie verfolgen, aber einige erkundigten sich nach Acoya.

«Er sucht eine Vision», sagte Kwani.

«Ah. Das ist gut. Er wird die Hilfe des Großen Geistes und der höheren Wesen brauchen, wenn er Stadthäuptling und Medizinhäuptling wird», sagten sie.

Kwani antwortete nichts darauf. Es stand ihr nicht zu, für Acoya zu sprechen, und er hatte noch nicht zugestimmt, die damit verbundene Ehrung und Verantwortung anzunehmen.

Als sie Acoyas Behausung betrat, fand sie *Antilope* im Vorratsraum. Sie saß auf einer Matte, und vor ihr stand Tolonquas Schatzkiste.

Kwani ließ sich neben ihr nieder. Die Hitze hatte den Deckel und den oberen Teil der Schatulle verzogen, und der Verschluß klemmte ein wenig, aber im übrigen schien sie unversehrt.

Antilope beugte sich vor, als Kwani den Deckel hob. Obenauf lagen leuchtend rote, grüne und blaue Arafedern.

«Ich hole einen Korb für die Federn», sagte sie.

«Sieh mal!» Kwani hielt eine schimmernde Halskette aus winzigen, zapfenförmigen Muscheln aus einem unbekannten Meer in der Hand. Jede Muschel schillerte in weichen Regenbogenfarben.

«Und hier!» Kwani reichte ihr einen schweren Halsschmuck aus Türkisen und Obsidian mit einem dunkelroten Stein, wie ihn *Antilope* noch nie gesehen hatte.

Und da war noch mehr: eine schön geschnitzte Zeremonienpfeife, eine Wildledertasche voll Bärenklauen, Armreifen, Ohrschmuck, ein schwarzweißer Anasazi-Becher, Schälmesser aus rotem, braunem und grünem Feuerstein, Knochenahlen, Spielsteine, ein Ausfleischmesser aus Hirschhorn mit einem geschnitzten und perlenbesetzten Griff und ein kleiner Lederbeutel mit der getrockneten, runden Sonnenpflanze, die Visionen schenkte. Sie war das Wertvollste, was die Schatulle enthielt.

Antilope staunte ungläubig. Sie wußte, daß ihr Vater etliche Schätze besaß, aber niemand außer Kwani hatte sie je gesehen. «Nun haben wir etwas, womit Chomoc Handel treiben kann. Wir sind nicht mehr arm!»

Kwani legte Stück für Stück in die Schatulle zurück. «Diese Dinge gehören mir», sagte sie und bedachte ihre Tochter mit einem kühlen Blick. «Die Familie wird sich zusammensetzen und beraten, was wir tun sollen. Dann werde ich entscheiden.»

Antilope errötete und sprang auf. «Chomoc ist der beste Händler in Cicuye. Gib ihm ein Stück, und er macht das Zehnfache daraus. Aber er braucht etwas für den Anfang. Außerdem werde ich dann mit ihm in den Osten reisen!»

«Du vergißt, daß du bald *Die Sich Erinnert* sein wirst. Du wirst in Cicuye bleiben, um zu unterrichten. Man braucht dich hier.»

«Wir werden sehen», war alles, was *Antilope* darauf antwortete, bevor sie sich umdrehte und den Vorratsraum verließ.

Wie von Kwanis Gedanken gerufen kam Yatosha die Leiter herunter.

Er lächelte. «Du siehst unglücklich aus. War der Inhalt der Schatulle beschädigt?»

«Nein.»

Er ließ sich mit schweißglänzendem Körper neben ihr nieder. «Dann bin ich es, dessen Anblick dich unglücklich macht?» Er küßte ihre nackte Schulter.

Kwani stand auf und löste den Schulterknoten ihres Kleides. Es glitt zu Boden, wo es zu einem weichen Häuflein zusammensank. «Du möchtest wissen, ob ich mich freue, dich zu sehen? Was sagt mein Körper?»

Yatoshas Augen wanderten über ihre Gestalt, die festen Brüste, von der schlanken Taille über die Rundung der Hüften bis zu dem dunklen Dreieck. «Du bist schön», sagte er heiser. «Immer und immer wieder.»

Sie legte sich nieder und streckte die Arme nach ihm aus.

«Ho! Wir sind da!» riefen Stimmen von oben.

Yatosha fluchte leise. Sie wollten doch erst morgen kommen.

«Schick sie fort!» flüsterte Kwani.

«Das geht nicht. Sie haben eine Überraschung für dich.»

«Küß mich, dann sag ihnen, daß ich gleich komme.»

Yatosha bückte sich und nahm sie in die Arme. Er küßte ihren Mund, ihren Hals, ihre Brüste.

«Sie sollen gehen!»

«Ha!» In der Luke erschienen fröhliche Gesichter.

«Geht fort!» rief Yatosha.

«Laßt euch nicht stören. Wir werden warten.»

Yatosha fluchte noch einmal unhörbar und zog Kwani auf die Beine. «Wir müssen zu ihnen hinauf. Es ist eine Überraschung, die sie seit langem vorbereitet haben. Danach –»

«Ich werde so lange warten.»

Yatosha kletterte die Leiter hinauf. Kwani zog ihr Kleid an und strich sich das Haar glatt. Dann stieg sie ebenfalls nach oben, und als sie neben Yatosha stand, bekam sie vor Staunen kaum noch den Mund zu.

Der ganze Raum war von einer Wand bis zur anderen mit Geschenken gefüllt: Dörrfleisch, zu Ketten geflochtene Maiskolben, getrockneter Kürbis, Kochgeschirr, Matten, Körbe, Eßgeschirr, eine Decke, ein hoher Wasserkrug und vieles mehr – so viel, daß kein Platz mehr übrig war für die Leute, die sich mit strahlenden Gesichtern vor der Tür drängten.

«Als Ersatz für das, was im Feuer verlorenging», sagten sie.

Kwani war überwältigt. Die Tränen stiegen ihr in die Augen.

«Ich bin euch sehr dankbar.» Mehr konnte sie nicht sagen.

«Sie tun es, weil du *Die Sich Erinnert* bist», sagte Yatosha.

Die alte Windfrau rauschte über den Berg und blies den Schnee vor sich her, doch Acoya spürte weder Wind noch Kälte. Er stand auf einem hohen Gipfel des heiligen Bergs und blickte in den düsteren Himmel. Er hatte alle Kleider abgelegt bis auf seine Sandalen und sich den Körper dick mit weißem Lehm bestrichen, denn manchmal war denen, die sich in Visionen zeigten, der Geruch des Menschen widerlich. Neben ihm glomm unter Fichtennadeln ein kleines Feuer und verströmte reinigenden Rauch.

Seit drei Tagen flehte Acoya, ohne etwas zu essen oder zu trinken, um eine Vision. Er betete zum Großen Schöpfergeist, zum Sonnenvater, zur Erdmutter, zu seinen Totems Weißer Büffel und Bär.

«Schenkt mir eine Vision, ich bitte euch! Ist es mir bestimmt, Stadthäuptling zu sein? Oder Medizinhäuptling? Oder beides? Gebt mir Weisheit!»

Die alte Windfrau stöhnte und pfiff. Aber es kam keine Vision.

Schließlich wurde es dunkel. Es war der Abend des vierten Tages. Verzweifelt breitete Acoya die Arme aus und rief aus der Tiefe seines Herzens: «Was habe ich getan, daß ihr mir meine Gefährtin nehmen mußtet? Sagt es mir, damit ich es gutmachen kann. Oder nehmt auch mich!»

Keine Antwort. Sogar der Wind verstummte.

Acoya sank zu Boden und starrte hinauf zu den Sternen. Er schlief ein und träumte.

Die Sterne ballten sich zu einer strahlenden Wolke, die zu ihm herabstieg und ihn in leuchtenden Nebel hüllte. Eine Stimme – war es Tolonquas Stimme? – sprach:

«Viele Großväter sind in deinem Blut. Hör auf ihre Weisheit. Höre auf sie...» Die Stimme entfernte sich.

«Tolonqua!» rief Acoya. «Erscheine mir!»

Aus dem hellen Nebel tauchte ein Kopf auf. Er kam näher und näher und starrte ihn aus rötlichen Augen grimmig an. Der Weiße Büffel!

«Ich gab dir die Macht des Geistes!» brüllte er. «Warum bist du hier und blökst wie ein Kalb? Meine Kraft verleiht Weisheit!»

Die rosa Augen verschmolzen zu feurigen, wirbelnden Nebeln.

Dann wurde die Nebelwolke wieder weiß, und der Bär erschien mit tief pendelndem Kopf. Majestätisch schritt er zu der Stelle, wo Acoya lag, blickte auf ihn nieder und brummte.

«Ich gab dir die Macht zu heilen. Heile dich!»

Acoya schreckte auf. Er blickte zu den Sternen, die fern und gleichmütig aus ihrer riesigen schwarzen Wohnung auf ihn herabblickten.

Hatte er schließlich doch noch eine Vision gehabt?

Eine Sternschnuppe zog eine leuchtende Bahn über den Himmel und verschwand.

«Ja!» rief Acoya. Er sprang auf. Plötzlich war er sich der Kälte bewußt, der Nacht und der Kräfte in ihm. «Du bist zu mir gekommen!»

Er wandte sich nach Osten und sang ein Danklied an die Götter:

«. . . ich werde eure Kräfte nützen.
Der Stadthäuptling hat es versprochen.
Der Medizinhäuptling hat gesprochen.»

58

Kwani saß mit ihrer Familie an der Feuergrube ihrer Behausung, die wiederaufgebaut und besser eingerichtet war als früher. Zufrieden sah sie sich um. Endlich wieder im eigenen Heim! Mit einem schönen Altar, auf dem der Steinbär thronte und vor dem *Antilope* nach ihrer Initiation als *Die Sich Erinnert* knien würde, um den Halsschmuck zu empfangen.

Nun köchelte ein duftendes Kaninchenragout auf der Glut. *Antilope* backte Fladenbrot auf dem Backstein. Und Acoya war wieder da. Wenn ein Mann nicht mehr mit einer Gefährtin zusammenlebte, erwartete man von ihm, daß er in die Behausung seiner Mutter zurückkehrte. Acoya war froh darüber; die Behausung von *Weißer Wolke* enthielt zu viele Erinnerungen. Er war dünner geworden, und eine rote Narbe zog sich quer über seine Stirn; aber er schien seinen inneren Frieden gefunden zu haben. Er war von den Häuptlingen und Ältesten zum Stadthäuptling und zum Medizinhäuptling gewählt worden und ging seinen neuen Pflichten nach, als hätte er nie etwas anderes getan.

Yatosha sagte: «Einige Leute behaupten, der Apachen-Überfall und alles, was danach geschah, sei die Strafe für etwas, was wir getan oder unterlassen haben. Das gefällt mir nicht.»

«Einige sagen, es sei wegen der Adler», meinte Chomoc. «Sie würden sich rächen, weil wir keinen einzigen von ihnen heimgeschickt haben.»

Yatosha kratzte sich nachdenklich hinter dem Ohr. «Es stimmt. Wir haben alle Adler behalten wegen der Federn. Aber es gehört sich, daß wir wenigstens einen heimschicken.»

«Und wir müssen es tun, damit sein Geist wiederkehrt in Gestalt vieler Adler, die Eier legen und Junge aufziehen», sagte Acoya. Er blickte zu Chomoc. «Wollen wir es morgen gemeinsam tun?»

Chomoc berührte seinen Adlerklauenhalsschmuck und nickte.

«Wie ihr wißt, beginne ich übermorgen mit der Übergabe meines Amtes an *Antilope*», sagte Kwani. «Auch deshalb wäre es gut, einen Adler heimzuschicken, damit er unsere Gebete zu den Göttern trägt.»

«Ich bin einverstanden», sagte Acoya. «Morgen bei Sonnenaufgang.»

Den ganzen Tag über schlossen sich Kwani, *Antilope* und Acoya in der Medizinhütte ein, um Geist und Körper zu reinigen vor der Übertragung der heiligen Kräfte und Aufgaben von *Die Sich Erinnert* an ihre Nachfolgerin.

Die meisten Leute, die an der Medizinhütte vorbeikamen, blieben eine Weile stehen und lauschten Acoyas Gebeten und den Stimmen von den beiden Frauen, die sich singend an die Vorfahrinnen wandten. Acoyas Geistersprecher zischte und rasselte, und ein eigenartig duftender Rauch quoll aus dem Rauchabzug. Noch nie hatte eine ähnliche Zeremonie in Cicuye stattgefunden. Ganz sicher waren die Götter darüber erfreut.

In der folgenden Nacht verschwanden Kwani und *Antilope.*

«Wo sind sie hingegangen?» fragten die Leute, aber niemand wußte es, denn Kwani und ihre Tochter waren auf Geistersuche.

Der nächste Morgen war klar und hell. Der Schnee funkelte auf dem Bergkamm und schmückte das Tal. Die volle Stimme des Ruferhäuptlings ertönte.

«Ihr Leute! Freut euch! *Antilope,* die Tochter von *Die Sich Erinnert,* Tochter von Yatosha, Schwester unseres Stadt- und Medizinhäuptlings, Gefährtin von Chomoc, ist jetzt *Die Sich Erinnert* und wird heute den Halsschmuck von Kwani empfangen. Legt Festtagskleider an, feiert und freut euch!»

Im Gegensatz zu dem aufkommenden Trubel draußen war in Kwanis Behausung nur der süße Ton von Chomocs Flöte zu hören, während sich *Antilope* darauf vorbereitete, den Halsschmuck der *Die Sich Erinnert* zu empfangen. Kwani hörte hingerissen zu, während sie zum letzten Mal ihren Halsschmuck trug. Als sie die Muschel an die Brust drückte, war ihr, als öffnete sich ein Fenster in ihrem Kopf, und einen Moment lang sah sie etwas so Fremdes und Erschreckendes, daß ihr der Atem stockte. Tiere, die sie noch nie gesehen hatte und die so aussahen wie große Hunde, rasten wie ein Gewittersturm über das Land, und Männer in schimmernder Kleidung saßen auf ihren Rükken. Kwani wollte laut schreien, aber das Fenster schloß sich, und die süße Weise der Flöte beruhigte ihr Herz.

Es war nur ein Tagtraum gewesen.

Kwani stand auf und trat neben ihre Tochter. Als sie in die glänzenden schwarzen Augen blickte, die Tolonquas Augen so ähnlich waren, und in das Gesicht, das dem ihren glich, hatte sie das Gefühl, zwei Menschen zu sein, sie selbst und ihre Tochter – die auch Tolonqua war. Es war ein wunderbares Geheimnis.

Sie sagte: «Seit deiner Kindheit hast du gehört, was ich die jungen Mädchen gelehrt habe. Nun spreche ich für die Vorfahrinnen, die dich willkommen heißen. Du hast die heilige Kraft verliehen bekommen zu sehen, was nicht vor deinen Augen ist. Nütze diese Kraft weise. Unterrichte deine Schülerinnen gut.»

Kwani nahm ihren Halsschmuck ab und hielt ihn einen Augenblick in beiden Händen.

«Trag diesen Schmuck mit Stolz. Er gehört jetzt dir.»

Antilope hob ihre Zöpfe, und Kwani legte ihr den Halsschmuck um.

«Ich grüße dich, Verehrte», sagte Kwani. Unwillkürlich legte sie die Hand auf die Stelle, wo die Muschel zwischen ihren Brüsten geruht hatte. Ein Teil von ihr war für immer verloren.

In jener Nacht träumte Kwani. Sie war wieder auf dem Tafelberg, auf dem das Haus der Sonne stand. Sie betrat den Raum des Erinnerns, und die Große Alte stand, in eine Federdecke gehüllt, neben dem Altarstein.

«Du hast viel gelernt», sagte sie, «aber ein Geheimnis kennst du noch nicht. Komm. Ich will es dir zeigen.»

Sie erwachte, verwundert über ihren Traum und von einer merkwürdigen Sehnsucht erfüllt.

Welches Geheimnis wollte ihr die Große Alte sagen?

Yatosha lag neben ihr auf der Schlafmatte. Kwani lauschte seinen ruhigen Atemzügen. Draußen war alles still.

«Ein Geheimnis kennst du noch nicht. Komm!»

«Ich werde kommen», flüsterte Kwani.

Ihre Aufgabe als *Die Sich Erinnert* war erfüllt. Zum ersten Mal hatte Kwani das Gefühl, als sei eine Last von ihr genommen, als sei sie wieder jung und frei von Verantwortung und Sorgen, frei zu kommen und zu gehen wie der Wind.

Sie würde zum Haus der Sonne zurückkehren und das Geheimnis erfahren.

59

«Ich denke, du solltest dir das Ganze noch einmal überlegen, Chomoc», sagte Yatosha. «Du kannst deine Adlerfedern auch beim nächsten Markttag in Cicuye gut an den Mann bringen.»

«Aber im Süden, am Großen Fluß, kann ich mehr dafür bekommen. Dort unten gibt es nicht so viele Adler.»

«Und keinen Schnee», ergänzte *Antilope*. «Ich werde mitkommen.»

«Du bist jetzt *Die Sich Erinnert*.» Chomoc betrachtete sie voller Stolz. «Eine Verehrte. Du wirst hier gebraucht, ich nicht.»

«Ich will aber bei dir sein. Ich –»

«Ich bin Händler und muß dorthin, wo die besten Geschäfte zu machen sind.»

«So ist es», sagte Yatosha. «Du bist der beste Händler in Cicuye. Wir sind stolz, daß du einer von uns bist.»

Kwani betrachtete ihre Familie, die sich in dem kalten Vorratsraum versammelt hatte. Sie waren hier, um Bestandsaufnahme zu machen. Es war kein fröhlicher Anlaß. Die Menschen von Cicuye hatten sie großzügig beschenkt, aber es reichte nicht, und sie besaßen nicht genug, um das Fehlende einzutauschen.

Sie blickte auf die Abdeckung des Verstecks, in dem Tolonquas Schätze lagen. Damit könnten sie alles kaufen. Aber diese Schätze waren alles, was sie noch von ihm hatte. Sie konnte sich nicht davon trennen – es sei denn, es wäre wirklich notwendig. Vielleicht war dies jetzt der Fall. Chomoc war ein guter Händler...

Sie schaute Yatosha und ihre Kinder an, und sie erwiderten ihren Blick. Sie wußten, was in dem Versteck lag, und sie wußten, was Kwani dachte. Sie warteten.

Antilope krauste die Stirn. «Kwani hat gesagt, die Schätze meines Vaters werden nicht verkauft. Dann muß es eine andere Lösung geben –»

«Und die gibt es.» Acoya beugte sich vor, um die Abdeckung des Verstecks zu entfernen. Er hob die Schatulle heraus und stellte sie vor Kwani. «Mach sie auf.»

Yatosha legte schützend die Hand darauf. «Nein, Kwani. Tu es nicht, wenn du es nicht wirklich willst.»

«Ich will.» Sie öffnete den Verschluß und hob den Deckel. Acoyas goldener Halsschmuck leuchtete ihr entgegen.

«Ich habe den Schmuck zurückgelegt», sagte Acoya. «Nun werde ich ihn wieder an mich nehmen.»

Die schweren goldenen Quasten pendelten langsam, als er den Schmuck hochhob und sich Chomoc zuwandte.

«Tausche ihn ein, Bruder.»

Alle schwiegen betroffen. Der Goldschmuck würde viel mehr einbringen, als sie zum Überleben brauchten. Andererseits sollte ein so schönes und seltenes Schmuckstück in der Familie bleiben.

Chomoc blickte Acoya an; sie verstanden sich wortlos. Schließlich sagte er: «Das kann ich nicht annehmen.»

«Du hast damals für mich deine Flöte geopfert. Nun gebe ich das hier, damit wir nicht Not leiden müssen.»

Chomoc hob den Kopf auf seine alte, etwas arrogante Weise.

«Ich nehme an», sagte er schließlich. Es klang erstaunlich demütig und bescheiden.

Er legte sich den prächtigen Halsschmuck um und breitete ihn auf seiner Brust aus. «Wir werden reicher sein als je zuvor, denn ich, Chomoc, werde gute Tauschgeschäfte machen.»

Antilope betrachtete ihren Bruder eine Weile, bevor sie sagte: «Eine kluge und großzügige Gabe, Acoya.»

«Aye!» sagten die anderen, und plötzlich schien es in dem kalten Vorratsraum nicht mehr kalt zu sein.

Ein Mond war vergangen, aber Chomoc war noch nicht zurückgekehrt. Yatosha, *Adlerauge* und die Jäger hatten eine erfolgreiche Jagd gehabt. Sie brachten vier Hirsche, sechs Truthähne, ein fettes Bergschaf und so viele Kaninchen und Eichhörnchen, daß ein großer Gemeinschafts-Eintopf gekocht werden konnte. Die Felle lieferten Winterkleidung für drei Personen. Es gab einen

Festschmaus und neue Geschichten von der Jagd. Jedes Teil von dem erlegten Wild fand Verwendung, einschließlich Blut, Fett und Sehnen. Das Fleisch wurde gelagert, die Knochen aussortiert. Auch die Truthahnfedern wurden sorgfältig aufbewahrt. Sie dienten zur Verzierung von Zeremoniengegenständen und wurden in Gürtel oder Decken eingewebt. Aus Truthahnknochen schnitzte man Pfeifen, von deren schrillen Tönen die Stadt widerhallte.

Aber Chomoc blieb aus. Kwani saß allein in ihrer Behausung und nähte Schaffellmokassins für Yatosha und Acoya. *Antilope* hatte Chomoc bereits vor seiner Reise Büffellederrmokassins gemacht. Jetzt unterrichtete sie die Mädchen, und Acoya und Yatosha waren in der Kiva beschäftigt.

Das trübe Licht des frühen Winternachmittags drang durch die kleine Fensteröffnung, die auf den Laufgang hinausging. Die Tür war geschlossen, um die Kälte auszusperren. Die Glut in der Feuergrube spendete nur wenig Wärme.

Kwani ließ ihren Gedanken freien Lauf, während ihre Hände mit einem Pfriem Löcher in das Fell stanzten, durch die sie anschließend die Knochennadel mit dem Sehnenfaden ziehen konnte. Yatosha hatte das Bergschaf als erster getroffen; deshalb durfte er das Fell nach eigenem Belieben verwenden. Er hatte es Kwani gegeben, die es sich mit *Antilope* teilte.

Kwani ließ ihre Arbeit sinken und dachte an ihr schönes Zwillingskind, das ihr Sorgen bereitete. Ihre Tochter besaß das Herz einer Frau und den Verstand eines Mannes – den ihres Vaters Tolonqua. Sie war eine gute Lehrerin, aber im Gegensatz zu anderen Frauen gab sie sich nicht zufrieden mit dem Platz und den Pflichten, die einer Frau zustanden. Sie war wissensdurstig, wollte sehen und verstehen; sie wollte andere Menschen und die Städte jenseits der Ebenen kennenlernen. Aber sie war jetzt *Die Sich Erinnert* und wurde hier gebraucht. Die Menschen hier liebten und achteten sie.

Und sie war kinderlos.

Kwani seufzte. Sie dachte an ihre eigene Vergangenheit. Auch sie war anfangs kinderlos geblieben. Und sie dachte an die Zeit, als sie *Die Sich Erinnert* war und die Stimmen der Vorfahrinnen hörte. Nun waren ihre Kräfte geschwunden, ein Verlust, der eine große Leere in ihr hinterlassen hatte und eine bisher nie gekannte Sehnsucht nach dem Ort des Erinnerns im Hause der Sonne. Sie wünschte sich, wieder eins zu sein mit den Alten.

Plötzlich ertönten draußen Rufe. Eilige Schritte näherten sich auf dem Laufgang. *Antilope* platzte freudestrahlend ins Haus.

«Chomoc kommt!»

Und schon war sie wieder fort. Kwani hüllte sich in eine Decke und folgte ihr. Was mochte Acoyas Goldschmuck eingebracht haben? Diese schöne Kette von Kokopelli – für immer dahin.

Sie gesellte sich zu den Menschen, die sich auf den Dächern drängten und aufgeregt durcheinanderredeten, während sie ins Tal hinausschauten. Chomoc und drei weitere Männer näherten sich, mit einem Rudel Hunde vor beladenen Travois. Acoya, Yatosha und andere liefen ihnen entgegen. *Antilope* stand auf dem Dach und winkte und rief immer wieder Chomocs Namen.

Chomoc schwenkte eine Decke über dem Kopf und signalisierte: «Erfolg!»

Je näher sie kamen, um so lauter staunten die Leute von Cicuye über die hochbeladenen Travois, um so neugieriger richteten sich die Blicke, besonders der jungen Mädchen, auf die drei jungen, kräftigen Begleiter, die den weitausgreifenden, geschmeidigen Gang von Jägern hatten. Das Tor wurde geöffnet. Die Leute auf den Dächern stiegen hinunter zum Platz, um Chomoc und die Fremden zu begrüßen. Acoya hieß sie als Stadthäuptling offiziell willkommen und lud die Neuankömmlinge, die sich als Anasazi und Angehörige des am Großen Fluß angesiedelten Biberclans vorgestellt hatten, ein, in seiner Behausung Quartier zu nehmen. Chomoc und *Antilope* verschwanden auf der Stelle, um ihr Wiedersehen zu feiern.

Die Travois wurden entladen. Ein Bündel nach dem anderen wanderte in den Vorratsraum von Kwanis Behausung. Als dort kein Platz mehr war, stapelten Kwani und Yatosha die Waren im Schlafraum. Sie öffneten Bündel, Säcke und Taschen und fanden Mais, getrockneten Kürbis, Dörrfleisch, Piniennüsse, Wacholderbeeren – genug, um die Familie zwei Winter lang, selbst nach Mißernten und glücklosen Jagden, zu ernähren –, außerdem eine Decke aus Baumwolle mit eingewebten Hunde- und Menschenhaaren und eine zweite, wunderbar gewebte Decke aus weichen Federn und Yuccazwirn.

«Ah!» rief Kwani beim Anblick der Federdecke. «Eine ähnliche Decke hat meine Mutter gemacht.»

«Sie gehört dir», sagte Acoya, der die Geschichte von der gepriesenen Federdecke kannte.

Sie fanden alle Arten von Werkzeug, drei Zeremonienpfeifen mit Adlerfedern und Medizinornamenten, zwei Flöten, Tabak, Salz und sechs kupferne Glöckchen, die aus dem Land jenseits des Großen Flusses im Süden stammten; des weiteren Armreifen, Halsketten, Beutel mit Muschel- und Türkisperlen, exotische Federn in allen Farben, Farbstoffe, Heilkräuter und fremdartige Dinge, die sie nicht kannten.

Und es kam noch mehr: Peyote, die Sonnenpflanze, die Visionen bescherte, ein wundervoller Büffelhornkopfschmuck, ein mit gefärbten Stachelschweinborsten und Perlen kunstvoll bestickter Zeremonienmantel für Acoya.

Sie setzten sich und schwiegen in ehrfürchtigem Staunen. Schließlich sagte Yatosha: «Der Halsschmuck war gewiß kostbar, aber wie Chomoc dies alles dafür eintauschen konnte, begreife ich nicht.»

«Es war die Überredungskunst seiner Flöte», sagte Acoya.

«Das glaube ich auch», meinte Kwani.

Yatosha schwieg. Er erinnerte sich an die verführerische Flöte von Kokopelli und ihre Wirkung auf Tiopi.

Kwani stand auf. Ihre blauen Augen blickten ernst und feierlich in die Runde. «Chomoc ist unversehrt zurückgekehrt. Er hat uns wieder wohlhabend gemacht. Durch ihn besitzen wir heute mehr als zuvor. Laßt uns den Göttern danken.»

Sie hob die Arme, warf den Kopf in den Nacken und schloß die Augen. Sie sang, wie sie seit langem nicht mehr gesungen hatte. Hoch und süß stieg ihre Stimme zu den Göttern empor, und sie wußte in ihrem tiefsten Innern, daß jetzt auch ihr Herzenswunsch in Erfüllung gehen würde.

Sie würde zum Haus der Sonne zurückkehren.

Sie würde das Geheimnis erfahren.

60

Die alte Windfrau schlug gegen die Mauern, der Schnee schmolz, und der Fluß gebärdete sich wie ein wildes Tier und zerrte an den Ufern. Strömender Regen ergoß sich von den Dächern auf die Laufgänge, bildete Pfützen vor den Türen und überschwemmte den großen Platz. Er tropfte durch die Einstiegsluken der Kivas und wurde in Schüsseln aufgefangen, um als göttliche Gabe bei den Maispflanzzeremonien verwendet zu werden. Viel Regen bedeutete ein gutes Erntejahr.

Als der Regen aufhörte, die Wolken mit dem Wind fortzogen und der Sonnenvater erschien, trat Kwani vor ihre Behausung und blickte hinauf zum frischgewaschenen Himmel. Bald würde auch auf den Bergpässen kein Schnee mehr liegen, und die ersten Blumen würden blühen.

Heute abend, nach der letzten Mahlzeit, würde sie ihren Plan bekanntgeben.

Der Tag verging schnell. Die Familien, die für die Bewässerungsgräben verantwortlich waren, arbeiteten schon auf den Feldern. Die Frauen fegten ihre Behausungen, hängten die Schlafmatten zum Lüften über das Geländer der Laufgänge und versammelten sich zu einem Schwatz über neu anzufertigendes Geschirr, über frisch zu tünchende Wände und welches Mädchen welchen jungen Mann zum Gefährten nehmen würde.

Kwani stieg über eine Leiter zu dem Gang, der zu dem Plateau hinter der Stadt führte. Sie ging langsam über den regennassen, steinigen Boden bis zu den kleinen Felsen, die geschützt zwischen Büschen lagen. Bei jedem Schritt spürte sie ihre Knochen, und die leichte Steigung nahm ihr fast den Atem.

Die Felsen waren warm von der Sonne. Es tat gut, darauf zu sitzen. Sie blickte über das Tal zu den Bergen auf der anderen Seite, und wie immer fühlte sie sich hier oben frei und unbeschwert.

Die fernen Berggipfel trugen noch ihr weißes Winterkleid, das sich scharf von dem leuchtendblauen Himmel abhob. Von überall her strömte der duftende Atem der Erdmutter, die sich anschickte zu gebären.

Kwani blieb lange dort oben sitzen und dachte an Tolonqua.

Das Abendessen war noch nicht vorüber, als Chomoc sagte: «Ich habe Neuigkeiten.»

«Ich auch», fügte *Antilope* hinzu.

«Dann laßt sie uns wissen!»

«Als ich am Großen Fluß im Süden war, habe ich mit einem Ältesten gesprochen, der die große Stadt im Osten gesehen hat – die Stadt, zu der Kokopelli angeblich gegangen ist. Er hat mir von den Reichtümern erzählt, die es dort gibt, den Behausungen auf Hügeln – auf Bergen, die sie selbst machen.»

«Und sie fahren auf dem Fluß!» sagte *Antilope*. «Sie sitzen in langen... Wie heißt das Wort?»

«Booten.»

«...und stoßen sie durch das Wasser mit Stangen, die an einem Ende breiter sind.»

«Viele Menschen kommen auf dem Wasser von weit her. Sie bringen wundervolle Waren –»

«Chomoc will dorthin reisen, und ich gehe mit ihm.» Das Gesicht von *Antilope* glühte, und ihre Augen funkelten.

Kwani unterbrach ihr aufgeregtes Geplapper. «Du kannst nicht einfach fortgehen», sagte sie ruhig.

Chomoc hob den Kopf. «Das kann sie wohl.»

«Du bist *Die Sich Erinnert*», sagte Yatosha. «Vergiß das nicht.»

«Meine Mutter kann *Die Sich* –»

«Ich werde nicht hier sein», sagte Kwani, «denn ich will zum Haus der Sonne zurückkehren.»

Alle schwiegen betroffen.

«Die Vorfahrinnen rufen mich. Sie wollen mir etwas sagen.»

«Aber das geht nicht, Mutter!» rief *Antilope*. «Du bist zu alt. Und es ist weit!»

«Und gefährlich», sagte Yatosha. Er setzte sich neben Kwani und nahm ihre Hand. «Hast du vergessen –»

«Ich werde gehen. Weil du mich hinbringen wirst.»

«Nein! Du kannst nicht so weit gehen!» sagte *Antilope.*

«Natürlich nicht. Ich werde getragen. Auf einer Bahre.»

Wieder schwiegen alle. *Antilope* starrte Kwani finster an. «Wer soll dich tragen? Chomoc kann es nicht tun. Er geht mit mir zu der großen Stadt im Osten.»

Ein blaues und ein schwarzes Augenpaar trafen sich, beide gleich unbeirrbar. «Chomoc ist Händler», sagte Kwani. «Ihn binden keine Verpflichtungen an Cicuye. Und ich bin nicht mehr *Die Sich Erinnert.* Das ist jetzt deine Aufgabe, und deshalb mußt du bleiben.»

«Ich werde gehen.»

Die Spannung zwischen den beiden füllte den Raum wie schwarzer Rauch.

Acoya wandte sich an seine Schwester. «Meine Stadt braucht eine *Die Sich Erinnert.* Kannst du nicht eine Nachfolgerin ausbilden, bevor du gehst?»

«Ich breche mit dem nächsten Mond auf», sagte Chomoc.

«Und ich gehe mit. Wenn ich wiederkomme, werde ich die Mädchen unterrichten, und zwar besser als bisher.»

«Du wirst nicht zurückkommen», sagte Kwani leise.

Antilope erbleichte. «Warum nicht?»

«Du wirst nicht wollen.» Kwani blickte in die Ferne. «Dort ist eine andere Welt. Ich sehe –» Sie brach ab. «Du wirst nicht zurückkommen.»

«Aber ich will zurück. Es gibt etwas, das du nicht weißt.» *Antilope* begegnete triumphierend Kwanis fragendem Blick. «Ich bekomme ein Kind!»

«Ah!» Kwanis Gesicht strahlte. «Dann wirst du bleiben, bis das Kind geboren ist.»

«Nein. Ich gehe jetzt mit Chomoc. Und wir kommen zurück, wenn ich im siebten Mond bin. Chomoc wird die Geburt unseres Sohnes hier in Cicuye feiern.»

Kwani sah ihre Tochter schweigend an. Wieder glitt ihr Blick in eine unbekannte Ferne. Schließlich sagte sie: «Es ist ein Mädchen. Und es wird fern von hier geboren werden. Ich werde es nie sehen.»

«Weißt du das genau?» fragte Yatosha.

«Ja.»

«Dann besitzt du deine Kräfte noch immer, und du brauchst nicht fortzugehen.»

«Die Vorfahrinnen rufen mich. Ich muß gehen.»

«Und ich auch. Beim nächsten Mond, sobald kein Schnee mehr liegt.»

Acoya legte die Hände an die Schläfen und sagte: «Ich will, daß keine von euch geht. Ich brauche euch. Cicuye braucht euch. Bleibt hier.»

Antilope schüttelte den Kopf. «Du kommst sehr gut ohne mich zurecht. Und Cicuye wird warten können, bis ich zurückkomme.»

Yatosha sagte zu Chomoc: «Deine Gefährtin und meine sind nicht wie andere Frauen. Sie werden immer ihrem Geist folgen.»

«Ja», sagte *Antilope.* Dann wandte sie sich an Kwani. «Wer wird dich tragen?»

«Ich», antwortete Yatosha an Kwanis Statt.

«Aber –»

«Ja, ich bin alt. Aber ich werde sie zum Haus der Sonne bringen. Die Jäger, die Chomoc begleitet haben, werden mit uns kommen.»

«Hast du sie gefragt?»

«Nein. Aber sie sind Anasazi. Sie werden die Höhlenstädte und das Haus der Sonne sehen wollen.»

«Genauso wie ich sehen möchte, wohin Kokopelli gegangen ist», sagte Chomoc.

Sie sahen sich an und schwiegen.

Eine Entscheidung war gefallen, die das Leben eines jeden von ihnen für immer verändern würde.

61

Als bekannt wurde, daß sowohl Kwani als auch *Antilope* schon mit dem nächsten Mond auf eine weite Reise gehen würden, noch dazu in entgegengesetzte Richtungen, geriet ganz Cicuye aus dem Häuschen.

Man schüttelte die Köpfe und ahnte nichts Gutes. Es war unerhört, unnatürlich, gefährlich, verdächtig, unziemlich, daß eine *Die Sich Erinnert* ihr Volk auch nur vorübergehend verließ. Und daß Kwani in ihrem Alter eine solche Reise unternehmen wollte, war einfach unglaublich.

Tage vergingen, einige stürmisch und regnerisch, andere sonnig und klar. Doch der Frühling hielt sich noch versteckt.

Eines Morgens, als Kwani über die Handmühle gebeugt arbeitete, trat Yatosha lächelnd ein.

«Er ist da!»

Er reichte ihr eine zarte rosa Malvenblüte. Die erste Frühlingsblume.

Kwani nahm sie und roch daran. Dann blickte sie in Yatoshas wettergegerbtes Gesicht. «Danke.»

Nun war es wirklich Frühling. Die Vögel trafen ein, die den Sommer brachten, und füllten die Luft mit Zwitschern und Gesang. Kwani, *Antilope* und die Männer bereiteten sich auf die Reise vor. Travois wurden zusammengestellt, Hunde ausgewählt, Lebensmittel, Kleidung und Vorräte gepackt.

Je näher die Zeit des Aufbruchs heranrückte, um so schwerer fiel Kwani der Gedanke, Abschied zu nehmen von ihren Kindern, ihrem Heim und von Tolonquas Stadt. Die Reise, die sie unternehmen wollte, war lang und gefährlich – für sie und die Männer, die sie begleiten würden. Tat sie wirklich das Richtige?

Auch Yatosha sah der Reise mit gemischten Gefühlen entgegen. Er wollte Kwani ihren Herzenswunsch erfüllen, fürchtete aber die Begegnung mit seiner Vergangenheit am Ort des Adlerclans. Wie würde ihm zumute sein, wenn er noch einmal Tiopis rote Handabdrücke über ihrer Tür sah, einen für jeden

Monat, bis Kokopellis Sohn geboren wurde? Könnte er diese Erinnerungen ertragen?

Für *Antilope* gab es nur Freude und gespannte Erwartung. Sie schwelgte in der Hoffnung auf Abenteuer, Entdeckungen und den Erwerb neuer Reichtümer. Die Tatsache, daß die Götter Chomocs Gebet um ein Kind erhört hatten, war Beweis dafür, daß die höheren Wesen zufrieden waren und daß alles gut war.

Endlich war die Mondfrau rund und voll.

Das Abendfeuer war erloschen. Kwani und *Antilope* hatten sich verabschiedet, gute Wünsche entgegengenommen und Tränen vergossen. Die Männer hatten sich in die Kiva zurückgezogen und beteten zu den Göttern um eine gute Reise. Kwani und ihre Tochter saßen allein in ihrer Behausung. Sie wollten sich noch so vieles sagen, ihre Herzen quollen über, aber ihr Mund blieb stumm.

Die Glut in der Feuergrube spendete nur noch wenig Licht. Die Schatten rückten näher und hüllten Mutter und Tochter ein wie in einer letzten Umarmung. Schließlich sagte *Antilope:* «Ich werde sie Kwani nennen.»

«Ich werde ihre Beschützerin sein.»

Sie sahen sich an.

Kwani sagte: «Ich erinnere mich, was die Große Alte im Haus der Sonne zu mir gesagt hat. Wir, die wir *Die Sich Erinnert* sind, gehören keinem bestimmten Clan an oder einem bestimmten Volk. Wir gehören den Frauen, allen Frauen auf der Welt. Du wirst gebraucht werden, wo du auch hingehst.» Sie schwieg und fuhr nach einer Weile mit zitternder Stimme fort: «Ich werde bei dir sein.»

«Und ich bei dir.»

Antilope nahm ihren Halsschmuck ab und ließ die glatten Steinperlen über ihre Finger gleiten. Dann löste sie einen Knoten am Ende der Kette und zog vier Perlen ab. «Die sind für dich. Sie werden uns verbinden, wenn wir getrennt sind.»

Sie stand auf und nahm aus einem Schilfkorb, in dem sie ihre Nähutensilien aufbewahrten, einen Faden.

Kwani reihte die vier Perlen auf, verknotete die Fadenenden und hängte sich die Kette um den Hals. Die vier Perlen lagen an derselben Stelle wie einst der Muschelanhänger. Sie drückte die Perlen an sich und sagte lächelnd und mit Tränen in den Augen: «Bis wir uns wiedersehen.»

«Ja.» *Antilope* umarmte Kwani, und sie klammerten sich aneinander.

Beide wußten, daß sie sich nicht wiedersehen würden.

62

Kwani lag im Zelt und lauschte Yatoshas gleichmäßigen Atemzügen. Sie waren seit vielen Tagen unterwegs, und Yatosha war müde. Er legte weite Entfernungen nicht mehr so leichtfüßig zurück wie die drei Anasazi-Jäger, die nur halb so alt waren wie er und keinen Gedanken daran verschwendeten, wie kraftraubend ihr Tempo für einen Mann von Yatoshas Alter war. Sie wollten nur möglichst rasch zum nächsten Ort oder Dorf, weniger wegen der dürftigen Tauschgeschäfte, die sie dort tätigen konnten, sondern einfach aus Neugier und Abenteuerlust.

Wenn Yatosha ihnen nicht sagt, daß sie langsamer gehen müssen, dachte Kwani, dann werde ich es ihnen sagen.

Die drei jungen Männer schliefen in einem anderen Zelt, und die zwei Hunde, die die Zelte auf ihren Travois zogen, waren in der Nähe angebunden. Kwani hörte, wie sie hin und wieder durch die nächtlichen Geräusche in der fremden Umgebung des Cañons aufschreckten oder wenn ein Wolf heulte und ein anderer antwortete.

Kwani dachte an ihre Tochter und Chomoc. Wo mochten sie jetzt sein? Sie waren unter großem Abschiedstrubel mit ihren Hunden und einigen nach Abenteuern dürstenden Kriegern aufgebrochen, aber Kwani wußte um das bange Gefühl, das *Antilope* zu unterdrücken suchte. Sie fühlte sich hin und her gerissen zwischen ihrem Entdeckungseifer und der Sorge um das Kind, das sie unter ihrem Herzen trug.

Genau wie Kwani damals.

Die Zeit ist ein großer Kreis, dachte sie und berührte die vier Perlen an ihrer Brust, die sie mit ihrem Zwillingskind verbanden.

Dann dachte sie an Acoya. Er hatte den Mantel des Weißen Büffels angelegt, als er sich von ihr verabschiedete. Als er sie zum letzten Mal in die Arme schloß, hatte sie für einen Augenblick das Gefühl, als umarmte sie Tolonqua.

«Mein Geist wird bei dir sein im Haus der Sonne», hatte Acoya gesagt, und Kwani wußte, daß es so sein würde.

Während sie in dem dunklen Zelt lag, erinnerte sie sich auch der Worte der Großen Alten. «Du hast viel gelernt, aber ein Geheimnis bleibt. Komm.»

«Ich komme ja», flüsterte Kwani. Doch die Reise war beschwerlich. Viele Winter waren vergangen, seit sie mit Kokopelli den umgekehrten Weg gegangen war. Der gewaltige Cañon mit seinen Felsentürmen und der beängstigenden Leere war noch genau wie damals – von plötzlichen Stürmen und Wildwassern durchbraust, von Hitze und Frost verwittert und von fremden Geistern bevölkert.

Kwani kuschelte sich eng an Yatosha. Als sie endlich einschlief, träumte sie merkwürdige Dinge, an die sie sich am nächsten Morgen nicht mehr erinnerte.

Tage und Nächte vergingen, Stürme brachten Regen in den Bergen und Überschwemmungen im Cañon. Kwani sah in allem nur noch die Vision ihrer Vergangenheit. Die Worte der Großen Alten waren allgegenwärtig. «Ein Geheimnis bleibt.»

Als sie glaubte, die Reise würde niemals zu Ende gehen und Sipapu würde sie rufen, bevor sie den großen Tempel auf dem Tafelberg noch einmal sehen konnte, waren sie da: Das Haus der Sonne erhob sich majestätisch jenseits der Schlucht, gegenüber der Felsenstadt des Adlerclans.

«Wir sind da!» rief Yatosha.

Kwani versuchte, von der Bahre aufzustehen, aber die Reise hatte ihre Kräfte aufgezehrt. Es gelang ihr erst, als Yatosha ihre Hände nahm und sie zu sich hochzog.

Die Mauern glänzten im grellen Licht des Nachmittags. Der Tempel hatte kein Dach, so daß das Auge des Sonnenvaters jeden Raum heiligen konnte. Es war völlig still bis auf den Wind, der durch die Gräser strich. Kwani sah sich um. Endlich war sie hier, an dem Ort, nach dem sich ihr Geist so gesehnt hatte.

Yatosha und die anderen blickten über die Schlucht zum Ort des Adlerclans. Die Mauern waren verfallen. Die Fenster starrten mit leeren Augen. Kein Laut drang herüber. Keine Stimmen, kein Flötenspiel, keine Trommeln.

Das ganze Gebiet war verlassen.

Kwani sah nur das Haus der Sonne. Sie versuchte zu dem Felsen, auf dem der Tempel stand, hinaufzusteigen, aber sie hatte nicht mehr die Kraft dazu. «Trag mich hinauf.»

Einer der Anasazi-Jäger sah Yatosha an, der nach der strapaziösen Reise mager und blaß vor Erschöpfung war. «Es wäre mir eine Ehre, sie zu tragen. Wenn du es erlaubst.»

Yatosha nickte, und der Jäger nahm Kwani auf seine langen, von dem wochenlangen Aufenthalt im Freien tief gebräunten Arme. «Sag mir, wohin ich gehen soll.»

Kwani wies ihm die Richtung. Als die anderen folgen wollten, schüttelte sie den Kopf. «Nur Yatosha soll mitkommen.»

Am Eingang zum Innenhof des Tempels sagte Kwani zu ihrem Träger: «Ich danke dir. Laß mich jetzt hinunter und geh zu den anderen zurück. Nur Yatosha soll bei mir bleiben.»

Er setzte sie vorsichtig ab und entfernte sich rückwärts gehend mit ernstem Gesicht.

Als Kwani den Hof betrat, fühlte sie die Anwesenheit eines Geistes. Sie berührte die vier Perlen auf ihrer Brust. «Ich bin hier», flüsterte sie. Sie wandte sich Yatosha zu. «Ich muß den Ort des Erinnerns allein betreten. Willst du hier auf mich warten?»

«Aye», sagte er. Er setzte sich und lehnte sich müde gegen eine Mauer. «Ich werde warten.»

Kwani ging über den Hof zu dem Raum, der nach Osten lag. Auf der Schwelle blieb sie stehen und blickte auf den kniehohen Altarstein an der Rückseite des Raums. Die alte Windfrau hatte Blätter hereingeweht. Überall lag Staub in dicken Schichten, vom Regen in Schlamm verwandelt und von der Hitze gebacken. Das welke Laub raschelte mit dem Atem der Windfrau.

Kwani fühlte die Anwesenheit der Unsichtbaren.

«Ich grüße dich, heilige Frau», flüsterte Kwani.

«Tritt ein», sagte eine unhörbare Stimme.

Kwani ging auf den Altar zu. Sie wischte Blätter und Staub vom Altarstein, kniete nieder und legte die Arme auf die glatte Fläche. Sie preßte die Wange gegen den Stein, den das Auge des Sonnenvaters gewärmt hatte.

«Ich bin gekommen.»

Sie erhielt keine Antwort. Kwani versuchte, die mystische Kraft des Steins in sich aufzunehmen, zu fühlen, wie sie sich aus dem Innern des Steins erhob und in sie einging.

Sie wußte nicht, wie lange sie schon dort kniete. Ein Vogel flog über den Tempel und rief. Eine Wolke verdeckte das Gesicht des Sonnenvaters.

«Sprich zu mir!» flüsterte Kwani.

Die Wolke zog vorüber, und sie fühlte sich wieder umarmt vom strahlenden Glanz des Sonnenvaters. Plötzlich schien ihr, als knieten Acoya und *Antilope* neben ihr. Tolonqua legte beide Arme um sie, und die Große Alte sprach zu ihr.

«Du bist gekommen, um das Geheimnis zu erfahren.»

Kwani sah sich allein auf dem Tafelberg stehen. Sie hörte ein Geräusch, als schlüge ein tobender Fluß gegen felsige Ufer, und große Tiere erschienen und rasten mit wehenden Schweifen über das Land. Einige waren weiß, einige schwarz, gefleckt oder braun. Alle hatten wallendes Nackenhaar, das im Wind flatterte.

Kwani stockte der Atem. Ein Gott saß auf dem Rücken eines jeden Tiers, von Kopf bis Fuß in schimmernde Gewänder gekleidet. Dunkles, buschiges Haar quoll unter ihren Kopfbedeckungen hervor und verdeckte ihre Gesichter. Nur ihre aufgerissenen Münder waren zu sehen, und sie schrien zornig in einer fremden Sprache.

Die Vision verblaßte. Zitternd kniete Kwani vor dem Altar.

Die Stimme der Großen Alten sprach wieder: «Sie werden kommen. Schreckliche Wesen von jenseits des Meeres im Osten. Unsere Menschen werden leiden. Sie werden Sklaven sein und sterben.»

«Nein!» rief Kwani.

«Aber ein Mann wird uns retten. Einer aus der Reihe deiner Nachfahren. Er allein wird uns einen und die Fremden aus unserem Land vertreiben. Die Familie von *Die Sich Erinnert* wird berühmt sein für immer...»

Die Stimme schwieg.

«Bleib bei mir!» rief Kwani.

Sie fühlte, wie die Kraft in den Stein zurückwich, als versiegte das Wasser einer Quelle. Sie kniete allein in einem leeren Raum.

Eine schreckliche Einsamkeit überfiel sie. Sie war von so weit her gekommen, hatte so viel erduldet. Jetzt gehörte sie zu den Vorfahrinnen.

Sie drückte die vier Perlen an ihre Brust.

«Kommt zu mir!» rief sie. Ihre Stimme klang schrill vor Verlangen. «Kommt, ich flehe euch an. Nehmt mich zu euch!»

Sie kamen. Wie ein sanfter Wind, wie milder Frühlingsregen, wie fallendes Laub.

Yatosha erwachte. Er war eingeschlafen. Er stand auf und sah sich um. Wo war Kwani? Er verließ den Hof. Die drei jungen Männer warteten bei den Hunden. Als sie ihn sahen, riefen sie ungeduldig.

Er schüttelte den Kopf. Kwani mußte noch am Ort des Erinnerns sein. Besorgt blickte er zur Sonne. Es war bereits spät.

Er kehrte um und ging auf Zehenspitzen zum Tempel. Durch den Torbogen sah er Kwani reglos zwischen welken Blättern am Fuß des Altarsteins liegen.

Mit einem Schrei lief er zu ihr. Er kniete neben ihr nieder und bettete ihren Kopf in seinen Armen. Ihr Gesicht wirkte heiter und jung.

«Kwani!» rief er mit gebrochener Stimme und wiegte sich vor und zurück. «Kwani!»

Nach einer Weile legte er sie auf das Laub zurück. Er ging nach draußen und rief die Männer. Sie befestigten die Leinen der Hunde an Sträuchern und kamen unsicher näher. Yatosha führte sie durch den Hof.

Sie standen am Eingang des Ortes des Erinnerns und blickten ehrfürchtig auf die leblose Gestalt vor dem Altarstein. Sie lag zusammengerollt wie ein schlafendes Kind, eine Hand auf der Kette mit den vier Perlen. Es war, als wäre die stille Gestalt von einer unsichtbaren Aura umgeben, von einer geheimnisvollen Kraft, die den ganzen Raum erfüllte.

Als Yatosha wieder sprechen konnte, sagte er: «Wir werden sie hier begraben, neben dem Altarstein.»

Vorsichtig hoben sie den zerbrechlichen Körper auf und trugen ihn auf die Seite. Sie fegten das Laub beiseite und entfernten die Pflastersteine. Als der Leib der Erdmutter nackt vor ihnen lag, gruben sie mit Grabstöcken eine Gruft.

Yatosha kniete neben dem Grab nieder und sang das einzige Beerdigungslied, das er kannte.

Dann legten sie Kwani vorsichtig in den Schoß der Erdmutter und kreuzten ihre Hände über der Brust, wo die Kette lag.

Es schien Yatosha, als lächelte Kwani, als die Erdmutter sie umarmte.

Epilog

Die Mondfrau nahm zu und nahm ab, bis Yatosha und die anderen wieder zu Hause waren. Es war Yatosha schwergefallen, das Haus der Sonne zu verlassen, wo Kwani begraben lag. Durch den Kummer war er noch stärker gealtert, so daß die Bewohner von Cicuye erschraken, als sie ihn wiedersahen.

Als sie von Kwanis Tod erfuhren, hallte die Stadt wider von herzzerreißenden Klagen, und die Trauernden streuten sich Asche auf die Häupter.

Acoya zog sich vier Tage lang in die Medizinhütte zurück. Als er wieder herauskam, war sein Gesicht von Schmerz gezeichnet, aber seine Stimme klang heiter.

«*Die Sich Erinnert* hat ihren Frieden gefunden. Sie bittet uns, nicht länger zu trauern.»

Aber in ihren Herzen trauerten die Menschen von Cicuye noch lange.

Zwei Mondreisen von Cicuye entfernt, zur aufgehenden Sonne hin, schauten Chomoc, *Antilope* und ihre Begleiter voller Erstaunen auf die große, wunderbare Stadt, die sich vor ihnen ausbreitete. Menschen in seltsamen Gewändern eilten geschäftig hin und her, fremde Gerüche und Geräusche erfüllten die Luft.

Antilope nahm den Säugling – ihre blauäuige Tochter, die sie einen Monat zuvor geboren hatte – vom Wiegenbrett und zeigte ihm die Stadt. Ihre und Chomocs Träume waren in Erfüllung gegangen.

Weder sie noch Chomoc ahnten, daß eines Tages Kwanis Vision Wirklichkeit werden würde: Fremde Männer, auf furchterregenden Tieren reitend, würden Unglück und Zerstörung bringen. Doch einer von Kwanis – und *Antilopes* – Nachfahren würde sie besiegen, sein Volk retten und in die Geschichte eingehen.

Glossar

Adobe	luftgetrocknete Lehmziegel
Anasazi	Puebloindianer, Name bedeutet «Die Uralten». Bei «Apachen», «Pawnees» und anderen Stämmen, von denen die Rede ist, handelt es sich um Vorfahren dieser heutigen Indianerstämme.
Berdache	Transvestit, Transsexueller oder Mann, der Frauenrollen übernimmt
Kiva	kreisförmiger, unterirdischer Zeremonienraum
Masau'u	Schöpfer, Großer Geist
Motsni	göttlicher Vogel
Peyote	kultisches Rauschmittel, das aus einer Kakteenart gewonnen wird
Pueblo	Dorf der Puebloindianer im Südwesten Nordamerikas, das aus oberirdisch angelegten mehrstöckigen Wohnbauten aus behauenen Steinen oder Lehmziegeln besteht
Sipapu	Jenseits
Travois	(von Hunden gezogener) Schleppschlitten
Towa	Puebloindianer, heute bekannt unter dem Namen «The People of Pecos Pueblo» (Cicuye)
Yaya	ältere Mutter, Großmutter

Literaturhinweise

In diesem Roman wird eine Vergangenheit heraufbeschworen, von der uns keine schriftlichen Aufzeichnungen überliefert sind. Für den geschichtlichen Hintergrund war ich deshalb auf die Arbeit zahlreicher Historiker, Archäologen und anderer Fachleute angewiesen.

Die folgende Bibliographie stellt eine Auswahl der Quellen dar.

Ambler, J. Richard, *The Anasazi*, Flagstaff, Arizona 1977.

Bahti, Tom, *Southwestern Indian Ceremonials*, Las Vegas 1979.

Brandt, Rich B., *Hopi Ethics*, Chicago 1954.

Catlin, George, *Die Indianer Nordamerikas*, Bd. 2, Leipzig 1990.

Courlander, Harold, *Hopi Voices*, Albuquerque 1982.

Cushing, Frank Hamilton, *Zuñi*, Lincoln 1979.

Densmore, Frances, *How Indians Use Wild Plants for Food, Medicine, and Crafts*, New York 1974.

Dozier, Edward P., *The Pueblo Indians of North America*, New York 1970.

Erdoes, Richard und Alfonso Ortiz, *American Indian Myths and Legends*, New York 1984.

Grinnell, George Bird, *Pawnee, Blackfoot and Cheyenne*, New York 1961.

Hayes, Joe, *Coyote*, Santa Fe 1983.

Hewett, Edgar L. und Bertha P. Dutton, *The Pueblo Indian World*, Albuquerque 1945.

Hultkrantz, Ake, *Religion of the American Indians*, Berkeley 1979.

Hyde, George E., *The Pawnee Indians*, Norman 1974.

Josephy, Alvin M., Jr., *The Indian Heritage of America*, New York 1971.

Kiddler, Alfred Vincent, *An Introduction to the Study of Southwestern Archaeology*, New Haven 1962.

McHugh, Tom, *The Time of the Buffalo*, Lincoln 1972.
Mails, Thomas E., *The Mystic Warriors of the Plains*, New York 1972.
Mails, Thomas E., *Secret Native American Pathways*, Tulsa, Oklahoma 1988.
Marriott, Alice, *The Ten Grandmothers*, Norman 1945.
Maxwell, James A., ed., *America's Fascinating Indian Heritage*, Pleasantville, N.Y., 1978.
Mora, Joseph, *Year of the Hopi*, New York 1979.
National Geographic Society, *The World of the American Indian*, Washington, D.C., 1974.
Newcomb, W. W., Jr., *The Indians of Texas*, Austin 1961.
Noble, David Grant, *Ancient Ruins of the Southwest*, Flagstaff 1981.
Ortiz, Alfonso, *Handbook of North American Indians*, Vol. 5., Washington, D.C., 1979.
Sando, Joe S., *The Pueblo Indians*, San Francisco 1976.
Scully, Vincent, *Pueblo Mountain, Village, Dance*, New York 1972.
Simmons, Leo W., ed., *Sun Chief*, New Haven 1942.
Stuart, Gene S., *America's Ancient Cities*, Washington, D.C., 1988.
Tanner, Clara Lee, *Prehistoric Southwestern Craft Arts*, Tucson 1976.
Terrell, John Upton, *American Indian Almanac*, New York 1971.
Tyler, Hamilton A., *Pueblo Animals and Myths*, Norman 1975.
Tyler, Hamilton A., *Pueblo Birds and Myths*, Norman 1979.
Tyler, Hamilton A., *Pueblo Gods and Myths*, Norman 1964.
Underhill, Ruth, *Workaday Life of the Pueblos: Indian Life and Customs*, Washington, D.C., 1954.
Waters, Frank, *Das Buch der Hopi*, Köln 1984.

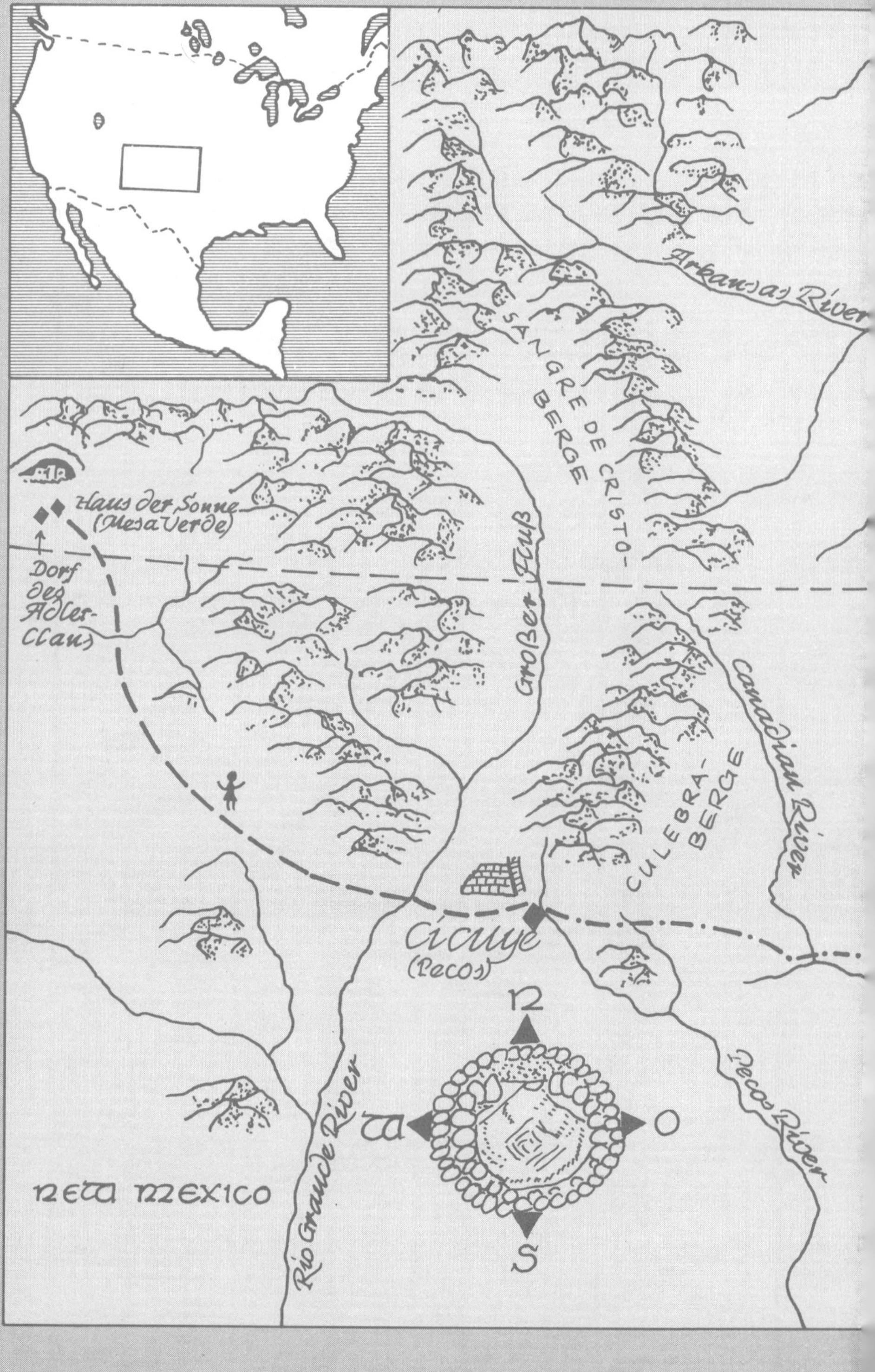

Haus der Sonne
(Mesa Verde)
Dorf des Adler-Clans
SANGRE DE CRISTO-BERGE
Arkansas River
Großer Fluß
Canadian River
CULEBRA-BERGE
Cicuye
(Pecos)
N
W
O
S
Pecos River
Rio Grande River
NEW MEXICO